El lenguaje
de las flores

Sobre la autora

Vanessa Diffenbaugh nació en San Francisco en 1978, estudió Pedagogía y Escritura Creativa en la Universidad de Stanford y trabajó como profesora para niños sin recursos en programas extraescolares. Con *El lenguaje de las flores*, su debut como novelista, Diffenbaugh obtuvo el reconocimiento unánime de la crítica —fue elegida «mejor autor de primera novela del año» por la revista *Elle*—, al que siguió un notable éxito de ventas en Estados Unidos y Europa. Vanessa reside con su familia en Cambridge, Massachusetts.

Vanessa Diffenbaugh

El lenguaje
de las flores

Título original: *The Language of Flowers*

Traducción del inglés: Gemma Rovira Ortega

Ilustración de la cubierta: Shutterstock

Publicaciones y Ediciones Salamandra, S.A.
Almogàvers, 56, 7º 2ª - 08018 Barcelona - Tel. 93 215 11 99
www.salamandra.info

ISBN: 978-84-9838-513-7
Depósito legal: B-2.089-2013

1ª edición, febrero de 2013
Printed in Spain

Impreso y encuadernado en:
RODESA - Pol. Ind. San Miguel. Villatuerta (Navarra)

para PK

«El musgo es el símbolo del amor materno, porque, como el amor de una madre, nos alegra el corazón cuando nos alcanza el invierno de la adversidad y cuando nos han abandonado los amigos del verano.»

Henrietta Dumont, *The Floral Offering*

PRIMERA PARTE

Cardos

1

Pasé ocho años soñando con fuego. Los árboles se incendiaban al pasar yo a su lado; los océanos ardían. Un humo azucarado se aposentaba en mi pelo mientras dormía y, cuando me levantaba, el aroma quedaba prendido en la almohada como una nube. Aun así, en cuanto empezó a arder mi colchón, me desperté de golpe. Aquel olor intenso, químico, no tenía nada que ver con el almíbar brumoso de mis sueños; eran tan diferentes como el jazmín indio y el de Carolina, *apego* y *separación*. Era imposible confundirlos.

De pie en el centro de la habitación, localicé el origen del incendio. Una pulcra hilera de cerillas de madera bordeaba los pies de la cama. Se iban encendiendo una detrás de otra, formando un cerco llameante por todo el borde ribeteado del colchón. Al verlas arder, sentí un terror desproporcionado en relación con el tamaño de las llamas parpadeantes y, por un instante paralizador, volví a tener diez años y a sentirme desesperada y esperanzada como nunca me había sentido y nunca volvería a sentirme.

Pero el colchón sintético no prendió como habían prendido los cardos a finales de octubre. Sólo humeó un poco y el fuego se apagó.

Ese día cumplía dieciocho años.

En el salón, las chicas, inquietas, estaban sentadas en un sofá hundido. Me miraron de arriba abajo, escudriñando mi cuerpo, y se detuvieron en mis pies, descalzos y sin quemaduras. Una pareció aliviada; otra, decepcionada. Si me hubiera quedado allí una semana más, habría recordado la expresión de sus caras. Habría respondido metiéndoles clavos oxidados en los zapatos o piedrecitas en los cuencos de chile con carne. Una vez, por un delito menos grave que la piromanía, había quemado a una compañera de habitación en el hombro, mientras ella dormía, con el extremo de una percha al rojo.

Pero faltaba una hora para que me marchara. Y aquellas chicas lo sabían.

La que estaba sentada en el centro del sofá se levantó. Parecía muy joven —quince o dieciséis años— y su aspecto era pulcro y bonito: buena planta, piel clara, ropa nueva. Tardé en reconocerla, pero cuando se acercó vi algo en su agresiva forma de andar, con los brazos doblados, que me resultó familiar. Aunque acababa de llegar, no era nueva allí: yo ya había convivido con ella antes, los años después de Elizabeth, en mi etapa más rabiosa y violenta.

Se detuvo a unos centímetros de mí; su barbilla invadía el espacio que nos separaba.

—El fuego —dijo con voz pausada— era de parte de todas nosotras. Feliz cumpleaños.

Detrás de ella, las otras chicas, que seguían sentadas en el sofá, se rebulleron inquietas. Una se cubrió la cabeza con la capucha; otra se ciñó la manta. La luz matutina acarició sus ojos bajados y de pronto parecieron niñas pequeñas, atrapadas. La única forma de salir de un hogar tutelado como aquél era fugarse, alcanzar la mayoría de edad o ingresar en un correccional. A las chicas del nivel 14 no las adoptaban; casi nunca acababan en una familia. Ellas eran conscientes de sus perspectivas. En sus ojos sólo había miedo: el miedo que me tenían a mí, a sus compañeras de casa, a la vida que se habían ganado o que les había tocado en suerte. Sentí una inesperada oleada de lástima. Yo me marchaba; ellas no tenían esa opción.

Intenté ir hacia la puerta, pero la chica se movió hacia un lado, cerrándome el paso.

—Aparta —dije.

Una empleada que había hecho el turno de noche se asomó desde la cocina. Seguramente no contaba ni veinte años y me temía aún más que las otras chicas presentes en el salón.

—Por favor —pidió con voz suplicante—. Ésta es su última mañana. Dejadla en paz.

Esperé, preparada, mientras la chica metía el estómago y apretaba los puños. Al cabo de un momento, sacudió la cabeza y se apartó. Pasé por su lado.

Faltaba una hora para que Meredith viniera a buscarme. Abrí la puerta de la calle y salí. Hacía una mañana de niebla típica de San Francisco; noté el frío cemento del porche en los pies descalzos. Me paré y cavilé. Había pensado preparar una represalia para las chicas, algo mordaz y aborrecible, pero me sentía extrañamente indulgente. Quizá fuera porque ya tenía dieciocho años —de repente, todo había terminado para mí—, pero en cierto modo entendía lo que me habían hecho. Antes de marcharme, quería decirles algo que mitigara el miedo que reflejaban sus ojos.

Bajé por Fell y torcí al llegar a Market. Aminoré el paso en un cruce con mucho tráfico, sin saber adónde ir. Cualquier otro día habría arrancado plantas anuales de Duboce Park, registrado el solar lleno de maleza de Page y Buchanan, o robado hierbas del mercado del barrio. Durante casi una década, había dedicado la mayor parte de mi tiempo libre a memorizar el significado y el nombre científico de las flores, aunque apenas utilizaba esos conocimientos. Usaba las mismas flores una y otra vez: un ramillete de caléndulas, *pena*; un manojo de cardos, *misantropía*; un pellizco de albahaca en polvo, *odio*. Hacía muy pocas excepciones: un puñado de claveles rojos para el juez cuando comprendí que nunca volvería al viñedo y peonías para Meredith, siempre que las encontraba. Ese día, mientras buscaba una floristería en Market Street, repasaba mi diccionario mental.

Tres manzanas más allá vi una licorería bajo cuyas ventanas enrejadas se marchitaban unos ramos envueltos en papel y puestos en cubos. Me paré delante de la tienda. La mayoría eran ramos variados y ofrecían mensajes contradictorios. Había muy pocos de una sola flor: rosas rojas y rosas, algunos claveles mustios y, estallando en su cono de papel, un ramillete de dalias moradas. *Dignidad*. Sí, aquél era el mensaje que yo quería transmitir. Me puse de espaldas al espejo orientado que había encima de la puerta, me metí las flores debajo del abrigo y eché a correr.

Llegué a la casa resoplando. El salón estaba vacío; entré y desenvolví las dalias. Las corolas estaban perfectas: varias capas de pétalos morados, radiados, con las puntas blancas, abriéndose a partir de unos prietos botones centrales. Arranqué la goma elástica y separé los tallos de las flores. Las chicas jamás entenderían el significado de las dalias (admito que como mensaje de ánimo era bastante ambiguo), y sin embargo sentí una inusual satisfacción mientras recorría el largo pasillo deslizando un tallo tras otro bajo las puertas cerradas de los dormitorios.

Las flores sobrantes las regalé a la empleada que había hecho el turno de noche. Estaba junto a la ventana de la cocina, esperando a que llegara su relevo.

—Gracias —me dijo, desconcertada, cuando le di el ramo. Hizo rodar los rígidos tallos entre las manos.

Meredith se presentó a las diez en punto, tal como me había anunciado. Esperé en el porche, con una caja de cartón encima de las rodillas. En dieciocho años había acumulado algunos libros: el *Diccionario de flores* y la *Guía de campo de las flores silvestres de los estados del Pacífico*, de Peterson, que Elizabeth me había enviado un mes después de que me marchara de su casa; manuales sobre botánica sacados de bibliotecas de la zona de East Bay; delgados volúmenes en rústica de poesía victoriana robados de tranquilas librerías. Encima de los libros había colocado un montón de ropa doblada. Había prendas halladas y robadas, algunas de mi talla. Meredith iba a llevarme a la Casa de la Alianza, un hogar de transición en el barrio de Outer Sunset. Estaba en la lista de espera desde los diez años.

—Feliz cumpleaños —me dijo cuando puse mi caja en el asiento trasero del coche.

No contesté. Ambas sabíamos que podía ser mi cumpleaños o no. Mi primer informe judicial establecía que mi edad era de unas tres semanas; la fecha y el lugar del nacimiento eran desconocidos, así como la identidad de mis padres biológicos. El 1 de agosto se había elegido a efectos de una futura emancipación, no de una celebración.

Me senté delante, al lado de Meredith, cerré la puerta y esperé a que arrancara. Ella tamborileó en el volante con sus uñas acrílicas. Me abroché el cinturón de seguridad, pero el vehículo siguió sin ponerse en marcha. Volví la cabeza y la miré. No me había quitado el pijama de franela; me había sentado con las piernas encogidas y tapadas con la chaqueta. Escudriñé el techo del coche mientras esperaba a que Meredith dijera algo.

—¿Preparada?

Me encogí de hombros.

—Bien, ha llegado la hora —añadió—. Tu vida empieza aquí. De ahora en adelante no podrás culpar a nadie más que a ti misma.

Tenía gracia que Meredith Combs, la asistenta social que había elegido personalmente a todas las familias de acogida que luego me habían devuelto, quisiera hablar conmigo sobre la culpa.

2

Apoyé la frente en el cristal de la ventanilla y vi pasar un paisaje veraniego de montes polvorientos. El coche de Meredith olía a tabaco y en el cinturón de seguridad había moho, sin duda de algo que le habían dejado comer a otro niño. Yo tenía nueve años. Iba sentada en el asiento trasero, en camisón, con mi pelo corto y alborotado. No era lo que quería Meredith. Ella me había comprado un vestido para aquella ocasión, un vestido suelto de color azul claro, con bordados y encajes. Pero yo me había negado a ponérmelo.

Meredith tenía la mirada fija en la calzada. No vio cómo me desabrochaba el cinturón, bajaba la ventanilla y sacaba la cabeza hasta apretar la clavícula contra el borde de la puerta. Levanté la barbilla contra el viento y esperé a que Meredith me ordenara sentarme. Me miró, pero no dijo nada. Sus labios marcaban una línea recta y sus gafas de sol impedían apreciar la expresión de sus ojos.

Me quedé así, asomándome cada vez más, hasta que Meredith, sin avisarme, tocó un botón en su puerta y mi ventanilla subió unos centímetros. El grueso cristal me presionó el cuello. Metí rápidamente la cabeza, bajé del asiento y me senté en el suelo. Meredith siguió subiendo las ventanillas hasta que el silencio sustituyó al fragor del viento. No miró atrás. Acurrucada en la sucia alfombrilla, saqué un biberón rancio de debajo del asiento del pasajero y se lo lancé. Le dio en el hombro y rebotó hacia mí, derramando un charquito agrio en mis rodillas. Meredith no se inmutó.

—¿Quieres unos melocotones? —me preguntó.

Yo nunca rechazaba la comida y ella lo sabía.

—Sí.

—Pues siéntate, abróchate el cinturón y en el próximo puesto de fruta que veamos te compraré lo que quieras.

Obedecí.

Pasado un cuarto de hora, salimos de la autopista. Me compró dos melocotones y una bolsita de cerezas que fui contando mientras las comía.

—No debería decirte esto —empezó. Hablaba despacio, alargando las frases para causar mayor efecto. Hizo una pausa y me miró. Yo miré por la ventanilla, indiferente, y apoyé la mejilla contra el cristal—, pero creo que mereces saberlo. Ésta es tu última oportunidad. La última, Victoria. ¿Me oyes? —No contesté—. Cuando cumplas diez años, las autoridades te declararán inadoptable y ni siquiera yo seguiré tratando de convencer a familias de que se queden contigo. Si esto sale mal, irás a un hogar tutelado tras otro hasta que te emancipes. Prométeme que reflexionarás sobre ello.

Bajé la ventanilla y escupí huesos de cereza al viento. Hacía una hora, Meredith me había recogido de mi primera estancia en un hogar tutelado. Yo sospechaba que mi paso por aquel centro sólo había sido una maniobra a fin de prepararme para ese momento. No había hecho nada para que me rechazara la última familia adoptiva y sólo pasé una semana en el hogar tutelado, hasta que Meredith fue a recogerme para llevarme con Elizabeth.

Pensé que era típico de Meredith hacerme sufrir para demostrar que tenía razón. El personal de aquel hogar tutelado era cruel. Todas las mañanas, la cocinera obligaba a una niña gorda y de tez oscura a almorzar con la camisa recogida, con la abultada barriga a la vista, para que se acordara de no comer demasiado. Después, la supervisora, la señorita Gayle, escogía a una niña y la hacía ponerse de pie a la cabecera de la larga mesa y explicar por qué su familia la había abandonado. A mí sólo me escogió una vez y, como me habían abandonado al nacer, me libré diciendo: «Mi madre no quería tener un bebé.» Otras niñas contaban las cosas horribles que les habían hecho a sus hermanos, o por qué eran las culpables de que sus padres fuesen drogadictos, y casi siempre lloraban.

Pero si Meredith me había llevado al hogar tutelado para que me asustara y me comportara, no había funcionado. A pesar del personal, me gustaba estar allí. Las comidas se servían siempre a la misma hora, dormía bajo dos mantas y nadie fingía quererme.

Me comí la última cereza y escupí el hueso contra la nuca de Meredith.

—Piénsalo bien —insistió.

Como si quisiera sobornarme para que reflexionara, paró el coche en un área de servicio y compró un recipiente humeante de *fish and chips* y un batido de chocolate con helado. Me lo zampé deprisa, descuidadamente, contemplando cómo el reseco paisaje de East Bay dejaba paso al caos bullicioso de San Francisco para finalmente abrirse ante una gran extensión de agua. Cuando cruzamos el puente Golden Gate, mi camisón tenía manchas de melocotón, cereza, kétchup y helado.

Dejamos atrás campos de cultivo resecos, un vivero y un aparcamiento vacío, y al final llegamos a un viñedo de ordenadas filas de vides que cubrían las onduladas colinas. Meredith frenó en seco y torció a la izquierda por un largo camino sin asfaltar, acelerando pese a los baches, como si estuviera ansiosa por verme bajar del coche. Pasó a toda velocidad por delante de unas mesas de picnic y unas hileras de cepas bien cuidadas, de troncos gruesos y retorcidos, que extendían sus pámpanos por unos alambres tendidos a escasa altura. Redujo la marcha antes de tomar una curva y luego volvió a acelerar, dirigiéndose hacia un grupo de árboles altos que crecían en medio de la finca; nubes de polvo revoloteaban alrededor del coche.

Cuando paró y se asentó el polvo, vi una casa blanca. Tenía dos pisos y tejado a dos aguas, un porche acristalado y cortinas de ganchillo en las ventanas. A la derecha había una caravana y varios cobertizos destartalados, y juguetes, herramientas y bicicletas esparcidos aquí y allá. Como ya había vivido en una caravana, me pregunté si Elizabeth tendría un sofá cama o si debería compartir el dormitorio con ella. No me gusta oír respirar a los demás cuando duermen.

Meredith no aguardó a que me apease voluntariamente. Me desabrochó el cinturón, me cogió por las axilas y me arrastró hacia la casa pese a mi pataleo. Como creía que Elizabeth saldría de la caravana, estaba de espaldas al porche y no la vi antes de notar sus huesudos dedos en mi hombro. Di un grito y eché a correr descalza; llegué hasta el lado más alejado del coche y me agaché detrás.

—No le gusta que la toquen —le aclaró Meredith con tono de fastidio—. Ya te lo dije. Tienes que esperar a que ella venga a ti.

Me enfureció que lo supiera. Me froté los sitios por donde me había cogido para borrar sus huellas y seguí detrás del coche, escondida.

—Tendré paciencia —repuso Elizabeth—. Ya te dije que lo haría y no pienso faltar a mi palabra.

Meredith empezó a recitar la lista habitual de razones por las que no podía quedarse para ayudarnos a que nos conociéramos mejor: un abuelo enfermo, un marido ansioso y su propio miedo a conducir de noche. Elizabeth daba golpecitos con el pie, impaciente, cerca de la rueda trasera del coche, mientras escuchaba. Al cabo de un momento, Meredith se marcharía y me dejaría expuesta sobre la grava del camino. Retrocedí arrastrándome, casi pegada al suelo, y me escondí detrás de un nogal; entonces me levanté y eché a correr.

Cuando se acabaron los árboles, me dirigí hacia la primera hilera de vides y me oculté bajo una planta muy tupida. Tiré de las ramas flexibles y cubrí mi delgado cuerpo. Desde mi escondite, oí acercarse a Elizabeth; aparté un poco las ramas y la vi caminar por uno de los pasillos. Cuando pasó de largo, dejé caer la mano con que me tapaba la boca, aliviada.

Levanté un brazo, cogí una uva de un racimo y mordí la gruesa piel. Estaba amarga. La escupí y aplasté el resto del racimo, una uva tras otra, con el pie; el jugo se filtraba entre mis dedos.

No vi ni oí acercarse a Elizabeth, pero justo cuando empezaba a aplastar un segundo racimo, ella metió las manos entre las ramas de la vid, me agarró por los brazos y me sacó de allí. Me sostuvo ante ella. Mis pies colgaban a dos centímetros del suelo mientras me examinaba.

—Yo me crié aquí —dijo—. Conozco los mejores escondites.

Intenté soltarme, pero me tenía firmemente sujeta por los brazos. Me puso los pies en el suelo, aunque no aflojó la presa. Pataleé lanzándole polvo contra las espinillas y, como no me soltaba, le di en los tobillos. No retrocedió.

Solté un gruñido e intenté morderle el brazo, pero ella se anticipó y me sujetó la cara. Me apretó las mejillas hasta separarme las mandíbulas y fruncirme los labios. Inspiré, dolorida.

—Nada de morder —ordenó, y se inclinó como si fuera a besar mis rosados y fruncidos labios, pero se detuvo a pocos centímetros de mi cara, taladrándome con sus ojos oscuros—. Me gusta que me toquen —dijo—. Tendrás que acostumbrarte.

Me lanzó una sonrisa divertida y me soltó la cara.

—Nunca —le aseguré—. Nunca me acostumbraré.

Sin embargo, paré de forcejear y dejé que me llevara hasta el porche y al interior de la casa, fresca y oscura.

3

Meredith salió de Sunset Boulevard y bajó lentamente por Noriega leyendo los letreros de las calles. El coche que teníamos detrás tocó la bocina, impaciente.

No había parado de hablar desde Fell Street, y la lista de motivos por los que mi supervivencia parecía improbable se extendía de una punta a otra de San Francisco: no tenía título de bachiller, ni motivaciones, ni red de apoyo, ni habilidad social alguna. Me preguntó cuál era mi plan, exigiéndome que pensara en la autosuficiencia.

No le hice caso.

Nuestra relación no siempre había sido tan mala. De pequeña, yo me empapaba de su optimismo parlanchín; sentada en el borde de una cama, dejaba que me cepillara el fino cabello castaño oscuro y me hiciera una trenza que ataba con una cinta antes de presentarme como un regalo a unos nuevos padres. Pero, a medida que pasaban los años y una familia tras otra me devolvía, su optimismo fue enfriándose. El cepillo del pelo, antes suave, me daba tirones y se paraba y arrancaba al ritmo de sus sermones. La descripción de cómo debía comportarme se alargaba con cada cambio de familia, y el modelo que me presentaba distaba cada vez más de la niña que era yo. Meredith tenía una lista de mis defectos en su libreta de valoraciones y se los recitaba al juez como si fueran delitos. Distante. Irascible. Hermética. Impenitente. Yo recordaba cada una de las palabras con que me definía.

No obstante, pese a sus frustraciones, Meredith se había quedado mi caso. Se había negado a derivarlo de la sección de adopciones a otro departamento, incluso cuando un juez cansado le sugirió, el verano que cumplí ocho años, que quizá ella ya hubiera hecho por mí todo lo que estaba en su mano. Meredith refutó esa afirmación sin vacilar. Por un instante me dejé llevar por el optimismo y creí que su reacción surgía de un cariño oculto hacia mí, pero entonces la miré y vi que se sonrojaba. Meredith había sido mi asistenta social desde mi nacimiento; si me declaraban un fracaso, por extensión también sería su fracaso.

Paramos delante de la Casa de la Alianza, un edificio de color melocotón, con tejado plano y fachada estucada, en una hilera de casas de color melocotón, con tejado plano y fachada estucada.

—Tres meses —dijo Meredith—. Quiero oír cómo lo dices, quiero saber que lo entiendes. Tres meses de alquiler gratis; luego pagas o te marchas. —No contesté. Ella salió del coche y cerró la puerta.

Durante el trayecto, la caja en el asiento trasero se había movido y algunas prendas de ropa se habían caído. Volví a ponerlas encima de los libros y subí los escalones de la entrada detrás de Meredith, que llamó al timbre.

La puerta tardó más de un minuto en abrirse. Cuando lo hizo, vi a un grupito de chicas en el recibidor. Abracé más fuerte mi caja contra el pecho.

Una chica bajita, de piernas gruesas y largo pelo rubio, abrió la puerta mosquitera y me tendió la mano.

—Me llamo Eve —se presentó.

Meredith me dio un leve pisotón, pero no le estreché la mano a Eve.

—Ésta es Victoria Jones —dijo, y me empujó hacia delante—. Hoy cumple dieciocho años.

Hubo un murmullo de felicitaciones y dos chicas se miraron arqueando las cejas.

—A Alexis la desalojaron la semana pasada —me explicó Eve—. Ocuparás su habitación.

Se dio la vuelta, como si fuera a indicarme el camino, y la seguí por un pasillo oscuro y enmoquetado hasta una puerta abierta. Entré en la habitación y cerré la puerta por dentro.

Era una estancia blanca. Olía a pintura y las paredes, cuando las toqué, aún estaban húmedas. El pintor no había contado con mucho tiempo. La moqueta, blanca en su día pero ya sucia, tenía manchas de pintura cerca del zócalo. Pensé que habría estado bien que el pintor hubiera continuado y pintado toda la moqueta, el colchón individual y la mesilla de noche de madera oscura. El blanco era limpio y nuevo y me gustaba que no le hubiera pertenecido a nadie antes que a mí.

Meredith me llamó desde el pasillo. Golpeó la puerta con los nudillos dos veces. Dejé mi pesada caja en el centro de la habitación. Saqué mi ropa, la amontoné en el suelo del armario y puse mis libros en la mesilla de noche. Una vez vaciada la caja, la desmonté para cubrir con ella el colchón y tumbarme encima. La luz entraba por una pequeña ventana y rebotaba en las paredes, calentándome la cara, el cuello y las manos. Me fijé en que la ventana estaba orientada hacia el sur, lo que favorecía a las orquídeas y los bulbos.

—¿Victoria? —insistió Meredith—. Necesito saber qué plan tienes. Dime qué plan tienes y te dejaré en paz.

Cerré los ojos e hice caso omiso del sonido de sus nudillos contra la puerta. Al final desistió.

Cuando abrí los ojos, vi un sobre en la moqueta contra la puerta. Contenía un billete de veinte dólares y una nota: «Cómprate comida y busca trabajo.»

Con el billete de Meredith compré veinte litros de leche entera. Durante una semana, todas las mañanas hacía mi compra en la tienda de la esquina y a lo largo del día me bebía el líquido cremoso lentamente, mientras deambulaba por parques y patios de colegio, identificando las plantas autóctonas. Como nunca había vivido tan cerca del mar, creía que el paisaje sería diferente. Imaginaba que aquella densa niebla matutina que se quedaba suspendida a sólo unos centímetros del suelo favorecería el crecimiento de una vegetación desconocida. Pero, salvo unos montones de aloe que crecían cerca de la orilla del mar, con flores rojas y altas que apuntaban al cielo, me sorprendió la falta de novedades. Las mismas plantas foráneas que había visto en jardines y viveros por toda el Área de la Bahía —lantanas, buganvillas, jazmines solanos y capuchinas— dominaban el barrio. Lo único diferente era la escala: envueltas en la humedad opaca de la costa, las plantas se hacían más altas, más brillantes y más silvestres, eclipsando las vallas bajas y los cobertizos de los jardines.

Cuando me terminaba la leche, volvía a la casa, cortaba el cartón por la mitad con un cuchillo de cocina y esperaba a que se hiciera de noche. La tierra del parterre de flores del vecino era negra y rica y yo la trasladaba a mis improvisados tiestos con una cuchara. Agujereaba la base de los cartones de leche y los ponía en el centro del suelo de mi habitación, donde recibían el sol directo unas horas, a última hora de la mañana.

Buscaría un trabajo; sabía que lo necesitaba. Pero, por primera vez en mi vida, tenía mi propio dormitorio y una puerta con cerrojo, y nadie que me dijera dónde tenía que estar ni qué tenía que hacer. Decidí que, antes de buscar un trabajo, cultivaría un jardín.

Hacia finales de la primera semana ya tenía catorce tiestos y había inspeccionado un radio de dieciséis manzanas para analizar mis posibilidades. Me concentré en las flores de otoño y arranqué plantas enteras de patios, jardines comunitarios y parques infantiles. Solía volver a casa a pie, sosteniendo contra el pecho bolas de raíces fangosas, pero más de una vez me perdí o me encontré demasiado lejos de la Casa de la Alianza. Esos días tuve que colarme por la puerta trasera en un autobús abarrotado, ganar un asiento a empujones y esperar a que el barrio me resultara familiar. De nuevo en mi habitación, extendía con cuidado las maltrechas raíces, las cubría con aquella tierra rica en nutrientes y las regaba en abundancia. El agua que se filtraba de los cartones de leche iba directamente a la moqueta y al cabo de unos días empezaron a germinar malas hierbas de las gastadas fibras. Las vigilaba, muy atenta, y arrancaba las especies invasivas casi antes de que pudieran asomar de la oscuridad.

Meredith venía a verme todas las semanas. El juez la había nombrado mi «contacto permanente», porque la legislación sobre emancipación requería que tuviera un contacto y no encontraron a nadie más en mi expediente. Yo hacía todo lo posible por evitarla. Cuando regresaba de mis paseos, vigilaba la Casa de la Alianza desde la esquina y sólo subía los escalones de la entrada cuando no veía el coche blanco de Meredith aparcado en el camino. Al final, Meredith descubrió mi táctica y un día de principios de septiembre abrí la puerta principal y me la encontré sentada a la mesa del comedor.

—¿Y tu coche? —le pregunté.

—Aparcado al otro lado de la manzana. No te veía desde hace más de un mes y he deducido que me evitabas. ¿Por alguna razón?

—No, por ninguna. —Fui hasta la mesa y aparté unos platos sucios que alguien había dejado allí. Me senté y puse sobre la arañada madera unos manojos de lavanda que había arrancado del patio de una casa en Pacific Heights—. Lavanda —señalé, ofreciéndole un ramito. *Desconfianza.*

Ella hizo girar el ramito entre el índice y el pulgar y lo depositó encima de la mesa, indiferente.

—¿Y el trabajo? —inquirió.

—¿Qué trabajo?

—¿Ya tienes trabajo?

—¿Por qué iba a tenerlo?

Suspiró. Cogió el ramito de lavanda y lo lanzó hacia mí, apuntándome con el extremo cortado del tallo. Bajó en picado, como un avión de papel mal construido. Lo recogí de la mesa y alisé los alborotados pétalos con esmero.

—Lo tendrías —observó— si lo hubieras buscado, lo hubieras solicitado y te hubieran contratado. Si no lo haces, dentro de dos semanas te pondrán de patitas en la calle y no habrá nadie dispuesto a abrirte la puerta de su casa para cobijarte por las noches.

Miré la puerta principal y me pregunté cuánto tardaría Meredith en marcharse.

—Tienes que quererlo —insistió—. Yo no puedo hacer más. A fin de cuentas, tienes que quererlo tú.

Querer ¿qué? Siempre me preguntaba lo mismo cuando la oía decir eso. Quería que se marchara. Quería beberme la leche que había en el estante superior de la nevera, etiquetada «Lorraine», y añadir el cartón vacío a la colección que tenía en mi habitación. Quería plantar la lavanda cerca de mi almohada y acostarme inhalando su aroma fresco y seco.

Meredith se levantó.

—Volveré la semana que viene, cuando menos te lo esperes, y quiero ver una montaña de solicitudes de empleo en tu mochila. —Llegó a la puerta y se detuvo—. Me costará mucho echarte a la calle, pero debes saber que lo haré.

No me creí que fuera a costarle demasiado.

Entré en la cocina, abrí la nevera y me quedé husmeando los rollitos de primavera y las salchichas empanadas, ya resecos, hasta que oí cerrarse la puerta de la calle.

Dediqué mis últimas semanas en la Casa de la Alianza a trasplantar el jardín de mi dormitorio a McKinley Square, un pequeño parque municipal en la parte alta de Potrero Hill. Lo había encontrado mientras recorría las calles en busca de anuncios que solicitaran personal y me había atraído la perfecta combinación de sol, sombra, soledad y seguridad que ofrecía. Potrero Hill era uno de los barrios de clima más templado de la ciudad y el parque estaba situado en una cumbre, con buenas vistas en todas direcciones. Había una pequeña estructura de juegos en medio de un rectángulo de césped cuidadísimo, pero, más allá del césped, el parque estaba arbolado y descendía por una ladera muy pronunciada y cubierta de arbustos, con vistas al Hospital General de San Francisco y a una fábrica de cerveza. En lugar de seguir buscando trabajo, transporté mis cartones de leche, uno por uno, hasta aquel rincón escondido. Escogí el sitio para plantar cada planta concienzudamente: las plantas a las que les gustaba la sombra, bajo los árboles más altos, y las que preferían el sol, una docena de metros colina abajo, lejos de las zonas umbrías.

La mañana de mi desalojo desperté antes del amanecer. Mi habitación estaba vacía y el suelo seguía húmedo y sucio donde habían estado mis improvisados tiestos. Mi inminente condición de vagabunda no había sido una decisión consciente; sin embargo, al levantarme para vestirme la mañana que iban a echarme a la calle, me sorprendió comprobar que no tenía miedo. En lugar de sentir temor o rabia, lo que notaba era expectación y nerviosismo, una sensación parecida a la que había experimentado de niña la vigilia de cada nueva asignación a una posible familia adoptiva. Ahora, ya adulta, mis esperanzas para el futuro eran sencillas: quería estar sola y rodeada de flores. Parecía que, por fin, podría conseguir exactamente lo que quería.

En mi habitación sólo había tres mudas de ropa, mi mochila, un cepillo de dientes, fijador para el pelo y los libros que me había regalado Elizabeth. La noche anterior, tumbada en la cama, había oído cómo mis compañeras escarbaban en el resto de mis pertenencias como animales hambrientos devorando la presa. Era un procedimiento habitual en las casas de acogida y en los hogares tutelados: registrar las cosas que dejaban atrás las niñas cuando se las llevaban con prisas a otro sitio. Mis compañeras, ya emancipadas, continuaban aquella tradición.

Hacía muchos años, casi diez, que no participaba en ningún saqueo, pero todavía recordaba la emoción que sentías cuando encontrabas algo comestible, algo que pudieras vender por cinco centavos en la escuela, algo misterioso o personal. En la escuela primaria empecé a coleccionar esos objetos pequeños y olvidados como si fueran tesoros —un dije de plata con una M grabada, una correa de reloj de piel imitación serpiente color turquesa, un pastillero del tamaño de una moneda de veinticinco centavos con una muela con sangre incrustada— y los guardaba en una bolsa de malla con cremallera que había robado del lavadero de alguna casa. A medida que la bolsa se llenaba y se volvía más pesada, los objetos se apretaban contra los diminutos agujeros de la malla.

Durante un tiempo me dije que lo que hacía era guardarles esos objetos a sus dueñas, no con intención de devolvérselos, sino para chantajearlas y conseguir comida o favores si algún día volvíamos a coincidir en alguna casa. Pero al hacerme mayor empecé a codiciar mi colección, y me contaba una y otra vez a mí misma la historia de cada objeto: la vez que había vivido con Molly, aquella niña que adoraba los gatos; la compañera de litera a la que habían arrancado el reloj y roto el brazo; el apartamento del sótano donde Sarah se enteró de quién era el Ratoncito Pérez. Mi apego a aquellos objetos no se basaba en ninguna conexión con los individuos. La mayoría de las veces había evitado a las personas, desdeñando sus nombres, sus circunstancias, sus ilusiones de futuro. Sin embargo, con el tiempo, los objetos se convirtieron en una sarta de pistas sobre mi pasado, un rastro de migas de pan, y sentía el vago impulso de seguirlas hasta el sitio que había más allá de donde empezaban mis recuerdos. Y de pronto, en un cambio de casa caótico y repentino, me había visto obligada a dejar atrás la bolsa. Después, y durante años, me negué a recoger mis pertenencias, y llegaba a cada nueva casa de acogida con las manos vacías.

Empecé a vestirme a toda prisa. Me puse dos camisetas de tirantes, seguidas de tres camisas y una sudadera con capucha, unas mallas marrones, calcetines y zapatos. Mi manta de lana marrón no cabía en la mochila, así que la doblé por la mitad, me la até a la cintura y aseguré el pliegue con imperdibles. El borde inferior lo recogí con alfileres formando dobleces, como una enagua. Por último, lo tapé todo con dos faldas: una larga, naranja, de encaje, y otra más corta, acampanada y granate. Me miré en el espejo del cuarto de baño mientras me lavaba los dientes y la cara y comprobé con satisfacción que mi aspecto no era ni atractivo ni repulsivo. Mis curvas quedaban bien disimuladas bajo tanta ropa, y el exagerado corte de pelo que me había hecho yo misma la noche anterior hacía que mis ojos, azules y brillantes —el único rasgo destacable en una cara por lo demás bastante corriente—, parecieran asombrosamente grandes, dominando el rostro de forma rotunda. Me sonreí en el espejo. No parecía una vagabunda. Al menos, no todavía.

Me paré en el umbral de mi habitación vacía. El sol se reflejaba en las paredes blancas. Me pregunté quién sería la siguiente ocupante y qué pensaría de las malas hierbas que brotaban de la moqueta, cerca de los pies de la cama. Si se me hubiera ocurrido antes, le habría dejado a la nueva inquilina un cartón de leche lleno de hinojo. Esa planta liviana, que huele a caramelo de regaliz, la habría reconfortado. Pero era demasiado tarde. Le dije adiós a aquella habitación que dejaba de ser mía y, de pronto, sentí gratitud por el ángulo con que entraba la luz por la ventana, por el cerrojo de la puerta, por aquel breve regalo de tiempo y espacio.

Corrí al salón. Por la ventana vi que el coche de Meredith ya estaba en el camino de la casa, con el motor apagado. Ella se miraba en el retrovisor, cogida al volante con ambas manos. Di media vuelta, me escabullí por la puerta trasera y cogí el primer autobús que pasó.

Nunca volví a ver a Meredith.

4

De la fábrica de cerveza que había al pie de la colina ascendía día y noche una columna de vapor que parecía humo. Mientras desherbaba, veía extenderse aquella masa blanca, y esa imagen infundía una pizca de desesperación a mi complacencia.

Noviembre no es un mes frío en San Francisco y McKinley Square estaba tranquilo. Mi jardín sobrevivió al trasplante, con excepción de una amapola mexicana muy sensible, y durante las primeras veinticuatro horas imaginé que podría contentarme con llevar una vida anónima, escondida entre los árboles. Mientras trabajaba, aguzaba el oído, preparada para echar a correr en cuanto oyera pasos, pero nadie se apartó de aquella extensión de césped, ningún curioso se asomó al bosquecillo donde yo estaba agachada. Hasta el parque infantil se hallaba vacío, excepto un cuarto de hora antes de que abrieran los colegios, cuando los niños, vigilados de cerca, se columpiaban un poco (una, dos, tres veces) antes de seguir colina abajo. Al tercer día ya era capaz de relacionar las voces de los niños con sus nombres. Sabía quién escuchaba a su madre (Genna), a quién adoraba su maestra (Chloe) y quién preferiría que la enterraran viva en el cajón de arena antes que soportar otro día de clase (Greta, la pequeña Greta; si mis ásteres hubieran tenido flores, le habría dejado un ramillete en el cajón de arena, por la desconsolada voz con que suplicaba a su madre que le permitiera quedarse). Las familias no me veían y yo no las veía a ellas, pero a medida que transcurrían los días empecé a esperar sus visitas. Pasaba las primeras horas de la mañana pensando a qué niña me habría parecido más si hubiera tenido una madre que me hubiera acompañado al colegio todos los días. Me imaginaba obediente en lugar de desafiante, sonriente en lugar de huraña. Me preguntaba si también me habrían gustado las flores, si habría anhelado tanto la soledad. Las preguntas, que no tenían respuesta, se arremolinaban como el agua alrededor de las raíces de mis geranios silvestres, que yo regaba a menudo y abundantemente.

Cuando el hambre se hacía insoportable, subía a un autobús que me llevaba a Marina, Fillmore Street o Pacific Heights. Iba a las tiendas de *delicatessen* más sofisticadas, me plantaba ante los mostradores de mármol reluciente y probaba una aceituna, una loncha de beicon canadiense, un trozo de Havarti. Hacía las preguntas que habría hecho Elizabeth: ¿Qué aceite de oliva era virgen? ¿De cuándo eran el atún, el salmón, el lenguado? ¿Eran dulces las primeras naranjas sanguinas de la temporada? Aceptaba las muestras que me ofrecían, fingía indecisión. Entonces, cuando el dependiente se volvía para atender a otro cliente, me iba tan campante.

Después, con el hambre apenas mitigada, recorría las colinas buscando plantas para añadir a mi jardín, cada vez más extenso. Registraba tanto jardines privados como parques públicos y me colaba bajo pérgolas de campanillas y pasionarias. En las raras ocasiones en que encontraba una planta que no lograba identificar, robaba un tallo, me lo llevaba a un restaurante abarrotado y esperaba a que algún cliente se marchara para ocupar su sitio en la mesa. Sentada ante platos abandonados de lasaña o *risotto* a medio comer, metía el tallo en un vaso de agua; el debilitado cuello verde colgaba del borde del vaso. Mientras saboreaba la comida a bocados pequeños, hojeaba mi guía de campo, examinaba las diversas partes de la planta y respondía metódicamente a mis propias preguntas: ¿Pétalos numerosos o inapreciables? ¿Hojas lanceoladas, que salen unas de otras, o acorazonadas? ¿Planta con abundante jugo lechoso, con ovario colgando a un lado de la flor, o sin jugo lechoso, con ovario erecto? Tras deducir la familia de la planta y memorizar su nombre común y científico, ponía la flor entre las hojas del libro y miraba alrededor en busca de otro plato medio vacío. Pero nunca lo encontraba.

Una de las primeras noches no pude dormir. Tenía un nudo en el estómago y por primera vez mis flores no me reconfortaban. Sus oscuras siluetas eran, más bien, un recordatorio del tiempo que había tenido para buscar un empleo, del tiempo que me habían dado para empezar una nueva vida. Me cubría con la manta hasta la cabeza y cerraba los ojos, entrando y saliendo del duermevela, y me negaba a pensar qué iba a hacer cuando llegara el día siguiente, o el otro.

De pronto, en plena noche, desperté sobresaltada al percibir un fuerte olor a tequila. Abrí los ojos de golpe. La mata de brezo que había trasplantado de un callejón de Divisadero tendía sus brazos pinchudos sobre mi cabeza. Entre los brotes nuevos y las flores con forma de campanilla, vi la silueta de un hombre que se agachaba y arrancaba un tallo de mi helenio. Al hacerlo, inclinó su botella de tequila y el alcohol se derramó sobre el arbusto bajo el que estaba escondida. Detrás del hombre, una jovencita estiró el brazo y cogió la botella. Se sentó en el suelo, de espaldas a mí, y miró al cielo.

El hombre se incorporó con la flor en la mano y a la luz de la luna aprecié que era joven, demasiado joven para estar bebiendo, incluso demasiado joven para estar fuera de casa a esas horas. Era un adolescente. Pasó los pétalos por la coronilla de la chica y por su mejilla.

—Una margarita para mi amor —dijo, tratando de imitar un acento sureño. Estaba borracho.

—Eso es un girasol, zoquete —repuso la chica, riendo.

Su coleta, atada con una cinta a juego con su camisa y su falda plisada, se movió arriba y abajo. Cogió la flor y la olió. A la pequeña corola naranja le faltaban la mitad de los pétalos; la muchacha arrancó los que restaban hasta que sólo quedó el centro, despojado y vulnerable bajo el cielo nocturno, y entonces lo lanzó hacia el bosque.

El adolescente se sentó a su lado. Olía a sudor, enmascarado con colonia de supermercado. La chica tiró la botella vacía a los matorrales y se volvió hacia él.

Sin demora, el chico empezó a besuquearle el rostro haciendo unos ruidos babosos, mientras la acariciaba por debajo de la camisa. Le introdujo la lengua en la boca y creí que ella vomitaría, pero no: soltó un gemido y lo agarró por el cabello grasiento. Se me revolvió el estómago y un trozo de salami ascendió por mi garganta. Me tapé la boca con una mano y los ojos con la otra, pero aun así los oía. Al besarse hacían unos ruidos húmedos y voraces tan nítidos que era como si unos dedos insaciables se pasearan por mis labios, mi cuello, mis pechos.

Me acurruqué hasta formar un ovillo y el lecho de hojas crujió bajo mi cuerpo. La pareja siguió besándose.

A la mañana siguiente, desde la parada del autobús vi a una mujer alta con un cubo lleno de tulipanes blancos abriendo una pequeña floristería. Accionó el interruptor de la luz y un letrero que rezaba «Bloom» se iluminó detrás del escaparate. Crucé la calle y me acerqué a ella.

—No es temporada —observé, señalando los tulipanes.

La mujer arqueó las cejas.

—Ya. Pero a las novias no les importa. —Dejó el cubo y me miró, como si esperara un comentario por mi parte.

Me acordé de los amantes enredados bajo mi brezo. Se habían derrumbado más cerca de mí de lo que yo esperaba y, antes de poder ubicarlos en los arbustos, le había pisado un omóplato al chico. Ninguno de los dos se había movido. La chica tenía los labios apoyados en el cuello de él como si se hubiera desmayado en pleno beso; él tenía la barbilla levantada y la cabeza hundida en una maraña de helenio, como extasiado. En un instante, mi ilusión de seguridad y soledad se había desvanecido.

—¿En qué puedo ayudarte? —preguntó la mujer, y se pasó las manos por el pelo, canoso y de punta.

Entonces recordé que había olvidado ponerme fijador; confiaba en no tener hojas enganchadas. Antes de hablar, sacudí la cabeza con timidez.

—¿Por casualidad necesita una empleada?

Me miró de arriba abajo.

—¿Tienes experiencia?

Paseé la punta del pie por una grieta del suelo de cemento y repasé mentalmente mi experiencia. Tarros de mermelada llenos de cardos y púas de aloe pegadas con cinta aislante no eran gran cosa en el mundo de los arreglos florales. Podía recitar nombres científicos y la historia de las diversas familias de plantas, pero dudaba que eso la impresionara. Sacudí la cabeza.

—No —admití.

—Pues entonces, lo siento.

Volvió a mirarme y su mirada me pareció tan intensa como la de Elizabeth. Se me hizo un nudo en la garganta y me sujeté la enagua de manta marrón temiendo que se soltara y cayera alrededor de mis pies.

—Si me descargas la furgoneta, te doy cinco dólares —ofreció.

Me mordí el labio y asentí con la cabeza.

«Deben de ser las hojas que llevo en el pelo», pensé.

5

El baño estaba preparado. Me hizo sentir incómoda pensar que Elizabeth ya sabía que llegaría sucia.

—¿Necesitas que te ayude? —me preguntó.

—No. —La bañera era de un blanco reluciente y el jabón, en un platillo metálico, estaba rodeado de conchas marinas.

—Pues baja cuando te hayas vestido, y date prisa.

Había ropa limpia preparada para mí encima del tocador blanco de madera.

Esperé a que se marchara, intenté cerrar la puerta con pestillo y vi que lo habían quitado. Cogí la silla del tocador y la coloqué contra el picaporte, de modo que, al menos, la oyera llegar. Me desnudé tan aprisa como pude y me sumergí en el agua caliente.

Cuando más tarde bajé, Elizabeth estaba sentada a la mesa de la cocina, ante un plato intacto y con la servilleta sobre el regazo. Me había puesto la ropa que ella me había comprado: blusa blanca y pantalones amarillos. Me miró de arriba abajo y, sin duda, se fijó en lo grande que me iba todo. Me había remangado la cintura y el dobladillo de los pantalones, pero aun así me colgaban tanto que se me habrían visto las bragas si la camisa no hubiera sido tan larga. Era más baja que la mayoría de las niñas de mi clase de tercero y ese verano había adelgazado dos kilos.

Cuando le expliqué a Meredith por qué había perdido peso, me llamó mentirosa, pero de todas formas me sacó de la casa de acogida y se abrió una investigación oficial. El juez escuchó mi versión y luego a la señora Tapley. «No admitiré que se me tilde de delincuente por negarme a satisfacer las exigencias de una cría quisquillosa», había escrito en su declaración. El juez manifestó que la verdad debía de estar en algún punto medio y me lanzó una mirada severa y acusadora. Pero se equivocaba. La señora Tapley mentía. Yo tenía más defectos de los que Meredith habría podido enumerar en un informe judicial, pero no era quisquillosa con la comida.

Durante todo junio, la señora Tapley me había hecho demostrarle el hambre que tenía. Empezó el mismo día que llegué a la casa de acogida, el día después de terminar el curso escolar. Me ayudó a poner mis cosas en mi nueva habitación y me preguntó, con una voz lo bastante amable para despertar mis sospechas, cuál era la comida que más me gustaba y cuál la que menos. Pero contesté de todas formas, porque tenía hambre: la pizza y los guisantes congelados. Esa noche, para cenar, me sirvió un plato de guisantes, todavía congelados. Dijo que si de verdad tenía hambre me los comería. Me levanté de la mesa. La señora Tapley cerraba la nevera y todos los armarios de la cocina con candado.

Durante dos días sólo salí de mi habitación para ir al cuarto de baño. El olor a comida se filtraba por debajo de mi puerta a intervalos regulares; sonaba el teléfono y el volumen del televisor subía y bajaba. La señora Tapley no vino a verme. Pasadas veinticuatro horas, llamé a Meredith, pero mis acusaciones eran tan frecuentes que no me devolvió la llamada. La tercera noche, cuando bajé a la cocina, estaba sudando y temblando. La señora Tapley vio cómo intentaba apartar la pesada silla de la mesa con mis débiles brazos. Al final desistí y deslicé el delgado cuerpo por el hueco que quedaba entre la mesa y la silla. Los guisantes del plato estaban arrugados, encogidos y duros. La señora Tapley me miró con odio mientras en una sartén chisporroteaba grasa, y me soltó un sermón sobre los niños adoptivos que comían en exceso debido a que estaban traumatizados. «La comida no es para consolarse», dijo mientras yo me metía el primer guisante en la boca. Enrosqué la lengua y lo empujé hacia mi garganta como si fuera una piedra. Tragué y me comí otro, y otro, contando cada uno a medida que descendía. El olor a grasa y algo más friéndose me animaba a seguir. Treinta y seis. Treinta y siete. Después del guisante treinta y ocho, los vomité todos en el cuenco. «Vuelve a intentarlo», me ordenó, señalando los guisantes a medio digerir. Se sentó en un taburete, sacó una carne humeante de la sartén y empezó a comérsela mientras me observaba. Volví a intentarlo. Así transcurrieron varias semanas, hasta que Meredith vino a hacerme la visita mensual; era así como había adelgazado.

Elizabeth sonrió al verme entrar en la cocina.

—Eres muy guapa —exclamó, sin intentar disimular su sorpresa—. Era difícil verlo, con tanto kétchup. ¿Te encuentras mejor?

—No —respondí, aunque no era verdad.

No recordaba la última casa donde me habían dejado usar la bañera; Jackie tal vez tuviera una en el piso de arriba, pero a las niñas no nos dejaban subir al segundo piso. Antes había habido una serie de pequeños apartamentos, cuyas estrechas duchas estaban abarrotadas de productos de belleza y capas de moho. Aquel baño caliente me había sentado bien, pero ahora, mirando a Elizabeth, me pregunté qué precio tendría que pagar por él.

Cogí una silla y la acerqué a la mesa. La comida que tenía delante habría alcanzado para alimentar a una familia de seis miembros. Platos de pasta, gruesas lonchas de jamón, tomates cherry, manzanas verdes, queso en lonchas, hasta una cuchara llena de mantequilla de cacahuete sobre una servilleta blanca. Había tanta comida que no podía abarcarla con la mirada. El corazón me latía con fuerza; metí los labios hacia dentro y los apreté. Elizabeth iba a obligarme a comer todo lo que había en la mesa. Y por primera vez desde hacía meses, no tenía hambre. La miré, esperando la orden.

—Comida para niños —anunció, señalando la mesa con timidez—. ¿Qué tal lo he hecho?

No contesté.

—Supongo que no tendrás hambre —añadió al ver que no pensaba responder—. No si he de hacerle caso a tu camisón para imaginar cómo has pasado la tarde.

Dije que no con la cabeza.

—Pues entonces come sólo lo que te apetezca —propuso—. Pero quédate en la mesa hasta que yo haya terminado.

Suspiré, momentáneamente aliviada. Encima de mi plato de pasta había un ramito de flores blancas, atado con una cinta azul lavanda. Observé los delicados pétalos antes de apartarlo de un manotazo, pues acudieron a mi mente historias que había oído contar a otros niños, historias de envenenamientos y hospitalizaciones. Miré alrededor para ver si las ventanas estaban abiertas, por si necesitaba huir. En aquella habitación de armarios de madera blancos y electrodomésticos antiguos sólo había una ventana: un pequeño cuadrado encima del fregadero, con una hilera de botellitas de cristal azules en el alféizar. Estaba bien cerrada.

Señalé las flores.

—No puedes envenenarme, ni darme medicamentos que yo no quiera, ni pegarme aunque me lo merezca. Son las normas. —La miré con odio desde el otro lado de la mesa, confiando en que captara mi amenaza. Había denunciado a más de una persona por pegarme.

—Si pretendiera envenenarte, te daría dedalera, hortensia o quizá anémona, según el dolor que quisiera infligirte y el mensaje que quisiera transmitirte.

La curiosidad pudo más que mi mala disposición.

—¿De qué estás hablando?

—Estas flores se llaman pamplinas —me explicó—. Y significan bienvenida. Ofreciéndote un ramillete de pamplinas te estoy dando la bienvenida a mi casa y a mi vida. —Enrolló un poco de pasta con mantequilla en el tenedor y me miró a los ojos. Su expresión carecía de humor.

—A mí me parecen margaritas —objeté—. Y sigo pensando que son venenosas.

—No son venenosas y no son margaritas. ¿Ves que sólo tienen cinco pétalos y que parece que tengan diez? Cada par de pétalos está conectado en el centro.

Cogí el ramillete y examiné las corolas blancas. Los pétalos se juntaban antes de conectarse con el tallo y cada pétalo tenía forma de corazón.

—Es una característica del género *Stellaria* —continuó Elizabeth al ver que la había entendido—. «Margarita» es un nombre común y abarca muchas familias diferentes, pero las típicas flores que llamamos margaritas tienen más pétalos y cada pétalo está separado de los otros. Es importante saber diferenciarlas para no confundir el significado. Las margaritas simbolizan la inocencia, que no tiene nada que ver con la bienvenida.

—No sé de qué me hablas —dije.

—¿Has acabado de comer? —me preguntó dejando su tenedor en el plato. Yo sólo había comido un poco de jamón, pero asentí con la cabeza—. Pues ven conmigo y te lo explicaré.

Elizabeth se levantó y se dio la vuelta para cruzar la cocina. Me metí un puñado de pasta en un bolsillo y vacié el cuenco de tomatitos en el otro. Ella se paró ante la puerta trasera, pero no se volvió. Me subí los calcetines y me metí debajo las lonchas de queso. Antes de levantarme de la silla cogí la cuchara de mantequilla de cacahuete, y la lamí lentamente mientras seguía a Elizabeth. Bajamos los cuatro peldaños de madera que conducían a un extenso jardín.

—Te hablo del lenguaje de las flores —aclaró—. Tiene su origen en la era victoriana (de Victoria, como tu nombre), cuando la gente se comunicaba a través de las flores. Si un hombre le regalaba a una joven un ramo de flores, ella volvía presurosa a su casa e intentaba descodificarlo, como si fuera un mensaje secreto. Las rosas rojas significan *amor*; las amarillas, *infidelidad*. Los hombres tenían que elegir con cuidado las flores que regalaban.

—¿Qué es infidelidad? —pregunté mientras avanzábamos por un sendero; había rosas amarillas por todas partes.

Elizabeth se paró y adoptó una expresión triste. Al principio creí que le había molestado algo que yo había dicho, pero entonces me fijé en que no me miraba a mí, sino a las rosas. Me pregunté quién las habría plantado.

—Significa tener amigos. Amigos secretos —dijo por fin—. Amigos que no deberías tener.

No entendí su definición, pero ella ya había echado a andar por el camino. Alargó un brazo y me quitó la cuchara de mantequilla para que la siguiera. Recuperé la cuchara y la seguí por la vereda.

—Hay romero, que significa *recuerdo*. Estoy citando a Shakespeare; ya lo leerás cuando vayas al instituto. Y hay aguileña, *abandono*; acebo, *previsión*; lavanda, *desconfianza*.

Tomamos una desviación del sendero y Elizabeth se agachó para sortear una rama baja. Me terminé la mantequilla de un lento lametazo, tiré la cuchara entre los arbustos y salté para colgarme de la rama y columpiarme, pero la rama no cedió.

—Eso es un almendro. Sus flores son un símbolo de indiscreción, pero eso no te interesa. Aunque es un árbol bonito —añadió— y siempre he creído que sería un sitio ideal para construir una cabaña. Le pediré a Carlos que te construya una.

—¿Quién es Carlos? —pregunté, y salté al suelo. Elizabeth había seguido caminando y fui dando brincos hasta alcanzarla.

—El capataz. Vive en la caravana que hay entre los dos cobertizos, pero esta semana no lo conocerás porque se ha llevado a su hija de acampada. Perla tiene nueve años, como tú. Ella cuidará de ti cuando empiece la escuela.

—No pienso ir a la escuela —repuse, esforzándome en seguir su ritmo.

Elizabeth había llegado al centro del jardín y volvía hacia la casa. Seguía señalando plantas y recitando significados, pero iba demasiado deprisa para mí. Empecé a correr y la alcancé justo cuando llegaba ante los escalones del porche trasero. Se agachó para que nuestros ojos quedaran a la misma altura.

—Empezarás las clases dentro de una semana, el lunes —dijo—. Cuarto grado. Y no entrarás en la casa hasta que me traigas mi cuchara.

Se dio la vuelta, entró en la cocina y cerró la puerta con llave.

6

Me guardé el billete de cinco dólares de la florista en el sujetador y di un paseo por el distrito de Mission. Todavía era temprano y en el barrio había abiertos más bares que cafeterías. En la esquina de la calle Veinticuatro con Alabama, entré en una cafetería y pasé dos horas comiendo donuts y esperando a que abrieran las tiendecitas de Valencia Street. A las diez conté el dinero que me quedaba —un dólar con ochenta y siete— y caminé hasta encontrar una tienda de telas. Compré medio metro de cinta de raso blanca y un alfiler con cabeza de perla.

Cuando regresé a McKinley Square ya era casi mediodía y me metí en mi jardín sin hacer ruido, pisando el césped. Temía que aquella pareja siguiera tumbada sobre mis flores, pero ya se habían ido. Lo único que quedaba era la huella de la espalda del chico sobre mi helenio y la botella de tequila sobresaliendo de un arbusto tupido.

Sólo tenía una oportunidad. Estaba convencida de que la florista necesitaba ayuda: se la veía pálida y tenía la cara surcada de arrugas, como Elizabeth las semanas antes de la vendimia. Me contrataría si lograba convencerla de mis aptitudes. Con el dinero que ganara, alquilaría una habitación con una puerta que pudiera cerrarse con llave y cuidaría de mi jardín sólo durante el día, cuando pudiera vigilar si se acercaban desconocidos.

Sentada bajo un árbol, me puse a analizar mis opciones. Las flores de otoño estaban en todo su esplendor: verbenas, solidagos, crisantemos y rosas de floración tardía. Los arriates de flores que rodeaban el parque, bien cuidados, tenían varias capas de plantas perennes con textura, pero muy poco color.

Me puse a trabajar teniendo en cuenta la altura, la densidad, la textura y las diferentes fragancias, retirando los pétalos estropeados mediante cuidadosos pellizcos. Cuando terminé, unos crisantemos blancos emergían en espiral de un cojín de verbena blanca como la nieve, mientras unos racimos de pálidas rosas trepadoras bordeaban el ramillete y pendían de él. Retiré todas las espinas. El ramo era blanco como un vestido de novia y hablaba de oraciones, verdades y un corazón enajenado, pero eso nadie tenía por qué saberlo.

La mujer estaba cerrando la tienda cuando llegué. Todavía no era mediodía.

—Si buscas otros cinco dólares, llegas tarde —comentó, señalando la furgoneta con la cabeza. Estaba llena de pesados arreglos florales—. Me habría venido bien tu ayuda.

Le mostré mi ramo.

—¿Qué es eso? —preguntó.

—Mi experiencia —contesté, ofreciéndole las flores.

Olió los crisantemos y las rosas; luego metió un dedo entre la verbena y se examinó la yema. Limpia. Echó a andar hacia su furgoneta y me indicó que la siguiera.

De la parte trasera del vehículo cogió un ramillete de rosas blancas, rígidas, muy apretadas y atadas con una cinta de raso rosa. Puso los dos ramos uno al lado del otro. No había comparación. Me lanzó las rosas blancas y yo las atrapé con una sola mano.

—Llévalas a Spitari's, al final de la calle. Pregunta por Andrew y dile que te he enviado yo. Te dará de comer a cambio de las flores.

Asentí con la cabeza y ella subió a la furgoneta.

—Me llamo Renata. —Encendió el motor—. Si quieres trabajar el sábado que viene, ven a las cinco de la mañana. Si llegas aunque sólo sea un minuto tarde, me iré sin ti.

Me dieron ganas de correr calle abajo, invadida por una intensa sensación de alivio. Poco importaba que sólo me hubieran prometido un día de trabajo, ni que con el dinero que ganara seguramente sólo me alcanzaría para alquilar una habitación unas pocas noches. Ya era algo. Y si demostraba mi valía, la florista volvería a invitarme. Me quedé de pie en la acera, sonriendo y moviendo los dedos de los pies.

Renata arrancó; entonces detuvo la furgoneta y bajó la ventanilla.

—¿Cómo te llamas?

—Victoria —respondí, levantando la cabeza y reprimiendo una sonrisa—. Victoria Jones.

Ella asintió y se alejó.

El sábado siguiente llegué a Bloom poco después de medianoche. Me había quedado dormida en mi jardín con la espalda apoyada en una secuoya, montando guardia, y desperté de golpe al oír risas que se acercaban. Esa vez era un grupo de jóvenes borrachos. El que pasó más cerca de mí, un chico grandullón, con pelo largo, me sonrió como si fuéramos dos amantes que se encuentran en el lugar acordado. Esquivé su mirada, fui con paso ligero hasta la farola más cercana y bajé por la colina hasta la floristería.

Mientras esperaba, me apliqué desodorante y fijador de pelo; luego me puse a dar vueltas a la manzana, obligándome a permanecer despierta. Cuando vi aparecer por la calle la furgoneta de Renata, me había mirado en dos ocasiones en los retrovisores de coches aparcados y me había arreglado la ropa tres veces. Pese a todas esas precauciones, sabía que empezaba a tener el aspecto y el olor de una vagabunda.

Renata paró la furgoneta, quitó el seguro de la puerta del pasajero y me indicó que subiera. Me senté tan lejos como pude de ella, y cuando cerré la puerta, ésta repiqueteó contra mi flaca cadera.

—Buenos días —saludó—. Llegas puntual.

Cambió de sentido y recorrió la calle vacía por donde había venido.

—¿Es demasiado temprano para que me des los buenos días? —preguntó.

Asentí y me froté los ojos, fingiendo que acababa de despertarme. En silencio, dimos la vuelta a una rotonda. Renata se pasó la salida y tuvimos que dar otra vuelta entera.

—Me parece que para mí también es un poco temprano —comentó.

Recorrió las calles de sentido único detrás de Market hasta un abarrotado aparcamiento.

—No te separes de mí —me previno, bajando de la furgoneta para entregarme unos cubos vacíos—. Ahí dentro hay mucha gente y no puedo perder el tiempo buscándote. Hoy tengo una boda a la una; hay que entregar las flores antes de las diez. Por suerte sólo son girasoles, no nos llevará mucho tiempo arreglarlos.

—¿Girasoles? —pregunté, sorprendida.

Falsas riquezas. «No sería la flor que yo elegiría para mi boda», pensé, y a continuación miré al cielo, tan absurda sonaba «mi boda».

—Ya lo sé, no es temporada —dijo Renata—. Pero en el mercado de flores siempre puedes encontrar de todo, y cuando las parejas me ofrecen dinero, no me quejo.

Se abrió paso a empujones para entrar y yo la seguí de cerca, encogiéndome cuando los cubos, los codos y los hombros me rozaban.

El mercado de flores era una especie de cueva hueca y sin ventanas, de techo metálico y suelo de cemento. La artificiosidad de aquel mar de flores, lejos de la tierra y la luz, me puso los nervios de punta. Había puestos rebosantes de flores de temporada, como las que crecían en mi jardín secreto, aunque cortadas y expuestas en ramos. Otros vendedores exhibían flores tropicales, orquídeas e hibiscos y plantas exóticas cuyos nombres yo desconocía, procedentes de invernaderos a cientos de kilómetros de distancia. Arranqué una pasionaria al pasar y me la puse en la cinturilla de la falda.

Renata hojeaba los girasoles como si fueran páginas de un libro. Regateó un poco, se alejó y luego regresó. Me pregunté si sería norteamericana de nacimiento o si habría crecido en un lugar donde era habitual regatear. Conservaba restos de un acento que no lograba identificar. Otros compradores se acercaban, pagaban con billetes o tarjetas de crédito y se marchaban con sus cubos llenos de flores. Pero Renata seguía discutiendo. Los vendedores parecían acostumbrados a ella y regateaban sin mucho entusiasmo. Daba la impresión de que sabían que al final ganaría ella, y así fue. Metió en mis cubos unos manojos de girasoles, con tallos de tres palmos de largo, y se dirigió con premura hacia el siguiente puesto.

Cuando la alcancé, tenía en las manos docenas de calas goteantes, de pétalos enrollados y prietos de color rosa y naranja. El agua que resbalaba por sus tallos le mojaba las finas mangas de la blusa y, al ver que me acercaba, me lanzó las flores. Sólo la mitad entraron en mi cubo vacío; me agaché lentamente para recoger las que habían caído al suelo.

—Es su primer día —explicó Renata al vendedor—. Todavía no entiende por qué tengo tanta prisa. Dentro de un cuarto de hora ya no te quedarán calas.

Metí la última flor en el cubo y me levanté. El florista vendía docenas de variedades de calas: Stargazer, imperial, Casablanca y lirio tigre. Limpié con el dedo una mota de polen caído sobre el pétalo de una Stargazer abierta mientras escuchaba a Renata, que negociaba el precio de las flores. Ofrecía cifras muy inferiores a las que pagaban otros clientes, sin apenas detenerse para esperar una respuesta, hasta que de pronto paró: el vendedor había cedido. Levanté la cabeza.

Renata sacó su monedero y agitó un delgado fajo de billetes ante la cara del vendedor, pero él no los cogió. Me miraba a mí. Sus ojos se deslizaron de mi melena enmarañada a mi cara, revolotearon alrededor de mis clavículas y calentaron mis brazos cubiertos hasta detenerse en el polen marrón y húmedo de mis pezones. Sentí su mirada como una invasión. Apreté el asa del cubo que sostenía y se me pusieron los nudillos blancos.

La mano de Renata agitó con impaciencia el dinero, invadiendo aquel silencio estancado.

—Ten, chico.

El joven alargó una mano para coger los billetes, aunque no interrumpió la insolente exploración de mi cuerpo. Siguió descendiendo por las diversas capas de mi falda, examinó el trozo de pierna visible entre mis calcetines y mis mallas.

—Ésta es Victoria —añadió Renata señalándome con la mano. Hizo una pausa, como si esperara a que el florista se presentara, pero no lo hizo.

El joven volvió a mirarme a la cara. Nuestros ojos se encontraron. Los suyos tenían algo inquietante, un destello de reconocimiento que atrajo mi atención. Tuve la impresión de que se trataba de una persona que había luchado tanto como yo, aunque de forma diferente. Calculé que era unos cinco años mayor que yo. Su cara tenía el aspecto arrugado y gastado de un jornalero. Imaginé que debía de haber plantado, cuidado y recogido las flores él mismo. Quizá por eso tenía un cuerpo delgado y musculoso, y mientras lo examinaba no se encogió ni sonrió. Su piel aceitunada debía de estar salada. Esa idea hizo que mi corazón se acelerara a causa de algo relacionado con la ira, una emoción que no reconocí, pero que encendió el centro de mi cuerpo. Me mordí la mejilla y dirigí de nuevo los ojos a su cara.

El joven cogió un lirio tigre naranja de un cubo.

—Toma, reina —dijo, ofreciéndomela.

—No. No me gustan las calas. —«Y no soy ninguna reina», pensé.

—Pues deberían gustarte —repuso—. Te sientan bien.

—Y tú, ¿cómo sabes lo que me sienta bien? —Sin pensarlo, le di un manotazo a la flor que él aún sostenía. Seis pétalos puntiagudos se desprendieron y cayeron al suelo. Renata aspiró entre los dientes.

—No lo sé —admitió el joven.

—Ya decía yo. —Balanceé el cubo lleno de flores, dispersando el calor que irradiaba de mi cuerpo. Al mover los brazos me di cuenta de que me temblaban.

Me volví hacia Renata.

—Ve fuera —me ordenó, señalando la salida.

Esperé a que dijera algo más, muerta de miedo ante la posibilidad de que me despidieran allí mismo una hora después de haber estrenado mi primer empleo. Pero Renata tenía la vista fija en la cola que se estaba formando en el siguiente puesto. Cuando volvió la cabeza y vio que no me había movido del sitio, arrugó el entrecejo en gesto de confusión.

—¿Qué te pasa? —preguntó—. Sal y espérame junto a la furgoneta.

Me dirigí a la salida abriéndome paso entre la muchedumbre. Me dolían los brazos del peso del cubo lleno, pero recorrí todo el aparcamiento sin detenerme. Cuando llegué junto al vehículo de Renata, dejé el cubo y me senté exhausta en el duro cemento.

7

Aunque no pudiera ver su silueta detrás del cristal, estaba segura de que Elizabeth me observaba desde la ventana. La puerta trasera seguía cerrada con llave. Temblando, vi cómo se ocultaba el sol. Me quedaban unos diez minutos, no más; luego tendría que buscar la cuchara a oscuras.

No era la primera ocasión en que me dejaban fuera. La primera vez yo contaba cinco años; tenía el estómago hinchado y vacío en una casa con demasiados niños y demasiadas botellas de cerveza. Sentada en el suelo de la cocina, observaba a una pequeña chihuahua blanca que se comía la cena que le habían puesto en un cuenco de cerámica. Me acerqué con cuidado, muerta de envidia. No tenía intención de quitarle la comida a la perra, pero cuando mi padre de acogida me vio con la cara a sólo unos centímetros del cuenco, me agarró por la nuca del suéter de cuello alto y me echó fuera. «Si te comportas como un animal, te trataré como a un animal», declaró. Una vez fuera, intenté absorber el calor de la casa pegada a la puerta corredera de cristal, al tiempo que observaba cómo la familia se preparaba para acostarse. No podía creer que fueran a dejarme allí toda la noche, pero lo hicieron. Temblaba de miedo y frío y pensaba en cómo se sacudía aquella perrita cuando se asustaba y en cómo le vibraban las orejas triangulares. Mi madre de acogida bajó al cabo de unas horas y me lanzó una manta por una de las altas ventanas de la cocina, pero no me abrió la puerta hasta el amanecer.

Ahora, sentada en los escalones de la casa, me comí la pasta y los tomates que tenía en los bolsillos mientras decidía si buscar la cuchara o no. Si la encontraba y se la daba a Elizabeth, quizá me hiciera dormir fuera de todas formas. Hacer lo que me ordenaban nunca había sido garantía de conseguir lo que me prometían. Pero antes de bajar había visto de pasada mi habitación y parecía más cómoda que aquellos escalones de madera astillada. Decidí intentarlo.

Deambulé lentamente por el jardín hasta llegar al sitio donde había tirado la cuchara. Me arrodillé bajo el almendro y busqué a tientas; metí las manos en la tupida maleza y me pinché con las espinas. Aparté tallos altos y desprendí pétalos de densos arbustos. Rompí hojas y ramas. Pero no la encontraba.

—¡Elizabeth! —grité, cada vez más frustrada.

En la casa no se oía nada.

La oscuridad estaba volviéndose espesa y pesada. El viñedo parecía extenderse en todas direcciones como un mar inexorable y de repente me entró miedo. Cogí con ambas manos el tronco de una mata y tiré con todas mis fuerzas; las espinas se me clavaron en las palmas. Arranqué la planta. Seguí arrancando todo lo que conseguía asir, hasta que el suelo quedó pelado. En medio de la tierra removida apareció la cuchara, que reflejaba la luz de la luna.

Me limpié las manos ensangrentadas en los pantalones, cogí la cuchara y corrí hacia la casa, tropezando, cayéndome y levantándome, pero sin soltar mi trofeo. Subí los escalones a toda prisa y golpeé repetidamente la puerta de madera con la cuchara de metal. La llave giró en la cerradura y Elizabeth apareció.

Nos quedamos un momento mirándonos en silencio, con dos pares de ojos muy abiertos que no parpadeaban; entonces lancé la cuchara dentro de la casa con toda la fuerza de mi delgado brazo. Apunté a la ventana del fregadero de la cocina. La cuchara pasó volando a escasos centímetros de la oreja de Elizabeth, describió un arco y rebotó en la ventana antes de caer con estrépito en el fregadero de porcelana. Una de las botellitas azules se tambaleó en el borde de la repisa, cayó y se rompió.

—Ahí tienes tu cuchara —dije.

Elizabeth inspiró, controlándose a duras penas, y se abalanzó sobre mí. Sus dedos se me hincaron bajo las costillas y me transportó al fregadero, casi hasta meterme dentro. Me apretó contra el borde de la encimera de baldosas y me bajó la cara tan cerca de los cristales rotos que, por un instante, lo vi todo azul.

—Eso —señaló, acercándome aún más la cara a los cristales— era de mi madre.

Me tenía inmovilizada, pero yo notaba cómo la ira iba acumulándose en sus dedos, amenazando con acercarme más a los cristales.

Me dio una sacudida y me apartó del fregadero de un empujón. Caí hacia atrás. Ella se quedó erguida, cerniéndose sobre mí, y esperé a recibir el bofetón de rigor. Era lo que necesitaba, una buena bofetada: Meredith volvería antes de que se me hubiera ido la marca y aquel nuevo experimento habría terminado. Me declararían inadoptable y Meredith dejaría de buscarme una familia; estaba preparada, más que preparada.

Pero Elizabeth bajó la mano y dio un paso atrás, separándose de mí.

—A mi madre no le habrías gustado —dijo. Me dio unos golpecitos con el pie para que me levantara—. Sube y acuéstate.

«Vaya —pensé decepcionada—, esto no se acaba aquí.» Me invadió un temor palpable, denso y abrumador. No había ni la más remota posibilidad de que mi colocación en casa de Elizabeth se prolongara mucho y quería liquidar el asunto cuanto antes, a ser posible, sin pasar ni una sola noche allí. Di un paso hacia ella con la barbilla levantada en gesto desafiante, con la esperanza de que mi actitud provocadora la hiciera traspasar los límites.

Pero el momento ya había pasado. Elizabeth miraba más allá de mi cabeza y respiraba pausadamente.

Me di la vuelta con brusquedad, cogí una loncha de jamón de encima de la mesa y subí la escalera. La puerta de mi habitación estaba abierta. Me quedé un momento en el umbral, contemplando todo lo que sería temporalmente mío: los muebles de madera oscura, la alfombra redonda de color rosa y la lámpara de mesa con pantalla de cristal perlado. Todo parecía nuevo: el mullido edredón blanco y las cortinas a juego, la ropa pulcramente colgada en el armario y doblada formando montoncitos en los cajones de la cómoda. Me metí en la cama, mordisqueé el jamón, que tenía un sabor salado y metálico allí donde lo había tocado con las manos ensangrentadas. Entre mordisco y mordisco, me paraba y escuchaba.

Que yo recordara, había vivido en treinta y dos hogares y lo único que todos tenían en común era el ruido. Fuera: autobuses, frenazos, trenes estrepitosos. Dentro: peleas entre televisores, pitidos de microondas y calientabiberones, timbres de puerta y teléfono, palabrotas, chasquidos de pestillo. Y también los ruidos de los otros niños: bebés que lloraban, hermanos que chillaban al ser separados, el aullido de una ducha demasiado fría y los gemidos de la pesadilla de una compañera de habitación. Pero la casa de Elizabeth era diferente. Como el viñedo al aposentarse en el crepúsculo, el interior de la casa estaba en silencio. Por la ventana abierta sólo entraba un débil y agudo rumor. Me recordó al zumbido de la electricidad en los cables, pero, como estaba en el campo, imaginé que procedía de algo natural: una cascada, quizá, o un enjambre de abejas.

Entonces oí que Elizabeth subía la escalera. Me cubrí hasta la cabeza con el edredón y me tapé los oídos para no escuchar sus pasos. Me sobresalté al notar que se sentaba con cuidado en el borde de mi cama. Aparté un poco las manos de mis orejas, aunque no me destapé la cara.

—Yo tampoco le gustaba a mi madre —susurró Elizabeth con tono dulce, de disculpa.

Tuve la tentación de asomarme por debajo del edredón; aquella voz amortiguada sonaba tan diferente de la que me había retenido contra el fregadero que, por un instante, pensé que no era la de Elizabeth.

—Al menos tenemos eso en común. —Y al decirlo apoyó una mano en la parte baja de mi espalda.

Me aparté de ella, apretando el cuerpo contra la pared de la cama; el trozo de jamón se me pegó a la cara. Elizabeth siguió hablando: me contó del nacimiento de su hermana mayor, Catherine, y de los siete años de abortos y partos de niños muertos que siguieron, cuatro bebés en total, todos niños.

—Cuando nací yo, mi madre pidió a los médicos que me llevaran. Yo no lo recuerdo, pero mi padre me contó que fue mi hermana, que sólo era siete años mayor, la que me alimentó, me bañó y me vistió hasta que fui capaz de hacerlo por mí misma.

Siguió hablando, describiendo la depresión de su madre y la devoción con que su padre se dedicaba a cuidarla. Me contó que, antes de aprender a hablar, había aprendido dónde colocar los pies exactamente al andar de puntillas por los pasillos para evitar que crujieran los viejos tablones del suelo. A su madre no le gustaba el ruido, ningún ruido.

Yo la escuchaba. Me interesaba la emoción de su voz; casi nunca me habían hablado como si yo fuera capaz de comprender la experiencia de otra persona. Tragué un trocito de jamón.

—Era culpa mía —continuó Elizabeth—. La enfermedad de mi madre. Eso no me lo ocultaba nadie. Mis padres no querían tener otra hija; se decía que las niñas carecían de las papilas gustativas necesarias para distinguir una uva de vino madura. Pero yo les demostré que se equivocaban.

Me dio unas palmaditas en la espalda y comprendí que había terminado de hablar. Me comí el último trozo de jamón.

—¿Te ha gustado el cuento de esta noche? —preguntó.

En medio del silencio reinante, su voz sonó demasiado alta, fingiendo un optimismo que ella no sentía.

Saqué la nariz de debajo del edredón y respiré.

—No mucho —contesté.

Elizabeth rió con una brusca exhalación.

—Creo que tú también puedes demostrar que los demás se equivocan, Victoria. Tú no eres lo que haces. Tu comportamiento es una elección.

Pensé que, si de verdad lo creía, el futuro le depararía muchas decepciones.

8

Renata y yo trabajamos en silencio casi toda la mañana. La tienda era pequeña; detrás del mostrador había una trastienda más amplia, con una mesa larga de madera y una cámara de refrigeración. Alrededor de la mesa había seis sillas. Me senté en la más cercana a la puerta.

Renata me facilitó un libro titulado *Bodas de girasol*. Se me ocurrió un subtítulo adecuado: «Cómo comenzar un matrimonio basado en la falsedad y el materialismo.» Sin hacer caso al volumen, compuse dieciséis arreglos de mesa con los girasoles, las calas y una maraña de esparraguera. Renata se ocupó de los ramilletes del cortejo nupcial y, cuando los terminó, empezó una escultura floral en un cubo metálico que le llegaba más arriba de la cintura. Cada vez que se oía chirriar la puerta, Renata salía a la tienda. Conocía a todos sus clientes y les escogía las flores sin pedirles indicaciones.

Cuando terminé, me planté enfrente de Renata y esperé a que levantara la cabeza. Echó un vistazo a los jarrones que yo había puesto en fila encima de la mesa.

—Muy bien —dijo, asintiendo—. Francamente bien. Asombroso. Cuesta creer que nadie te haya enseñado.

—Nadie me ha enseñado.

—Ya lo sé. —Me miró de arriba abajo de una forma que no me gustó—. Carga la furgoneta. Acabo enseguida.

Llevé los jarrones cuesta arriba, de dos en dos. Cuando Renata terminó lo suyo, llevamos el jarrón más alto entre las dos y lo pusimos con cuidado en la parte trasera, que ya estaba llena. Volvimos a la tienda; ella cogió todo el dinero de la caja registradora y cerró el cajón con llave. Pensé que iba a pagarme pero, en lugar de eso, me dio un trozo de papel y un lápiz.

—Te pagaré cuando vuelva —prometió—. La boda es al otro lado de la colina. Quédate en la tienda y di a mis clientes que pueden pagarme la próxima vez que vengan.

Esperó hasta que yo asentí con la cabeza; luego se marchó.

Me quedé sola, sin saber qué hacer. Permanecí un rato de pie detrás de la caja registradora manual, examinando la pintura verde, desconchada. La calle estaba tranquila. Pasó una familia sin detenerse y sin mirar el escaparate. Se me ocurrió abrir la puerta y sacar unos cubos de orquídeas fuera, pero entonces recordé mi costumbre de birlar los artículos expuestos frente a las tiendas. Pensé que Renata no lo habría aprobado.

Fui a la zona de trabajo, recogí los restos de tallos que habían quedado sobre la mesa y los tiré a la papelera. Limpié la superficie con un trapo húmedo y barrí el suelo. Como no se me ocurría nada más, abrí la puerta metálica de la cámara de refrigeración y me asomé al interior. Estaba oscuro y fresco, y lleno de cubos de flores. Aquel lugar me atraía y tuve ganas de desatarme la manta marrón que llevaba a modo de enagua y quedarme dormida entre aquellos cubos. Estaba cansada. Llevaba toda la semana durmiendo a trompicones, porque continuamente me despertaban voces, pesadillas o ambas cosas. El cielo siempre estaba blanco, pues de la fábrica de cerveza no paraban de salir nubes de vapor. Todas las mañanas tardaba unos minutos en recuperarme del pánico, hasta que mis sueños llenos de humo se dispersaban por el cielo, como el vaho. Me quedaba quieta y me recordaba que tenía dieciocho años y que estaba sola: ya no era una niña y no tenía nada que perder.

En la seguridad de la floristería vacía, me entraron ganas de dormir. La puerta se cerró detrás de mí; resbalé hasta sentarme en el suelo y apoyé la sien contra un cubo.

Acababa de encontrar una postura cómoda cuando oí una voz amortiguada fuera de la cámara.

—¿Renata?

Me puse en pie de un brinco. Me pasé rápidamente los dedos por el pelo, salí de la cámara y entorné los ojos, deslumbrada.

Había un hombre de pelo canoso apoyado en el mostrador, tamborileando con dedos impacientes.

—¿Y Renata? —preguntó al verme.

Negué con la cabeza.

—Ha ido a llevar unas flores a una boda. ¿Necesita algo?

—Necesito flores. ¿Para qué crees que he venido? —Abrió un brazo señalando el local, como si creyera necesario recordarme mi ocupación—. Renata nunca me pregunta lo que quiero. No sé distinguir una rosa de un rábano.

—¿Para qué son? —pregunté.

—Mi nieta cumple dieciséis años. Estoy seguro de que no quiere celebrarlo conmigo, pero su madre insiste. —Cogió una rosa blanca de un cubo azul y aspiró su aroma—. No me apetece mucho. Esa chica se ha vuelto muy arisca.

Traté de recordar qué flores había en la cámara y eché un vistazo a la tienda. Un regalo de cumpleaños para una adolescente arisca. Las palabras de aquel hombre mayor eran un rompecabezas, un reto.

—Las rosas blancas son una buena elección para una adolescente —elucubré—. Y quizá unos lirios de los valles. —Saqué uno cogiéndolo por el largo tallo, del que colgaban unas campanillas color marfil.

—Lo que a ti te parezca.

Mientras arreglaba las flores y las envolvía en papel marrón, como le había visto hacer a Renata, sentí un optimismo parecido al que había experimentado al deslizar las dalias por debajo de las puertas de los dormitorios de mis compañeras la mañana que cumplí dieciocho años. Era una sensación extraña: la emoción de un secreto combinada con la satisfacción de saberme útil. Era algo tan inusual y tan agradable que sentí el impulso de hablarle a aquel hombre de las flores, de explicarle sus significados ocultos.

—¿Sabe qué? —pregunté, procurando sonar desenfadada y cordial, pese a notar cómo las palabras se atascaban en mi garganta por la emoción—. Dicen que los lirios del valle devuelven la alegría.

El hombre arrugó la nariz con impaciencia e incredulidad.

—Eso sería un milagro —contestó, sacudiendo la cabeza. Le di las flores—. Me parece que no he oído reír a esa chica desde que tenía doce años y te aseguro que lo echo de menos.

Sacó su cartera, pero levanté una mano.

—Renata me ha dicho que puede pagar otro día.

—Muy bien —repuso él, y se dio la vuelta—. Dile que ha venido Earl. Ella ya sabe dónde encontrarme.

Dio un portazo al salir y las flores vibraron en sus cubos.

Cuando volvió Renata, una hora más tarde, yo había atendido a media docena de personas. En el papel que me había dado lo había anotado todo: nombres de los clientes, flores y cantidades. Renata leyó la lista por encima y asintió con la cabeza, como si hubiera sabido exactamente quiénes iban a ir a la tienda y qué iban a pedir. Metió el papel dentro de la caja registradora y sacó un fajo de billetes de veinte dólares, del que separó tres.

—Sesenta dólares —contó—. Seis horas. ¿Vale?

Asentí con la cabeza, pero no me moví. Ella me miró a los ojos como esperando.

—¿Vas a preguntarme si te necesito el sábado que viene o piensas seguir ahí sin abrir la boca? —me animó al fin.

—¿Me necesitas?

—Sí, a las cinco de la mañana. Y el domingo también. No entiendo cómo se le ocurre a la gente casarse un domingo de noviembre, pero no es cosa mía. Ésta suele ser una época del año bastante floja, y de momento tengo más trabajo que nunca.

—Pues hasta la semana que viene —me despedí, y cerré la puerta con cuidado al salir.

Con dinero en la mochila, la ciudad parecía otra. Bajé por la colina mirando los escaparates con interés, leyendo menús y comparando el precio de las habitaciones en los moteles baratos que había al sur de Market. Mientras, pensaba en mi primer día de trabajo: una tranquila cámara de refrigeración llena de flores, una tienda que casi siempre estaba vacía y una jefa que me trataba con franqueza y desapego. Era el empleo perfecto para mí. Sólo una cosa me había resultado incómoda: mi breve conversación con el florista del mercado. La perspectiva de volver a verlo el sábado siguiente me producía desasosiego. Decidí que tendría que llegar preparada.

Cogí un autobús y bajé en North Beach. Era por la tarde y la niebla empezaba a derramarse por Russian Hill, transformando los faros y los pilotos traseros de los coches en vaporosas esferas amarillas y rojas. Caminé hasta que encontré un albergue juvenil, sucio y barato. Le mostré mi dinero a la recepcionista y esperé.

—¿Cuántas noches? —me preguntó.

Apunté con la barbilla a los billetes que había dejado encima del mostrador.

—¿Para cuántas tengo?

—Para cuatro, pero sólo porque estamos en temporada baja. —Me extendió un recibo y señaló al final del pasillo—. El dormitorio de las chicas está a la derecha.

Los cuatro días que siguieron dormí, me duché y comí las sobras de los turistas en Columbus Avenue. Cuando se me acabaron las noches en el albergue, volví al parque, preocupada por aquel chico grandote y por tantos otros como él, pero consciente de que tenía muy pocas opciones. Cuidé de mi jardín y esperé a que llegara el fin de semana.

El viernes me quedé despierta, pues temía dormirme y llegar tarde a mi cita con Renata. Pasé toda la noche deambulando por las calles y, una vez me cansé, me paseé por delante de la discoteca que había al pie de la colina, donde la música hacía vibrar mis párpados caídos. Cuando llegó la furgoneta, yo la esperaba apoyada en la puerta de cristal de Bloom.

Renata sólo redujo la velocidad lo suficiente para que yo saltara al vehículo y empezó a cambiar de sentido antes de que hubiera cerrado la puerta.

—Tendría que haberte dicho que vinieras a las cuatro —rezongó—. No miré la agenda. Necesitamos flores para cuarenta mesas y el cortejo nupcial lo forman más de veinticinco personas. ¿A quién se le ocurre celebrar una boda con doce damas de honor? —No supe si me estaba consultando o si era una pregunta retórica. Guardé silencio—. Si yo me casara, no habría ni doce invitados —añadió—, al menos no en este país.

«Yo no tendría ni uno solo —pensé—, ni en este país ni en ningún otro.» Renata aminoró la marcha al llegar a la rotonda y recordó qué salida debía tomar.

—Vino Earl —anunció—. Me pidió que te transmitiera que su nieta estaba muy alegre. Insistió en que era importante que te dijera «alegre», y no otra cosa. Comentó que habías hecho algo con las flores para sacarle la alegría de dentro.

Sonreí y miré por la ventanilla, esquivando a Renata. Así que se había acordado. Me sorprendió comprobar que no lamentaba la decisión de divulgar mi secreto. Pero no quería revelárselo a Renata.

—No entiendo a qué se refería —mentí.

Renata desvió un momento la mirada de la calzada y me observó con una ceja arqueada. Tras un breve silencio, continuó:

—Verás, Earl es un viejo peculiar. Por lo general tiene un carácter agrio, pero, cuando menos te lo esperas, muestra una dulzura muy especial. Ayer me confesó que tiene edad suficiente para confiar de nuevo en Dios tras haber renunciado a Él.

—¿Qué significa eso?

—Supongo que cree que el fin de semana pasado tú consultaste con Él antes de escogerle las flores.

—¡Ja! —exclamé con ironía.

—Sí, vale. Pero me dijo que volvería hoy, porque quiere que le elijas algo para su mujer.

Me estremecí de emoción al saber que iban a hacerme un nuevo encargo.

—¿Cómo es ella? —pregunté.

—Tranquila —contestó Renata—. No sé mucho más. Una vez Earl me contó que su mujer era poetisa, pero que apenas habla y que ya nunca escribe. Él le lleva flores casi todos los fines de semana; creo que siente nostalgia de cómo era ella antes.

Vincapervinca, pensé: *recuerdos tiernos*. Sería difícil formar un ramo con ellas, pero no imposible. Las rodearía con algo alto y de tallos firmes.

. . .

El mercado de flores no estaba tan lleno como la semana anterior, pero Renata lo recorrió a toda prisa, como si estuvieran subastando el último ramo de rosas. Necesitábamos quince docenas de rosas naranjas y más calas Stargazer de las que cabían en los cubos que yo transportaba. Me llevé las flores fuera y volví por más. Cuando lo hube metido todo en la furgoneta, regresé al ajetreado edificio y busqué a Renata.

La vi en el puesto que yo había estado evitando, regateando por un ramo de ranúnculos rosas. El precio al por mayor, garabateado en una pequeña pizarra negra con una letra casi ilegible, era de cuatro dólares. Renata agitó un billete de un dólar por encima de los cubos de flores. El vendedor no reaccionó; de hecho, ni siquiera la miró: me miró a mí mientras recorría el pasillo hasta que me planté ante él. No había dejado de pensar en el diálogo que habíamos mantenido la semana anterior y había recorrido McKinley Square hasta encontrar la flor con que podría detener su injustificado interés. Me descolgué la mochila y saqué un tallo con hojas.

—Rododendro —anuncié.

Lo dejé sobre la mesa de caballetes que el joven tenía delante. El racimo de flores moradas todavía no estaba abierto y los capullos apuntaban hacia él, prietos y tóxicos. *Advertencia.*

Él examinó la planta y luego mi mirada. Cuando miró hacia otro lado, supe que había entendido que aquella flor no era un regalo. La cogió con el pulgar y el índice y la tiró a un cubo de basura.

Renata seguía regateando, pero el vendedor la interrumpió con un rápido movimiento de la mano. Agitando los dedos con impaciencia, le dio a entender que podía quedarse las flores y marcharse.

Renata se dio la vuelta y yo la seguí.

—¿Qué ha sido eso, Victoria? —me preguntó cuando ya estábamos lo bastante lejos del muchacho para que no pudiera oírnos.

Me encogí de hombros y seguí caminando. Ella volvió la cabeza hacia el puesto, luego me miró a mí y otra vez al puesto con cara de desconcierto.

—Necesito vincapervinca —comenté, cambiando de tema—. No la venden cortada. Sirve de cubierta vegetal.

—Conozco la vincapervinca —repuso ella, apuntando con la barbilla a una pared del fondo donde había plantas en cubos con las raíces intactas.

Me dio unos billetes y no me hizo más preguntas.

Trabajamos frenéticamente toda la mañana. La boda se celebraba en Palo Alto, una ciudad situada unos cincuenta kilómetros al sur, y Renata tuvo que hacer dos viajes para entregar todas las flores. Se llevó la primera mitad de los arreglos mientras yo trabajaba en la segunda mitad. Durante su ausencia, mantuve la puerta de la tienda cerrada con llave y las luces del taller apagadas. Los clientes esperaban fuera a que Renata regresara. Yo me sentía a gusto en aquella oscura soledad.

Cuando volvió, Renata me encontró examinando mi obra: retirando polen con la yema de los dedos y recortando alguna hoja irregular con unas tijeras afiladas. Echó un vistazo a mis ramilletes. Apuntó con la barbilla a la cola de gente que tenía detrás.

—Yo me encargaré del cortejo nupcial, tú ocúpate de la tienda. —Me dio una hoja de precios plastificada y la pequeña llave dorada de la caja registradora—. Y ni se te ocurra pensar que no sé cuánto dinero hay ahí dentro.

Earl ya estaba esperándome junto al mostrador, haciéndome señas. Me acerqué a él.

—Necesito algo para mi mujer —anunció—, ¿no te lo ha dicho Renata? Sólo tengo unos minutos y quiero que busques algo para hacerla feliz.

—¿Feliz? —repetí, barriendo la tienda con la mirada para ver qué flores había disponibles. Me sentí decepcionada—. ¿No podría ser más concreto?

Él ladeó la cabeza y reflexionó un momento.

—Mira, ahora que lo pienso, ella nunca ha sido una mujer verdaderamente feliz. —Sonrió para sí—. Pero era apasionada. E ingeniosa. Y vivaz. Siempre tenía su propia opinión, incluso sobre cosas sobre las que no sabía nada. Echo de menos todo eso.

Era precisamente la petición para la que yo estaba preparada.

—Ya entiendo —contesté, y puse manos a la obra.

Estiré los zarcillos de vincapervinca hasta alisarlos y cogí una docena de crisantemos araña de un blanco reluciente. Enrollé la vincapervinca alrededor de los tallos de crisantemo como si los atara con una cinta y, con alambre de floristería, di forma a los extremos alrededor de los crisantemos, dispuestos a varias alturas. Quedó un ramo espectacular; parecía una explosión de fuegos artificiales.

—Desde luego, este ramo merece algún tipo de reacción —comentó Earl cuando se lo entregué. Me dio un billete de veinte—. Quédate con el cambio, tesoro.

Consulté la hoja de precios que me había dado Renata, metí el billete de veinte en el cajón y retiré uno de cinco para mí.

—Gracias —dije.

—Hasta la semana que viene —se despidió.

—Quizá —respondí, pero él ya había salido.

Ese día no dejaban de entrar clientes y dirigí mi atención hacia el siguiente de la cola. Envolví rosas, orquídeas y crisantemos de todos los colores, y entregué ramilletes a parejas, ancianas y adolescentes a los que habían enviado con ese recado. Mientras trabajaba, pensaba en la esposa de Earl, tratando de formarme una imagen de aquella mujer antaño apasionada: su rostro cansado, reservado y confiado. ¿Reaccionaría ante aquel descabellado ramo de crisantemos y vincapervinca, *verdad* y *recuerdos tiernos*? Estaba convencida de que sí, e imaginé el alivio y la gratitud reflejados en la cara de Earl mientras hervía agua para el té, animando a aquella mujer de firmes opiniones a entablar una agradable discusión sobre política o poesía. Esa imagen hacía que mis dedos trabajaran más deprisa y aligeraba mis pasos.

Cuando la tienda por fin se vació, Renata terminó los ramilletes del cortejo nupcial.

—Carga la furgoneta —me ordenó.

Transporté las flores tan aprisa como pude. Eran casi las dos. Renata se sentó al volante y me pidió que me ocupara de la tienda hasta su regreso, una hora más tarde.

• • •

La entrega le llevó mucho más tiempo del que había calculado. Llegó a Bloom a las cinco y media, despotricando contra las pajaritas y las flores en el ojal. Me quedé callada, esperando a que me pagara para poder marcharme. Había trabajado doce horas y media sin parar y estaba deseando llegar a una habitación con llave en la puerta y, con suerte, incluso darme un baño. Pero Renata no abría su bolso.

Cuando concluyó su frustrado monólogo, abrió la caja registradora y rebuscó entre billetes arrugados, talones y recibos.

—No tengo suficiente dinero en efectivo —se disculpó—. Pasaré por el banco antes de ir a cenar. Ven conmigo. Hablaremos de negocios.

Habría preferido coger el dinero y perderme, pero la seguí, consciente de la precariedad de mi posición.

—¿Comida mexicana? —propuso.

—Vale.

Torció hacia Mission.

—No hablas mucho, ¿verdad? —preguntó.

Negué con la cabeza.

—Al principio creía que no eras de hábitos mañaneros —admitió—. Mis sobrinos y sobrinas no se oyen antes de mediodía, pero después acabas rezando para que se callen. —Me miró como si esperara algún comentario.

—Ah —dije.

Ella rió.

—Tengo doce sobrinos y sobrinas, pero los veo muy poco. Sé que debería esforzarme más, pero no lo hago.

—¿No?

—Pues no. Los adoro, pero sólo los tolero en pequeñas dosis. Mi madre siempre se burla de mí diciendo que no heredé su gen maternal.

—¿Qué es eso?

—Ya sabes, ese impulso biológico que hace que las mujeres se pongan a hacer carantoñas en cuanto ven a un bebé por la calle. Yo nunca he sentido eso.

Renata aparcó enfrente de una taquería; junto a la puerta, dos mujeres se inclinaban sobre una sillita de bebé como si corroboraran sus palabras.

—Entra y pide lo que te apetezca —me dijo—. Pagaré cuando vuelva del banco.

Estuvimos cenando hasta las ocho. Fue tiempo suficiente para que ella tomara un taco y tres Coca-Cola *light*, y para que yo me comiera un burrito de pollo, dos enchiladas con queso, una guarnición de guacamole y tres raciones de nachos. Renata me observaba con una sonrisa de satisfacción. Se encargó de llenar el silencio con historias sobre su infancia en Rusia y me describió cómo una bandada de hermanas habían atravesado el Atlántico para llegar a Estados Unidos.

Cuando terminé, me recliné en la silla y noté la pesadez de toda la comida ingerida. Se me había olvidado lo que podía llegar a tragar y también la parálisis absoluta que seguía a mis atracones.

—Dime, ¿cuál es tu secreto? —me preguntó Renata.

Entorné los ojos inquisitivamente y tensé los hombros.

—Para mantener la línea —aclaró—, con lo que llegas a comer.

«Es muy sencillo —pensé—: estar pelada como una rata y no tener familia ni amigos. Pasarme semanas comiendo las sobras de otros, o nada.»

—La Coca-Cola *light* —dijo Renata llenando el silencio, como si no quisiera oír mi respuesta, o ya la supiera—. Ése es mi secreto. Cafeína y calorías vacías. También es otra de las razones por las que nunca quise tener hijos. ¿Cómo sería el bebé de una madre que se alimenta así?

—Un bebé hambriento —contesté.

Renata sonrió.

—Hoy te he visto preparando el ramo para Earl. Se ha marchado muy contento. Me imagino que volverá una semana tras otra buscándote.

«¿Y me encontrará? —me pregunté—. ¿Es ésta su forma de ofrecerme un empleo fijo?»

—Así fue como creé mi negocio —añadió—, sabiendo qué querían mis clientes incluso antes que ellos. Anticipándome a sus deseos. Envolviendo las flores antes de que entraran en la tienda, adivinando qué días vendrían con prisa y qué días querrían curiosear un poco y charlar. Creo que tú tienes ese don, esa clase de intuición. Si lo quieres.

—Sí, lo quiero —me apresuré a confirmar.

Entonces recordé aquellas palabras de Meredith: «Tienes que quererlo»; me las había dicho en la Casa de la Alianza y en muchas ocasiones más. «Tienes que querer ser una hija, una hermana, una amiga, una alumna», me había repetido una y otra vez. Yo no había querido ninguna de esas cosas, y ninguna de las promesas, amenazas o chantajes de Meredith habían conseguido alterar mi convicción. Pero, de pronto, sabía que quería ser florista. Quería pasarme la vida escogiendo flores para personas desconocidas, alternando día tras día entre el frío de la cámara y el chasquido de la caja registradora.

—Muy bien, pues te pagaré en negro —me propuso Renata—. Todos los domingos. Doscientos dólares por veinte horas de trabajo, y trabajarás siempre que yo te lo pida. ¿De acuerdo?

Asentí con la cabeza. Ella me tendió la mano y se la estreché.

A la mañana siguiente, Renata estaba esperándome en las puertas de cristal del mercado de flores. Miré la hora: ambas habíamos llegado pronto. La boda de ese día era pequeña: sólo cincuenta invitados, sentados a dos mesas largas, y sin cortejo nupcial. Deambulamos por el mercado buscando diferentes tonos de amarillo. Ésa había sido la única exigencia de la novia: quería flores que dieran luz, por si llovía. No llovía, pero el cielo estaba gris; debería haberse casado en junio.

—Su puesto está cerrado los domingos —comentó Renata mientras caminábamos, apuntando hacia el tenderete del florista misterioso.

Sin embargo, al acercarnos vimos una silueta con capucha, sentada en un taburete y apoyada contra la pared. Al verme, el joven se levantó y se inclinó hacia los cubos sin flores; su imagen se reflejó en los círculos lisos de agua. Del bolsillo de la sudadera sacó algo verde y delgado. Lo sostuvo en alto y me lo tendió.

Renata lo saludó al pasar por su lado. Yo sólo acusé su presencia alargando un brazo para agarrar lo que quería darme, pero sin levantar la vista del suelo. Después de doblar la esquina, cuando ya no podía verme, miré: unas hojas ovaladas, verde grisáceo, entre una maraña de ramitas color lima, y unas bayas traslúcidas y viscosas aferradas a las ramas como gotas de lluvia. El ramito me cabía exactamente en la palma de la mano.

Muérdago.

Supero todos los obstáculos.

9

Por la noche, las heridas que tenía en las manos cicatrizaron y las costras se adhirieron a las finas sábanas. Al emerger del sueño, tardé un momento en localizar aquel escozor, y aún más en recordar el origen de la lesión. Apreté los párpados, esperando, y de pronto me acordé: los espinos, la cuchara, el largo viaje en coche y Elizabeth. Saqué las manos bajo las sábanas de un brusco tirón y me miré las palmas. Las heridas se habían abierto de nuevo y volvían a sangrar.

Era temprano y todavía estaba oscuro. Recorrí a tientas el pasillo hasta el cuarto de baño, dejando manchas de sangre allí donde ponía las manos. En el cuarto de baño me encontré a Elizabeth, ya levantada y vestida. Sentada frente al tocador, se miraba en el espejo como si fuera a aplicarse maquillaje, pero sobre la mesa sólo había un bote de crema mediado. Hundió el dedo corazón, con la uña corta y plana, en la crema y se la aplicó bajo los ojos, por los bien definidos pómulos y el puente de la nariz. Tenía una piel sin arrugas que resplandecía con la oscura calidez del verano. Deduje que debía de ser mucho más joven de lo que su camisa sin escote y su pelo, recogido y con raya en medio, la hacían aparentar.

Al verme, se dio la vuelta y su perfil se destacó en el espejo.

—¿Qué tal has dormido? —me preguntó.

Avancé y le puse las manos tan cerca de la cara que tuvo que echarse atrás para enfocarlas. Aspiró bruscamente entre los dientes.

—¿Por qué no me dijiste nada anoche?

Me encogí de hombros.

Ella suspiró.

—A ver, trae esas manos. No quiero que se te infecten.

Se dio unas palmadas en el regazo para que me sentara, pero yo di un paso atrás. Ella cogió un cuenco de debajo del lavamanos, lo llenó de agua oxigenada, me agarró ambas manos y las sumergió a la vez. Me miró buscando un gesto de dolor, pero apreté los dientes y me mantuve impasible. Mis heridas se pusieron blancas y empezaron a espumear. Elizabeth vació el cuenco, volvió a llenarlo y me sumergió las manos de nuevo.

—No voy a permitir que te salgas con la tuya —me advirtió—. Pero si no hubieras encontrado la cuchara después de intentarlo en serio, habría aceptado una disculpa sincera.

Me hablaba con severidad y franqueza. Era muy temprano y en la neblina del sueño me pregunté si habría imaginado su tono dulce de la noche anterior. Volvió a sumergirme las manos y observó cómo se formaban aquellas diminutas burbujas blancas por tercera vez. Luego me las puso bajo el chorro de agua fría y las secó dándoles toquecitos con una toalla blanca. Los pequeños pinchazos parecían profundos y vacíos, como si el agua oxigenada me hubiera perforado la carne formando círculos perfectos. Empezó a vendarme la muñeca con una gasa, avanzando poco a poco hacia los dedos.

—Cuando tenía seis años —dijo—, aprendí que la única forma de sacar a mi madre de la cama era portarme mal. Hacía verdaderas barbaridades sólo para que se levantara y me castigara. A los diez años, mi madre se cansó y me envió a un internado. A ti no te pasará lo mismo. Hagas lo que hagas, no te echaré de aquí. Hagas lo que hagas, ¿me oyes? Así que puedes seguir poniéndome a prueba y lanzar la cubertería de mi madre por la cocina, si te apetece, pero que sepas que mi respuesta siempre será la misma: te querré y te conservaré. ¿De acuerdo?

La miré; la desconfianza me agarrotaba el cuerpo y apenas podía respirar en aquella atmósfera cargada de vapor. No la entendía. Con los hombros tensos, con frases bruscas y cortantes, hablaba con una formalidad que yo desconocía. Y sin embargo, detrás de sus palabras había una suavidad inexplicable. Su forma de tocarme también era diferente; me había lavado las manos con esmero, sin aquella carga pesada y silenciosa en sus actos que tenían todas mis anteriores madres de acogida. No me fiaba de ella.

El silencio se extendió entre nosotras. Me colocó un mechón de pelo detrás de la oreja y me miró fijamente, esperando una respuesta.

—Vale —contesté por fin, porque era la forma más rápida de terminar la conversación y salir del caldeado cuarto de baño.

Elizabeth compuso una sonrisa.

—Muy bien —anunció—. Hoy es domingo. Los domingos vamos a la feria agrícola.

Me acompañó hasta mi dormitorio, donde me ayudó a quitarme el camisón y ponerme un vestido blanco de tirantes con canesú de nido de abeja. Bajamos a la cocina. Me preparó unos huevos revueltos y me los dio a bocaditos con una cuchara que parecía idéntica a la que la noche anterior yo había lanzado contra la ventana. Masticaba y tragaba haciendo caso de sus indicaciones y seguía tratando de reconciliar sus tonos contradictorios y sus impredecibles comportamientos. Mientras me daba de desayunar, no intentó entablar conversación, limitándose a observar cómo los huevos viajaban de la cuchara a mi boca y descendían por mi gaznate. Cuando terminó de ayudarme, se comió un cuenco pequeño de huevos, lavó y secó los platos y los guardó.

—¿Estás lista? —preguntó.

Me encogí de hombros.

Salimos de la casa, cruzamos el patio de grava y Elizabeth me ayudó a subir a su vieja ranchera gris. La tapicería sintética tenía los bordes pelados y no había cinturones de seguridad. La camioneta descendió por el camino de entrada dando bandazos; el viento entraba en la cabina cargado de polvo y gases del tubo de escape. Al cabo de un minuto escaso, entramos en el aparcamiento que yo había visto vacío el día de mi llegada en el coche de Meredith. Estaba lleno de furgonetas y puestos de fruta, y de familias que se paseaban por los pasillos.

Elizabeth fue de un puesto a otro como si yo no estuviera allí, comprando pesadas bolsas de productos alimenticios: judías listadas blancas y rosa, calabazas naranja oscuro con el cuello alargado, patatas moradas, amarillas y rojas. Mientras ella pagaba una bolsa de nectarinas, aproveché para sisar una uva blanca, arrancándola con los dientes de una mesa rebosante.

—¡Adelante! —exclamó un hombre barbudo de escasa estatura, al que yo no había visto—. ¡Pruébalas! Están deliciosas, muy maduras.

Arrancó un puñado de uvas y me las puso en las manos vendadas.

—Dale las gracias —ordenó Elizabeth, pero yo tenía la boca llena.

Compró un kilo de uva, seis nectarinas y una bolsa de orejones. Nos sentamos en un banco con vistas a un extenso prado y Elizabeth me puso una ciruela amarilla a pocos centímetros de los labios. Me incliné y la comí mientras ella la sujetaba; el jugo resbaló por mi barbilla y me manchó el vestido.

Cuando sólo quedó el hueso, Elizabeth lo lanzó al prado y miró hacia el extremo más alejado del mercado.

—¿Ves ese puesto de flores de allí, el último de la hilera? —me preguntó.

Asentí con la cabeza. Había un adolescente sentado en la parte trasera de una ranchera, con los pies calzados en gruesas botas colgando por encima del asfalto. Delante tenía una mesa llena de prietos ramos de rosas.

—Es el puesto de mi hermana —continuó Elizabeth—. ¿Ves a ese chico? Ya es casi un hombre, por lo que veo. Es mi sobrino Grant. No nos conocemos.

—¿Qué? —me sorprendí. Por la historia que Elizabeth me había contado antes de acostarme, había supuesto que su hermana y ella estaban muy unidas—. ¿Por qué?

—Es una larga historia. Llevamos quince años sin hablarnos, salvo para partirnos las propiedades cuando murieron mis padres. Catherine se quedó el vivero; yo, el viñedo.

El adolescente saltó de la ranchera y le devolvió el cambio a un cliente. El largo flequillo castaño oscuro le tapó los ojos y él se lo apartó antes de estrecharle la mano a un anciano. Los pantalones le iban un poco cortos y, desde aquella distancia, me pareció que sus extremidades largas y delgadas eran el único rasgo que compartía con Elizabeth. Estaba solo a cargo del puesto de flores y me pregunté por qué no estaría Catherine con él.

—Lo más curioso —comentó Elizabeth, siguiendo los movimientos de su sobrino con la mirada— es que hoy, por primera vez desde hace quince años, la echo de menos.

El chico lanzó el último ramo de rosas a una pareja que pasaba y Elizabeth se volvió hacia mí, me puso un brazo sobre los hombros y me apretó contra ella. Yo me aparté, pero ella me hincó los dedos en el costado, reteniéndome.

10

El muérdago reposaba sobre mi esternón. Lo veía subir y bajar a un ritmo irregular. Ni los latidos de mi corazón ni mi respiración habían vuelto a la normalidad desde que leí la respuesta de aquel desconocido en la palma de mi mano.

No recordaba qué había ocurrido con los cubos de flores amarillas. Debía de haber hecho algo con ellos, porque a mediodía estaban en la parte trasera de la furgoneta de Renata y, en ese momento, los ramos de sol iban por la autopista para iluminar la boda casi invernal de una pareja; yo me había quedado sola y me había tumbado sobre la mesa de trabajo. Renata me había pedido que mantuviera la tienda abierta, pero de momento no había entrado nadie. Los domingos solía estar cerrada, así que dejé la puerta abierta pero la luz apagada. Técnicamente no estaba desobedeciendo a Renata, a pesar de que tampoco podía decirse que estuviera promoviendo el negocio.

Tenía la frente perlada de sudor pese a que había hecho una mañana fría. Me hallaba paralizada, en un estado de fascinación semejante al terror. Durante años, mis flores cargadas de significado habían sido ignoradas sistemáticamente, un aspecto de mi estilo de comunicación que me reconfortaba. Pasión, conexión, desacuerdo, rechazo: nada de eso era posible en un lenguaje que no suscitaba respuestas. Sin embargo, aquel ramito de muérdago, suponiendo que quien me lo había regalado entendiera su significado, lo cambiaba todo.

Traté de tranquilizarme, racionalizando lo ocurrido y convirtiéndolo en una coincidencia. Al muérdago se lo considera una planta romántica. Seguramente, aquel chico me había imaginado atándolo con una cinta roja al marco de madera de su puesto y colocándome debajo para que él me besara. No me conocía lo suficiente para saber que yo jamás habría permitido semejante proximidad. Pero, aunque sólo habíamos intercambiado unas pocas palabras, no lograba librarme de la sensación de que él me conocía bastante bien para comprender que un beso estaba descartado.

Tendría que contestarle. Si me regalaba otra flor y su significado encajaba, ya no podría negar que me había entendido.

Me temblaban las piernas cuando bajé de la mesa y entré tambaleándome en la cámara. Me senté, rodeada de flores frescas, y me puse a pensar en mi respuesta.

Renata regresó y empezó a decirme todo lo que tenía que hacer en la cámara. Había un encargo pequeño que debía entregarse al pie de la colina. Cogió un jarrón de cerámica azul mientras yo recogía las flores amarillas que habían quedado.

—¿Cuánto? —pregunté, porque para hacer nuestros arreglos nos guiábamos por el precio.

—No importa. Pero dile que no puede quedarse el jarrón. Pasaré a buscarlo la semana que viene.

Cuando hube terminado el ramo, Renata me tendió un papel con una dirección garabateada en el centro.

—Llévaselo tú.

Al salir por la puerta con aquel jarrón en brazos, noté que Renata me metía algo en la mochila. Me di la vuelta. Ella había cerrado la puerta con llave detrás de mí y se dirigía hacia su furgoneta.

—Ya no te necesitaré hasta el próximo sábado, a las cuatro de la madrugada —me comunicó mientras se despedía con la mano—. Prepárate para un día largo y sin descansos.

Asentí con la cabeza y la vi subir a la furgoneta y alejarse. Cuando dobló la esquina, dejé el jarrón en el suelo y abrí mi mochila. Dentro había un sobre con cuatro billetes de cien dólares y una nota que rezaba: «El sueldo de tus dos primeras semanas. No me decepciones.» Doblé los billetes y me los metí en el sujetador.

La dirección correspondía a un edificio que parecía de oficinas, a sólo dos manzanas de Bloom. En el interior no había luz y no supe distinguir si el negocio estaba cerrado por ser domingo o si no había tal negocio. Llamé con los nudillos y la puerta de cristal vibró en su marco de aluminio.

Se abrió una ventana en el primer piso y una voz dijo:

—Bajo enseguida.

Me senté en el bordillo con las flores junto a los pies.

Diez minutos más tarde, la puerta se abrió lentamente. La joven que la había abierto no estaba precisamente resollando. Extendió los brazos hacia las flores.

—Hola, Victoria —saludó—. Soy Natalia.

Se parecía a Renata: tenía la misma piel clara y los ojos del color del agua, pero llevaba el pelo mojado y teñido de rosa.

Le entregué las flores y me di la vuelta.

—¿Has cambiado de idea? —preguntó.

—¿Cómo dices?

Natalia dio un paso atrás, como invitándome a entrar.

—La habitación. Le dije a Renata que te advirtiera que no es más que un armario pero, por lo visto, ella creía que no te importaría.

Una habitación. El dinero de la mochila. Renata había decidido intervenir, aunque sin expresarme sus intenciones. Mi instinto me aconsejaba alejarme de aquella puerta abierta, pero no podía negar la realidad: no tenía adónde ir.

—¿Cuánto? —pregunté.

—Doscientos al mes. Ya verás por qué.

Miré a un lado y otro de la calle, sin saber qué decir. Cuando volví la cabeza, Natalia ya había atravesado el local vacío y subía por una escalera empinada.

—Entres o no —me dijo—, cierra la puerta.

Respiré hondo, exhalé entre los labios y entré en la casa.

El apartamento de un solo dormitorio que había sobre la tienda vacía parecía pensado para una oficina, con una moqueta fina sobre suelo de cemento y una cocina con una barra larga y una nevera pequeña. La ventana de la cocina estaba abierta y daba a un tejado plano.

—Legalmente no puedo alquilar la habitación —explicó Natalia señalando una pequeña puerta cerca del sofá del salón.

Parecía la puerta de un trastero o un pequeño cuarto. Natalia me dio un llavero con seis llaves, todas numeradas.

—Número uno —indicó.

Me arrodillé, abrí aquella puertecita y entré a gatas. La habitación estaba demasiado oscura para que viera nada.

—Levántate —me guió Natalia—. Hay una cuerda que cuelga de la bombilla.

Manoteé un poco en la oscuridad hasta notar la cuerda contra la cara. Tiré de ella.

Una bombilla desnuda alumbró un cuarto vacío y azul, un tono como el de una acuarela marina, brillante como el agua iluminada. La moqueta era de pelo blanco y casi parecía viva. No había ventanas. El espacio era suficiente para tumbarse en el suelo, pero no para poner una cama o una cómoda, aunque hubiera encontrado una que entrara por aquella puerta tan pequeña. En una pared había seis cerrojos de latón; me acerqué y comprobé que cerraban otra puerta, ésta de tamaño normal. La luz se filtraba por la rendija. Natalia tenía razón: aquella habitación era, literalmente, un armario.

—Mi último compañero de piso era un esquizofrénico paranoide —contó señalando los cerrojos—. La puerta comunica con mi habitación. Ésas son las llaves de todos los cerrojos. —Señaló el llavero que yo tenía en la mano.

—Me la quedo.

Salí al salón y dejé dos billetes de cien dólares sobre el brazo del sofá. Entonces regresé a mi flamante habitación, cerré la puerta con llave y me tumbé en medio de aquel azul.

11

El cielo parecía más extenso en casa de Elizabeth. Formaba una bóveda que iba desde una línea del horizonte hasta la otra; el azul se filtraba en las colinas secas y apagaba el amarillo del verano. Se reflejaba en el tejado de zinc del cobertizo del jardín, en la caravana redondeada y en las pupilas de Elizabeth. Aquel color parecía ineludible y tan pesado como el repentino silencio de Elizabeth.

Sentada en una tumbona en un sendero del jardín, esperaba a que Elizabeth volviera de la cocina. Esa mañana me había preparado tortitas de melocotón y plátano y yo había comido hasta quedarme doblada por la cintura sobre la mesa de la cocina, sin poder moverme. Pero, en lugar de hacerme un montón de preguntas como era habitual (yo contestaba algunas y otras las desdeñaba), había permanecido inquietantemente callada. Se había limitado a comer un poco de su plato, escogiendo los melocotones y dejando el resto de la tortita en medio de un charco de almíbar.

Con los ojos cerrados, oí a Elizabeth arrastrar una silla, sus pies enfundados en calcetines cruzando el suelo de madera, y el entrechocar de nuestros platos cuando los puso en el fregadero. Pero, en lugar del chorro de agua que debería haber oído a continuación, lo que oí fue un ruido extraño. Levanté la cabeza y vi a Elizabeth apoyada en los armarios de la cocina, con la mirada fija en un anticuado teléfono de pared. Enroscó el cable espiral del auricular y miró el disco como si no recordara qué número quería marcar. Al cabo de un rato lo intentó, pero cuando llegó al sexto dígito se detuvo y colgó bruscamente. Ese ruido no le hizo ningún bien a mi empachado estómago y suspiré.

Elizabeth se sobresaltó y, cuando se dio la vuelta, me pareció que le sorprendía verme allí sentada, como si al concentrarse en esa llamada frustrada hubiera olvidado por completo mi existencia. Exhaló ruidosamente, me levantó de la silla y me llevó al jardín, donde me quedé esperándola.

Cuando por fin salió por la puerta trasera, llevaba una pala en una mano y una taza humeante en la otra.

—Bébete esto —me recomendó, acercándome la taza—. Te ayudará a hacer la digestión.

Cogí la taza con las manos vendadas. Ya hacía una semana que Elizabeth me había limpiado y vendado las heridas, y estaba acostumbrada al impedimento de las vendas. Ella cocinaba y limpiaba mientras yo me pasaba el día sin hacer nada; cuando me preguntaba cómo tenía las manos, contestaba que peor.

Soplé un poco la infusión, di un sorbo y escupí.

—No me gusta —dije; incliné la taza y derramé el líquido en el suelo, delante de mi tumbona.

—Inténtalo otra vez —insistió Elizabeth—. Te acostumbrarás. Las flores de menta significan calidez de sentimiento.

Bebí otro sorbo. Esta vez aguanté el líquido en la boca un poco más antes de escupirlo por encima del brazo de la tumbona.

—Querrás decir calidez de gusto horrible.

—No; calidez de sentimiento —me corrigió Elizabeth—. Ya sabes, ese cosquilleo que notas cuando ves a una persona que te gusta.

Yo no conocía esa sensación.

—¡Calidez de vómito! —exclamé.

—El lenguaje de las flores no es negociable, Victoria —replicó al mismo tiempo que se daba la vuelta para ponerse los guantes de jardinería.

Cogió la pala y empezó a remover la tierra donde yo había arrancado una docena de plantas buscando la cuchara.

—¿Qué quiere decir que no es negociable? —pregunté. Di un sorbo a la infusión de menta, tragué e hice una mueca mientras esperaba a que mi estómago se calmara.

—Quiere decir que sólo hay una definición, un significado para cada planta. Como el romero, que significa...

—*Recuerdo* —completé—. Por Shakespeare, quienquiera que sea.

—Exacto —confirmó Elizabeth, sorprendida—. Y la aguileña...

—*Abandono*.

—¿Acebo?

—*Previsión*.

—¿Lavanda?

—*Desconfianza*.

Elizabeth dejó sus herramientas de jardinería, se quitó los guantes y se arrodilló a mi lado. Tenía una mirada tan penetrante que me retiré, hasta que la tumbona empezó a inclinarse hacia atrás y ella estiró una mano para sujetarme por el tobillo.

—¿Por qué me dijo Meredith que eras incapaz de aprender nada?

—Porque lo soy —respondí.

Me cogió de la barbilla y me volvió la cara hasta que pudo mirarme a los ojos.

—No me lo creo —repuso llanamente—. Meredith me contó que tras cuatro años de escuela primaria no has aprendido ni los rudimentos de la lectura. Dijo que te pondrían en educación especial, si es que conseguías entrar en una escuela pública. ¿Es verdad?

En cuatro años, yo había repetido primer y segundo grados. No fingía ineptitud; lo que pasaba era que nunca me preguntaban. Después del primer año, tenía tal reputación de imprevisible y taciturna que me aislaban de todas las clases en que entraba. Con unas hojas de ejercicios fotocopiadas aprendía las letras, los números, las matemáticas elementales. Aprendí a leer con los libros ilustrados que se les caían de las mochilas a mis compañeros de clase o que robaba de las estanterías del aula.

Hubo un tiempo en que creí que la escuela podría ser diferente. El primer día, sentada ante un pupitre en miniatura en una pulcra fila, me di cuenta de que el profundo abismo que mediaba entre mis compañeros y yo no era visible. La primera maestra que tuve, la señorita Ellis, pronunciaba mi nombre en voz baja, acentuando la sílaba central, y me trataba como a todos los demás. Me sentó al lado de una niña aún más menuda que yo, cuyas delgadas muñecas rozaban las mías cuando íbamos en fila del aula al patio y otra vez al aula. La señorita Ellis creía que era bueno alimentar el cerebro y todos los días, tras la hora del patio, depositaba un vaso de plástico con una sardina en cada pupitre. Después de comernos la sardina, teníamos que poner el vaso boca abajo y leer la letra que estaba escrita en la base. Si podíamos decir el nombre y el sonido de la letra y pensar en una palabra que empezara por esa letra, nos dejaba comernos otra sardina. La primera semana memoricé todas las letras y sus sonidos y siempre conseguí la segunda sardina.

Pero cuando llevaba cinco semanas en la escuela, Meredith me colocó con otra familia en otro barrio, y cada vez que pensaba en aquel pescado resbaladizo me enfadaba. La rabia que sentía volcaba pupitres, cortaba cortinas y robaba fiambreras. Me expulsaron temporalmente, me trasladaron y volvieron a expulsarme. A finales de aquel primer año, todos me conocían por mi carácter violento y se habían olvidado de mi educación.

Elizabeth me apretó el mentón, exigiéndome una respuesta con la mirada.

—Sé leer —afirmé.

Ella siguió escudriñando mi cara, como decidida a sonsacarme todas las mentiras que yo había dicho en mi corta vida. Cerré los ojos hasta que me soltó.

—Bueno, va bien saberlo —comentó.

Negó con la cabeza y siguió con sus trabajos de jardinería. Se puso los guantes y colocó en unos pequeños hoyos las plantas que yo había arrancado. Observé cómo acomodaba en su sitio la capa superior del suelo y daba suaves palmaditas alrededor de cada tallo. Cuando terminó, levantó la cabeza y dijo:

—Le he pedido a Perla que venga a jugar contigo. Necesito descansar un poco y te irá bien tener una amiga antes de empezar la escuela mañana.

—Perla no va a ser amiga mía —repuse.

—Pero ¡si ni siquiera la conoces! —exclamó Elizabeth, exasperada—. ¿Cómo sabes si va a ser amiga tuya o no?

Yo sabía que Perla no iba a ser amiga mía porque en nueve años jamás había tenido ninguna amiga. Meredith debía de habérselo contado a Elizabeth. Se lo había contado a todas mis otras madres de acogida, que advertían a los otros niños de la casa de que comieran deprisa y durmieran con sus caramelos de Halloween escondidos en las fundas de sus almohadas.

—Ven conmigo. Ya debe de estar esperándote junto a la verja.

Me guió por el jardín hasta la valla blanca de madera que había al final. Perla aguardaba apoyada en la valla. Estaba lo bastante cerca para haber oído todo lo que habíamos dicho, pero no parecía disgustada, sino ilusionada. Sólo era un par de centímetros más alta que yo y tenía un cuerpo blando y redondeado. Llevaba una camiseta demasiado corta y demasiado ceñida. La tela, verde lima, se tensaba sobre su barriga y terminaba antes de que empezara la cinturilla de sus pantalones. Tenía unas marcas rojas en los brazos que le habían dejado los elásticos de las mangas abullonadas antes de ir ascendiendo poco a poco hasta perderse bajo sus axilas. Se bajó las mangas, primero una y luego la otra.

—Buenos días —la saludó Elizabeth—. Te presento a mi hija Victoria. Victoria, te presento a Perla.

Al oír la palabra «hija» volvió a dolerme el estómago. Di una patada al suelo y le lancé polvo a Elizabeth hasta que ella me pisó ambos pies con uno de los suyos y me sujetó por la nuca. La piel me ardió bajo su mano.

—Hola, Victoria —dijo Perla con timidez.

Se cogió una gruesa trenza negra que hasta ese momento reposaba en su hombro y se puso a chupar el extremo, que ya estaba mojado.

—Muy bien —aprobó Elizabeth, como si las tranquilas palabras de Perla y mi obstinado silencio hubieran establecido algo—. Voy dentro a descansar un rato. Victoria, quédate aquí fuera y juega con Perla hasta que te llame.

Sin esperar respuesta, echó a andar hacia la casa. Perla y yo nos quedamos mirando el suelo. Al cabo de un rato, alargó un brazo con vacilación y rozó mis manos vendadas con un dedo regordete.

—¿Qué te ha pasado?

Tiré de las gasas con los dientes; de repente, estaba impaciente por volver a utilizar las manos.

—Espinas —contesté—. Quítamelas.

Perla tiró de los bordes del esparadrapo y yo agité las manos para soltar las vendas. Tenía la piel pálida y arrugada; las cicatrices eran círculos pequeños y secos. Me arranqué una costra con la uña; se desprendió fácilmente y revoloteó hasta el suelo.

—Iremos a la misma clase —anunció Perla—. Sólo hay una clase de cuarto grado.

No dije nada. Elizabeth estaba convencida de que yo iba a ir a la escuela, así como de que iba a ser su hija y podía obligarme a tener una amiga. Se equivocaba en todo. Fui hacia el cobertizo del jardín y Perla me siguió con andares pesados. No sabía qué iba a hacer, pero de pronto quería que Elizabeth entendiera exactamente lo equivocada que estaba sobre mí. Agarré un cuchillo y unas tijeras de podar de un estante que había junto al cobertizo y rodeé el jardín con sigilo.

Al otro lado del almendro, fui bordeando unas suculentas grises y verdes hasta llegar a una extensión de grava. Allí, donde la polvorienta carretera sin asfaltar topaba contra el exuberante jardín, crecía un cactus enorme y retorcido. Era más alto que el coche de Meredith y de tronco marrón y postilloso, como si sus propias espinas lo hubieran cortado una y otra vez. Cada rama era una colección de manos planas que crecían unas de otras, a derecha, izquierda y derecha, de modo que cada rama conseguía el equilibrio necesario para mantenerse recta y erguida.

Entonces supe qué iba a hacer.

—Es un nopal —aclaró Perla cuando señalé el cactus—. Una chumbera.

—¿Una qué?

—Una chumbera. ¿Ves esos frutos? En México los venden en el mercado. Son buenos, pero hay que pelarlos muy bien.

—Córtalo —le ordené.

Perla se quedó inmóvil.

—¿Qué? ¿Todo entero?

Negué con la cabeza.

—Sólo esa rama, la que tiene tantos frutos. La quiero para regalársela a Elizabeth. Pero tienes que cortarla tú o me haré daño en las manos.

Perla seguía sin moverse, pero miraba el cactus, que le doblaba en estatura. En lo alto de cada una de las palmas crecían unos frutos de un rojo intenso que parecían dedos hinchados. Le acerqué el cuchillo a Perla, apuntándole a la barriga con la hoja roma.

Perla alargó un brazo, comprobó la punta de la hoja con un dedo regordete, se acercó más a mí y asió el cuchillo por el mango.

—¿Por dónde? —me preguntó en voz baja.

Señalé un sitio, cerca del tronco marrón, de donde crecía una larga rama verde. Perla apoyó la hoja contra el cactus y cerró los ojos antes de inclinarse hacia delante, haciendo fuerza con todo el cuerpo. La piel era dura, pero una vez que atravesó la membrana exterior, el cuchillo se deslizó fácilmente y la rama cayó al suelo. Señalé los frutos y Perla los cortó uno a uno. Quedaron en el suelo, rezumando un jugo rojo.

—Espera aquí —ordené, y corrí por el jardín hasta donde había dejado tiradas las vendas sucias.

Cuando volví, Perla no se había movido un centímetro. Recogí los frutos con la venda, cogí el cuchillo y, con cuidado, fui quitando las espinas de los higos chumbos, maduros y comestibles, como si despellejara un animal muerto. Luego se los ofrecí a Perla.

—Toma.

Ella me miró desconcertada.

—¿No los querías para Elizabeth? —preguntó.

—Llévaselos si quieres. La parte que necesito es ésta.

Envolví las tiras de piel espinosa con las vendas.

—Y ahora, vete a tu casa —dije.

Perla recogió los frutos en las manos ahuecadas y se alejó lentamente, suspirando, como si esperara algo más de mí por su demostración de lealtad.

Pero yo no tenía nada que ofrecerle.

12

Natalia era la hermana menor de Renata. Eran seis hermanas, todas chicas. Renata era la segunda y Natalia la última. Me llevó toda una semana reunir esa información y lo agradecí. La mayoría de los días, Natalia dormía hasta última hora de la tarde, y cuando estaba despierta no hablaba mucho. Una vez me dijo que no le gustaba derrochar su voz. El hecho de que considerara conversar conmigo un desperdicio no me ofendió en absoluto.

Natalia era la cantante de un grupo de punk que, como decía ella, había «triunfado» en un radio de veinte manzanas alrededor de su apartamento. El grupo tenía unos seguidores entusiastas en Mission y unos cuantos admiradores alrededor de Dolores Park, y era desconocido en todos los otros barrios y en el resto de la ciudad. Ensayaban en la planta baja. El resto del edificio alojaba oficinas; algunas estaban alquiladas y otras vacías, pero todas estaban cerradas a partir de las cinco. Natalia me proporcionó una caja de tapones para los oídos y un montón de almohadas. Con esas dos cosas conseguía reducir la música a una mera vibración en la moqueta de pelo, lo que hacía que ésta pareciera aún más viva. La mayoría de las noches, el grupo empezaba a ensayar pasada la medianoche, de modo que yo sólo tenía unas pocas horas de tranquilidad antes de levantarme.

No volví a trabajar hasta el sábado siguiente, pero esa semana me paseé todos los días por los alrededores del mercado de flores, mirando cómo los floristas al por mayor metían unos camiones rebosantes en el abarrotado aparcamiento dando marcha atrás. No buscaba al misterioso florista; al menos, eso me decía a mí misma. El día que lo vi, me colé en un callejón y corrí hasta que me faltó el aliento.

El sábado ya había decidido cuál sería mi respuesta: boca de dragón, *presunción*. Llegué al mercado de flores a las cuatro de la mañana, una hora antes que Renata, con un billete de cinco dólares y un gorro de punto nuevo color mostaza, calado hasta las cejas.

El florista estaba agachado, descargando montones de azucenas, rosas y ranúnculos y metiéndolos en unas cubas blancas de plástico. No me vio llegar. Aproveché la ventaja que tenía para devolverle la mirada descarada que él le había dedicado a mi cuerpo la primera vez que nos habíamos visto, examinándolo desde la nuca hasta las embarradas botas de trabajo. Llevaba la misma sudadera con capucha del primer día, pero más sucia, con unos pantalones de faena con motitas blancas. Eran de esos con una presilla para colgar un martillo, sólo que no llevaba ningún martillo. Cuando se incorporó, yo estaba de pie justo enfrente de él, con los brazos cargados de bocas de dragón. Me había gastado cinco dólares en aquellas flores y, como las había comprado al por mayor, me habían dado seis ramos de flores moradas, rosas y amarillas mezcladas. Mantenía las flores a cierta altura, de modo que el borde de mi gorro terminara donde empezaban las bocas de dragón, ocultando mi cara por completo.

Noté cómo sus manos rodeaban los extremos de los tallos; sus dedos, que rozaron los míos, tenían la temperatura del cielo a primera hora de una mañana de noviembre. Sentí el fugaz deseo de calentarlos: no con mis propias manos, que no estaban mucho más calientes, sino con mi gorro o mis calcetines, algo de lo que pudiera desprenderme. El joven cogió las flores y me quedé de pie ante él, expuesta; el calor me subió a la cara tiñéndola de manchas rojas. Me di rápidamente la vuelta y me alejé.

Renata me esperaba junto a la puerta, frenética y aturullada. Tenía otra gran boda y la novia, que acababa de participar en un éxito de taquilla de Hollywood, era exigente y tenía gustos extravagantes. Había entregado a Renata una lista de varias páginas de flores que le gustaban y no le gustaban, especificando el color con muestras de pintura y el tamaño en centímetros. Renata rasgó la lista en dos y me dio una mitad, junto con un sobre con dinero.

—¡No pagues el precio de salida! —me gritó cuando ya me había marchado—. ¡Diles que son para mí!

A la mañana siguiente, Renata me envió al mercado de flores sola. Habíamos hecho centros y atado ramilletes hasta las cinco para una boda que se celebraba a las seis y el estrés la había agotado a tal punto que tuvo que acostarse. En adelante, la tienda abriría todos los domingos; Renata había colgado un letrero nuevo y había anunciado a todos sus clientes fijos que, cuando ella no estuviera, yo los atendería. Me entregó dinero en efectivo, su tarjeta de comprador al por mayor y una llave. Anotó su número de teléfono y lo enganchó con celo en la caja registradora, y me pidió que no la molestara sin motivo.

Cuando llegué al mercado de flores, el cielo todavía estaba oscuro y casi no lo vi, de pie a la derecha de la entrada. Estaba quieto y no llevaba flores; tenía la cabeza gacha pero miraba al frente, esperando. Caminé hacia la puerta con paso decidido, con la vista clavada en el picaporte metálico. Sabía que dentro del mercado habría ruido y bullicio, pero fuera apenas se oía nada. Al pasar por su lado, el joven levantó la mano con que sujetaba un papel enrollado y atado con una cinta amarilla. Cogí el rollo como un atleta que recoge el testigo, sin perder el paso, y abrí la puerta. Me recibió el bullicio de la multitud. Cuando volví la cabeza, el chico se había ido.

El puesto del florista, de madera blanca, estaba vacío. Me agaché, me metí dentro y desenrollé el papel, viejo, amarillento y con las esquinas gastadas. Se resistía a que lo alisara. Sujeté las dos esquinas inferiores con la punta de los pies y las superiores con los pulgares.

Era un dibujo hecho a lápiz, no de una flor, sino del tronco de un árbol, con la corteza muy texturizada. Pasé la yema de un dedo por la corteza; aunque el papel era liso, el dibujo era tan realista que casi sentí los nudos rugosos. En la esquina inferior derecha estaba escrito «Álamo blanco» con letra curvilínea.

Álamo blanco. Aquella planta no me la sabía de memoria. Me descolgué la mochila y saqué mi diccionario de flores. Primero busqué por la A y luego por la B, pero no aparecían ni «álamo blanco» ni «blanco, álamo». Si aquel árbol tenía un significado, no iba a encontrarlo en mi diccionario. Volví a enrollar el papel y lo até con la cinta, pero antes de terminar de hacer el lazo me detuve.

Cerca de un extremo de la cinta, con una letra de rasgos angulosos que relacioné con los precios de las flores en una pizarra, ponía: «Lunes a las 17, calle 16 con Mission. Donuts para cenar.» La tinta negra se había corrido por la seda y el texto era casi ilegible, pero la hora y el lugar estaban muy claros.

Esa mañana compré flores sin pensar, sin regatear, y cuando abrí la tienda, una hora más tarde, me sorprendió ver lo que me había llevado.

La mañana fue floja y lo agradecí. Sentada en un taburete alto detrás de la caja registradora, hojeaba un grueso listín telefónico. En el teléfono de la Biblioteca Pública de San Francisco salía un largo mensaje de contestador. Lo escuché dos veces y anoté horarios y direcciones en el dorso de mi mano. La Biblioteca Central cerraba a las cinco de la tarde los domingos, igual que Bloom. Tendría que esperar hasta el lunes. Entonces, según el significado que descubriera, decidiría si iba a cenar donuts o no.

Al final de la jornada, justo cuando estaba trasladando las flores expuestas del escaparate a la cámara, se abrió la puerta. Entró una mujer sola y se quedó mirando, desconcertada, el espacio vacío.

—¿En qué puedo ayudarla? —le pregunté, impaciente por marcharme.

—¿Eres Victoria?

Asentí con la cabeza.

—Me envía Earl. Me ha pedido que te diga que necesita más de lo mismo, exactamente lo mismo. —Me dio treinta dólares—. Y me ha dicho que te quedes con el cambio.

Dejé el dinero encima del mostrador y entré en la cámara; no sabía si tenía suficientes crisantemos araña. Entonces vi el enorme manojo que había comprado aquella mañana y solté una risita. La vincapervinca que quedaba estaba en el suelo, donde la había dejado la semana anterior. Renata no había regado la planta y estaba seca, aunque no muerta.

—¿Por qué no ha venido Earl? —pregunté y empecé a arreglar el ramo.

Mientras me observaba trabajar, la mujer desviaba continuamente la mirada hacia el escaparate, nerviosa como un pájaro enjaulado.

—Quería que te conociera.

No dije nada, ni levanté la cabeza. Con el rabillo del ojo vi cómo tiraba de su pelo castaño caoba; seguramente, el color cubría un cabello entrecano.

—Dijo que quizá podrías prepararme un ramo, algo especial.

—¿Con qué propósito? —inquirí.

Hizo una pausa y volvió a mirar por el escaparate.

—Soy soltera, pero... no quiero seguir siéndolo.

Miré alrededor. Mi éxito con Earl me había infundido seguridad. Decidí que aquella mujer necesitaba rosas y lilas, pero yo no había comprado ninguna. Eran dos flores que solía evitar.

—El sábado que viene —dije—. ¿Puede volver el sábado que viene?

Ella asintió.

—Te aseguro que sé esperar —afirmó mirando al techo, y luego observó cómo mis dedos volaban describiendo círculos alrededor de los crisantemos.

Diez minutos más tarde, cuando salió por la puerta, parecía más ligera y trotó por la acera hacia la casa de Earl como si se hubiera quitado unos años de encima.

A la mañana siguiente fui en autobús a la Biblioteca Central y esperé en los escalones hasta que abrieron. No tardé mucho en encontrar lo que buscaba. Los libros sobre el lenguaje de las flores estaban en el piso superior, entre los poetas victorianos y una extensa colección sobre jardinería. Había muchos más de los que esperaba encontrar, desde volúmenes en cartoné muy viejos, medio desmenuzados, como el que llevaba en la mochila, hasta ediciones en rústica ilustradas que parecían salidas de antiguas mesitas de salón. Todos los libros tenían una cosa en común: se notaba que llevaban años sin ser tocados. Elizabeth me había explicado que el lenguaje de las flores había estado muy extendido en otros tiempos, y yo no entendía cómo podía haberse convertido en algo prácticamente desconocido. Cogí tantos libros como pude transportar con mis temblorosos brazos.

Me senté a la mesa que tenía más cerca y abrí un volumen encuadernado en piel; el título, repujado en oro, había quedado reducido a una sombra dorada. La tarjeta que había en la solapa interior estaba sellada por última vez antes de mi supuesto nacimiento. El libro contenía una historia completa del lenguaje de las flores. Empezaba con el diccionario de flores original publicado en Francia en el siglo XIX; incluía una larga lista de parejas reales que habían utilizado ese lenguaje durante el cortejo y ofrecía descripciones detalladas de los ramos que habían intercambiado. Pasé al final del libro, donde había un breve diccionario de flores. El álamo blanco no aparecía.

Revisé media docena de libros más, mientras mi ansiedad iba en aumento. Temía descubrir la respuesta del desconocido, pero temía aún más no encontrar la definición y quedarme sin saber qué había intentado decirme. Tras veinte minutos de búsqueda, por fin encontré lo que buscaba: una sola entrada, entre «ajenuz» y «aliaga». «Álamo blanco.» *Tiempo*. Exhalé, aliviada, aunque al mismo tiempo confundida.

Cerré el libro y apoyé la cabeza en su fría cubierta. *Tiempo*, como respuesta a *presunción*, era más abstracto de lo que yo esperaba. ¿El tiempo dirá? ¿Dame tiempo? La respuesta del florista era imprecisa; estaba claro que no había aprendido con Elizabeth. Abrí otro libro y luego otro, con la esperanza de encontrar una definición más extensa del álamo blanco, pero tras revisar toda la colección no encontré ninguna referencia más. No me sorprendió. El álamo blanco, un árbol, no parecía una planta ideal para la comunicación romántica. No quedaba muy romántico regalarse palos o largas tiras de corteza.

Estaba a punto de devolver los libros a los estantes cuando me llamó la atención un volumen de bolsillo. La portada estaba ilustrada con dibujos de flores sobre una cuadrícula y la definición aparecía en letra diminuta bajo cada imagen. En la hilera inferior había unos dibujos muy delicados de rosas de todos los colores. Bajo una rosa amarillo claro se leía: *celos*.

Si se hubiera tratado de cualquier otra flor, quizá no me habría fijado en aquella discrepancia. Pero nunca había olvidado la pena que se reflejaba en el rostro de Elizabeth cuando señalaba sus rosales amarillos ni el esmero con que cortaba cada capullo en primavera, para luego dejar que se secaran en un montón junto a la valla del jardín. Sustituir *infidelidad* por *celos*... era modificar completamente el significado. Lo uno era una acción, y lo otro, sólo una emoción. Abrí el librito y lo hojeé; luego lo dejé y abrí otro.

Pasé horas revisando cientos de páginas con información nueva. Estaba inmóvil: sólo se movían las hojas de los libros al pasarlas. Mirando las flores de una en una, comparé todo lo que había memorizado con la información de los diccionarios que tenía encima de la mesa.

No tardé mucho en comprenderlo. Elizabeth se había equivocado respecto al lenguaje de las flores tanto como respecto a mí.

13

Elizabeth estaba sentada en los escalones del porche, con los pies metidos en un barreño de agua. Desde la parada del autobús, donde estaba yo de pie, parecía muy menuda y sus tobillos, muy blancos.

Al verme, levantó la cabeza y sentí angustia. No había terminado conmigo; de eso estaba segura. Aquella mañana, el chillido de Elizabeth, seguido de un fuerte taconazo en el suelo de linóleo, me había anunciado que había descubierto las espinas de cactus. Me había levantado y vestido y había bajado corriendo, pero cuando entré en la cocina, ella ya estaba sentada a la mesa, comiéndose los cereales tranquilamente. No me miró cuando entré, ni dijo nada cuando me senté a la mesa.

Su pasividad me enfureció.

—¿Qué piensas hacer conmigo? —le espeté, y su respuesta me dejó de una pieza.

Mirándome con gesto burlón, contestó que los cactus significaban *amor apasionado*. Agité la cabeza con furia, pero ella me recordó lo que me había explicado en el jardín: que cada flor tenía un solo significado, para evitar confusiones. Cogí mi mochila y fui hacia la puerta, pero Elizabeth me alcanzó y apretó un ramito contra mi nuca.

—¿No quieres ver mi respuesta? —me preguntó.

Me di la vuelta y me encontré ante un ramo de diminutas flores moradas.

—Heliotropo —me explicó—. *Cariño ferviente.*

No tomé aire antes de hablar y mis palabras sonaron como un susurro fogoso:

—El cactus significa que te odio.

Y salí y cerré a mi espalda de un portazo.

Ya había transcurrido todo un día de clase y mi rabia se había diluido y transformado en algo parecido al arrepentimiento. Pero, al verme, Elizabeth sonrió con cordialidad, como si hubiera olvidado por completo mi declaración de odio de sólo unas horas atrás.

—¿Cómo te ha ido el primer día de clase? —me preguntó.

—Fatal.

Subí los escalones de dos en dos, estirando las piernas al máximo para pasar cuanto antes más allá de Elizabeth, pero ella alargó una mano de dedos huesudos y me agarró por el tobillo.

—Siéntate —ordenó.

Me tenía fuertemente sujeta, frustrando cualquier intento de huida. Me di la vuelta y me senté un escalón más abajo que ella para no tener que mirarla a los ojos, pero ella me tiró del cuello de la camisa hasta que la miré.

—Mejor así —dijo, y me entregó un plato con una pera cortada y un bollo—. Y ahora, come. Tengo un trabajo para ti que quizá te lleve toda la tarde, así que empezarás en cuanto te hayas terminado esto.

Me exasperaba que Elizabeth fuera tan buena cocinera. Me alimentaba tan bien que yo todavía no había tocado el queso que tenía guardado en el cajón de mi cómoda. La pera del plato estaba pelada y cortada; el bollo tenía pedacitos calientes de plátano y gotas de mantequilla de cacahuete. Me lo acabé todo; Elizabeth cogió el plato y me dio un vaso de leche.

—Muy bien —aprobó—. Ahora ya podrás trabajar todo el tiempo que sea necesario para retirar hasta la última espina de mis zapatos. —Me pasó dos guantes de piel, demasiado grandes para mí, unas pinzas y una linterna—. Cuando hayas terminado, te los pondrás y subirás y bajarás los escalones tres veces, para comprobar que no queda ni una.

Tiré los guantes al pie de los escalones, donde quedaron como unas manos olvidadas. Metí las manos desnudas en uno de sus zapatos, palpando el interior en busca de espinas. Encontré una y la cogí con las uñas; la saqué y la arrojé al suelo.

Elizabeth me observaba mientras yo trabajaba, callada y concentrada: primero la cara interna de la pala de piel, luego la plantilla y los laterales, y por último la punta. El zapato que Elizabeth se había puesto era el más difícil, pues con la presión había clavado las espinas, que habían atravesado la piel. Las arranqué una a una con las pinzas, como un cirujano chapucero.

—Bueno, y si no es amor apasionado, ¿qué es? —preguntó cuando estaba a punto de terminar mi tarea—. Si no es tu devoción eterna y tu apasionado compromiso conmigo, ¿qué es?

—Ya te lo he dicho antes de ir a la escuela —repuse—. El cactus significa que te odio.

—No —replicó ella con firmeza—. Si quieres, puedo enseñarte la flor que significa *odio*, pero la palabra «odio» es muy imprecisa. El odio puede ser apasionado o desapasionado; puede provenir de la aversión, pero también del miedo. Si me explicas qué sientes exactamente, podré ayudarte a encontrar la flor idónea para transmitir tu mensaje.

—No me caes bien. No me gusta que me dejes fuera de la casa ni que me metas la cabeza en el fregadero de la cocina. No me gusta que me toques la espalda, ni que me cojas la cara, ni que me obligues a jugar con Perla. No me gustan tus flores, ni tus mensajes, ni tus dedos huesudos. No me gusta nada de ti y tampoco me gusta nada de la gente.

—¡Eso está mejor! —Elizabeth pareció impresionada por mi monólogo cargado de odio—. Es evidente que la flor que buscas es el cardo, que simboliza la misantropía. «Misantropía» significa aversión o desconfianza hacia el género humano.

—¿«Género humano» significa todo el mundo?

—Sí.

Reflexioné sobre aquello. Misantropía. Nadie había descrito nunca mis sentimientos con una sola palabra. Me la repetí hasta convencerme de que no se me olvidaría.

—¿Tienes cardos?

—Sí. Acaba tu trabajo y lo revisaremos juntas. Tengo que llamar por teléfono y no voy a salir de la cocina hasta que haya terminado de hablar. Cuando las dos hayamos acabado, iremos juntas a buscar cardos.

Elizabeth entró renqueando en la casa y, cuando se cerró la puerta mosquitera, subí con sigilo los escalones y me agaché debajo de la ventana. Froté la blanda piel de los zapatos con las manos, buscando espinas que no hubiera detectado. Si Elizabeth se había decidido a realizar esa llamada de teléfono que llevaba días intentando hacer, yo quería oír lo que hablaba. Me intrigaba que Elizabeth, a la que jamás se le trababa la lengua, tuviera dificultad para decir algo. Me asomé a la ventana y la vi sentada en la encimera de la cocina. Marcó rápidamente siete números, escuchó un momento, quizá el primer tono de llamada, y luego colgó. Volvió a marcar, más despacio. Esa vez mantuvo el auricular junto a la oreja. Desde fuera me pareció que contenía la respiración. Se quedó largo rato escuchando.

Al final habló.

—Catherine. —Tapó el micrófono con una mano y emitió un sonido entre un grito ahogado y un sollozo. La vi enjugarse las lágrimas. Destapó el micrófono y volvió a acercarse el auricular a la cara—. Soy Elizabeth.

Hizo otra pausa; agucé el oído tratando de captar la voz de su interlocutora, en vano. Continuó con voz frágil:

—Ya sé que han pasado quince años y ya sé que seguramente creías que nunca volverías a tener noticias de mí. La verdad es que yo también creía que nunca volverías a tenerlas. Pero ahora tengo una hija y no paro de pensar en ti.

Entonces comprendí que Elizabeth estaba hablando con un contestador automático, no con una persona. Ganó velocidad y sus palabras empezaron a salir en tropel.

—Mira, lo primero que hacen todas las mujeres que conozco cuando tienen un hijo es llamar a su madre; quieren tener a su madre al lado, incluso las mujeres que odian a sus madres. —Entonces se rió y relajó los hombros, que hasta ese momento había tenido encogidos. Se puso a juguetear con el cable del teléfono—. Y ahora lo entiendo de una manera completamente diferente. Ahora que nuestros padres no están, tú eres lo único que tengo y pienso en ti constantemente. De hecho, no puedo pensar en nada más. —Hizo una pausa, quizá para meditar qué diría a continuación, o cómo lo diría—. No tengo un bebé. Pensaba tenerlo. Es decir, adoptarlo. Pero acabé con una niña de nueve años. Algún día te contaré toda la historia, cuando nos veamos. Espero que nos veamos. Bueno, cuando conozcas a Victoria lo entenderás. Tiene unos ojos de fierecilla salvaje, como yo cuando era pequeña, después de comprender que la única forma de hacer salir a nuestra madre de su habitación era quemar una sartén o romper todos los tarros de melocotones de la temporada. —Volvió a reír y se enjugó las lágrimas. Estaba llorando, aunque no parecía triste—. ¿Te acuerdas? Bueno, sólo te he llamado para decirte que te perdono por lo que pasó. Hace ya mucho tiempo, toda una vida. Debí llamarte hace años y siento no haberlo hecho. Espero que me llames o que vengas a verme. Te echo de menos. Y quiero conocer a Grant. Te lo pido por favor. —Esperó, escuchó y colgó el auricular pausadamente, de tal modo que apenas oí el chasquido.

Volví a sentarme a toda prisa en los escalones y me quedé mirando los zapatos de Elizabeth, con la esperanza de que ella no se diera cuenta de que había estado escuchando a hurtadillas. Al final salió de la cocina y bajó los escalones cojeando. Ya no tenía lágrimas en los ojos, pero le brillaban, y en general parecía más animada, hasta más feliz, de lo que la había visto nunca.

—Bueno, déjame ver si lo has hecho bien —pidió—. Póntelos.

Me puse sus zapatos, me los quité, extraje una espina que no había detectado debajo del dedo gordo y volví a ponérmelos. Subí y bajé los escalones tres veces.

—Gracias —dijo; se calzó un zapato en el pie indemne y suspiró con alivio—. Esto está mejor. —Se levantó despacio—. Ahora ve a la cocina y coge un tarro de mermelada vacío del armario de los vasos, un trapo y las tijeras que hay encima de la mesa.

Lo hice, y cuando volví la encontré de pie en el primer escalón, tratando de apoyar el peso del cuerpo en el pie lastimado. Miró de la carretera al jardín varias veces como si tratara de decidir adónde quería ir.

—Los cardos crecen por todas partes —me explicó—. Quizá por eso los humanos somos tan crueles unos con otros. —Dio un primer paso hacia el camino y torció el gesto—. Tendrás que ayudarme o no llegaremos nunca —dijo, y alargó una mano hacia mi hombro.

—¿No tienes un bastón o algo? —pregunté, alejándome de su mano para evitar que me tocara.

—No, ¿y tú? —contestó riendo—. No soy ningún vejestorio, aunque a ti te lo parezca.

Alargó de nuevo el brazo y esta vez no me aparté. Elizabeth era tan alta que tuvo que doblarse por la cintura para apoyarse en mí. Fuimos hacia la carretera dando pasos pequeños. Ella paró una vez para colocarse bien el zapato y luego seguimos andando. Me ardía el hombro bajo su mano.

—Allí —indicó cuando llegamos a la carretera. Se sentó en la grava y se apoyó en el poste del buzón—. ¿Lo ves? Están por todas partes.

Señaló la zanja que separaba la carretera de las hileras de vides. Era una zanja profunda, casi tanto como yo de alta, y estaba llena de plantas secas y rígidas, sin una sola flor.

—No veo nada —dije, contrariada.

—Métete ahí —me ordenó.

Me di la vuelta y resbalé por el terraplén de tierra. Elizabeth me pasó el tarro de mermelada y las tijeras.

—Tienes que buscar unas flores del tamaño de monedas de diez centavos; en su momento eran moradas, aunque en esta época del año ya se han vuelto marrones, como todo lo que crece en el norte de California. Pero son pinchudas, así que cuando las encuentres, cógelas con cuidado.

Cogí el tarro y las tijeras y me agaché entre los tallos. La maleza era espesa, dorada y olía a los últimos días estivales. Corté una planta seca por la raíz y permaneció tiesa en el mismo sitio, apoyada por los tallos que la rodeaban. La desenredé y la lancé hacia el regazo de Elizabeth.

—¿Es esto?

—Sí, pero ésta no tiene flores. Sigue buscando.

Trepé un poco por el terraplén para ver mejor, pero no vi nada morado. Cogí una piedra del suelo y la lancé con todas mis fuerzas, frustrada. Golpeó el terraplén del lado opuesto y rebotó de tal modo que tuve que apartarme para que no me diera. Elizabeth rió.

Volví a meterme entre la maleza, apartándola con las manos y examinando cada tallo reseco.

—¡Aquí! —exclamé al fin, y arranqué una flor del tamaño de un trébol.

La metí en el tarro. Parecía un pequeño pez globo dorado con un copete desteñido de pelo morado. Volví junto a Elizabeth para enseñarle la flor, que se movía dentro del tarro como si tuviera vida. Tapé el tarro con una mano para impedir que escapara.

—¡Cardo! —anuncié, ofreciéndole el tarro—. Para ti.

Estiré torpemente una mano y le di una palmada en el hombro. Quizá fuera la primera vez que iniciaba un contacto con otro ser humano; al menos, que yo recordara. Meredith me había contado que, de bebé, era muy sobona y que continuamente intentaba agarrar dedos, orejas o pelo si los tenía a mano —o, a falta de eso, las correas del asiento para niños del coche—, con unos furiosos puñitos morados. Pero yo no lo recordaba y por eso me sorprendió tanto aquel acto voluntario: el breve contacto de la palma de mi mano con el omóplato de Elizabeth. Di un paso atrás y la miré con odio, como si ella me hubiera obligado a tocarla.

Pero Elizabeth se limitó a sonreír.

—Si no conociera su significado, estaría emocionada —comentó—. Creo que éste es el gesto más amable que has tenido conmigo, y todo para expresar tu odio y tu desconfianza hacia el género humano.

Por segunda vez aquella tarde, las lágrimas asomaron a sus ojos, aunque, igual que la vez anterior, no parecía triste.

Fue a abrazarme, pero antes de que pudiera hacerlo, me escabullí y volví a meterme en la zanja.

14

La forma sólida de la silla en que me había sentado empezó a licuarse. Al cabo de un rato, sin saber cómo había llegado allí, estaba tumbada boca abajo en el suelo de la biblioteca, rodeada de libros que formaban un semicírculo. Cuanto más leía, menos entendía. La aguileña simbolizaba *abandono* y *temeridad*; la amapola, *imaginación* y *extravagancia*. La flor del almendro, que según el diccionario de Elizabeth significaba *indiscreción*, aparecía en otros como *esperanza* y, a veces, *irreflexión*. Las definiciones no sólo eran diferentes, sino que a menudo eran contradictorias. Hasta el cardo, el elemento básico de mi comunicación, simbolizaba unas veces *misantropía* y otras, *austeridad*.

La temperatura dentro de la biblioteca aumentaba a medida que el sol se elevaba en el cielo. A media tarde ya estaba transpirando y me enjugaba el sudor de la frente con una mano húmeda, como si tratara de secar los recuerdos de una mente saturada. Le había regalado a Meredith una peonía: *ira*, pero también *vergüenza*. Admitir mi vergüenza ante Meredith habría sido lo más parecido a ofrecerle una disculpa. En todo caso, ella debería haberme regalado ramos y ramos de peonías, edredones cubiertos de peonías, pasteles decorados con peonías. Si la peonía podía malinterpretarse, ¿cuántas veces, a cuántas personas había enviado un mensaje equívoco? Esa idea hizo que se me revolvieran las tripas.

Las plantas que había elegido para el florista colgaban como amenazas desconocidas. El rododendro mantenía la definición de *advertencia* en todos aquellos diccionarios, pero debía de haber centenares, si no miles, de diccionarios más en circulación. Era imposible saber cómo había interpretado él mis mensajes o qué estaría pensando mientras esperaba en la cafetería. Eran más de las cinco. Debía de estar esperándome con la mirada clavada en la puerta.

Tenía que marcharme. Dejé los libros esparcidos por el suelo de la biblioteca, bajé cuatro pisos de escaleras y salí a la calle cuando empezaba a oscurecer.

Llegué a la cafetería casi a las seis. Abrí la puerta y lo vi sentado solo a una mesa, con media docena de donuts en una caja rosa ante sí.

Fui hasta su mesa, pero no me senté.

—Rododendro —enuncié, como solía decir Elizabeth.

—*Advertencia.*

—Muérdago.

—*Supero todos los obstáculos.*

Asentí con la cabeza y continué.

—Boca de dragón.

—*Presunción.*

—Álamo blanco.

—*Tiempo.*

Volví a asentir y esparcí por la mesa los cardos que había recogido mientras atravesaba la ciudad.

—Cardo —nombró él—. *Misantropía.*

Me senté. El chico había aprobado el examen. El alivio que sentí era desproporcionado para sus cinco respuestas correctas. De pronto, me di cuenta de que estaba muerta de hambre y saqué un donut de jarabe de arce de la caja. No había comido nada en todo el día.

—¿Por qué cardo? —me preguntó mientras cogía uno de chocolate.

—Porque es lo único —dije entre enormes bocados— que necesitas saber sobre mí.

Se terminó el donut y empezó a comerse otro. Sacudió la cabeza.

—No puede ser.

Cogí un donut glaseado y otro con chispas de colores y los puse sobre una servilleta. El chico comía tan deprisa que temí que la caja se vaciara antes de que yo me hubiera acabado el primero.

—¿De qué más los hay? —pregunté con la boca llena.

El chico me miró a los ojos y respondió:

—¿Dónde has estado los últimos ocho años?

Su pregunta me dejó helada.

Dejé de masticar e intenté tragar, pero me había metido un trozo demasiado grande en la boca. Escupí una bola marrón en una servilleta blanca y levanté la cabeza.

Entonces lo vi. No sé si me impactó más el descubrimiento o el hecho de que hubiéramos vuelto a encontrarnos; fuera como fuese, no entendía cómo no lo había reconocido al instante. El niño que había sido estaba oculto en el interior del hombre en que se había convertido; su mirada todavía era profunda y asustadiza, y su cuerpo, ya completo, aún tenía los hombros metidos, en un gesto defensivo. Recordé la primera vez que lo había visto: un adolescente desgarbado, apoyado en el lateral de una ranchera, lanzando rosas.

—Tú eres Grant...

Él asintió.

Mi instinto me recomendaba echar a correr. Llevaba años procurando no pensar en lo que había hecho, procurando no recordar todo lo que había perdido. Pero, aunque quería huir, mi deseo de saber qué había sido de Elizabeth y del viñedo era más fuerte.

Me tapé la cara con las manos. Me olían a azúcar. Susurré una pregunta entre los dedos, sin saber qué me contestaría.

—¿Y Elizabeth?

Permaneció callado. Lo miré por las rendijas entre mis dedos. No parecía enfadado, como yo esperaba, sino atormentado. Se tiró del pelo de encima de una oreja y la piel se le separó del cráneo.

—No lo sé —contestó—. No he vuelto a verla desde...

Se interrumpió; miró por la ventana y luego me miró a mí. Me quité las manos de la cara y escudriñé la suya en busca de rabia, pero sólo encontré aflicción. El silencio pesaba entre nosotros.

—No entiendo por qué me has pedido que viniera aquí —declaré por fin—. No entiendo por qué querías verme, después de todo lo que pasó.

Grant exhaló y la tensión desapareció de sus cejas.

—Yo temía que tú no quisieras verme.

Se chupó un dedo. Las luces fluorescentes le iluminaron los ojos y se reflejaron en los rastrojos que cubrían su barbilla. Yo no estaba acostumbrada a tratar con hombres, pues había pasado toda la adolescencia en casas de acogida para niñas y sólo había tenido algún maestro y algún psicólogo varones, y no recordaba haber estado nunca tan cerca de un hombre joven y guapo. Grant era muy diferente de todo a lo que yo estaba acostumbrada: desde el tamaño de sus manos —grandes, apoyadas sobre la mesa— hasta la voz baja y sosegada que resonaba en el silencio que manteníamos.

—¿Te enseñó tu madre? —pregunté señalando los cardos.

—Sí. Pero murió hace siete años. Tu rododendro fue la primera flor con mensaje que recibía desde entonces. Me sorprendió no haber olvidado la definición.

—Lo siento —dije—. Lo de tu madre.

Mis palabras no sonaron sinceras, pero Grant no pareció notarlo. Se encogió de hombros.

—¿A ti te enseñó Elizabeth? —inquirió.

Asentí con la cabeza.

—Me enseñó lo que sabía —contesté—, pero no lo sabía todo.

—¿Qué quieres decir?

—«El lenguaje de las flores no es negociable, Victoria» —repetí imitando la voz severa de Elizabeth—. Y hoy, en la biblioteca, he descubierto que la flor del almendro tiene tres definiciones contradictorias.

—*Indiscreción*.

—Sí y no.

Le expliqué que el álamo blanco no aparecía en mi diccionario y que había ido a la biblioteca y había visto el dibujo de la rosa amarilla.

—*Celos* —respondió cuando le describí la pequeña ilustración de la portada del libro.

—Eso ponía, exactamente —confirmé—. Pero no es lo que yo aprendí.

Me terminé el último donut, me chupé los dedos y saqué el viejo diccionario de mi mochila. Lo abrí por la R y busqué «rosa amarilla». Señalé la línea.

—*Infidelidad* —leyó Grant y abrió mucho los ojos—. ¡Uau!

—Eso lo cambia todo, ¿verdad?

—Sí —convino—. Lo cambia todo.

Metió una mano en su mochila y sacó un libro con cubiertas de tela roja y guardas verdes. Buscó la página donde aparecía la rosa amarilla y puso un diccionario al lado del otro. *Celos*, *infidelidad*. Esa sencilla discrepancia y los sentidos en que la rosa amarilla había alterado nuestras respectivas vidas colgaban entre nosotros. Grant quizá conociera los detalles, pero yo no, y no pregunté nada. Estar con él ya era suficiente; no tenía ningún interés por hacer más descubrimientos relacionados con el pasado.

Me pareció que él tampoco tenía intención de remover el pasado. Cerró la caja de donuts, ya vacía.

—¿Tienes hambre?

Yo siempre tenía hambre. Pero, además, todavía no quería irme. Grant no estaba enfadado; estar con él era como ser perdonada. Quería empaparme de aquella sensación, hacerla mía, afrontar el día siguiente un poco menos angustiada, un poco menos aborrecible.

Inspiré y dije:

—Estoy muerta de hambre.

—Yo también. —Cerró los dos diccionarios y deslizó el mío por la mesa hacia mi mochila—. Vamos a cenar y a compararlos. Es la única manera.

Decidimos cenar en Mary's Diner, porque estaba abierto toda la noche. Teníamos centenares de páginas de flores que comparar y debatimos sobre cuál era la mejor definición para cada discrepancia. Convinimos en que el perdedor debía tachar la definición vieja de su diccionario y escribir la nueva.

Nos atascamos en la primera flor. Según el diccionario de Grant, la acacia significaba *amistad*, y según el mío, *amor secreto*.

—*Amor secreto* —decidí—. Siguiente.

—¿Siguiente? ¿Así, por las buenas? No has defendido mucho tu caso.

—Es espinosa y tiene vainas. Sólo con verla oscilar piensas en esos hombres de mirada furtiva de las tiendas de comestibles: sospechosos.

—¿Y qué tiene que ver «sospechoso» con «amor secreto»?

—Todo —espeté.

Grant se quedó sin saber qué responder, así que decidió cambiar de enfoque.

—Acacia. Subfamilia: *Mimosoideae*. Familia: *Fabaceae*. Legumbres. Proporcionan alimento, energía y satisfacción al cuerpo humano. Lo mismo que un buen amigo.

—Bah —resoplé—. Cinco pétalos. Tan pequeños que casi quedan ocultos bajo un estambre enorme. Ocultos —repetí—. Secreto. Estambre: amor. —Me ruboricé al decirlo, pero no desvié la mirada. Grant tampoco.

—Tuya —concedió al fin, y cogió el rotulador negro que teníamos encima de la mesa.

Seguimos así varias horas, comiendo y discutiendo. Grant era la única persona que conocía capaz de comer tanto como yo y, como me sucedía a mí, nunca parecía ahíto. Cuando amaneció, habíamos pedido tres menús cada uno y nos los habíamos zampado, y sólo íbamos por la mitad de la C.

Grant se rindió con los crisantemos y cerró su diccionario de golpe. No le había dejado ganar ni una sola vez.

—Creo que hoy no iré al mercado —anunció, observándome con gesto compungido.

Comprobé la hora: eran las seis. Renata ya debía de estar allí, lanzándole una mirada de sorpresa al puesto vacío de Grant. Me encogí de hombros.

—Noviembre es flojo y los martes también. Tómate un día libre.

—¿Y qué hago? —preguntó Grant.

—Yo qué sé. —De pronto, me sentía cansada y me apetecía estar sola.

Me levanté, me desperecé y guardé el diccionario en la mochila. Deslicé la cuenta hacia Grant y salí del restaurante sin decirle adiós.

SEGUNDA PARTE

Un corazón enajenado

1

Grant era difícil de olvidar, como Elizabeth. Era algo más que el cruce de nuestros pasados y algo más que el dibujo del álamo blanco que, una vez resuelto el misterio, me había revelado la verdad sobre el lenguaje de las flores. Era algo sobre su persona, la importancia que daba a las flores o su tono de voz al discutir conmigo, a la vez suplicante y contundente. Cuando le dije que sentía la muerte de su madre, se había encogido de hombros, y eso también me intrigaba. Su pasado, a excepción de los momentos que yo había atisbado de niña, era para mí un misterio. Las niñas de los hogares tutelados divulgan su pasado sin ningún pudor y, en las raras ocasiones en que yo había conocido a alguien que no estaba dispuesto a exponer los detalles de su infancia, había sentido alivio. Con Grant era diferente. Después de una sola noche, yo quería saber más.

Durante una semana me levanté temprano y me dediqué a comparar definiciones en la biblioteca. Me llené los bolsillos de guijarros que cogí de un montaje que había delante de la tetería japonesa de Golden Gate Park y las usaba de pisapapeles. Colocaba los diccionarios ocupando dos mesas, los abría todos por la misma letra y ponía piedrecitas en las esquinas de las páginas. Iba de un libro a otro comparando las entradas, flor a flor. Cuando encontraba definiciones contradictorias, mantenía largos y agotadores debates mentales con Grant. A veces le dejaba ganar.

El sábado llegué al mercado de flores antes que Renata. Le di a Grant las hojas donde había recogido mi trabajo: una lista de definiciones hasta la letra J, con las correcciones que había hecho al índice que habíamos redactado juntos. Una hora más tarde, cuando Renata y yo volvimos al puesto de Grant, él todavía estaba leyendo las hojas. Levantó la cabeza y vio a Renata examinando sus rosas.

—¿Alguna boda hoy? —preguntó.

—Sí, dos, pero pequeñas. Una es la de mi sobrina mayor. Se ha fugado con su novio, aunque a mí me lo ha contado porque quiere que le regale las flores. —Renata puso los ojos en blanco—. Ya ves, me utiliza.

—Entonces cerrarás pronto, ¿no? —inquirió Grant mirándome a mí.

—Seguramente, porque Victoria se quita el trabajo de encima enseguida. Me gustaría cerrar la tienda a las tres. En esta época del año no pasa mucha gente por la calle.

Grant envolvió las rosas de Renata y le dio más cambio del que le correspondía. Renata había dejado de regatear con él; ya no había necesidad. Nos dimos la vuelta.

—Hasta luego, pues —se despidió Grant.

Volví la cabeza y lo miré con gesto interrogante. Él levantó tres dedos.

Mi caja torácica se expandió. De pronto tuve la impresión de que la atmósfera adquiría un resplandor artificial y se llenaba en exceso de oxígeno. Me concentré en exhalar y cumplí las indicaciones de Renata sin pensar. Ya lo habíamos cargado todo en su camioneta cuando recordé la promesa que había hecho la semana anterior.

—Un momento —dije; cerré la puerta de la furgoneta y dejé a Renata dentro.

Corrí por el mercado en busca de lilas y rosas rojas. Grant tenía muchísimas, pero pasé por delante de su puesto sin mirarlo. De regreso hacia la furgoneta, volví a pasar por delante de él. Grant levantó tres dedos de nuevo y compuso una sonrisa tímida. Yo estaba muerta de vergüenza: confiaba en que Grant no creyera que las flores que llevaba eran para él.

. . .

Trabajé todo el día en un estado de intenso nerviosismo. La puerta se abría y cerraba y los clientes entraban y salían, pero yo nunca levantaba la cabeza.

A la una y media, Renata me apartó el pelo de la frente y acercó sus ojos a escasos centímetros de los míos.

—¡Hola! ¿Hay alguien ahí? Te he llamado tres veces —dijo—. Hay una mujer esperándote.

Cogí las rosas y las lilas de la cámara y salí a la tienda. La mujer miraba hacia la puerta como si fuera a marcharse, con los hombros caídos.

—No se me olvidó —le dije al verla.

Ella se dio la vuelta.

—Oh, cuánto te lo agradezco. Earl me aseguró que te acordarías.

Se quedó mirando cómo repartía las lilas blancas alrededor de las rosas hasta que no pudo verse el color rojo. Añadí unos ramitos de romero —en la biblioteca había descubierto que podían significar *compromiso* y *recuerdo*— alrededor de los tallos, a modo de cinta. Era un romero joven y tierno y no se rompió cuando le hice un nudo. Añadí una cinta blanca para sujetarlo todo y envolví el ramo con papel marrón.

—El enamoramiento, el amor verdadero y el compromiso —expliqué, entregándole el ramo.

Ella me dio cuarenta dólares. Saqué el cambio de la caja, pero cuando se lo tendí ella ya se había marchado.

Volví a la mesa de trabajo y Renata me observó sonriendo.

—¿Qué hacías ahí fuera?

—Darle a la gente lo que quiere —respondí poniendo los ojos en blanco como había hecho ella el día que nos conocimos, cuando me la encontré en la acera con docenas de tulipanes fuera de temporada.

—Eso, hay que darles lo que quieran —coincidió Renata mientras cortaba unas afiladas espinas del tallo de una rosa amarilla.

Una rosa amarilla para la boda de su sobrina fugitiva y aprovechada. *Celos, infidelidad.* Me dije que, en aquel caso, los detalles de la definición no importaban mucho; el resultado no podía ser muy prometedor. Terminé mi último centro de mesa y miré la hora: las dos y cuarto.

—Voy a cargar todo esto —informé a Renata, cogiendo tantos jarrones como pude.

Estaban demasiado llenos y el agua que se desbordaba me mojó la camisa.

—No te preocupes —repuso Renata—. Grant lleva dos horas esperando ahí fuera. Le he dicho que si pensaba quedarse allí sentado, más valía que no ahuyentara a mis clientes y que, a cambio, tendría que ayudarme a cargar la furgoneta.

—¿Y ha dicho que sí?

Renata asintió con la cabeza y dejé los jarrones en el suelo. Me colgué la mochila y le dije adiós con la mano, esquivando su mirada. Grant estaba sentado en la acera, apoyado en la pared de ladrillo calentada por el sol. Al verme salir por la puerta, se sobresaltó y se levantó de un brinco.

—¿Qué haces aquí? —Me sorprendió el tono acusador de mi voz.

—Quiero llevarte a mi vivero. No estoy de acuerdo con tus definiciones, pero lo entenderás mejor viendo mis flores. Ya sabes que no se me dan bien los debates.

Miré a un lado y otro de la calle. Quería ir, pero estar con él me ponía nerviosa. Tenía algo ilícito. No sabía si esa sensación guardaba relación con el tiempo que había pasado con Elizabeth o si sólo era algo demasiado parecido al enamoramiento o la amistad, dos cosas que llevaba toda la vida evitando. Me senté en el bordillo y pensé.

—Muy bien —dijo él, como si el hecho de sentarme fuera una señal de aprobación. Me enseñó las llaves de su coche y señaló al otro lado de la calle—. Si quieres, puedes esperar en el camión mientras yo cargo las flores de Renata. He comprado comida.

La mención a la comida superó mis reticencias. Cogí sus llaves y fui hasta el camión. En el asiento del pasajero encontré una bolsa de papel blanca. La aparté y trepé al vehículo. El suelo estaba cubierto de restos de flores y tallos cortados, y había pétalos marchitos remetidos en la tapicería de los asientos. Me senté y abrí la bolsa, que contenía un bocadillo de pavo, beicon, tomate y aguacate con mayonesa. Le di un mordisco.

Al otro lado de la calle, Grant trasladaba los jarrones de dos en dos colina arriba. Sólo se paró una vez al llegar a lo alto y desde allí miró en dirección al camión. Sonrió y preguntó moviendo los labios: «¿Está bueno?»

Escondí la cara detrás del bocadillo.

2

Cuando subí al autobús escolar, el conductor se apartó de mí. Reconocí su expresión —lástima, desagrado y un poco de miedo— y, al sentarme, dejé caer con fuerza la mochila en el asiento vacío. La única razón por la que aquel hombre debía sentir lástima por mí, pensé furiosa, era por que iba a tener que contemplar su cabeza fea y calva durante todo el trayecto.

Perla iba sentada al otro lado del pasillo y me entregó su bocadillo de jamón antes de que yo se lo reclamara. Ya hacía dos meses que íbamos a la escuela y Perla sabía qué tenía que hacer. Lo troceé y me llevé a la boca un pedazo enorme mientras recordaba cómo Elizabeth había salido a toda prisa de la casa esa mañana; había tenido que meter yo sola mi comida en la mochila y buscar mis zapatos. No quería ir a la escuela y había suplicado a Elizabeth que me dejara quedarme en la casa el primer día de la vendimia. Pero ella había desdeñado mis súplicas, incluso cuando se volvieron violentas. «Si me quisieras, te gustaría que me quedara aquí», le había dicho, lanzándole mi libro de matemáticas a la cabeza cuando ella salía por la puerta. Elizabeth bajó los escalones del porche a toda velocidad, sin volverse siquiera al oír cómo el libro golpeaba el marco de la puerta. Por su forma de andar comprendí que no pensaba en mí. No había pensado en mí en toda la mañana. El estrés de la vendimia consumía todo el tiempo disponible y Elizabeth estaba deseando que yo me marchara, que me quitara de en medio. Era la primera vez que tenía la impresión de entender a Elizabeth y, furiosa, le grité que era igual que el resto de madres de acogida. Fui dando zancadas hasta la parada del autobús, sin prestar atención a las miradas de los jornaleros que iban llegando en camiones.

El conductor me miraba por el espejo retrovisor, atento a cada trozo de bocadillo que me metía en la boca con los mismos ojos con que debería haber estado mirando la carretera. Abrí la boca al masticar y él hizo una mueca de asco.

—¡Pues no mires! —le grité levantándome del asiento—. ¡Si tanto asco te da, no mires!

Cogí mi mochila con la vaga idea de saltar del autobús en marcha y hacer el resto del camino a pie, pero, en lugar de eso, tomé impulso y la descargué en la reluciente coronilla del conductor. Se oyó un satisfactorio chasquido, pues mi termo metálico le golpeó el cráneo. El autobús zigzagueó bruscamente, el chófer soltó juramentos y los niños prorrumpieron en chillidos de pánico. Entre la cacofonía reinante me pareció distinguir la vocecilla de Perla suplicándome que parara y prorrumpiendo en llanto. Cuando por fin logramos detenernos en el arcén, aún seguían oyéndose sus sollozos.

—¡Fuera del autobús! —me ordenó el conductor, furioso.

Le estaba saliendo un chichón enorme en la cabeza y se lo tocaba con una mano mientras con la otra buscaba su radio. Me puse la mochila y me apeé del vehículo. Me volví y miré por la puerta abierta, el polvo del camino arremolinándose alrededor.

—Dime cómo se llama tu madre —exigió el hombre, señalándome con un dedo.

—No tengo madre.

—Pues tu tutor.

—El estado de California.

—Pues ¿con quién coño vives? —La radio crepitó y el conductor la apagó.

Ahora el silencio era total en el autobús. Hasta Perla dejó de llorar y se quedó inmóvil en el asiento.

—Elizabeth Anderson —respondí—. No sé su número de teléfono ni su dirección. —Llevaba toda la infancia negándome a memorizar los números de teléfono precisamente para no poder contestar a preguntas como aquélla.

113

El conductor tiró la radio al suelo, furioso. Me miró con odio y yo le sostuve la mirada, desafiante. Estaba deseando que se largara y me dejara tirada en la cuneta, y me deleitaba pensando que seguramente el incidente le costaría su puesto al conductor. Se puso a tamborilear con los dedos en el volante, como si no supiera qué hacer.

Entonces Perla se levantó y se acercó al conductor.

—Puede llamar a mi padre —ofreció—. Él vendrá a buscarla.

Miré a Perla con los ojos entornados y ella desvió la mirada.

Carlos fue a buscarme. Me hizo subir a su camioneta, escuchó la versión de los hechos del conductor y me devolvió al viñedo en silencio. Yo miraba por la ventanilla, fijándome en todos los detalles como si viera aquel paisaje por primera vez. Después de aquello, Elizabeth no me querría más en su casa. Tenía el estómago revuelto.

Sin embargo, cuando Carlos le contó a Elizabeth lo que yo había hecho, mientras me sujetaba por la nuca con una mano áspera, obligándome a mirarla, ella sólo se rió. El breve sonido de su risa me sorprendió tanto que creí haberlo imaginado.

—Gracias, Carlos —dijo Elizabeth entonces, y se puso seria.

Alargó un brazo para estrecharle la mano y se la soltó rápidamente; aquel apretón era, a la vez, agradecido y desdeñoso. Carlos se dispuso a marcharse.

—¿Necesitan algo los jornaleros? —le preguntó Elizabeth antes de que se alejara. Él negó con la cabeza—. Bien, volveré dentro de una hora, quizá más. Ocúpate de la vendimia hasta mi regreso.

—Muy bien —contestó él, y desapareció detrás de los cobertizos.

Elizabeth fue derecha hacia su camioneta. Al ver que yo no la seguía, se detuvo.

—Ven conmigo —ordenó—. Ahora.

Dio un paso hacia mí y recordé el día que me había arrastrado hasta la casa, dos meses atrás. Yo había crecido desde entonces y había recuperado los kilos perdidos, pero no tenía ninguna duda de que Elizabeth podría meterme en la ranchera si se lo proponía. La seguí y me imaginé lo que vendría a continuación: el trayecto hasta la oficina de servicios sociales, la sala de espera con las paredes blancas, Elizabeth marchándose antes incluso de que la asistenta social de turno pudiera rellenar mi ficha. Todo eso ya había pasado otras veces. Apreté los puños y miré por la ventanilla.

No obstante, cuando arrancamos, sus palabras me sorprendieron:

—Vamos a ver a mi hermana —anunció—. Esta enemistad ya dura demasiado, ¿no crees?

Me puse en tensión. Elizabeth se quedó mirándome como si esperara alguna respuesta, así que asentí rígidamente con la cabeza mientras asimilaba sus palabras.

Iba a continuar conmigo.

Las lágrimas me afloraron. La rabia que había sentido hacia Elizabeth esa mañana se disolvió, sustituida por la emoción. Nunca me había creído su afirmación de que por nada que yo hiciera me devolvería. Y sin embargo, poco después de aquel incidente en el autobús —después me expulsarían temporalmente de la escuela, si no definitivamente—, Elizabeth se ponía a hablarme de su hermana. La confusión y un sentimiento inesperado —alivio, o incluso alegría— revoloteaban dentro de mí. Apreté los labios para no sonreír.

—Catherine no se va a creer que le hayas dado en la cabeza al conductor con el autobús en marcha —comentó—. No se lo va a creer porque yo también lo hice. ¡Hice exactamente lo mismo! Pero fue cuando estaba... en segundo, creo. No me acuerdo. Pero sí, el tipo iba conduciendo y de pronto me miró con desdén por el retrovisor. Sin pensármelo dos veces, me levanté del asiento y le grité: «¡Mira la carretera, gordo de mierda!» Gordo lo era, te lo aseguro.

Me eché a reír y, una vez que empecé, ya no pude parar. Doblada por la cintura, con la frente apoyada en el salpicadero, la risa se me escapaba en bocanadas bruscas que sonaban como sollozos. Me tapé la cara con las manos.

—El conductor de mi autobús no es gordo —repuse cuando por fin pude hablar—, aunque es feo como un demonio.

Volví a reírme, pero el silencio de Elizabeth me hizo callar.

—No quiero que pienses que te animo —aclaró—. Es evidente que has obrado mal. Pero siento haber hecho caso omiso de tu enfado y haberte enviado a la escuela en el estado en que estabas. Debí explicarme mejor y dejarte decidir.

Elizabeth me entendía.

Despegué la frente del salpicadero y apoyé la cabeza en su regazo; de pronto, acurrucada allí, con el volante a sólo un par de centímetros de la nariz, me sentía menos sola de lo que me había sentido en toda mi vida. Si a Elizabeth le sorprendió mi repentina afectuosidad, no lo demostró. Levantó la mano del cambio de marchas y me acarició la frente y el puente de la nariz.

—Espero que esté en casa —dijo.

Volvía a pensar en Catherine. Puso el intermitente y dejó pasar unos cuantos coches antes de salir del camino y entrar en la carretera.

Elizabeth no había dejado de pensar en su hermana en las semanas anteriores a la vendimia. Yo lo sabía por las llamadas, docenas de ellas, y por los mensajes que dejaba en el contestador automático de Catherine. Los primeros fueron parecidos al que yo había escuchado a hurtadillas desde el porche: recuerdos inconexos seguidos de una declaración de perdón. Pero últimamente sus mensajes eran diferentes, más largos e informales; a veces duraban tanto que el contestador la cortaba y tenía que volver a llamar. Hablaba de las minucias de nuestra vida cotidiana y describía la interminable toma de muestras y la limpieza de los cuévanos con que recogerían las uvas. Muchas veces describía lo que estaba cocinando y se enredaba con el largo cable del teléfono al ir y venir de los fogones al especiero.

Cuanto más tiempo pasaba Elizabeth hablando con Catherine, o mejor dicho, con el contestador automático de Catherine, más me daba cuenta de lo poco que hablaba Elizabeth con nadie más. Sólo salía de la finca para ir a la feria agrícola, a la tienda de comestibles, a la ferretería y, de vez en cuando, a la oficina de correos. Esto último tenía como único objetivo recoger plantas que compraba por correo de un catálogo de jardinería, nunca enviar ni recibir cartas. Desde luego conocía a todos los miembros de aquella pequeña comunidad: siempre se despedía del carnicero pidiéndole que saludara a su mujer de su parte y, cuando se acercaba a los vendedores de los puestos de la feria agrícola, los saludaba a todos por su nombre. Pero nunca mantenía conversaciones con esas personas. De hecho, no la había visto mantener ni una sola conversación en todo el tiempo que llevaba en su casa. Hablaba con Carlos siempre que era necesario, pero sólo sobre aspectos concretos del cultivo y la recolección de las uvas, sin desviarse jamás del tema.

Mientras íbamos a casa de Catherine —yo seguía con la cabeza en su regazo—, comparé la tranquila vida que llevaba en aquella casa con todos los elementos que hasta entonces creía que componían una vida: familias enormes, casas ruidosas, oficinas de asistencia social, ciudades bulliciosas, arranques de ira. No quería volver. Elizabeth me caía bien. Me gustaban sus flores, sus uvas y la atención concentrada que me dirigía. Me di cuenta de que, por fin, había encontrado un sitio donde quería quedarme.

Salimos de la carretera, Elizabeth aparcó la ranchera y respiró hondo, nerviosa.

—¿Qué te hizo? —le pregunté. De pronto, sentía un interés inusual.

A Elizabeth no pareció sorprenderle mi pregunta, pero no contestó enseguida. Me acarició la frente, la mejilla y el hombro. Cuando por fin habló, fue en un susurro.

—Plantó las rosas amarillas.

Puso el freno de mano y asió la manija de la puerta.

—Vamos —dijo—. Ya va siendo hora de que conozcas a Catherine.

3

Grant conducía su camión por la ciudad, reduciendo la velocidad para torcer en los cruces con mucho tráfico.

—Oye, Grant...

—¿Qué?

Busqué migas en la bolsa de papel arrugada, pero no encontré ninguna.

—No quiero ver a Elizabeth.

—¿Y?

Su respuesta era ambigua, como el mensaje del álamo blanco.

—¿Cómo que «y»?

—Pues que si no quieres verla, no la veas.

—¿No estará en el vivero?

—No ha estado en el vivero desde aquel día que fuiste con ella. ¿Cuánto tiempo hace de eso? ¿Diez años? —Grant contempló el mar por la ventanilla y no pude verle la cara, pero cuando volvió a hablar, su tono rayaba la ira—. No asistió al funeral de mi madre, ¿y tú crees que aparecerá hoy porque estás tú?

Bajó el cristal y el viento levantó un muro entre ambos.

Grant y Elizabeth no mantenían ningún contacto. Él ya me lo había dicho el día de los donuts, pero yo no me lo había creído. Grant debía de saber la verdad y, si así era, ¿qué le habría impedido contársela a Elizabeth? Traté de encontrar una explicación durante el resto del trayecto, pero cuando Grant detuvo el camión enfrente de la verja cerrada, todavía no se me había ocurrido nada. Se apeó y abrió la verja; luego volvió al camión y entramos en la finca.

Las flores me sacaron de mi ensimismamiento. Bajé y me arrodillé junto al camino. Debía de haber una valla que delimitara la propiedad, pero no se veía, y la extensión de flores parecía infinita. Una estaca de jardinería con un nombre científico que no reconocí especificaba el género y la especie de la planta que tenía más cerca. Me acerqué aquellas flores pequeñas y amarillas a la cara como si encontrara agua después de muchos días en el desierto. El polen se me adhirió a las mejillas y los pétalos me llovieron sobre el pecho y los muslos. Grant se rió.

—Te dejo sola un minuto —dijo y volvió a subir al camión—. Cuando termines, ve detrás de la casa.

El camión levantó una nube de polvo al alejarse dando bandazos por el camino.

Me tumbé en el suelo, entre las hileras de plantas, y me perdí de vista.

Encontré a Grant detrás de la casa, sentado a una vieja mesa de picnic. En la mesa había una caja de bombones, dos vasos de leche y las hojas que yo le había dado aquella mañana. Me senté enfrente de él y apunté a las hojas con la barbilla.

—Bueno, ¿qué pasa?

Cogí la caja de bombones y examiné su contenido. Eran casi todos de chocolate negro, con frutos secos y caramelo. Exactamente los que yo habría elegido.

Grant paseó un dedo por una hoja, se detuvo en una línea y dio unos golpecitos sobre una palabra que no pude leer al revés.

—Avellano —leyó—. *Reconciliación.* ¿Por qué no «paz»?

—Por la historia de las *Betulaceae,* divididas durante siglos en dos familias, las *Betulaceae* y las *Corylaceae.* Hasta hace poco no se unieron como subgrupos dentro de la misma familia —expliqué—. Juntar: *reconciliación.*

Grant miró la hoja y su expresión me reveló que ya conocía esa historia.

—Nunca podré ganarte, ¿verdad?

—Ajá —repuse—. ¿De verdad me has traído aquí para intentarlo?

—No —admitió. Cogió un puñado de bombones y se levantó—. Come chocolate. Volveré enseguida y luego iremos a dar un paseo.

Me bebí la leche. Cuando volvió, Grant llevaba una vieja cámara colgada del cuello, negra y pesada, con una correa bordada. Parecía de la época victoriana, como el lenguaje de las flores.

Se descolgó la cámara y me la entregó.

—Para tu diccionario —declaró, y lo entendí enseguida. Yo crearía mi propio diccionario y sus flores lo ilustrarían—. Hazme una copia —continuó— para que nunca haya malentendidos entre nosotros.

«Todo esto es un malentendido —me dije, cogiendo la cámara—. Yo no suelo ir en camiones con chicos ni me siento con ellos a comer bombones en mesas de picnic. No bebo leche mientras hablo de familias, ni de flores ni de ninguna otra cosa.»

Grant se alejó y lo seguí. Me llevó hasta un camino sin asfaltar que se dirigía hacia el oeste; el sol descendía tras las colinas ante nosotros. El cielo, indeciso, alternaba entre el naranja y el azul detrás de unas nubes de tormenta que se acercaban, lleno de nerviosismo y expectación. Me abracé el torso y me rezagué un poco. Grant señaló una hilera de cobertizos de madera que había a la izquierda, todos cerrados con candado. Habían tenido un negocio de flores secas, me explicó, pero cuando su madre enfermó, él lo había cerrado. No le interesaban los cadáveres de lo que antaño había tenido vida. A la derecha había varias hectáreas de invernaderos iluminados, por cuyas puertas entreabiertas salían largas mangueras. Grant se acercó a uno y me abrió la puerta. Entré.

—Orquídeas —comentó señalando los estantes con tiestos de plantas arrodrigadas—. Todavía no están listas para ir al mercado.

No se veía ninguna flor.

Salimos y seguimos por el camino, que ascendía por una colina y descendía por la ladera opuesta. Más allá de los campos de flores empezaba el viñedo, pero la línea divisoria estaba demasiado lejos y no se apreciaba. Al final, el camino describía una curva bordeando las hectáreas de invernaderos y regresaba hacia la casa a través de campos abiertos.

Grant me guió por una pendiente hasta una rosaleda. Era pequeña y estaba muy bien cuidada; daba la impresión de pertenecer a la casa, no al vivero. Su mano rozó la mía mientras andábamos y me aparté un poco.

—¿Alguna vez has regalado a alguien una rosa roja? —me preguntó. Lo miré como si intentara darme de comer dedalera por la fuerza—. ¿Verdolaga? ¿Arrayán? ¿Clavellinas?

—*¿Confesión de amor? ¿Amor? ¿Amor puro?* —pregunté para asegurarme de que compartíamos las mismas definiciones. Él asintió—. Pues no, no y no. —Cogí un capullo de un rojo claro y arranqué los pétalos uno a uno—. A mí me van más el cardo, la peonía y la albahaca.

—*Misantropía, ira, odio* —enumeró Grant—. Hum.

Me di la vuelta.

—Me lo has preguntado —repuse.

—Resulta irónico, ¿no crees? —comentó contemplando los rosales. Estaban todos en flor y no había ni una sola rosa amarilla—. Estás obsesionada con un lenguaje romántico, un lenguaje inventado para la comunicación de los amantes, y tú lo utilizas para expresar enemistad.

—¿Por qué están todos los rosales en flor? —inquirí haciendo caso omiso de su comentario. La temporada de rosas ya había pasado.

—Mi madre me enseñó a podarlos concienzudamente la segunda semana de octubre para que siempre tuviéramos rosas por Acción de Gracias.

—¿Celebras Acción de Gracias con una cena? —indagué mirando hacia la casa.

La ventana de la buhardilla todavía estaba rota, después de tantos años. Estaba cegada por dentro con un tablero de madera.

—No —respondió—. Cuando era pequeño, mi madre sí preparaba la cena, pero luego casi no se levantaba de la cama. Yo seguía podando los rosales como ella me había enseñado con la esperanza de que, al verlos desde su ventana, se animara a bajar a la cocina.

Sólo funcionó una vez, el día de Acción de Gracias antes de su muerte. Ahora que ella no está, sigo haciéndolo por la fuerza de la costumbre.

Intenté recordar si ya había sido Acción de Gracias o si faltaba una semana. No prestaba mucha atención a los días festivos, aunque en el negocio de la floristería era difícil pasarlos por alto. Me pareció que todavía no había pasado. Cuando levanté la cabeza, Grant me miraba como si esperara una respuesta.

—¿Qué? —pregunté.

—¿Conoces a tu madre biológica?

Negué con la cabeza. Grant iba a preguntarme algo más, pero se lo impedí:

—En serio. No pierdas el tiempo haciéndome preguntas. No sé nada de ella que tú no sepas. —Me aparté, me arrodillé en el suelo y miré por el visor de la cámara. Tomé una fotografía desenfocada de un trozo de madera vieja y nudosa y de unas raíces que sobresalían.

—Es manual. ¿Sabes cómo funciona?

Negué de nuevo.

Grant señaló los botones y las roscas, definiendo términos de fotografía que yo desconocía. Yo sólo prestaba atención a la distancia entre sus dedos y la cámara, que todavía tenía colgada del cuello. Cada vez que Grant se acercaba demasiado a mi pecho, yo daba un paso atrás.

—Prueba —me animó cuando hubo terminado su explicación.

Levanté la cámara y moví la rosca del objetivo hacia la izquierda. La flor rosa que enfocaba pasó de verse borrosa a irreconocible.

—Hacia el otro lado —me corrigió.

Giré la rosca hacia la izquierda, alterada por la escasa distancia entre sus labios y mi oreja. Él cerró una mano alrededor de la mía y juntos giramos la rosca hacia la derecha. Sus manos eran suaves y mi piel no ardía bajo su roce.

—Eso es —aprobó—. Así.

Me cogió la otra mano, la llevó a la parte superior de la cámara y apretó con mi dedo un botón metálico. Mi corazón se paró un momento y luego volvió a latir. La lente se abrió y se cerró con un chasquido.

Grant retiró las manos, pero yo no bajé la cámara. No quería descubrirme la cara. No sabía si él veía alegría u odio en mis ojos, miedo o placer en mis encendidas mejillas. No sabía qué era aquello que sentía; sólo sabía que no podía respirar con normalidad.

—Haz correr la película para tomar otra fotografía —me indicó. No me moví—. ¿Te enseño cómo?

—No —rechacé, dando un paso atrás—. Ya está.

—¿Demasiada información para el primer día?

—Sí. —Me descolgué la cámara y se la devolví—. Demasiada.

Volvimos a la casa, pero Grant no me invitó a entrar. Fue derecho al camión, me abrió la puerta del pasajero y me ofreció una mano. Vacilé un momento y luego la acepté. Me ayudó a subir y cerró la puerta.

Volvimos a la ciudad en silencio. Empezó a llover, al principio poco, y luego con una intensidad inesperada y cegadora. Los coches se detenían y esperaban a que el chaparrón remitiera, pero no hizo sino intensificarse. Era la primera lluvia del otoño y la tierra se abrió para recibir aquel riego tan esperado, rezumando un olor metálico. Grant conducía despacio, guiado más por su memoria que por la visión de las calles. El puente Golden Gate estaba desierto. La lluvia arreciaba. Imaginé que el agua entraba en el camión y ascendía hasta cubrirnos los pies, las rodillas, el cuerpo, el cuello...

Como no quería revelarle a Grant la ubicación del apartamento de Natalia, le pedí que me dejara en Bloom. Todavía llovía cuando paramos delante de la tienda. No sé si me dijo adiós con la mano, porque el agua que caía en el parabrisas me impidió verlo.

Natalia y su grupo estaban preparando los instrumentos cuando entré. Me saludaron con la cabeza. Subí la escalera, saqué las llaves de mi mochila, abrí mi portezuela, me metí en mi habitación y me acurruqué en el suelo. El agua que desprendía mi ropa empapó la moqueta de pelo y todo era azul, húmedo y frío. Me estremecí con los ojos bien abiertos. Esa noche no podría dormir.

4

—¿Estás preparada? —me preguntó Elizabeth.

Me sorprendió lo corto que había sido el trayecto. Elizabeth había aparcado detrás de una verja cerrada, en el camino de una casa. A la derecha estaba el aparcamiento donde los granjeros montaban la feria agrícola, y más allá el viñedo. Las dos fincas debían de tocarse en algún punto más allá de la extensión de asfalto.

Elizabeth bajó y sacó una sencilla llave de su bolsillo. La introdujo en la cerradura y la verja se abrió. Esperé a que volviera a la ranchera, pero me hizo señas para que bajara.

—Iremos andando —indicó cuando estuve a su lado—. Hace mucho tiempo que no piso estas tierras.

Echó a caminar despacio por el camino que llevaba hasta la casa, deteniéndose de vez en cuando para arrancar flores mustias y para introducir el pulgar en la tierra. Rodeada de flores, me impresionó comprender la magnitud del conflicto entre las dos hermanas. No se me ocurría nada que pudiera hacer enfadar tanto a Elizabeth como para renunciar no sólo a su hermana, sino también a todas aquellas hectáreas de flores, y durante tanto tiempo. Debió de tratarse de una traición realmente grave.

Elizabeth aceleró el paso a medida que se acercaba a la casa, más pequeña que la nuestra y amarilla, pero de estructura parecida y tejado a dos aguas. Subimos los escalones del porche y me fijé en que la madera estaba blanda, como si no se hubiera secado del todo después de las lluvias de la primavera. La pintura amarilla tenía grandes desconchones cerca de la puerta principal y el canalón se había soltado y colgaba sobre el escalón superior. Elizabeth se agachó para pasar por debajo.

Llegamos al porche y Elizabeth se acercó a la puerta pintada de azul. Tenía un estrecho ventanuco rectangular y Elizabeth se asomó por él. Me puse de puntillas y metí la cabeza bajo su barbilla. Miramos dentro. El cristal estaba deformado y sucio, era como contemplar una escena a través del agua. Los bordes de los muebles se veían borrosos y las fotografías enmarcadas parecían flotar sobre la repisa de la chimenea. Una fina moqueta con motivos florales desaparecía bajo el vaho de nuestro aliento en el cristal. Me sorprendió lo vacía que estaba la habitación: no había platos, ni periódicos ni ningún otro indicio de presencia humana.

De todos modos, Elizabeth llamó a la puerta, primero flojo y después más fuerte. Esperó, y como no vino nadie, empezó a golpear con los nudillos sin interrupción. Sus golpes cada vez denotaban mayor frustración. Nadie acudía a abrirnos.

Elizabeth se dio la vuelta y bajó los escalones. La seguí de puntillas, temiendo que los peldaños se hundieran bajo mis pies. Cuando se hubo alejado diez pasos, se dio la vuelta y señaló la buhardilla; la ventana estaba cerrada, pero no tenía cortina.

—¿Ves esa ventana? —me dijo—. Allí estaba el desván, donde jugábamos cuando éramos pequeñas. Cuando me enviaron al internado (tenía diez años, de modo que Catherine tenía diecisiete), ella lo convirtió en un taller. Tenía talento, mucho talento. Habría podido estudiar en cualquier escuela de arte del país, pero no quiso dejar sola a nuestra madre. —Hizo una pausa y ambas nos quedamos contemplando la ventana. La luz se reflejaba en el polvo y las manchas de agua del cristal y no se veía el interior—. Ella está allí —aseguró Elizabeth—. Sé que está. ¿Crees que no nos ha oído llamar?

Si Catherine estaba dentro, nos había oído. Aunque la casa tenía dos plantas, no era muy grande. Pero Elizabeth contemplaba esperanzada la ventana y no me pareció oportuno decirle la verdad.

—No lo sé —mentí—. Tal vez.

—¡Catherine! —gritó. La ventana no se abrió y no detecté ningún movimiento tras el cristal—. Quizá esté durmiendo.

—Vámonos —pedí tirándole de la manga.

—No; tenemos que asegurarnos de que nos ha visto. Si nos ve y no baja, habrá dejado claro lo que piensa.

Se dio la vuelta y le propinó una patada al suelo delante de la hilera más cercana de flores. Se agachó y cogió una piedra del tamaño de una nuez. Apuntó y la lanzó sin mucha fuerza contra la ventana. La piedra rebotó en el tejado y cayó al suelo, a poca distancia de nosotras. Elizabeth la recogió y lo intentó de nuevo, y otra vez, pero su puntería no mejoraba.

Impaciente, cogí una piedra y la lancé contra la ventana. Dio en el blanco produciendo un sonido parecido al de una bala al atravesar un cristal y abriendo un agujero redondo en el centro. Elizabeth se tapó las orejas con las manos, apretó los dientes y cerró los ojos.

—¡Joder, Victoria! —exclamó con aflicción—. ¡Te has pasado!

Abrió los ojos y alzó la cara hacia la ventana. Seguí la dirección de su mirada. Dentro, una mano delgada y pálida cerró los dedos alrededor de unos cordones. Una cortina descendió detrás del cristal roto. Elizabeth suspiró sin apartar los ojos del sitio donde había aparecido la mano.

—Vámonos —insistí, cogiéndola por el codo.

Elizabeth movió los pies despacio, como si anduviera por la arena, y tiré suavemente de ella hacia el camino. La ayudé a subir a la ranchera y cerré la verja.

5

Pasé una semana durmiendo mal y sin dar pie con bola. La moqueta de pelo de mi habitación tardó varios días en secarse y cada vez que me tumbaba en ella, la humedad me traspasaba la camisa, como las manos de Grant, y era un recordatorio constante de su roce. Cuando conseguía dormirme, soñaba que la cámara me enfocaba la piel y me fotografiaba las muñecas, la parte inferior del mentón y, en una ocasión, los pezones. Paseaba por calles desiertas y oía el chasquido del obturador; me daba la vuelta esperando ver a Grant, pero nunca había nadie.

A Renata no le pasó desapercibida mi incapacidad para articular frases coherentes o manejar la caja registradora. Era la semana de Acción de Gracias y la tienda estaba abarrotada, pero ella me relegó a la zona de trabajo, hasta el techo de cubos de flores naranjas y amarillas y largos tallos de hojas secas de llamativos colores otoñales. Me entregó un libro de fotografías de arreglos festivos, pero no lo abrí. No me encontraba muy espabilada, pero podía hacer arreglos florales aun dormida. Renata me traía pedidos anotados apresuradamente y volvía a recogerlos al cabo de un rato.

El viernes, pasado ya el ajetreo de la fiesta, me envió a la zona de trabajo y me pidió que barriera el suelo y lijara la mesa, que empezaba a combarse y astillarse después de tantos años de agua y trabajo. Una hora más tarde, cuando volvió a ver qué había hecho, me encontró dormida con la mejilla apoyada contra la áspera superficie de la mesa.

Me sacudió un poco para despertarme. Yo todavía tenía el papel de lija en una mano y me había dejado marcas en los dedos.

—Si no tuvieras tanto éxito, te despediría —me regañó, pero su voz no denotaba enfado, sino regocijo.

Me pregunté si creería que me había enamorado y pensé que la verdad era mucho más complicada.

—Vamos, en pie —dijo—. Ha venido esa mujer. Quiere verte.

Suspiré. No quedaban rosas rojas.

La mujer estaba apoyada con los codos en el mostrador. Llevaba una gabardina verde manzana y a su lado había otra mujer, más joven y más guapa, con un abrigo rojo con cinturón. Calzaban botas negras mojadas. Miré fuera. Volvía a llover, justo cuando mi ropa y mi habitación se habían secado. Me estremecí.

—Ésta es la famosa Victoria —dijo mi clienta, señalándome con la barbilla—. Victoria, te presento a mi hermana Annemarie. Y yo me llamo Bethany. —Me tendió la mano y se la estreché. Me hizo crujir los huesos con su fuerte apretón.

—¿Cómo estás?

—Mejor que nunca —respondió Bethany. Y contó—: Pasé el día de Acción de Gracias en casa de Ray. Ninguno de los dos había preparado nunca la cena de Acción de Gracias, así que acabamos metiendo un pavo precocinado en el horno y calentando unas latas de sopa de tomate. Quedó todo delicioso.

Por cómo lo dijo, resultaba evidente que se refería a algo más que a la sopa. Su hermana murmuró algo por lo bajo.

—¿Quién es Ray? —pregunté.

Renata se asomó al umbral escoba en mano y esquivé su mirada interrogante.

—Un compañero del trabajo. Hasta ahora sólo habíamos compartido quejas sobre ergonomía, pero el miércoles vino a mi mesa y me invitó a cenar.

Bethany había vuelto a quedar con Ray al día siguiente y quería algo para su apartamento, algo seductor, sugirió ruborizándose, pero no demasiado evidente.

—Orquídeas no —descartó, como si fueran flores sexuales y no un símbolo de belleza refinada.

—¿Y para tu hermana? —pregunté.

Annemarie parecía abochornada, pero no protestó cuando su hermana empezó a describir detalles de su vida sentimental.

—Ella está casada —explicó Bethany, enfatizando «casada» como si el origen de sus problemas pudiera encontrarse en la mismísima definición de la palabra—. Teme que su marido ya no se sienta atraído por ella, lo cual, mírala, es absurdo. Pero resulta que llevan mucho tiempo sin... Ya me entiendes.

Annemarie miró por la ventana y no defendió a su marido ni su matrimonio.

—Vale —afirmé reteniendo toda la información—. ¿Mañana?

—A mediodía —pidió Bethany—. Necesitaré toda la tarde para limpiar mi apartamento.

—¿Y a ti, Annemarie? ¿Te va bien a mediodía?

No me contestó enseguida. Olió las rosas y las dalias, los restos de flores naranjas y amarillas. Cuando levantó la cabeza, su mirada tenía una vacuidad que no me costó entender.

—Sí —confirmó—. Por favor.

—Hasta mañana —me despedí, y se marcharon.

Cuando se cerró la puerta, miré a Renata, que seguía en el umbral con la escoba.

—La famosa Victoria —repitió con sorna—. La que le da a la gente lo que quiere.

Me encogí de hombros y pasé a su lado. Descolgué el abrigo de la percha y me dispuse a marchar.

—¿Vengo mañana? —pregunté. Renata no me había dado ningún horario. Yo trabajaba cuando ella me lo pedía.

—Sí, a las cuatro. Hay una boda a primera hora de la tarde. Doscientos invitados.

Pasé la noche sentada en la habitación azul, cavilando sobre la petición de Annemarie. Conocía muy bien lo contrario del interés: la hortensia, *apatía*, era desde hacía tiempo una de mis flores favoritas. Florecía en los jardines bien cuidados de San Francisco seis meses al año y era útil para mantener alejadas a mis compañeras de casa y al personal de los hogares tutelados. Pero el interés, la proximidad y el placer sexual eran conceptos que nunca había necesitado investigar. Me pasé cuatro horas sentada bajo la bombilla, mientras la luz tornaba amarillas las hojas manchadas de agua de mi diccionario, buscando flores que pudieran servirme.

Estaba el tilo, que representaba el *amor conyugal*, pero eso no encajaba del todo. La definición se acercaba más a una descripción del pasado que a una sugerencia para el futuro. Además, planteaba la dificultad añadida de encontrar un tilo, arrancar una rama pequeña y explicarle a Annemarie por qué debía poner la rama en la mesa del comedor y no en un jarrón. No, decidí que el tilo no funcionaría.

Cuando el grupo de Natalia empezó a tocar en el piso de abajo me puse tapones para los oídos. Las páginas del libro vibraban sobre mi regazo. Encontré flores que simbolizaban *afecto*, *sensualidad* y *placer*, pero ninguna, por sí sola, parecía suficiente para combatir la mirada vacía de Annemarie. Llegué a la última flor del libro y volví al principio con sentimiento de frustración. Grant debía de saberlo, pero a él no podía preguntárselo. Habría sido darle demasiadas confianzas.

Mientras buscaba se me ocurrió que, si no encontraba las flores adecuadas, siempre podía prepararle un ramo de cualquier flor llamativa y mentirle sobre su significado. De hecho, las flores no tenían en sí mismas la capacidad de hacer realidad ninguna definición abstracta. Más bien daba la impresión de que Earl, y luego Bethany, se habían marchado a casa con un ramo de flores esperando un cambio, y el hecho de que creyeran en esa posibilidad había favorecido que se produjera. Así pues, sería mejor envolver un manojo de margaritas gerberas y decir que significaban satisfacción sexual antes que pedirle a Grant su opinión al respecto.

Cerré el libro, cerré los ojos y me propuse dormir.

Dos horas más tarde me levanté y me vestí para ir al mercado. Hacía frío y mientras me cambiaba de ropa y me ponía la chaqueta, supe que no podría darle las gerberas a Annemarie. Nunca había sido leal a nada salvo al lenguaje de las flores. Si empezaba a mentir sobre eso, no me quedaría nada hermoso ni sincero en la vida. Salí con premura por la puerta y recorrí las doce manzanas corriendo, con la esperanza de llegar antes que Renata.

Grant todavía estaba en el aparcamiento, descargando su camión. Esperé a que me diera unos cubos y los llevé dentro. En su puesto sólo había un taburete; me senté y Grant se apoyó en la pared de madera.

—Llegas muy pronto —observó.

Miré la hora en mi reloj. Sólo eran algo más de las tres de la madrugada.

—Tú también.

—No podía dormir —repuso.

Yo tampoco, pero no lo dije.

—He conocido a una mujer —le conté.

Aparté el taburete de Grant, como si fuera a atender a un cliente por la ventana, pero el mercado estaba casi vacío.

—¿Ah, sí? ¿Quién es?

—Una clienta. Vino a Bloom ayer. La semana pasada ayudé a su hermana. Afirma que su marido ya no la quiere. Bueno, ya me entiendes: que no quiere... —No supe cómo terminar la frase.

—Hum —dijo Grant. Noté su mirada en mi espalda, pero no me di la vuelta para mirarlo—. Es complicado. Ten en cuenta que en la era victoriana no se hablaba mucho de sexo.

Eso no se me había ocurrido. El mercado empezó a llenarse en silencio. Renata aparecería en cualquier momento y durante horas yo sólo podría pensar en flores para adornar una boda.

—*Deseo* —propuso Grant por fin—. Yo probaría con *deseo*. Creo que es lo máximo que te puedes acercar.

Yo no sabía qué planta simbolizaba el deseo.

—¿Con qué?

—Junquillo. Es una especie de narciso. Crecen silvestres en los estados del Sur. Tengo algunos, pero los bulbos no florecen hasta la primavera.

Faltaban meses para la primavera y no parecía que Annemarie pudiera esperar tanto tiempo.

—¿No hay otra forma?

—Podríamos forzar los bulbos en mi invernadero. Normalmente no lo hago; las flores están muy asociadas con la primavera y no tienen mucha demanda hasta finales de febrero. Pero, si quieres, podemos intentarlo.

—¿Cuánto tardarían en florecer?

—No mucho. Podrías tener flores hacia mediados de enero.

—Se lo preguntaré —dije—. Gracias.

Me dispuse a marcharme, pero Grant me detuvo poniéndome una mano en el hombro. Me di la vuelta.

—¿Esta tarde? —me preguntó.

Pensé en las flores, en la cámara de Grant y en mi diccionario.

—Creo que acabaré sobre las dos —respondí.

—Pasaré a recogerte.

—Tendré hambre —le advertí mientras me alejaba.

—Ya lo sé —contestó sonriendo.

Annemarie se mostró más aliviada que decepcionada cuando le di la noticia. Dijo que enero le parecía bien, muy bien. Diciembre era un mes de mucho ajetreo, pasaría volando. Me anotó su número de teléfono, se ciñó el cinturón rojo del abrigo y salió por la puerta detrás de Bethany, que había salido antes que ella y ya había recorrido media manzana. A Bethany le había dado ranúnculos: *Rebosas encanto.*

Grant llegó antes de hora, como la semana anterior. Renata lo invitó a entrar. Se sentó a la mesa y se quedó viéndonos trabajar mientras comía pollo al curry de un humeante envase de plástico. A su lado tenía otro sin abrir. Cuanto terminé los centros de mesa, Renata me comunicó que ya podía marcharme.

—¿Y las flores para los ojales? —pregunté mirando en la caja donde ella estaba colocando los ramilletes de las damas de honor.

—Ya los terminaré yo. Tengo mucho tiempo. Vete, en serio. —Y señaló la puerta.

—¿Quieres comértelo aquí? —me preguntó Grant, ofreciéndome un tenedor de plástico y una servilleta.

—Mejor en el camión. No quiero desaprovechar la luz.

Renata nos miró con curiosidad, pero no preguntó nada. Era la persona menos indiscreta del mundo y al salir de la tienda sentí cariño por ella.

Por el largo trayecto hasta la casa de Grant, el curry y el vaho de nuestra respiración empañaron las ventanas. Íbamos en silencio y lo único que se oía era el zumbido constante del desempañador. Fuera todo se veía mojado, pero la tarde se estaba despejando. Cuando Grant abrió la verja y pasó por delante de la casa, el cielo ya estaba azul. Fue a buscar la cámara y me sorprendió verlo entrar en un edificio cuadrado de tres plantas y no en la casa.

—¿Qué es eso? —le pregunté cuando volvió al camión, señalando el edificio del que acababa de salir.

—El depósito de agua. Lo convertí en un apartamento. ¿Quieres verlo?

—La luz se acabará pronto —repuse mirando el incipiente ocaso.

—Muy bien.

—Quizá después.

—Muy bien. ¿Quieres que te dé otra clase? —me preguntó Grant.

Se acercó y me pasó la correa de la cámara por la cabeza. Sus manos me rozaron la nuca.

Sacudí la cabeza.

—Tiempo de exposición, apertura, enfoque —recité, tocando las diferentes roscas y repitiendo el vocabulario que Grant me había explicado la semana anterior—. Puedo aprender sola.

—Muy bien —dijo—. Estaré ahí dentro.

Se dio la vuelta y fue hacia el depósito de agua. Esperé hasta ver que se encendía una luz detrás de la ventana del piso superior y entonces me dirigí a la rosaleda.

Empezaría con la rosa blanca; parecía un buen comienzo. Sentada ante un rosal en flor, saqué una libreta vacía de mi mochila. Para aprender fotografía por mí misma necesitaba documentar mis éxitos y fracasos. Si cuando revelara la película resultaba que sólo había una fotografía bien definida, necesitaba saber qué había hecho exactamente para conseguirla. Anoté los números del uno al treinta y seis en una columna.

Mientras la luz disminuía, fotografié repetidamente la misma rosa blanca, anotando con términos descriptivos, en absoluto técnicos, la lectura del fotómetro y la posición exacta de las diferentes roscas y botones. Registré el enfoque, la posición del sol y los ángulos de las sombras. Medí la distancia entre la cámara y la rosa en múltiplos de la longitud de la palma de mi mano. Cuando me quedé sin luz y sin película, paré.

Fui al edificio y encontré a Grant sentado a la mesa de la cocina. La puerta estaba abierta y dentro hacía el mismo frío que fuera. El sol ya había desaparecido, llevándose todo el calor. Me froté las manos para calentarlas.

—¿Té? —me ofreció Grant sosteniendo en alto una taza humeante.

—Sí, gracias.

Entré y cerré la puerta detrás de mí.

Nos sentamos frente a frente en una mesa de picnic de madera gastada idéntica a la que había fuera. Estaba junto a una ventanita que enmarcaba una vista de la finca: hileras de flores en declive, cobertizos e invernaderos y la casa abandonada. Grant se levantó para ajustar la tapa de un hervidor de arroz que escupía líquido por un agujerito. Abrió un armario, sacó una botella de salsa de soja y la puso sobre el irregular tablero de la mesa.

—La cena ya casi está lista —anunció. Miré los fogones. Sólo se estaba cocinando arroz—. ¿Quieres que te enseñe la casa?

Me encogí de hombros, pero me levanté.

—Esto es la cocina.

Los armarios estaban pintados de verde claro y las encimeras eran de formica gris con borde plateado. Por lo visto, Grant no utilizaba tabla de cortar y las encimeras tenían marcas y arañazos. Había una cocina antigua de fogones a gas, blanca y cromada, con una repisa plegable donde se alineaba una hilera de jarrones de cristal verde, vacíos, y una cuchara de madera. La cuchara tenía pegado un adhesivo blanco con el precio apenas visible, lo que me hizo pensar que nunca la habían utilizado o nunca la habían lavado. Fuera como fuese, no estaba impaciente por probar las artes culinarias de Grant.

En un rincón de la habitación había una escalera negra de caracol que ascendía por un pequeño agujero cuadrado. Grant subió por ella y yo lo seguí. En el primer piso había un salón con un sofá de dos plazas de velvetón naranja y una librería que ocupaba toda una pared. Una puerta abierta conducía a un cuarto de baño con baldosas blancas y una bañera con patas de león. No había televisor ni equipo de música. Ni siquiera vi ningún teléfono.

Grant volvió a la escalera y me guió hasta el segundo piso, ocupado de pared a pared por un grueso colchón de espuma. Había migajas de espuma desprendidas de los bordes y ropa amontonada en dos rincones; una doblada, la otra no. En lugar de almohadas había montones de libros.

—Mi dormitorio.

—¿Dónde duermes? —pregunté.

—En el medio. Normalmente, más cerca de los libros que de la ropa.

Se subió al colchón y apagó una lámpara de lectura. Me sujeté a la barandilla y bajé a la cocina.

—Muy bonito —declaré—. Apacible.

—A mí me gusta. Me olvido de dónde estoy, ¿entiendes?

Lo entendía. En el depósito de agua de Grant, en ausencia de cualquier aparato automático o digital, era fácil olvidar no sólo la situación, sino también la década en que vivíamos.

—El grupo de punk de mi compañera de piso ensaya por la noche en la planta que hay debajo del apartamento —comenté.

—Qué horror, ¿no?

—Pues sí.

Fue hasta la encimera y sirvió arroz caliente y pasado en unos cuencos de cerámica. Me tendió uno y una cuchara y empezamos a comer. El arroz me calentó la boca, la garganta y el estómago. Estaba más bueno de lo que esperaba.

—¿No tienes teléfono? —pregunté mirando alrededor.

Creía que yo era la única persona joven del mundo moderno que no dependía de un aparato para la comunicación. Grant negó con la cabeza.

—¿No tienes más familia? —continué.

Volvió a sacudir la cabeza.

—Mi padre nos dejó cuando yo nací; volvió a Londres. No lo conozco. Al morir, mi madre me dejó las tierras y las flores, nada más.

Comió un poco más de arroz.

—¿La echas de menos? —pregunté.

Grant se puso más salsa de soja en el arroz.

—A veces. Echo de menos cómo era cuando yo era pequeño; preparaba la cena todas las noches y me ponía en la mochila bocadillos y flores comestibles. Pero en los últimos tiempos empezó a confundirme con mi padre. Se ponía furiosa y me echaba de la casa. Luego se daba cuenta de lo que había hecho y me pedía perdón con flores.

—¿Por eso vives aquí?

—Sí. Y porque siempre me ha gustado vivir solo. Es algo que nadie entiende.

Yo sí lo entendía.

Se terminó el arroz y se sirvió otro cuenco; luego cogió el mío y también volvió a llenarlo. Terminamos de comer en silencio.

Grant se levantó para lavar su cuenco y lo colocó en un escurreplatos de metal. Yo lo imité.

—¿Nos vamos? —sugirió él.

—¿Y la película? —Cogí la cámara, que había dejado colgada en una percha, y se la di—. No sé cómo quitarla.

Grant rebobinó la película y la extrajo de la cámara. Me la metí en el bolsillo.

—Gracias.

Subimos al camión y enfilamos la carretera. Cuando estábamos a medio camino de la ciudad, me acordé de la petición de Annemarie. Aspiré entre los dientes.

—¿Qué pasa? —preguntó Grant.

—El junquillo. Se me ha olvidado.

—Lo he plantado mientras estabas en la rosaleda. Está en una caja, en el invernadero. Los bulbos necesitan oscuridad hasta que empiezan a crecer las hojas. El sábado que viene podrás ver cómo van.

El sábado siguiente. Como si ya tuviéramos una cita. Me quedé mirando el perfil de Grant, duro y serio. El sábado siguiente vería cómo iban. Era una afirmación sencilla, pero que lo cambiaba todo, como el descubrimiento de la rosa amarilla.

Celos, infidelidad. Soledad, amistad.

6

Fuera ya había oscurecido cuando entré para cenar. La casa estaba iluminada y a través de la puerta abierta vi a Elizabeth sentada a la mesa de la cocina. Había preparado sopa de pollo —el aroma me había alcanzado en el viñedo y había ejercido una atracción física— y estaba encorvada sobre su plato, como si examinara su reflejo en el caldo.

—¿Por qué no tienes amigos? —pregunté sin proponérmelo. Llevaba una semana observando cómo, abatida, dirigía la vendimia, y al verla allí tan sola y triste se me escapó aquella frase no premeditada.

Elizabeth dirigió la mirada hacia mí. Sin decir nada, se levantó y vació el plato en el cazo de sopa. Con una cerilla, encendió el aro de fuego azul del fogón.

—¿Y tú? —replicó.

—Porque no los quiero.

Aparte de Perla, que ahora esperaba el autobús de la escuela medio kilómetro más allá para que no la vieran conmigo, los únicos niños que conocía eran mis compañeros de clase. Les había dado por llamarme «la huérfana» y dudaba mucho que ni siquiera mi maestra recordara mi verdadero nombre.

—¿Por qué no? —insistió Elizabeth.

—No lo sé —contesté a la defensiva, aunque sí lo sabía.

Me habían castigado con cinco días de expulsión por mi agresión al conductor del autobús escolar y, por primera vez en mi vida, no me sentía desgraciada. En casa, con Elizabeth, no necesitaba a nadie más. Todos los días la acompañaba a organizar la vendimia, dirigiendo a los jornaleros hacia las cepas maduras y alejándolos de las vides que todavía necesitaban un par de días más al sol. Probaba uvas y luego me las hacía probar, y las calibraba con números según su grado de madurez: 74/6, 73/7 y 75/6. «Esto —me decía cuando encontraba un racimo maduro— es lo que tienes que recordar. Exactamente este sabor: los azúcares a setenta y cinco y los taninos a siete. Esto es una uva de vino perfectamente madura, algo que ninguna máquina ni ningún aficionado puede identificar.» A finales de la semana ya había masticado y escupido uvas de casi todas las plantas y los números empezaban a venir a mí casi antes de meterme las uvas en la boca, como si mi lengua apenas necesitara rozarlas para calibrarlas.

La sopa empezó a hervir y Elizabeth la removió con una cuchara de madera.

—Quítate los zapatos —pidió—. Y lávate las manos. La sopa ya está lista.

Puso dos cuencos en la mesa y unos panes grandes como melones. Partí uno por la mitad, arranqué la miga blanca y blanda del centro y la mojé en el caldo humeante.

—Tenía una amiga —me contó Elizabeth—. Mi hermana era mi amiga. Tenía una hermana, un trabajo y un primer amor, y no necesitaba nada más. Y de repente sólo tenía el trabajo. Lo que había perdido parecía irremplazable. Por eso concentré toda mi energía en dirigir un negocio productivo y cultivar las uvas de vino más buscadas de la región. El objetivo que me planteé era tan ambicioso y consumía tanto tiempo que no me quedaba ni un minuto para pensar en todo lo que había perdido.

Comprendí que, al acogerme en su casa, aquello había cambiado. Yo era un recordatorio constante de la familia y el amor y me pregunté si se arrepentía de su decisión.

—¿Eres feliz aquí, Victoria? —me preguntó de pronto.

Asentí con la cabeza y se me aceleró el corazón. Nadie me había preguntado nada parecido sin decir a continuación algo como «porque si fueras feliz, si te dieras cuenta de la suerte que tienes de estar aquí, no te portarías como una mocosa desagradecida».

Pero la sonrisa de Elizabeth, cuando por fin sonrió, sólo expresaba alivio.

—Muy bien —aprobó—. Porque a mí también me hace feliz que estés aquí. Es más, no tengo ninguna gana de que vayas a la escuela mañana. Lo hemos pasado muy bien las dos en casa y te has abierto un poco. Por primera vez parecías interesada por algo y, aunque admito que estoy un poco celosa de las uvas, me alegra ver que vas adaptándote al entorno.

—Odio la escuela —confesé.

Sólo de pronunciar la palabra «escuela», la sopa borboteó en mi garganta, produciéndome una sensación repugnante.

—¿De verdad? Sin embargo, me has demostrado que te gusta aprender.

—La odio de verdad.

Tragué saliva una vez y entonces le conté cómo me llamaban, le conté que era como todas las otras escuelas a las que había ido, donde me etiquetaban, me marginaban, me vigilaban y nunca me enseñaban nada.

Elizabeth se acabó el último trozo de pan y llevó su cuenco al fregadero.

—Pues mañana mismo iré a darte de baja. Aquí puedo enseñarte más de lo que jamás aprenderías en esa escuela. Mi opinión es que ya has sufrido bastante.

Volvió a la mesa, me cogió el plato y lo rellenó.

Sentí un alivio tan profundo que me terminé ese segundo plato, y luego un tercero. Sin embargo, una ligereza interna amenazaba con levantarme de la silla y lanzarme escaleras arriba, directa a la cama.

7

Mis fotografías eran espantosas. Eran tan malas que eché la culpa al laboratorio rápido donde me las habían revelado y llevé la película a una tienda especializada. En el letrero se jactaban de revelar sólo trabajos de profesionales. Tardaron tres días en entregarme las copias y, cuando fui a recogerlas, resultó que eran igual de malas o incluso peores. Mis errores estaban aún más destacados, los borrones blancos y verdes aún más definidos entre el fondo turbio. Tiré las fotografías a una papelera y me senté en el bordillo delante de la tienda, vencida.

—¿Experimentas con la abstracción?

Me di la vuelta. Una joven estaba detrás de mí, mirando las fotografías que había cogido de la papelera. Llevaba puesto un delantal y fumaba un cigarrillo. La ceniza cayó alrededor de las fotos. Deseé que se quemaran.

—No —contesté—. Experimento con el fracaso.

—¿Cámara nueva?

—No. La nueva soy yo.

—¿Qué necesitas saber?

Cogí una fotografía y se la mostré.

—Todo —respondí.

La joven apagó el cigarrillo con el pie y examinó la copia.

—Creo que es un problema de sensibilidad de la película —dijo, y me indicó que entrara.

Me llevó a la pantalla de negativos y me enseñó unos números que había en las esquinas de los fotogramas y que yo ni siquiera había visto. El tiempo de exposición era demasiado lento, explicó, y la sensibilidad de la película demasiado baja para la escasa luz de la tarde. Anoté todo lo que me dijo en el dorso de las fotografías y me las guardé en el bolsillo de atrás.

El sábado siguiente estaba impaciente por salir del trabajo. La tienda estaba vacía; no habíamos tenido boda. Renata se ocupaba del papeleo y no se levantó de su escritorio en toda la mañana. Cuando me cansé de esperar a que me liberara, me puse de pie cerca de su mesa y empecé a dar golpecitos con el pie en el suelo de cemento.

—Vale, vete —accedió haciendo un ademán. Me di la vuelta y, cuando me disponía a salir por la puerta, añadió—: Y no vuelvas mañana, ni la semana que viene, ni la otra.

—¿Qué? —dije, parándome en seco.

—Has trabajado el doble de las horas que te he pagado. No me digas que no te has dado cuenta.

Yo no llevaba la cuenta de las horas trabajadas. No habría podido encontrar otro trabajo aunque hubiera querido. Ni siquiera tenía título de bachillerato, ni experiencia alguna. Daba por hecho que Renata lo sabía y que hacía conmigo lo que quería. No se lo reprochaba.

—¿Y qué?

—Tómate un par de semanas de fiesta. Pásate el domingo y te pagaré como si hubieras trabajado. Te debo ese dinero. Volveré a necesitarte por Navidad y tengo dos bodas el día de Año Nuevo.

Me entregó un sobre con dinero, el que tendría que haberme dado la próxima vez que me pagara. Lo guardé en mi mochila.

—Vale —acepté—. Gracias. Nos vemos dentro de dos semanas.

• • •

Grant estaba en el aparcamiento del mercado cargando un cubo de flores que no había vendido. Me acerqué y le mostré las fotos borrosas, dispuestas en abanico.

—¿Ahora quieres que te enseñe? —me preguntó, risueño.

—No. —Subí al camión.

Él sacudió la cabeza y preguntó:

—¿Chino o tailandés?

Estaba leyendo las notas que había garabateado en el dorso de aquellas fotografías penosas y no contesté.

Cuando Grant paró delante de un restaurante tailandés, me quedé esperando en el camión.

—Algo picante —le pedí por la ventanilla—. Con gambas.

Había comprado diez rollos de película de color, todos de diferentes sensibilidades. Pensaba empezar con la de 100 a primera hora de la tarde e ir subiendo hasta 800 a medida que disminuyera la luz. Grant se sentó a la mesa de picnic con un libro, lanzándome miradas cada pocas páginas. Me quedé casi todo el tiempo acurrucada entre dos rosales blancos. Todas las flores estaban abiertas; al cabo de una semana ya no quedarían rosas. Numeré todas las fotografías y anoté los ángulos y la composición, tal como había hecho la semana anterior. Estaba decidida a conseguirlo.

Cuando oscureció casi del todo, guardé mi cámara. Grant ya no estaba sentado a la mesa de picnic. Había luz en las ventanas del depósito de agua, cuyos cristales estaban empañados. Grant estaba cocinando y yo estaba muerta de hambre. Guardé los diez rollos en la mochila y entré en la cocina.

—¿Tienes hambre? —me preguntó.

Me vio cerrar la cremallera de la mochila y olfatear con avidez.

—¿Cómo preguntas eso?

Sonrió. Fui a la nevera y comprobé que estaba casi vacía; sólo había yogur y un cartón de zumo de naranja. Lo cogí y bebí un par de sorbos.

—Como si estuvieras en tu casa.

—Gracias. —Di otro sorbo y me senté a la mesa—. ¿Qué estás preparando?

Señaló seis latas vacías de ravioli de carne. Hice una mueca.

—¿Quieres cocinar tú? —me ofreció.

—Nunca cocino. En los hogares tutelados había cocineras; después he comido siempre fuera.

—¿Siempre has vivido en hogares tutelados?

—Después de Elizabeth, sí. Antes había vivido con diversas personas. Algunas cocinaban bien y otras, no.

Me miró sin disimular que le gustaría saber más, pero no entré en detalles. Nos sentamos a la mesa con nuestros platos de ravioli. Había empezado a llover otra vez, una lluvia intensa que amenazaba con convertir en ríos los caminos de tierra.

Cuando terminamos de cenar, Grant lavó su plato y subió arriba. Yo me quedé en la mesa de la cocina, esperando a que bajara y me llevara a casa, pero no bajó. Bebí más zumo y me puse a mirar por la ventana. Cuando volvió a entrarme hambre, busqué en los armarios y encontré un paquete de galletas sin abrir; me comí un par. Grant seguía sin volver. Puse a hervir agua para el té y me quedé de pie junto a los fogones, calentándome las manos con la llama azulada. El hervidor de agua empezó a silbar.

Llené dos tazas, cogí dos bolsitas de té de una caja que había en la encimera y subí la escalera.

Grant estaba sentado en el sofá naranja del segundo piso, leyendo un libro. Le di una taza y me senté en el suelo, enfrente de la librería. La habitación era tan pequeña que, pese a estar sentada lo más lejos posible de él, Grant habría podido tocarme la rodilla con los dedos del pie si hubiera estirado una pierna. Me volví hacia la librería. En el estante inferior había grandes volúmenes: manuales de jardinería, la mayoría, y algunos libros de texto de biología y botánica.

—¿Biología? —pregunté cogiendo uno; lo abrí al azar y encontré un dibujo científico de un corazón.

—Hice un curso en una escuela de adultos. Después de morir mi madre me planteé vender la casa e ir a la universidad. Pero dejé el curso a la mitad. No me gustaban las aulas. Había demasiada gente y muy pocas flores.

Del corazón salía una gruesa vena azul. Seguí su trazado con un dedo y miré a Grant.

—¿Qué lees?

—Gertrude Stein.

Sacudí la cabeza. Nunca había oído ese nombre.

—La poetisa —aclaró él—. Ya sabes, la de «Una rosa es una rosa es una rosa».

Volví a sacudir la cabeza.

—En su último año de vida, mi madre se obsesionó con ella —me explicó Grant—. Había pasado casi toda su vida leyendo a los poetas victorianos, y cuando descubrió a Gertrude Stein se sintió reconfortada.

—¿Qué significa «Una rosa es una rosa es una rosa»? —Cerré de golpe el libro de biología y me encontré ante un esqueleto humano. Di unos golpecitos con el dedo en la cuenca vacía del ojo.

—Que las cosas son lo que son —contestó Grant.

—Una rosa es una rosa.

—Es una rosa —terminó él esbozando una sonrisa.

Pensé en todas las rosas que había en la rosaleda de Grant y en sus diferentes tonalidades de color y fases de desarrollo.

—Salvo cuando es amarilla —repuse—. O roja, o rosa, o está cerrada, o muerta.

—Eso mismo he pensado yo siempre —convino Grant—. Pero quiero darle a Gertrude Stein la oportunidad de convencerme.

Bajó la mirada hacia el libro.

Cogí otro libro de un estante más alto. Era un volumen delgado de poesía. Elizabeth Barrett Browning. Había leído casi toda su obra en los primeros años de mi adolescencia, cuando descubrí que los poetas románticos mencionaban a menudo el lenguaje de las flores. Varias páginas de aquel libro estaban dobladas por las esquinas y tenían anotaciones en los márgenes. El poema que encontré al abrirlo al azar tenía once versos y todos empezaban con la palabra «Ámame». Me sorprendió. Estaba segura de haber leído aquel poema, pero no recordaba tantas referencias al amor, sólo a las flores. Devolví el ejemplar a su sitio y cogí otro, y luego otro. Mientras tanto, Grant seguía leyendo en silencio. Comprobé la hora: las diez y diez.

Grant levantó la cabeza. Comprobó también la hora y luego miró por la ventana. Seguía lloviendo.

—¿Quieres irte a casa?

—¿Tengo otra alternativa? No voy a dormir aquí contigo.

—Yo no dormiré aquí. Puedes dormir en mi cama. O en el sofá. O donde quieras.

—¿Y cómo sé que no volverás en medio de la noche?

Grant sacó las llaves del bolsillo y separó la del depósito de agua. Me la entregó y bajó la escalera. Lo seguí.

Cogió una linterna de un cajón de la cocina y una chaqueta de franela de una percha. Abrí la puerta; Grant salió y se quedó un momento bajo el tejadillo, protegido de la lluvia.

—Buenas noches —se despidió.

—¿Y la llave de repuesto?

Grant suspiró y sacudió la cabeza, aunque sonreía. Se agachó y levantó una regadera oxidada, medio llena de agua de lluvia. La vació como si regara la grava empapada. En el fondo había una llave.

—Dudo mucho que funcione, con lo oxidada que está. Pero quédatela, por si acaso.

Me dio la llave y nuestras manos se cerraron alrededor del metal mojado.

—Gracias —dije—. Buenas noches.

Grant se quedó quieto mientras yo cerraba lentamente la puerta y echaba la llave.

Respiré hondo y subí la escalera hasta el segundo piso. Cogí la manta de la cama de Grant y volví a la cocina. Me acosté debajo de la mesa de picnic. Si se abría la puerta, la oiría.

Pero lo único que oí toda la noche fue la lluvia.

Grant llamó a la puerta a las diez y media de la mañana. Yo todavía estaba dormida debajo de la mesa. Había dormido doce horas y tenía el cuerpo entumecido. Me costó levantarme. Al llegar a la puerta me detuve, me apoyé en la hoja de madera maciza y me froté los ojos, las mejillas y la nuca. Abrí la puerta.

Grant llevaba la misma ropa que la noche anterior y sólo parecía un poco más despierto que yo. Entró en la cocina dando traspiés y se sentó a la mesa.

La tormenta ya había amainado. Al otro lado de la ventana, bajo un cielo despejado, brillaban las flores. Hacía un día perfecto para tomar fotografías.

—¿Vamos a la feria agrícola? —propuso Grant—. Los domingos siempre voy a vender allí en lugar de en el mercado de la ciudad. ¿Quieres venir?

Recordaba que diciembre era un mes malo para la fruta y la verdura. Había naranjas, manzanas, brócoli, col rizada. Pero, aunque hubiera sido pleno verano, no habría querido ir a la feria agrícola. No quería arriesgarme a ver a Elizabeth.

—No, gracias. Pero necesito carretes.

—Pues ven conmigo. Puedes esperar en el camión mientras vendo todo lo que me sobró ayer. Luego te llevaré a comprar carretes.

Grant subió a cambiarse de ropa y yo me lavé los dientes, aplicándome dentífrico con el dedo. Me eché agua en la cara y en el pelo y fui a esperar en el camión. Al cabo de unos minutos vino Grant; se había afeitado y puesto una sudadera gris limpia y unos vaqueros. Seguía pareciendo cansado y, tras cerrar con llave la puerta del depósito de agua, se puso la capucha.

El camino estaba encharcado y Grant condujo despacio. El camión oscilaba como un barco en el mar. Cerré los ojos.

Menos de cinco minutos más tarde, Grant detuvo el camión y abrí los ojos. Estábamos en un aparcamiento abarrotado. Me hundí en el asiento mientras Grant se apeaba, se calaba la capucha y bajaba los cubos. Cerré los ojos y apreté la oreja contra la puerta tratando de no oír el ruido del bullicioso mercado y no recordar todas las veces que había estado allí de niña. Grant no tardó mucho en volver.

—¿Lista? —me preguntó.

Me llevó a la tienda más cercana, un drugstore de pueblo donde vendían aparejos de pesca y productos farmacéuticos. Me ponía nerviosa estar tan expuesta y tan cerca de Elizabeth.

Me detuve antes de entrar.

—¿Y Elizabeth?

—Aquí no vas a encontrártela. No sé dónde compra, pero vengo aquí desde hace veinte años y nunca la he visto.

Aliviada, entré en la tienda y fui derecha al mostrador de revelado fotográfico. Metí mis películas en un sobre y las eché por una rendija.

—¿Una hora? —pregunté a una empleada con cara de aburrida que llevaba un delantal azul.

—Menos. Llevo días sin revelar nada.

Me escondí en el pasillo más cercano. En la tienda vendían camisetas rebajadas, tres por cinco dólares. Cogí las tres primeras del montón y las metí en mi cesta, junto con varios carretes, un cepillo de dientes y desodorante. Grant estaba junto al mostrador de la caja, comiéndose una barra de caramelo mientras me miraba recorrer los pasillos. Asomé la cabeza. Cuando vi que la tienda estaba casi vacía, me reuní con él en la caja.

—¿Desayuno? —propuse y él asintió.

Cogí una chocolatina PayDay y me comí los cacahuetes hasta que sólo quedó una barrita de caramelo pegajoso.

—Te dejas lo mejor —dijo Grant señalando el caramelo. Se lo di y él se lo comió rápidamente, como si temiera que me lo pensara y se lo quitara—. Vaya, debo de caerte mejor de lo que parece —observó sonriendo.

Se abrió la puerta y entró una pareja de ancianos cogidos de la mano. La mujer caminaba encorvada y el hombre no podía doblar la rodilla izquierda; daba la impresión de que ella lo arrastraba. El anciano me miró de arriba abajo y compuso una sonrisa juvenil que parecía fuera de lugar en su rostro cubierto de manchas.

—Hola, Grant —saludó, guiñándole un ojo y ladeando la cabeza hacia mí—. Buen trabajo, chico, buen trabajo.

—Gracias, señor —repuso Grant mirando al suelo.

El hombre pasó renqueando a su lado y unos pasos más allá se paró y le dio una palmada a su mujer en el trasero. Se volvió y le guiñó un ojo a Grant.

Grant me miró; luego miró al anciano y sacudió la cabeza.

—Era amigo de mi madre —comentó cuando la pareja ya no podía oírnos—. Cree que nosotros seremos así dentro de sesenta años.

Puse los ojos en blanco, cogí otro PayDay y fui a esperar junto al mostrador de fotografía. Que Grant y yo paseáramos cogidos de la mano pasados sesenta años debía de ser lo más improbable del mundo. La empleada me entregó el primer rollo, ya revelado; los negativos estaban cortados y metidos en un sobre transparente. Puse las fotografías sobre el mostrador amarillo.

Las diez primeras habían quedado borrosas. No eran borrones blancos indefinidos como los de mi primer intento, pero estaban borrosas. A partir de la undécima empezaban a ganar nitidez, aunque no podía estar orgullosa de ellas. La empleada siguió pasándome un carrete tras otro y seguí colocándolas en fila, procurando mantener el orden.

Grant estaba de pie abanicándose con envoltorios de caramelo. Me acerqué a él y le enseñé una fotografía. Era la número dieciséis del octavo rollo: una rosa blanca perfecta, nítida y brillante, destacada contra el fondo oscuro. Grant se inclinó como si fuera a olerla y asintió:

—Muy bonita.

—Bien, vámonos —dije.

Pagué las fotos, lo que llevaba en la cesta y los caramelos de Grant y me dirigí hacia la puerta.

—¿Y tus fotos? —me preguntó Grant, parándose a mirar el mar de fotografías que había dejado en el mostrador.

—Ésta es la única que necesito —contesté, mostrándole la de la rosa.

8

Apoyada en el tronco de una vid gruesa, oí a Elizabeth escurriendo la fregona. Debería estar dando mi paseo matutino, pero no me apetecía hacerlo. Elizabeth había abierto todas las ventanas para que entrara la primera brisa cálida de la primavera y desde donde yo estaba, en la fila de vides más cercana a la casa, la oía en todo momento.

Llevaba seis meses con Elizabeth y ya me había acostumbrado a su concepto de estudiar en casa. No tenía pupitre. Tampoco me compró una pizarra, ni libros de texto, ni tarjetas pedagógicas. Pero colgó un horario en la puerta de la nevera —una hoja fina de papel de arroz escrita con caligrafía delicada, sujeta por unos imanes redondos y plateados— y me hizo responsable de las actividades y tareas anotadas en él.

La lista era detallada, agotadora y exacta, pero nunca aumentaba ni cambiaba. Todos los días, después del desayuno y el paseo matutino, yo escribía en el diario con tapas de piel negra que me había comprado Elizabeth. Escribía bien y sin faltas de ortografía, pero cometía errores a propósito para mantener a Elizabeth a mi lado revisando y corrigiendo las páginas. Cuando terminaba, la ayudaba a preparar la comida: medíamos y vertíamos, nos dividíamos las recetas. Los platos de la vajilla, ordenados en montones, se convertían en fracciones, y las tazas de legumbres secas, en complicados problemas aritméticos. Con el calendario que Elizabeth utilizaba para registrar el clima, me enseñó a calcular promedios, porcentajes y probabilidades.

Todos los días, a última hora, Elizabeth me leía. Tenía estantes llenos de clásicos infantiles, libros antiguos de tapa dura con el título grabado en letras doradas: *El jardín secreto*, *Pollyanna* y *Un árbol crece en Brooklyn*. Pero yo prefería sus libros de viticultura, las ilustraciones de plantas y las ecuaciones químicas, que eran la clave del mundo que me rodeaba. Memorizaba el vocabulario —filtración de nitratos, captura de carbono, gestión integral de plagas— y lo empleaba en nuestras conversaciones con una seriedad que hacía reír a Elizabeth.

Antes de acostarme, tachábamos los días en un calendario que tenía en mi habitación. A lo largo de enero me limité a poner una X roja en la casilla correspondiente a cada fecha, pero hacia finales de marzo empecé a anotar la temperatura máxima y la mínima, como hacía Elizabeth en su calendario, lo que habíamos cenado y una lista de lo que habíamos hecho ese día. Elizabeth recortó un montoncito de pósits del tamaño de las casillas del calendario y todas las noches yo rellenaba cinco o seis antes de meterme en la cama.

Más que un ritual nocturno, el calendario era una cuenta atrás. El 2 de agosto, el día después de mi hipotético cumpleaños, estaba destacado y toda la casilla pintada de rosa. Con rotulador negro, Elizabeth había escrito: «11 h - 3.ª planta - despacho 305.» La ley exigía que yo hubiera vivido con Elizabeth un año entero para que pudiera hacerse efectiva mi adopción; Meredith había programado nuestra cita en el juzgado para un año después del día de mi llegada.

Miré el reloj que me había regalado Elizabeth. Faltaban diez minutos para que me dejara entrar en la casa. Apoyé la cabeza en las ramas desnudas de la vid. Las primeras hojas, de un verde brillante, habían brotado de unas prietas yemas y las examiné: eran versiones perfectas, del tamaño de una uña, de lo que acabarían siendo. Olí una y mordisqueé una esquina pensando que escribiría en mi diario cómo sabía una vid antes de que salieran las uvas. Volví a mirar la hora: cinco minutos.

De pronto, oí la voz de Elizabeth. Hablaba con claridad y seguridad y al principio creí que me llamaba. Corrí hasta la casa, pero me paré al comprobar que estaba hablando por teléfono. Aunque no había vuelto a mencionar a su hermana desde nuestra visita al vivero, supe enseguida que había llamado a Catherine. Me senté en el suelo, junto a la ventana de la cocina, conmocionada.

—Otra cosecha —dijo—. Superada. Yo no bebo, pero últimamente entiendo mejor a papá. Entiendo la tentación de echar un trago de whisky nada más levantarse «para aplacar el miedo a las heladas», como solía decir él. —Hizo una breve pausa y comprendí que hablaba con el contestador automático de Catherine—. Bueno, ya sé que me viste aquel día de octubre. ¿Viste a Victoria? ¿Verdad que es guapa? Está claro que no querías hablar conmigo y yo he querido respetarte y darte más tiempo. Por eso no te he llamado hasta ahora. Pero ya no puedo esperar más. He decidido llamarte otra vez, todos los días. Seguramente más de una vez al día, hasta que te dignes hablar conmigo. Te necesito, Catherine. ¿No lo entiendes? Eres la única familia que tengo.

Al oír eso cerré los ojos. «Eres la única familia que tengo.» Llevábamos ocho meses juntas, comiendo en la mesa de la cocina, trabajando codo con codo. Faltaban menos de cuatro meses para mi adopción. Y sin embargo, Elizabeth no me consideraba familia suya. En lugar de pena sentí rabia, y cuando oí el chasquido del auricular, seguido del borbotón de agua sucia vaciada por un desagüe, subí los escalones del porche pisando fuerte. Llamé a la puerta con los puños. «¿Y yo qué soy? —quería gritar—. ¿A qué viene esta farsa?»

Pero cuando Elizabeth abrió la puerta y vi su cara de sorpresa, rompí a llorar. No recordaba haber llorado nunca y aquellas lágrimas eran como una traición a mi ira. Me abofeteé las húmedas mejillas. El dolor de las bofetadas me hizo llorar aún más.

Elizabeth no me preguntó por qué lloraba; se limitó a hacerme entrar en la cocina. Se sentó en una silla y me atrajo con torpeza hacia su regazo. Faltaba poco para que yo cumpliera diez años. Era demasiado mayor para sentarme en su regazo, demasiado mayor para que me abrazaran y me consolaran. También era demasiado mayor para que me devolvieran. De pronto, sentí pánico de que me llevaran a otro hogar tutelado y, al mismo tiempo, sorpresa de que la táctica de Meredith hubiera funcionado. Hundí la cara en el cuello de Elizabeth y seguí sollozando. Ella me abrazaba. Esperé a que me dijera que me calmara, pero no lo hizo.

Pasaban los minutos. Sonó el reloj automático de la cocina, pero Elizabeth no se movió. Cuando por fin levanté la cabeza, la cocina olía a chocolate. Elizabeth había preparado un suflé para celebrar que había cambiado el tiempo y desprendía un aroma intenso y dulce. Me enjugué las lágrimas en la blusa de Elizabeth y me incorporé para mirarla. Cuando nuestras miradas se encontraron, vi que ella también lloraba. Las lágrimas se quedaban un momento colgando del borde de su mentón y luego caían.

—Te quiero —dijo Elizabeth, y yo rompí a llorar de nuevo.

En el horno, el suflé de chocolate empezó a quemarse.

9

El lunes por la mañana, Grant se marchó temprano al mercado de flores, pero yo no lo acompañé. Horas más tarde, cuando desperté, me sorprendió ver que no estaba sola en la finca. Unos hombres se gritaban unos a otros entre las hileras de vides y las mujeres, arrodilladas en la tierra húmeda, arrancaban malas hierbas. Desde las ventanas lo veía todo: podaban, limpiaban, abonaban y recolectaban.

Nunca se me había pasado por la cabeza que Grant tuviera ayuda para cuidar aquellas hectáreas de plantas, pero después de ver a los trabajadores en acción, me pareció ridículo haber imaginado que pudiera ser de otra forma. Allí había muchísimo trabajo. Y aunque no me gustaba tener que compartir la finca con nadie, sobre todo el primer día que Grant me dejaba sola, sentí agradecimiento por aquellos trabajadores cuyo esfuerzo permitía que florecieran tantas variedades de flores.

Me puse una camiseta blanca y me lavé los dientes. Cogí un pan y mi cámara, y salí fuera. Los trabajadores me saludaron con una cabezada y una sonrisa, pero ninguno intentó entablar conversación conmigo.

Entré en el primer invernadero. Era el mismo que me había enseñado Grant el primer día; contenía sobre todo orquídeas, con una sola pared de variedades de hibisco y amarilis. Hacía más calor y estaba cómoda con mi camiseta fina. Empecé por el estante superior de la pared izquierda. Anoté una columna de números en mi libreta y tomé dos fotografías de cada flor, registrando el nombre científico de cada una en lugar de los ajustes de la cámara. Después, con ayuda de uno de los libros de jardinería de Grant, determiné el nombre común de cada flor y los anoté en los márgenes; luego abrí mi diccionario de flores y marqué con una X las variedades que había fotografiado. Gasté cuatro carretes y puse dieciséis X. Me llevaría toda la semana fotografiar las flores que estaban abiertas, y toda la primavera las que todavía no lo estaban. Seguramente, incluso entonces me faltarían flores.

A sólo unos pasos de la pared del fondo, con el ojo pegado al visor, tropecé con un objeto grande en medio del pasillo. Era una caja de cartón cerrada. En la tapa ponía «Junquillo» con rotulador negro grueso.

Miré dentro de la caja: seis tiestos de cerámica, uno al lado del otro; la tierra estaba húmeda, como si los hubieran regado esa misma mañana. Hundí un dedo en la tierra con la esperanza de tocar un brote a punto de asomar, pero no noté nada. Cerré la caja y seguí mi camino, disparando con la cámara cada vez que encontraba otra planta con una flor abierta.

Así transcurrían los días. Grant se marchaba todas las mañanas antes de que yo despertara. Pasaba las largas tardes sola en los invernaderos; por el camino me cruzaba con amables trabajadores. Casi todas las noches, Grant traía comida preparada cuando volvía a casa, aunque a veces comíamos sopa de lata y pan o pizzas congeladas.

Después de cenar leíamos juntos en el segundo piso; a veces hasta compartíamos el sofá. Esas noches yo esperaba a que me invadiera la vertiginosa necesidad de soledad, pero justo cuando la atmósfera de la habitación empezaba a volverse irrespirable, Grant se levantaba, me daba las buenas noches y bajaba por la escalera de caracol. A veces volvía al cabo de una hora y a veces no regresaba hasta la noche siguiente. Yo no sabía adónde iba ni dónde dormía, y tampoco se lo preguntaba.

Cuando llevaba casi dos semanas en casa de Grant, una tarde se presentó en casa con un pollo. Crudo.

—¿Qué vamos a hacer con esto? —le pregunté sosteniendo en alto la bolsa de plástico.

—Cocinarlo —me respondió.

—¿Cómo que cocinarlo? —repliqué—. Ni siquiera sabemos limpiarlo.

Grant me mostró un ticket. En el dorso había anotado unas instrucciones que me leyó en voz alta. Empezaban con «precalentar el horno» y terminaban con algo sobre romero y patatas.

Encendí el horno.

—Ésta es toda mi contribución —anuncié—. A partir de ahora, te encargas tú.

Me senté a la mesa.

Grant sacó una fuente para el horno y lavó las patatas; luego las cortó en dados y las espolvoreó con romero. Las colocó en la bandeja junto con el pollo y echó aceite de oliva, sal y especias de un tarrito. Se lavó las manos y metió la bandeja en el horno.

—Le pedí al carnicero que me diera la receta más fácil que tuviera. No está mal, ¿verdad?

Me encogí de hombros.

—El único problema —añadió— es que tarda más de una hora en cocinarse.

—¿Más de una hora?

La idea de tener que esperar me produjo dolor de cabeza. No había comido nada desde el desayuno y tenía el estómago tan vacío que sentía náuseas.

Grant encendió una vela y sacó una baraja de cartas.

—Para distraernos —dijo.

Puso en marcha un reloj automático de cocina y se sentó frente a mí.

Jugamos al burro a la luz de la vela; era el único juego que sabíamos. De esa forma, nos entretuvimos lo suficiente para no desmayarnos encima de la mesa. Cuando sonó el reloj automático, coloqué los platos en la mesa y Grant cortó las pechugas de pollo en rodajas finas. Yo arranqué un muslo dorado y crujiente y empecé a comer.

La comida estaba deliciosa; el sabor era inversamente proporcional a la cantidad de esfuerzo puesto en la preparación. La carne estaba caliente y tierna. Mastiqué y tragué bocados enormes y luego arranqué el otro muslo antes de que pudiera hacerlo Grant, y me comí primero la piel, muy condimentada.

Sentado enfrente de mí, Grant se comió una rodaja de pechuga utilizando cuchillo y tenedor, cortando trozos pequeños y masticando lentamente. En su cara se reflejaban el placer que le proporcionaba la comida y el orgullo que sentía por aquel logro. Dejó los cubiertos en el plato y me miró, divertido al ver mi apetito voraz. Su mirada atenta me hizo sentir incómoda.

Dejé el segundo muslo en el plato, reducido a huesos.

—Sabes perfectamente que no seremos así, ¿verdad? —dije—. Que nosotros no seremos así. —Me miró sin comprender—. En la tienda, aquella pareja de ancianos, la palmada en el trasero y el guiño. Nosotros no seremos así. Dentro de sesenta años no me conocerás —aclaré—. Seguramente, no me conocerás dentro de sesenta días.

La sonrisa se borró de los labios de Grant.

—¿Por qué estás tan segura?

Cavilé un poco. Estaba segura y sabía que él lo sabía. Pero era difícil explicar por qué tenía esa certeza.

—Lo máximo que ha durado mi relación con alguien, a menos que cuentes a mi asistenta social, y yo no la cuento, han sido quince meses.

—¿Qué pasó después de esos quince meses?

Le lancé una mirada suplicante. Cuando Grant comprendió cuál era la respuesta, desvió la mirada, abochornado.

—Pero ahora ¿por qué no?

Era la pregunta exacta y, al oírla, supe la respuesta.

—Porque no confío en mí misma —respondí—. No importa cómo imagines que podría ser nuestra vida juntos, porque no será. Yo lo estropearía.

Grant se quedó pensando, tratando de descifrar el abismo que mediaba entre lo tajante de mi voz y su visión de nuestro futuro, y de salvar esa brecha con una combinación de esperanza y mentiras. Sentí algo, una mezcla de lástima y vergüenza, por sus delirantes imaginaciones.

—No pierdas tu tiempo, por favor —añadí—. Yo lo intenté una vez y fracasé. Conmigo es imposible.

Cuando Grant volvió a mirarme, su expresión había cambiado. Tenía las mandíbulas apretadas y las aletas de la nariz ligeramente hinchadas.

—Mientes —me espetó.

—¿Qué? —No era la reacción que yo esperaba.

Grant se estiró la frente con los dedos de una mano y cuando habló lo hizo despacio, escogiendo con cuidado las palabras.

—No me mientas. Dime que nunca me perdonarás por lo que hizo mi madre, o dime que te dan ganas de vomitar cada vez que me ves. Pero no me mientas diciéndome que es por tu culpa por lo que nunca podremos estar juntos.

Cogí los huesos de pollo y desprendí un poco de grasa de los tendones. No podía mirarlo; necesitaba tiempo para asimilar lo que me estaba diciendo. «Lo que hizo mi madre.» Sólo había una explicación. La primera vez que hablé con Grant había escudriñado su semblante en busca de ira y, al no encontrarla, había dado por sentado que me había perdonado. Pero la realidad era muy diferente. Grant no estaba enfadado conmigo porque no sabía la verdad. Yo no entendía cómo podía seguir en la ignorancia tras haber vivido con su madre, pero no pregunté nada.

—No te miento. —Fue lo único que se me ocurrió decir.

Él soltó el tenedor en el plato de cerámica. Se levantó.

—Tú no eres la única a la que le destrozó la vida —espetó antes de salir por la puerta de la cocina y perderse en la noche.

Cerré la puerta con llave.

10

En julio había mucho ajetreo en la feria agrícola. Los compradores, cargados de productos y los críos con la cara manchada de nectarina abarrotaban los pasillos, y los ancianos con carretillas, impacientes, hacían señas con los brazos a sus despistadas mujeres. Al andar pisaba cáscaras de pistacho. Avancé brincando para alcanzar a Elizabeth, que iba hacia el puesto de moras.

Elizabeth me había dicho que después de comer haríamos tarta de moras y helado. Era un soborno para mantenerme dentro de la casa, lejos del calor sin precedentes y de las uvas, que maduraban rápidamente; y yo me había dejado convencer. Ambas habíamos trabajado codo con codo en el viñedo toda la primavera y yo me resistía a dejar las plantas en paz ahora que no había más que hacer, sólo esperar. Echaba de menos las largas mañanas arrancando los chupones que asomaban en la base del tronco para mantener la energía de la vid concentrada. Echaba de menos ir detrás del pequeño tractor que utilizaba Elizabeth para gradar la tierra, arrancando a mano las malas hierbas que quedaban, tal como ella me había enseñado: primero soltaba las raíces con la punta de un cuchillo de cocina y luego extraía las plantas del suelo. Llevaba más de tres meses manejando el cuchillo cuando le conté a Elizabeth que dejar que los niños acogidos utilizaran cuchillos iba contra las leyes de protección de la infancia, pero Elizabeth no me lo quitó. «Tú no eres ninguna niña acogida», se limitó a comentar. Y aunque yo ya no me sentía como una niña acogida (de hecho, me sentía tan diferente de la niña que había llegado hacía cerca de un año que casi todas las mañanas, cuando Elizabeth me llamaba para que bajara a desayunar, me miraba en el espejo del cuarto de baño y buscaba señales físicas de un cambio del que era muy consciente), eso no era del todo cierto. Seguía siendo una niña acogida y lo sería hasta el día de mi cita en el juzgado, en agosto.

Me abrí paso entre la multitud y llegué al lado de Elizabeth. «¿Moras?», me ofreció, pasándome una bandeja de cartulina verde. En una mesa cubierta con una tela roja, el vendedor exponía altos montones de zarzamoras, moras Olallie, frambuesas y moras Boysen. Cogí una mora de la bandeja y me la metí en la boca. Era gorda y dulce y me tiñó los dedos de morado.

Elizabeth metió seis bandejas en una bolsa de plástico y pagó su compra; luego se dirigió al puesto siguiente. La seguí por todo el mercado, llevando las bolsas que no cabían en el bolso de lona de Elizabeth, ya lleno. Paramos junto al camión de un lechero y Elizabeth me compró una botella.

—¿Ya estamos? —pregunté.

—Casi. Ven —ordenó, y me guió hacia el final del mercado.

Antes de que Elizabeth pasara por delante de los albaricoques de Blenheim, el último vendedor de la fila al que conocíamos, comprendí adónde íbamos. Me puse la resbaladiza botella de leche bajo el brazo y le di alcance; le cogí la manga y tiré de ella. Pero Elizabeth aceleró el paso. No se paró hasta que llegó al puesto de flores.

La mesa estaba cubierta de manojos de rosas. De cerca, la perfección de las flores era asombrosa: tenían unos pétalos tersos y suaves, apretados unos contra otros, con la punta pulcramente enroscada. Elizabeth se quedó inmóvil examinando las flores, como yo. Señalé un ramo variado con la esperanza de que ella escogiera un manojo, pagara y se diera la vuelta sin haber dicho nada. Sin embargo, antes de que Elizabeth hubiera escogido un ramo, el adolescente recogió las flores que quedaban en la mesa y las lanzó a la parte trasera de su camión. Comprendí que el chico no quería venderle flores a Elizabeth. La miré para ver cómo reaccionaba, pero su gesto era inescrutable.

—Hola, Grant —saludó.

Él no respondió; ni siquiera la miró. Elizabeth volvió a intentarlo:

—Soy tu tía Elizabeth. Supongo que ya lo sabes.

El chico se inclinó sobre la parte trasera del camión y colocó una lona sobre las flores. No apartaba la vista de las rosas y mantenía la barbilla levantada. De cerca, parecía mayor. Tenía pelusilla sobre el labio superior, y sus brazos y piernas, que a mí me habían parecido enclenques, estaban bien definidos. Sólo llevaba una sencilla camiseta blanca, y al mover los omóplatos la fina tela subía y bajaba de una forma que encontré cautivadora.

—¿Piensas desdeñarme? —le preguntó Elizabeth.

Al no contestarle, Elizabeth cambió de tono, como yo le había visto hacer las primeras semanas que pasé en su casa: parecía estricta y paciente y de pronto se enfadaba:

—Al menos, mírame, ¿no? Mírame cuando te hablo.

Grant no la miró.

—Esto no tiene nada que ver contigo. Nunca ha tenido nada que ver. Llevo años viéndote crecer de lejos y mi mayor deseo era venir corriendo hasta aquí y cogerte en brazos.

Grant aseguró la lona con una cuerda y se le marcaron los músculos de los brazos. Costaba imaginar que alguien pudiera cogerlo en volandas; costaba imaginar que no hubiera sido siempre tan fuerte. Ató un último nudo y se dio la vuelta.

—Pues si tanto lo deseabas, debiste hacerlo —respondió con frialdad inexpresiva—. Nadie te lo impedía.

—No —repuso Elizabeth sacudiendo la cabeza—. No sabes lo que dices.

Hablaba en voz baja, subrayando sus palabras con una honda vibración que yo conocía de anteriores casas de acogida: era el preludio de una ofensiva. Sin embargo, Elizabeth no se abalanzó sobre Grant, como yo creía que haría. Dijo algo tan sorprendente que él se volvió hacia mí y nuestras miradas se encontraron por primera vez.

—Victoria va a preparar un pastel de moras —dijo Elizabeth—. Deberías venir a probarlo.

11

La imagen de la cara de Grant, en la que se reflejaban la decepción y la amargura, me mantuvo despierta toda la noche. Antes del amanecer me senté a la mesa de la cocina, esperando oír el motor del camión. De pronto, me sobresalté al oír unos débiles golpes en la puerta. Abrí. Era Grant, que pasó por mi lado y subió la escalera. Oí correr el agua de la ducha y caí en la cuenta de que era domingo.

Quería volver a la habitación azul, a Renata, al día de cobro y al frenesí previo a los días de fiesta. Llevaba demasiado tiempo en casa de Grant. Pero ese día él no iría a la ciudad. Me senté en el primer peldaño de la escalera de caracol y le di vueltas a cómo convencerlo para que me llevara a la ciudad en su día libre, un viaje de ida y vuelta de tres horas.

Todavía estaba reflexionando cuando Grant me empujó con el pie entre los omóplatos. Aquella presión inesperada me hizo resbalar del peldaño y caer en el suelo de la cocina.

—Levántate —ordenó Grant—. Te llevo a tu casa.

Sus palabras me resultaron familiares. Recordé las variaciones que había oído a lo largo de los años de aquella frase: «Recoge tus cosas», «Alexis no quiere seguir compartiendo su habitación», «Somos demasiado mayores para pasar otra vez por esto», etc. La mayoría de las veces era un sencillo: «Va a venir Meredith», en ocasiones con un «Lo siento» añadido.

Le contesté a Grant lo que contestaba siempre:

—Lo tengo todo.

Cogí mi mochila, donde llevaba la cámara de Grant y docenas de carretes, y subí al camión. Grant condujo deprisa por las carreteras secundarias, todavía oscuras, invadiendo el carril contrario para adelantar a camiones cargados de productos alimenticios. Tomó la primera salida al sur del puente y luego paró en el arcén de la vía de salida. No vi ninguna parada de autobús. Me quedé quieta mirando a un lado y a otro de la calle.

—Tengo que volver a la feria agrícola —dijo sin mirarme a la cara.

Grant apagó el motor, se bajó del camión y lo rodeó por delante. Abrió la puerta del pasajero y recogió mi mochila, que yo tenía encima de los pies. Su pecho me rozó las rodillas y, cuando se apartó, el calor entre nuestros cuerpos se dispersó en una fría ráfaga de aire de diciembre. Salté y cogí mi mochila.

«Bueno, ahora ya sé cómo terminan estas cosas», pensé, con una cámara llena de instantáneas de un vivero al que nunca volvería. Ya echaba de menos las flores, pero no pensaba echar de menos a Grant.

Tuve que subirme a cuatro autobuses para llegar a Potrero Hill, pero fue porque cogí el 38 en la dirección equivocada y acabé en Point Lobos. Cuando llegué a Bloom era media mañana y Renata estaba abriendo la tienda. Al verme sonrió.

—Llevo dos semanas sin trabajo y sin necesitar ayuda —dijo—. Me he aburrido como una ostra.

—¿Por qué no se casa la gente en diciembre? —pregunté.

—¿Qué tienen de romántico los árboles pelados y los cielos grises? Las parejas esperan a la primavera y el verano: cielos azules, flores, vacaciones y todo eso.

A mi entender, el azul era tan poco romántico como el gris, y la luz intensa no favorecía en las fotografías. Pero las novias eran irracionales; al menos, eso lo había aprendido de Renata.

—¿Cuándo vas a necesitarme? —pregunté.

—Tengo una boda importante el día de Navidad. Luego te necesitaré todos los días hasta el primer fin de semana de enero.

Le confirmé que podía contar conmigo y pregunté a qué hora quería que llegara.

—¿El día de Navidad? No sé, no muy pronto. La boda será tarde y compraré las flores el día antes. No vengas más tarde de las nueve.

Asentí con la cabeza. Renata sacó un sobre de dinero de la caja registradora.

—Feliz Navidad —me deseó.

Más tarde, en la habitación azul, abrí el sobre y vi que Renata me había pagado el doble de lo prometido. «Todavía estás a tiempo de comprar los regalos de Navidad», me dije con ironía, guardándome el dinero en la mochila.

Me gasté casi toda la paga extra en una maleta de fotografía que compré en una tienda al por mayor y el resto, en una tienda de material artístico de Market. Mi diccionario no sería un libro; en lugar de eso, compré dos ficheros forrados de tela, uno naranja y otro azul, tarjetas de cartón rectangulares de 12 x 17 cm, un pegamento en espray y un rotulador plateado.

Faltaban diez días para Navidad. Descansé un poco de la fotografía y sólo tomé imágenes de mi abandonado jardín de McKinley Square: el brezo y el helenio habían sobrevivido pese al mal tiempo y la falta de cuidados. En casa de Grant había gastado veinticinco carretes y tardé los diez días en revelar los rollos, escoger las fotografías, montarlas sobre las tarjetas y etiquetarlas. Bajo cada imagen escribí el nombre común, seguido del nombre científico, y en el dorso escribí su significado. Hice dos copias de cada flor y puse un juego en cada fichero.

Para Nochebuena, todas las fotografías estaban montadas y secas. Natalia y su grupo se habían marchado a donde sea que se va la gente a pasar las fiestas y el apartamento estaba maravillosamente tranquilo. Bajé los ficheros y repartí las tarjetas en hileras por la vacía sala de ensayo, con pasillos lo bastante anchos para caminar entre ellos. Las tarjetas del fichero naranja las puse con la flor hacia arriba, y las del fichero azul, con la flor hacia abajo. Me paseé por los pasillos durante horas, ordenando las flores alfabéticamente, y después los significados. Volví a meter todas las tarjetas en los ficheros y abrí el diccionario de Elizabeth para admirar lo

163

mucho que había avanzado. Estábamos a mediados de invierno y mi diccionario ilustrado ya iba por la mitad.

La pizzería del final de la calle estaba vacía. Me llevé la pizza y la comí en la cama de Natalia, contemplando la calle desierta por la ventana. Cuando terminé, me tumbé en la habitación azul. Aunque había silencio y oscuridad y no hacía frío, se me abrían los ojos continuamente. La pálida luz blanca de una farola entraba en la habitación y se colaba por el resquicio de la puerta del armario. Era una franja muy fina y trazaba una línea por la pared de enfrente y el medio de mis ficheros. El fichero azul era exactamente del mismo color que la pared, y el naranja, que estaba encima del azul, parecía flotar en el aire. Aquél no era su sitio.

Su sitio era la librería de Grant, enfrente de su sofá naranja. Había escogido ese color a propósito, aunque no quisiera admitirlo. Grant se había ido. Ya no había necesidad de evitar los malentendidos relacionados con el lenguaje de las flores y, sin embargo, había comprado otro fichero, uno naranja, y duplicado las tarjetas. Abrí la portezuela que conducía al salón y saqué el fichero naranja de mi habitación.

12

Grant no vino a comer pastel de moras con nosotras. «Él se lo pierde», pensé mientras apuraba el fondo del molde a la mañana siguiente. Estaba delicioso.

Mientras dejaba el molde en el fregadero, Elizabeth entró por la puerta trasera, resollando. Llevaba el pelo suelto y me di cuenta de que en casi un año nunca la había visto sin un prieto moño en la nuca. Me sonrió; sus ojos irradiaban un gozo desenfrenado que nunca le había visto.

—¡Ya lo tengo! —exclamó—. Es absurdo que no se me haya ocurrido antes.

—¿El qué? —pregunté.

Su alegría, inexplicablemente, me produjo inquietud. La observé mientras lamía el jugo de moras que se había solidificado en una cuchara.

—Cuando yo estaba en el internado, Catherine y yo nos escribíamos cartas, hasta que mi madre empezó a interceptarlas.

—¿Qué significa «interceptar»?

—Cogerlas. Las leía todas. Mi madre no se fiaba de mí, creía que mis cartas podían corromper a Catherine, aunque yo sólo era una cría y Catherine ya casi una adulta. Pasamos años sin escribirnos. Pero, poco después de que mi hermana cumpliera veinte años, ella encontró un diccionario de flores victoriano en la librería de mi abuelo. Empezó a enviarme dibujos de flores, con el nombre científico escrito con letra muy pulida en la esquina inferior dere-

165

cha. Me envió montones y, a continuación, enviaba una nota que rezaba: «¿Sabes lo que te estoy diciendo?»

—¿Y tú lo sabías?

—No —respondió Elizabeth sacudiendo la cabeza, como si recordara la frustración que había sentido en su adolescencia—. Se lo pregunté a todos los bibliotecarios y maestros que encontré. Hasta que un buen día, meses más tarde, la bisabuela de mi compañera de habitación, que había venido de visita, vio los dibujos que yo había colgado en la pared y me explicó el significado de las flores. Busqué un diccionario en la biblioteca y le mandé inmediatamente una nota a mi hermana, con flores secas en lugar de dibujos, porque yo dibujaba muy mal.

Elizabeth entró en el salón y volvió con varios libros. Los puso encima de la mesa.

—Durante años nos comunicamos así. Yo le enviaba poemas e historias que componía atando flores secas en unos cordones, con palabras intercaladas escritas a máquina en pedacitos de papel: «y», «el», «si», «la». Mi hermana seguía mandándome dibujos, a veces paisajes enteros, con docenas de variedades florales, todas etiquetadas y numeradas para que yo supiera qué flor tenía que leer primero para descodificar la secuencia de sucesos y emociones de su vida. Aquellas cartas eran lo que me mantenía viva; iba a ver si había algo en el buzón varias veces al día.

—¿Y eso va a servir para que te perdone? —pregunté.

Elizabeth iba a salir al jardín, pero se paró en seco, giró sobre sí misma y me miró.

—Soy yo la que la perdono a ella —puntualizó—. No lo olvides. —Respiró hondo y continuó—: Pero voy a explicarte por qué va a servir. Catherine recordará lo unidas que estábamos; recordará que yo la entendía mejor que nadie en el mundo. Y aunque esté demasiado arrepentida para ponerse al teléfono, contestará con flores. Estoy segura.

Elizabeth salió fuera. Cuando volvió, traía un ramito de tres flores diferentes. Cogió una tabla de cortar que había en la encimera, la puso en la mesa de la cocina y colocó las flores y un cuchillo afilado encima.

—Te enseñaré cómo se hace —dijo—. Y tú me ayudarás.

166

Me senté a la mesa. Elizabeth había seguido enseñándome las flores y su significado, aunque no de forma seria y estructurada. El día anterior habíamos visto un monedero hecho a mano en la feria agrícola, con una tela con estampado de pequeñas flores blancas. «*Pobreza* para un monedero», había comentado Elizabeth sacudiendo la cabeza. Señaló las flores y me explicó los rasgos distintivos de las clemátides.

Sentada a su lado, me encantaba la idea de recibir una clase formal. Acerqué mi silla cuanto pude a la de Elizabeth. Ella cogió una flor de color morado oscuro y del tamaño de una nuez, con el centro amarillo.

—Prímula —nombró, haciendo girar la flor con forma de molinete entre el índice y el pulgar antes de dejarla, con la cara hacia arriba, sobre la palma de su mano—. *Infancia*.

Me incliné sobre la mano de Elizabeth, con la nariz a sólo unos centímetros de los pétalos. La prímula tenía un aroma intenso a alcohol con azúcar y al perfume de la madre de alguien. Aparté la nariz y exhalé con fuerza.

—A mí tampoco me gusta su olor —coincidió Elizabeth riendo—. Demasiado dulce, como si intentara enmascarar su verdadero olor, indeseable.

Le di la razón asintiendo con la cabeza.

—Veamos, si no supiéramos que esto es una prímula, ¿cómo podríamos averiguarlo? —Dejó la flor y cogió un libro de bolsillo—. Esto es una guía de campo de las flores silvestres de Norteamérica, divididas por colores. La prímula debería aparecer con las azul violáceas.

Me tendió el libro. Busqué las flores azul violáceas, pasando las páginas hasta que encontré el dibujo correspondiente a nuestra flor.

—Prímula cusickiana —leí—. Familia de las prímulas, *Primulaceae*.

—Muy bien. —Cogió la segunda de las tres flores, grande y amarilla, con seis pétalos puntiagudos—. Ahora ésta. Azucena, *majestuosidad*.

Busqué en el apartado de flores amarillas y encontré el dibujo correspondiente. Lo señalé con un dedo todavía húmedo y vi cómo se extendía la marca del agua. Elizabeth asintió con la cabeza.

—Supongamos que no has encontrado el dibujo, o que no está segura de haber encontrado el correcto. Entonces te interesa conocer las partes de las flores. Usar una guía de campo es como leer uno de esos libros de «Elige tu propia aventura». Empieza con preguntas sencillas: ¿Tiene pétalos tu flor? ¿Cuántos? Y cada pregunta te lleva a otras diferentes y más complicadas.

Elizabeth cogió un cuchillo de cocina y cortó la azucena por la mitad; los pétalos cayeron, abiertos, sobre la tabla de cortar. Señaló el ovario y apretó mi dedo contra el extremo pegajoso del estigma.

Contamos los pétalos y describimos su forma. Elizabeth me enseñó la definición de simetría, la diferencia entre los ovarios inferiores y los superiores y las distintas maneras en que las flores se reparten por el tallo. Por último, me puso a prueba con la tercera flor que había cortado, una violeta, pequeña y a punto de marchitarse.

—Muy bien —aprobó después de que yo contestara una serie de preguntas—. Estupendo. Aprendes deprisa. —Apartó mi silla y me levanté—. Ahora ve a sentarte en el jardín mientras yo preparo la cena. Quédate un rato delante de todas las plantas que conoces y hazte las mismas preguntas que acabo de formularte. Cuántos pétalos, de qué color, de qué forma. Si sabes que es una rosa, ¿qué es lo que hace que sea una rosa y no un girasol?

Aún seguía enumerando preguntas cuando me escabullí hacia la puerta de la cocina.

—¡A ver si encuentras algo para Catherine! —me gritó.

Bajé los escalones del porche a toda prisa.

13

Renata se sorprendió al verme sentada en la acera a las siete de la mañana cuando aparcó su furgoneta en la calle vacía. Yo no había pegado ojo en toda la noche y se notaba. Renata arqueó las cejas y sonrió.

—¿Te has pasado toda la noche levantada esperando a Papá Noel? —me preguntó—. ¿Es que nadie te contó nunca la verdad?

—No, nadie lo hizo.

La acompañé a la cámara de refrigeración y la ayudé a sacar los cubos de rosas rojas, claveles blancos y paniculata. Eran de las flores que menos me gustaban.

—Por favor, dime que te llevas esto porque te lo ha pedido una novia peligrosa.

—Me amenazó de muerte —bromeó Renata. A ella tampoco le gustaban las rosas rojas.

Luego se marchó. Cuando volvió con dos cafés, yo ya había terminado tres centros de mesa.

—Gracias —dije, y cogí uno de los vasos de plástico.

—De nada. Y frena un poco. Cuanto antes terminemos, más tiempo tendré para pasar la Navidad en casa de mi madre.

Cogí una rosa y corté las espinas a cámara lenta; luego puse las espinas en fila sobre la mesa.

—Eso está mejor —comentó Renata—. Aunque aún puedes hacerlo más despacio.

Trabajamos con lentitud exagerada el resto de la mañana, pero aun así, a mediodía ya habíamos terminado. Renata cogió el pedido y revisó dos veces los arreglos que habíamos preparado. Dejó la lista.

—¿Ya está?

—Sí —contestó—, por desgracia. Sólo falta llevar las flores y luego, a celebrar la Navidad. Vienes conmigo.

—No, gracias —contesté; di un último sorbo al café frío y me colgué la mochila.

—¿Acaso te ha parecido opcional? Porque no lo es.

Habría podido resistirme, pero me sentía en deuda con ella por la paga extra y, aunque no estaba de humor para celebraciones, sí lo estaba para una comida de fiesta. No sabía nada de la comida rusa, pero tenía que ser mejor que el jamón industrial que tenía previsto comerme tal como saliera del envase.

—De acuerdo —concedí—. Pero tengo que estar en un sitio a las cinco.

Renata se rió. Supongo que sabía que era imposible que yo tuviera que estar en algún sitio el día de Navidad.

La madre de Renata vivía en el distrito de Richmond y para llegar hasta allí tomamos la ruta más larga, atravesando toda la ciudad.

—Mi madre es demasiado —explicó Renata.

—¿En qué sentido?

—En todos.

Paramos frente a una casa de ladrillo rosa. Había un poste de madera con adornos navideños y el pequeño porche estaba lleno de figuras de plástico luminosas: ángeles, renos, ardillas con sombreros de Papá Noel y pingüinos danzantes con bufandas de punto.

Renata abrió la puerta y entramos en una atmósfera muy caldeada. Había hombres y mujeres sentados en los cojines, brazos y respaldo de un único sofá; varios niños y niñas en edad escolar estaban tumbados boca abajo en la alfombra, y otros críos más pequeños andaban a gatas con sus delgadas piernecitas. Entré y me quité la chaqueta y el jersey, pero un ejército de críos bloqueaba el camino hasta el armario ropero, donde Renata saludaba a alguien de mi misma edad.

Me quedé de pie junto a la puerta y una versión mayor y más rolliza de Renata se abrió paso entre la multitud. Llevaba una gran bandeja de madera con rodajas de naranja, frutos secos, higos y dátiles.

—¡Victoria! —exclamó al verme.

Le dio la bandeja a Natalia, que estaba repantigada en el sofá, y pasó por encima de los niños, que le impedían llegar hasta mí. Cuando me abrazó, me apretó la cara contra su hombro y las mangas acampanadas de su jersey de lana gris me envolvieron como si tuvieran vida propia. Era alta y fuerte y cuando por fin me liberé de su abrazo, me sujetó por los hombros y me levantó la barbilla para que la mirara.

—La dulce Victoria —dijo; su largo y ondulado pelo blanco se derramó hacia delante y me hizo cosquillas en las mejillas—. Mis hijas me han hablado mucho de ti. Ya me había encariñado contigo antes de conocerte.

Olía a prímula y sidra. Me separé un paso.

—Gracias por invitarme a su fiesta, señora... —Vaya, Renata nunca me había dicho su apellido.

—Rubina —completó—. Marta Rubina. Pero sólo respondo a Mami Ruby.

Hizo ademán de estrecharme la mano, pero entonces soltó una carcajada y volvió a abrazarme. Estábamos apretujadas en un rincón y, si me mantenía en pie, era sólo gracias a las gruesas paredes que tenía a mi espalda. Me empujó hacia delante, con un brazo sobre mis hombros, y me guió por la habitación. Los niños se apartaron y Renata, sentada en una silla plegable en un rincón, me miró con una sonrisa divertida.

Mami Ruby me llevó a la cocina, donde me sentó a una mesa en la que había dos grandes platos de comida. En uno, un pescado al horno enorme, entero, con especias y tubérculos; en el otro, judías, guisantes y patatas con perejil. Me dio un tenedor y una cuchara y un cuenco de sopa de champiñones.

—Nosotros hemos comido hace horas —explicó—, pero te he guardado comida. Renata me advirtió que tendrías hambre, de lo cual me alegro mucho. No hay nada que me guste más que dar de comer a la familia.

Mami Ruby se sentó enfrente de mí. Le quitó las espinas al pescado, metió un dedo en los guisantes y, tras protestar de lo fríos que estaban, los recalentó. Me presentó a todos los que entraron en la cocina: hijas, yernos, nietos, novios y novias de diversos miembros de la familia.

Yo levantaba la cabeza y los saludaba, pero no soltaba el tenedor.

Me quedé dormida en casa de Mami Ruby, pese a que no era ésa mi intención. Después de cenar, me colé en una habitación de invitados vacía y, entre la comida y el insomnio de la noche anterior, me quedé inconsciente casi antes de tumbarme.

A la mañana siguiente me despertó el olor del café. Me desperecé y recorrí el pasillo hasta que encontré el cuarto de baño. La puerta estaba abierta. Dentro estaba Mami Ruby, en la ducha, detrás de una cortina de plástico transparente. Al verla, me di la vuelta y regresé por el pasillo.

—¡Pasa! —me gritó—. Sólo hay un cuarto de baño. ¡Haz como si yo no estuviera!

Encontré a Renata en la cocina, sirviendo café. Me dio una taza.

—Tu madre está en la ducha —comenté.

—Con la puerta abierta, seguro —dijo ella bostezando.

Asentí con la cabeza.

—Perdona.

Me serví café y me apoyé en el fregadero.

—En Rusia mi madre era una comadrona —explicó Renata—. Está acostumbrada a ver a las mujeres desnudas momentos después de haberlas conocido. En los años setenta se sentía a sus anchas en este país, pero creo que no se ha dado cuenta de que los tiempos han cambiado.

Entonces Mami Ruby entró en la cocina, envuelta en un albornoz de color coral.

—¿Qué es lo que ha cambiado? —preguntó.

—La desnudez —contestó Renata.

—Yo no creo que la desnudez haya cambiado nada desde el nacimiento del primer ser humano —repuso Mami Ruby—. Lo que ha cambiado es la sociedad.

Renata miró al techo y se volvió hacia mí.

—Mi madre y yo llevamos discutiendo sobre esto desde que aprendí a hablar. Cuando tenía diez años, le dije que no tendría hijos porque no quería volver a estar desnuda delante de ella. Y mírame: cincuenta años y sin hijos.

Mami Ruby rompió un huevo en una sartén y la clara chisporroteó.

—He ayudado a nacer a mis doce nietos —manifestó con orgullo.

—¿Todavía eres comadrona?

—Legalmente, no —me contestó—. Pero aún me llaman a cualquier hora de la noche desde cualquier rincón de la ciudad. Y siempre voy.

Me sirvió un plato de huevos cocidos con la yema suave.

—Gracias —dije.

Los comí y luego fui al cuarto de baño; cerré la puerta por dentro.

—La próxima vez, me avisas —le pedí a Renata más tarde, de camino a Bloom.

Teníamos por delante toda una semana de bodas y estábamos descansadas y bien alimentadas.

—Si te hubiera avisado —replicó Renata—, no habrías venido. Y necesitabas dormir y comer un poco. No me digas que no.

No se lo discutí.

—Mi madre es toda una leyenda en el mundillo de las comadronas. Ha visto de todo y sus resultados no tienen nada que envidiar a los de la medicina moderna. Con el tiempo te irá gustando; le pasa a todo el mundo.

—¿A todo el mundo menos a ti?

—Respeto a mi madre —dijo Renata tras una pausa—, pero somos diferentes. Se supone que existe una especie de coherencia biológica entre las madres y sus hijos, aunque ése no siempre es el caso. No conoces a mis otras hermanas, pero míranos a Natalia, a mi madre y a mí.

Tenía razón: ellas tres no habrían podido parecerse menos.

Durante el día, mientras organizaba los pedidos y preparaba listas de flores para las próximas bodas, pensaba en la madre de Grant. Recordaba la mano pálida que había visto salir de la oscuridad la tarde que fuimos a su casa. ¿Cómo había sido la infancia de Grant? Solo, con la única compañía de las flores y su madre deslizándose del pasado al presente mientras iba de una habitación a otra. Decidí que se lo preguntaría a Grant, suponiendo que quisiera volver a hablar conmigo.

Sin embargo, aquella semana no lo vi en el mercado de flores, ni la siguiente. Su puesto estaba vacío, con el tablero de contrachapado desconchado y aspecto de abandono. Me preguntaba si volvería o si la idea de verme de nuevo sería suficiente para mantenerlo alejado permanentemente.

La ausencia de Grant me consumía y la calidad de mi trabajo se resentía. Renata se sentaba a mi lado en la mesa de trabajo y, en lugar de respetar nuestro silencio habitual, me contaba largas y cómicas historias sobre su madre, sus hermanas, sus sobrinos y sobrinas. Yo sólo la escuchaba a medias, pero con aquella narración ininterrumpida conseguía mantenerme concentrada en las flores.

Llegó el día de Año Nuevo y superamos un aluvión de bodas con novias vestidas de blanco y ramilletes adornados con cascabeles de plata. Grant seguía sin aparecer por el mercado de flores y Renata me propuso que me tomara la semana libre. Me encerré en la habitación azul, que sólo abandonaba para comer e ir al cuarto de baño. Cada vez que salía por mi portezuela, me encontraba con el fichero naranja y me invadía una vaga sensación de pérdida.

Renata no me necesitaba hasta el domingo siguiente, pero el sábado por la tarde llamaron a mi puerta. Asomé la cabeza y vi a Natalia, que todavía iba en pijama; parecía enojada.

—Ha llamado Renata —me dijo—. Te necesita. Dice que te des una ducha y que vayas cuanto antes.

174

«¿Que me dé una ducha?» Me extrañó que Renata hubiese dicho eso. Seguramente necesitaba que la acompañara a hacer una entrega y pensaría, con acierto, que me había pasado la semana durmiendo y sin ducharme.

Me entretuve bastante en la ducha, enjabonándome, lavándome el pelo y enjuagándome la boca con agua tan caliente como pude soportar. Cuando me sequé con una toalla, tenía la piel roja y cubierta de manchas. Me puse mi mejor ropa: unos pantalones de traje negros y una fina blusa blanca con pliegues en la pechera, como las camisas de esmoquin. Antes de salir del cuarto de baño, me recorté el pelo con esmero y me quité los pelitos que cayeron sobre mi blusa con un secador.

Al acercarme a Bloom, vi una figura familiar sentada en la despejada acera, con una caja de cartón abierta en el regazo. Era Grant. Por eso me había llamado Renata. Me paré y observé su perfil, serio y atento. Él me vio y se levantó.

Caminamos el uno hacia el otro, dando pasos cortos, hasta que nos encontramos en medio de la empinada calle; Grant estaba más alto que yo. No nos hallábamos lo bastante cerca para que yo pudiera ver qué contenía la caja que él sostenía bajo la barbilla.

—Estás muy guapa —comentó.

—Gracias.

Le habría devuelto el cumplido, pero habría sido faltar a la verdad. Grant llevaba toda la mañana trabajando: se notaba porque tenía las rodilleras sucias de tierra y barro fresco en las botas. Además olía, y no a flores precisamente, sino a sucio: una mezcla de sudor, humo y tierra.

—No me he cambiado —se disculpó, como si de pronto se avergonzara de su aspecto—. Debí hacerlo.

—No importa —contesté con cordialidad, pero mis palabras sonaron desdeñosas. El rostro de Grant se ensombreció y sentí una punzada de rabia (no hacia Grant, sino hacia mí misma, por no haber dominado nunca las sutilezas de la entonación). Di un paso más hacia él y compuse un torpe gesto de disculpa.

—Ya lo sé —dijo él—. He venido porque creía que querrías esto. Para tu amiga.

Bajó la caja. Dentro estaban los seis tiestos de cerámica con el junquillo; las flores amarillas, altas y abiertas, formaban racimos y desprendían un aroma dulzón y embriagador.

Metí las manos en la caja y cogí los tiestos, tratando de sacar los seis a la vez. Quería rodearme de aquel color. Grant bajó la caja y, tras un breve tira y afloja, conseguí levantar los seis tiestos. Hundí la cara en los pétalos. Por un instante conseguí sujetarlos todos en mis brazos, pero entonces los dos del medio se me resbalaron y cayeron en la acera; los bulbos quedaron al descubierto y los tallos se doblaron. Grant se arrodilló y empezó a recoger el estropicio.

Abracé los cuatro tiestos que quedaban contra el pecho, bajándolos un poco para mirar a Grant por encima de las flores. Con sus fuertes manos, recogió los bulbos y enderezó los tallos, envolviéndolos con sus propias hojas para reforzarlos.

—¿Dónde quieres que los ponga? —me preguntó.

Me arrodillé a su lado.

—Aquí —dije, indicándole que depositara las flores encima de las que yo sostenía.

Separó las plantas y colocó los bulbos desnudos sobre la tierra de los tiestos todavía intactos, protegiendo unas flores con las otras. No retiró las manos enseguida, pero su respiración, lenta y acompasada, me reveló que estaba a punto de marcharse.

Aflojé los brazos; los tiestos resbalaron de mi regazo a cámara lenta y quedaron junto a mis muslos, en la acera. Grant me puso las manos sobre las rodillas. Yo se las cogí y me las llevé a la cara, apretándolas contra mis labios, mejillas y párpados. Luego me las llevé a la nuca y tiré de él. Nuestras frentes se tocaron. Cerré los ojos y nuestros labios se rozaron. Grant tenía unos labios carnosos y suaves, aunque el superior rascaba un poco. Contuvo la respiración y volví a besarlo, esta vez más intensamente, con avidez. Arrastré las rodillas, derribando los tiestos, ansiosa por estar más cerca de él, por besarlo más fuerte, más rato, para demostrarle cuánto lo había echado de menos.

Cuando por fin nos separamos, uno de los tiestos había rodado hasta el final de la calle; sus flores, rectas y altas, eran de un amarillo casi cegador bajo el sol invernal.

«Quizá me equivoqué», pensé mientras veía oscilar la planta agitada por la brisa. Quizá fuera cierto que la esencia del significado de cada flor estaba misteriosamente contenida en el firme tallo o en la suave corola.

Me dije que Annemarie quedaría satisfecha con el junquillo.

14

Sentada en el porche, metí la mano en el montón de flores blancas de camomila, diminutas, que tenía junto a los pies. Un hilo de un metro y medio, con una aguja en cada extremo, me conectaba con Elizabeth. Trabajábamos deprisa, pinchando los esponjosos centros amarillos de las flores y ensartándolas en el hilo. Cada pocos minutos yo paraba, distraída por un insecto o una astilla de la madera, pero Elizabeth no se distraía con nada. Al cabo de una hora habíamos terminado y nos unía una delicada guirnalda de flores.

—¿Definición? —pregunté.

Elizabeth estaba doblada por la cintura, ensartando un trozo de papel cuadrado al final de la guirnalda. Vi «agosto» y el número «2», junto con las palabras «por favor» repetidas varias veces y una línea que me sonó a mentira: «No puedo hacer esto sin ti.»

Elizabeth recogió la guirnalda de flores.

—*Energía en la adversidad.*

Nada habría podido resumir mejor su modo de pensar. Desde que decidiera comunicarse con su hermana a través de las flores, Elizabeth había estado en constante movimiento, plantando semillas, regando, vigilando los avances de los capullos a medio abrir y esperando —una espera activa, dinámica y constante— una respuesta.

—Ven conmigo —dijo, subiendo a la ranchera y colocando el cordón de camomilas entre las dos.

Fuimos a la casa de Catherine. Elizabeth dejó el motor encendido; saltó de la camioneta, enroscó la guirnalda alrededor del poste del buzón y metió la nota dentro. Volvió al vehículo y seguimos por el camino, alejándonos del viñedo.

—¿Adónde vamos? —pregunté.

—De compras.

Un mechón de pelo ondeaba alrededor de su cara y se lo recogió rápidamente con una goma, manejando el volante con las rodillas. Me lanzó una sonrisa pícara.

—¿Adónde? —inquirí.

Había unos grandes almacenes a poco más de un kilómetro, donde Elizabeth me había comprado el impermeable y los zapatos de jardinero, pero estaban en la dirección opuesta.

—A Chestnut Street —contestó—. En San Francisco. Hay una acera de tiendas de ropa para niños, de esas donde venden trajes de chándal de terciopelo de doscientos dólares para recién nacidos, vestidos de organza y cosas así. Un vestido para tu adopción me costará más de lo que puedo conseguir por dos toneladas de uva, pero si no ahora, ¿cuándo? Ya tienes diez años. La semana que viene serás mi niña, pero no seguirás siendo una niña pequeña mucho tiempo. Tengo que vestirte como me apetezca mientras pueda.

Volvió a sonreírme, y su sonrisa era una invitación.

Me acerqué más a ella y apoyé la cabeza en su hombro. Elizabeth me había enseñado a sentarme derecha y lejos de ella en la camioneta, para que no nos multaran por no utilizar el cinturón de seguridad, pero su sonrisa me indicaba que ese día era una excepción. Conducía con un brazo en el volante y el otro alrededor de mis hombros, apretándome contra ella. Nadie me había llevado jamás a comprarme ropa nueva y me pareció la forma perfecta de empezar mi nueva vida de hija adoptiva. Me puse a tararear los viejos éxitos que ponían en la radio mientras atravesábamos el puente en dirección a la ciudad. Deseaba que aquel día no terminara nunca y, al mismo tiempo, deseaba que pasara deprisa, y también los dos siguientes. Faltaban sólo tres días para la cita en el juzgado.

Elizabeth aparcó en Chestnut Street. La tienda estaba vacía; sólo había una dependienta junto a un mostrador de vidrio, colocando pasadores para el pelo con diamantes incrustados en un árbol de fieltro.

—¿En qué puedo ayudarlas? —nos preguntó; su sonrisa me incluía con un interés aparentemente sincero—. ¿Buscan algo especial?

—Sí —respondió Elizabeth—. Algo para Victoria.

—¿Cuántos años tienes, guapa? ¿Siete? ¿Ocho?

—Diez —contesté.

La dependienta se quedó cohibida, aunque sus palabras no me molestaron.

—Ya me advirtieron que nunca debía intentar adivinarlo —dijo—. Ven, te enseñaré qué tengo de tu talla.

La seguí hasta el fondo de la tienda, donde había una hilera de vestidos colgados frente a un espejo con una barra de ballet. Elizabeth se sujetó a la barra e hizo un *plié* exagerado, abriendo mucho las rodillas y apuntando hacia fuera con la punta de los pies. Era delgada y fibrosa como una bailarina clásica, pero mucho menos elegante. Nos reímos.

Miré los vestidos uno por uno, y luego otra vez.

—Si no encuentras nada que te guste —dijo Elizabeth, a mi espalda—, hay otras tiendas.

Ése no era el problema. Me gustaban todos los vestidos, absolutamente todos. Examiné uno sin espalda, con tirantes de terciopelo. Lo descolgué de la barra y me lo acerqué al cuerpo. Sólo era una talla 8, pero me llegaba por debajo de las rodillas. El canesú, azul claro, estaba separado de la falda por una cinta de terciopelo marrón que se ataba a la espalda. Lo que me atrajo fue el estampado de la falda: flores de terciopelo marrones sobre fondo azul. Los pétalos concéntricos me recordaron a las rosas de cien pétalos o a los crisantemos. Miré a Elizabeth.

—Pruébatelo —me animó.

Me quité la ropa en el probador. De pie ante el espejo con mis bragas blancas de algodón y Elizabeth sentada detrás de mí, examiné mi pálida imagen, la piel clara y sin marcas, la cintura recta y las estrechas caderas. Elizabeth contemplaba mi cuerpo con tanto orgullo que imaginé que así era como las madres miraban a sus hijas biológicas, cuyos órganos y miembros se habían formado en su seno.

—Levanta los brazos —dijo.

Me metió el vestido por la cabeza, me ató los tirantes del canesú bajo el pelo y la otra cinta alrededor de la cintura.

Era de mi talla. Me miré en el espejo, con los brazos extendidos a ambos lados de la falda con vuelo.

Cuando me fijé en Elizabeth, su cara reflejaba tanta emoción que no supe si estaba a punto de reír o llorar. Me abrazó, pasando los brazos por debajo de mis axilas y entrelazando las manos sobre mi pecho.

—Mírate —me dijo—. Mi niña.

En cierta manera, en ese momento sus palabras decían la verdad. Tenía la vaga sensación de ser una niña muy pequeña —una recién nacida, incluso—, arropada en sus brazos. Era como si la infancia que yo había vivido no me perteneciera a mí, sino a una niña que ya no existía, una niña que había sido sustituida por la que ahora veía en el espejo.

—A Catherine también le encantarás —me susurró Elizabeth—. Ya lo verás.

15

Antes del comienzo de la temporada de bodas, Renata me contrató a jornada completa. Me ofreció prestaciones sociales o una prima, aunque no las dos cosas. Yo gozaba de una salud excelente y estaba harta de depender de Grant para que me trajera y me llevara al vivero, así que escogí la prima.

El batería del grupo de Natalia me vendió su viejo cinco puertas. Su batería nueva —que parecía considerablemente más ruidosa que la vieja— no cabía dentro, así que aceptó mi prima a cambio de los papeles del coche. Me pareció un trueque justo, aunque no tenía ni idea de cuánto valía un coche. No tenía carnet ni sabía conducir. Grant remolcó el coche desde Bloom hasta el vivero con su camión y tardó semanas en dejarme salir más allá de la verja. Cuando por fin me dejó, fue sólo para ir al drugstore y volver. Aun así, yo estaba muerta de miedo. Hasta al cabo de un mes no me sentí preparada para conducir sola hasta la ciudad.

Esa primavera pasé las mañanas trabajando para Renata y las tardes buscando flores para mi diccionario. Después de fotografiar todas las que había en el vivero de Grant, fui al Golden Gate Park y a la zona que bordea la bahía. El norte de California era un jardín botánico; las flores silvestres brotaban entre autopistas muy transitadas y la camomila crecía en las grietas de las aceras. A veces Grant me acompañaba; se le daba bien identificar las plantas, aunque se cansaba enseguida de los parques urbanos, pequeños y acotados, y de la gente que iba allí a tomar el sol.

Los fines de semana, si Renata y yo terminábamos pronto, iba con Grant a pasear por el bosque de secuoyas del norte de San Francisco. Siempre esperábamos sentados en el aparcamiento hasta ver qué rutas de senderismo eran las más transitadas y decidir en qué dirección iríamos. Ya en el bosque, solos, a Grant no le importaba pasarse horas viendo cómo yo tomaba fotografías, y me hablaba profusamente sobre las diferentes especies de plantas y su relación con las otras del ecosistema. Cuando acababa de contarme lo que sabía, se apoyaba en el blando musgo que recubría el tronco de una secuoya y contemplaba el cielo pálido a través de las ramas. Nos quedábamos callados y yo siempre temía que empezara a hablar de Elizabeth, o de Catherine, o de la noche que me acusó de mentirle. Me pasaba horas pensando qué le diría, cómo le explicaría la verdad sin apartarlo para siempre de mi lado. Pero Grant nunca hablaba del pasado, ni en el bosque ni en ningún otro sitio. Daba la impresión de que se contentaba con reducir nuestra vida en común a las flores y el presente.

Muchas noches me quedaba a dormir en el depósito de agua. Grant había empezado a cocinar en serio y en la encimera de la cocina se amontonaban libros culinarios ilustrados. Mientras me sentaba a la mesa y leía o miraba por la ventana, o le contaba la historia de alguna novia antipática, Grant cortaba, sazonaba y removía. Después de cenar me daba un beso —sólo uno— y esperaba a ver mi reacción. A veces le devolvía el beso y él me abrazaba, y nos quedábamos media hora entrelazados en la puerta; otras veces mis labios permanecían fríos e inmóviles. Ni siquiera yo sabía cómo reaccionaría cada vez. Sentía miedo y deseo a partes iguales respecto a nuestra relación, cada vez más estrecha. Luego Grant se iba allá donde durmiera y yo cerraba por dentro.

Un fin de semana de finales de mayo, tras meses de cumplir este ritual, Grant se inclinó hacia mí como para besarme, pero se detuvo a escasos centímetros de mis labios. Me rodeó con los brazos y me acercó hasta que nuestros cuerpos, pero no nuestras caras, se tocaron.

—Creo que ya va siendo hora —dijo.

—¿Hora de qué?

—De que recupere mi cama.

Chasqueé la lengua y miré por la ventana.

—¿De qué tienes miedo? —preguntó ante mi silencio.

Cavilé un poco. Sabía que Grant tenía razón y que lo que nos separaba era el miedo, pero ¿de qué tenía yo miedo, concretamente?

—No me gusta que me toquen —contesté, repitiendo las palabras que Meredith había dicho tiempo atrás, pero, incluso mientras las pronunciaba, sabía que sonaban absurdas. Nuestros cuerpos se apretaban en ese momento y yo no me había apartado.

—Pues no te tocaré —me aseguró—. A menos que me lo pidas.

—¿Ni siquiera mientras esté dormida?

—Sobre todo mientras estés dormida.

Supe que decía la verdad.

—Puedes dormir en tu cama —accedí, asintiendo con la cabeza—, pero yo dormiré en el sofá. Y más vale que cuando me despierte no te encuentre a mi lado, porque entonces me iré derecha a mi casa.

—No me encontrarás a tu lado. Te lo prometo.

Esa noche la pasé en el sofá, procurando no quedarme dormida hasta que lo hubiera hecho Grant, pero él tampoco dormía. Lo oía dar vueltas en el piso de arriba, mover cosas. Al final, tras un largo rato de silencio, cuando creí que se había dormido, oí unos golpecitos en el techo.

—Victoria. —Un susurro descendió en espiral por la escalera.

—¿Sí?

—Buenas noches —dijo.

—Buenas noches.

Estampé una sonrisa en la tapicería de velvetón naranja.

Tras toda una temporada de junquillo, Annemarie parecía otra. Venía todos los viernes por la mañana a buscar un ramo; tenía mejor color y su cuerpo, libre por fin del abrigo con cinturón, exhibía sus curvas bajo unos delgados jerséis de algodón. Me contó que Bethany se había marchado a Europa con Ray; pasarían un mes allí y volverían comprometidos. Lo dijo con certeza, como si ya hubiera sucedido.

Annemarie trajo a sus amigas, muchas de ellas con niñas con vestidos de volantes y todas con matrimonios decepcionantes. Se inclinaban sobre el mostrador mientras sus hijas cogían flores de unos cubos más altos que ellas y daban vueltas por la tienda. Las mujeres describían sus relaciones con todo detalle, tratando de resumir sus problemas en una sola palabra. Yo les había explicado la importancia de especificar y ellas querían hacerlo. Las conversaciones eran tristes, divertidas y extrañamente optimistas, todo a la vez. La tenacidad con que aquellas mujeres intentaban reparar sus relaciones me era ajena; no entendía por qué, simplemente, no renunciaban.

Sabía que yo, en su lugar, habría pasado: del marido, de los hijos y de las mujeres con que mantenía aquellas conversaciones. Pero, por primera vez en mi vida, esa idea no me proporcionaba alivio. Empecé a fijarme en las cosas que hacía para aislarme. Había situaciones muy evidentes, como vivir en un armario con seis cerrojos, y otras más sutiles, como trabajar en el lado opuesto de la mesa donde trabajaba Renata o colocarme detrás de la caja registradora cuando hablaba con los clientes. Siempre que podía, entre mi cuerpo y los que me rodeaban interponía paredes, mesas de madera o pesados objetos metálicos.

Sin embargo, tras seis meses de mucho cuidado, Grant había traspasado mis defensas. Ya no sólo le permitía tocarme, sino que lo ansiaba, y empecé a preguntarme si algún día cambiaría. Empecé a abrigar esperanzas de que mi costumbre de aislarme fuese algo superable, como la aversión infantil a las cebollas o la comida picante.

A finales de mayo casi había terminado mi diccionario. Fotografié muchas de las plantas más difíciles de conseguir en el invernadero de Golden Gate Park. Después de revelar, montar y etiquetar cada fotografía, marcaba una X en mi diccionario y lo hojeaba para ver cuántas flores faltaban. Sólo una: la flor de cerezo. Estaba enfadada conmigo misma por aquella omisión. En el Área de la Bahía había muchos cerezos; sólo en el Jardín Japonés había docenas de variedades. Pero su período de floración era muy breve —semanas, o apenas días, según el año—, y aquella primavera yo había estado demasiado distraída para capturar su breve momento de belleza.

Grant sabría decirme dónde podía encontrar una flor de cerezo, incluso a esas alturas, muy pasada la temporada. Escribí el nombre de la única flor que faltaba en un papel y lo pegué con celo en la parte exterior del fichero naranja. Había llegado el momento de llevárselo.

Puse el archivador en el asiento trasero de mi coche y lo sujeté con un cinturón de seguridad. Era domingo y llegué al depósito de agua antes de que Grant volviera de la feria agrícola. Entré con la llave de repuesto, abrí el armario de la cocina y cogí un panecillo de pasas. El fichero naranja destacaba sobre la gastada mesa de madera y ocupaba más espacio del que habría sido deseable. Era demasiado chillón y nuevo en aquella cocina pequeña con electrodomésticos antiguos. Decidí llevármelo arriba, pero entonces oí el camión de Grant haciendo crujir la grava.

Cuando entró, fue derecho hacia el fichero.

—¿Ya está? —preguntó.

Asentí con la cabeza y le di el trozo de papel donde había escrito el nombre de la flor que faltaba.

—Pero no del todo —dije.

Grant dejó caer el papel al suelo y abrió la tapa del fichero. Fue pasando las tarjetas, admirando mis fotografías una a una. Cogí una y le di la vuelta para enseñarle los significados de las flores; luego la devolví a su sitio y cerré la tapa, pillándole los dedos.

—Ya las mirarás más tarde —dije, recogiendo la nota del suelo y agitándola ante su cara—. Ahora necesito que me ayudes a encontrar esto.

Grant cogió el papel y leyó el nombre de la flor. Negó con la cabeza.

—¿Una flor de cerezo? Tendrás que esperar a abril.

Deposité la cámara encima de la mesa.

—¿Casi un año entero? No puedo esperar tanto.

—¿Qué quieres que haga? —repuso Grant riendo—. ¿Que trasplante un cerezo en mi invernadero? Aunque lo hiciera, no florecería.

—Pues ¿qué hago?

Grant pensó un momento; sabía que yo no renunciaría fácilmente.

—Busca en mis libros de botánica —propuso.

Arrugué la nariz y me incliné hacia delante como si fuera a besarlo, pero no lo hice. Le froté la mejilla sin afeitar con la nariz y le mordí la oreja.

—Por favor...

—Por favor ¿qué? —inquirió él.

—Sugiéreme algo más bonito que una ilustración de libro.

Grant miró por la ventana. Era como si le diera vueltas a alguna idea; se diría que tenía una flor de cerezo tardía en el bolsillo y trataba de decidir si yo era suficientemente importante y digna de confianza para recibirla. Al final asintió con la cabeza.

—De acuerdo —concedió—. Ven conmigo.

Me colgué la cámara del cuello y lo seguí. Cruzamos el patio de grava y rodeamos la casa. Grant sacó una llave del bolsillo y abrió la puerta trasera, que daba a un lavadero. En el tendedero había colgada una blusa rosa claro. Grant me precedió hasta la cocina, donde las cortinas estaban echadas y las encimeras, polvorientas y oscuras. Todos los electrodomésticos estaban desenchufados y el silencio de la nevera resultaba inquietante.

Salimos de la cocina por una puerta batiente que daba al comedor. Habían retirado la mesa hasta la pared y un saco de dormir se extendía en el suelo de madera. Reconocí la sudadera de Grant y al lado los calcetines, hechos una bola.

—De cuando me desalojaste de mi propia casa —explicó sonriendo y señalando el montoncito de ropa.

—¿No tienes un dormitorio aquí?

—Sí, pero hacía más de una década que no dormía en esta casa. La verdad es que sólo he subido una vez desde que murió mi madre.

A mi izquierda estaba la escalera, con un grueso pasamanos curvado. Grant dio un paso hacia allí.

—Ven —dijo—. Quiero enseñarte una cosa.

Subimos y nos encontramos ante un largo pasillo, con puertas cerradas a ambos lados. El corredor terminaba ante cinco peldaños. Los subimos y nos agachamos para pasar por una portezuela.

La pequeña habitación era más calurosa que el resto de la casa y olía a polvo y pintura reseca. Ya antes de localizar la ventana cegada supe que nos encontrábamos en el taller de Catherine. Cuando mis ojos se adaptaron a la oscuridad, vi las paredes con paneles de madera, la larga mesa de dibujo y los estantes con material artístico. En el estante superior había unos tarros de cristal con pintura morada y unos pinceles apelmazados en charcos azul lavanda y vincapervinca. En una cuerda que daba la vuelta a toda la habitación había dibujos —grandes, con flores meticulosamente dibujadas a lápiz y carboncillo— colgados con pinzas de madera.

—Mi madre era pintora —comentó Grant señalando los dibujos—. Se pasaba horas aquí arriba, todos los días. Que yo recuerde, sólo dibujaba flores: raras, tropicales, delicadas o de floración breve. Temía no tener la flor adecuada para expresar lo que quería decir en cada momento.

Me llevó hasta un archivador de madera de roble que había en un rincón y abrió el cajón superior, marcado con la etiqueta «A-F». Cada carpeta llevaba el nombre de una flor y contenía un solo dibujo: acacia, aloe, anémona, azalea. Buscó en la A hasta que encontró «Álamo blanco». Sacó la carpeta y la abrió: estaba vacía. El dibujo lo tenía yo en la habitación azul, enrollado y atado con la cinta de seda en que figuraban el día y la hora de nuestra primera cita.

Grant cerró el cajón y abrió otro, buscando la carpeta de la flor de cerezo. Sacó el dibujo, lo puso encima de la mesa y luego salió un momento.

Me senté y lo contemplé. Los trazos eran rápidos, seguros, y las sombras, profundas y complejas. La flor llenaba toda la hoja y su belleza era casi abrumadora. Me mordí el labio inferior.

Grant volvió al poco rato; escudriñó mi cara y luego la hoja que yo tenía delante.

—¿Definición? —me preguntó.

—*Buena educación* —respondí.

Negó con la cabeza y me corrigió:

—*Efímero*. La belleza y la fugacidad de la vida.

Esa vez tenía razón. Lo admití con una cabezada.

Grant había traído un martillo que utilizó para arrancar los tablones que cegaban la ventana. La luz entró por el cristal roto y se derramó en el tablero de la mesa como el haz de un foco. Colocó el dibujo dentro del rectángulo de luz y se sentó en el borde de la mesa.

—Dispara —dijo acariciando la cámara y luego a mí.

Se quedó mirándome mientras yo sacaba la cámara de la funda y enfocaba la imagen. Disparé desde todos los ángulos: de pie en el suelo, subida a una silla y delante de la ventana, bloqueando la intensa luz. Ajusté el tiempo de exposición y el foco. Grant me miraba los dedos, la cara y los pies cuando me puse de cuclillas encima de la mesa. Gasté todo un carrete. Grant no se inmutó cuando cargué un segundo rollo y luego un tercero. Mi piel se tensaba bajo su mirada, como atraída hacia él sin mediación de mi cerebro.

Cuando hube terminado, guardé el dibujo en la carpeta correspondiente. Al día siguiente tendría la película revelada y mi diccionario estaría terminado. Dirigí la cámara hacia Grant, que estaba sentado en el borde de la mesa, y escruté su rostro a través del visor.

El sol iluminaba su perfil. Me desplacé alrededor de él y fotografié su cara en luces y sombras. La cámara iba disparando mientras yo, moviéndome en círculo, fijaba la vista en su coronilla y descendía por la línea de crecimiento del pelo hasta el cuello de la camisa. Le enrollé las mangas y le fotografié los antebrazos, los tensos y marcados músculos de las muñecas, los gruesos dedos y las uñas sucias de tierra. Le quité los zapatos y le fotografié la planta de los pies. Cuando se acabó el carrete, me descolgué la cámara.

Me desabroché la blusa y me la quité.

A mí me desapareció la piel de gallina de los brazos, pero a Grant le apareció en los suyos. Me subí a la mesa.

Grant recogió los pies bajo el cuerpo y se volvió hacia mí; me puso las manos sobre el estómago y las mantuvo allí. Sus dedos ascendían y descendían al ritmo de mi respiración. Estaba cogida a los bordes de la mesa y tenía los nudillos blancos.

Grant desplazó las manos hacia mi espalda y encontró el sujetador; lo desabrochó con suavidad, soltando los cierres uno a uno. Me soltó los dedos del borde de la mesa y me deslizó el sujetador por un brazo y luego por el otro. Volví a agarrarme a la mesa, apretándola como si tratara de conservar el equilibrio en una barca.

—¿Estás segura? —me preguntó.

Asentí con la cabeza.

Me tumbó en la mesa, aguantándome la cabeza y acompañándola hasta la dura superficie. Me quitó el resto de la ropa y después se desvistió él también.

Tendido a mi lado, Grant empezó a besarme la cara. Volví la cabeza hacia la ventana, temiendo sentir repulsión ante su desnudez. La única persona adulta a la que había visto desnuda era Mami Ruby y la imagen de su cuerpo mojado y fláccido me persiguió durante meses.

Los dedos de Grant recorrían mi cuerpo con destreza, poniendo tanto cuidado como lo habría puesto con un árbol joven. Traté de concentrarme en sus caricias, en el calor que atraía hacia mi piel, en cómo nuestros cuerpos se entrelazaban. Él me deseaba y comprendí que era así desde hacía mucho tiempo. Sin embargo, justo debajo de la ventana se hallaba la rosaleda, y si bien mi cuerpo reaccionaba a las caricias, mi mente parecía rondar entre las plantas que había diez metros más abajo. Grant se colocó encima de mí. La rosaleda estaba en plena floración y las rosas se veían abiertas y espléndidas. Conté y catalogué cada uno de los rosales, empezando por los rojos y desplazándome por las diferentes filas: dieciséis, del rojo claro al escarlata oscuro. Los labios de Grant llegaron a mi oreja, abiertos y húmedos. Había veintidós rosales rosas, sin contar los corales. Grant empezó a moverse deprisa; la excitación lo obligó a descuidar su delicadeza y el dolor me hizo cerrar los ojos. Tras mis párpados estaban las rosas blancas, que no había contado. Contuve la respiración hasta que Grant se separó de mí.

Giré el cuerpo hacia la ventana y Grant se apretó contra mi espalda. Notaba los latidos de su corazón en la columna vertebral. Conté las rosas blancas, abiertas bajo la luz del sol poniente: treinta y siete; eran las más numerosas.

Inspiré hondo y mis pulmones se llenaron de desilusión.

16

Durante tres días nos dedicamos a dejarle mensajes a Catherine: aloe, *pena*, pegado con celo, formando una fila de púas que imitaba una cerca en la ventana de la cocina; un ramito de pensamientos, *piensa en mí*, en un tarrito de cristal en el porche delantero; ramas de ciprés, *luto*, entretejidas en las barras de la verja de hierro.

Pero Catherine no dio señales de haberlos recibido y no le envió ninguna respuesta a Elizabeth.

17

Trasladé mi ropa a casa de Grant en el maletero de mi coche. Luego llevé los zapatos, la manta marrón y por último el fichero azul. Era todo lo que poseía. Seguía pagándole el alquiler a Natalia el primero de cada mes y en ocasiones echaba una cabezada en mi suelo de pelo blanco después del trabajo, pero, a medida que avanzaba el verano, cada vez pasaba menos tiempo en la habitación azul.

Mi diccionario de flores estaba terminado. La fotografía que había tomado del dibujo de Catherine ponía fin a la colección, y el diccionario de flores de Elizabeth y la guía de campo fueron retirados a una existencia polvorienta en lo alto de la librería de Grant. Los ficheros azul y naranja estaban uno al lado del otro en el estante del medio, con las tarjetas de Grant alfabetizadas por flores y las mías, por significados. Dos o tres veces por semana decorábamos la mesa con flores o dejábamos un ramito de alhelí en nuestras respectivas almohadas, pero raramente consultábamos los ficheros. Ambos habíamos memorizado todas las tarjetas y ya no discutíamos sobre el significado de las flores.

La verdad es que no discutíamos por nada. Mi vida con Grant era tranquila y apacible y quizá habría disfrutado de ella de no ser por la abrumadora certeza de que todo estaba a punto de acabar. El ritmo de nuestra vida en común me recordaba a los meses anteriores a mi trámite de adopción, cuando Elizabeth y yo gradábamos la tierra, marcábamos mi calendario y disfrutábamos de la compañía mutua. Aquel verano con Elizabeth había sido exageradamente caluroso; el que pasé con Grant, también. El calor anegaba el depósito de agua, donde no había aire acondicionado, como si fuera líquido, y por la noche nos tumbábamos en el suelo de las diferentes habitaciones e intentábamos respirar. La humedad nos pesaba como las cosas que no nos decíamos y más de una vez lo busqué con la intención de confesarle mi pasado.

Sin embargo, no podía. Grant estaba enamorado de mí. Su amor era tranquilo y sólido, y con cada declaración yo sentía que me derretía de placer y de culpa. No merecía su amor. Si él hubiera sabido la verdad, me habría odiado: estaba más segura de eso que de ninguna otra cosa. El cariño que le profesaba no hacía más que empeorar la situación. Estábamos cada vez más unidos, nos besábamos al encontrarnos y al separarnos y hasta dormíamos juntos. Él me acariciaba el pelo, las mejillas y los pechos, tanto en la mesa como en los tres suelos del depósito de agua. Hacíamos el amor con frecuencia y hasta aprendí a disfrutar. Pero después, cuando nos quedábamos tumbados uno al lado del otro, desnudos, él tenía una expresión de satisfacción que yo sabía que mi rostro no reflejaba. Sabía que mi verdadero yo, mi yo indigno, estaba muy lejos de la percepción de Grant, oculto a su mirada de admiración. Mis sentimientos hacia él también permanecían ocultos y empecé a imaginar que una esfera envolvía mi corazón, dura y brillante como una cáscara de avellana, impenetrable.

Grant no parecía notar mi distanciamiento. Si alguna vez sintió que mi corazón era algo inalcanzable, nunca lo mencionó. Nos encontrábamos y nos separábamos siguiendo un ritmo previsible. Entre semana, coincidíamos una hora por la noche. Los sábados pasábamos casi todo el día juntos; íbamos al trabajo por la mañana temprano y después parábamos a comer o dábamos un paseo o contemplábamos las cometas en Marina. Los domingos cada uno iba por su lado. Yo no lo acompañaba a la feria agrícola y cuando regresaba nunca me encontraba; comía en algún restaurante de la Bahía o cruzaba el puente sola.

Los domingos volvía al depósito de agua a la hora de la cena para disfrutar de los creativos y elaborados platos de Grant. Se pasaba toda la tarde cocinando y siempre había aperitivos en la mesa de la cocina. Grant había descubierto que esos tentempiés evitaban que lo incordiara hasta que el entrante estuviera listo, lo que muchas veces no ocurría hasta pasadas las nueve.

Aquel verano empezó a prescindir de los libros de cocina —que se llevaba arriba y guardaba bajo el sofá— y se inventaba sus propias recetas. Me dijo que sentía menos presión si no tenía que comparar sus resultados con la fotografía que acompañaba la receta. Supongo que sabía que los platos que preparaba eran mejores que ninguno de los que habría podido crear con ayuda de un libro de cocina, mejores que nada que yo hubiera probado desde que vivía con Elizabeth.

El segundo domingo de julio volví a casa más hambrienta de lo habitual tras un largo paseo por Ocean Beach. Se me revolvía el estómago de hambre y de nervios. Había pasado por la Casa de la Alianza y en la ventana había visto a unas jóvenes que no conocía, lo que me había producido dolor de estómago. Sus vidas no se convertirían en lo que ellas habían soñado. Tenía esa certeza, aunque mi vida hubiera resultado mucho mejor de lo que yo habría podido soñar, si me hubiera permitido soñar algo. Sabía que yo era la excepción y estaba convencida de que mi buena suerte sólo era un breve paréntesis en lo que iba a ser una vida larga, dura y solitaria.

Grant había preparado unas rebanadas de baguette untadas con algo —crema de queso, quizá, o algo más elaborado— y aderezadas con hierbas, aceitunas y alcaparras picadas. Los canapés estaban puestos en fila en un plato cuadrado de cerámica. Cogí uno y seguí comiéndome toda la hilera, metiéndome las rebanadas enteras en la boca. Antes de zamparme la última, miré a Grant, que me observaba sonriente.

—¿La quieres? —pregunté señalando la última rebanada.

—No. La necesitas para llegar al siguiente plato. Las chuletas asadas todavía tardarán cuarenta y cinco minutos.

Me la comí y protesté:

—No sé si podré esperar tanto.

Grant suspiró.

—Todos los domingos dices lo mismo y todos los domingos, después de comer, me dices que valía la pena esperar.

—No es verdad —lo contradije, pero tenía razón.

Mi estómago recibió el queso con un sonoro crujido. Me incliné sobre la mesa y cerré los ojos.

—¿Estás bien?

Asentí.

Grant preparó el resto de la comida en silencio mientras yo dormitaba, sentada a la mesa. Cuando abrí los ojos, había una chuleta humeante en mi plato. Me incorporé apoyándome en un codo.

—¿Me la troceas? —pedí.

—Marchando.

Me frotó la cabeza, el cuello y los hombros y me besó en la frente antes de coger el cuchillo y cortar la carne. Estaba roja por dentro, como me gustaba, y recubierta de una salsa picante, una combinación de setas exóticas, patatas rojas y nabos. Jamás había probado nada tan bueno.

Sin embargo, mi estómago no compartía la excelente opinión de mis papilas gustativas. Sólo había dado unos bocados cuando comprendí que la cena no iba a permanecer en mi barriga. Corrí escaleras arriba, me encerré en el cuarto de baño y vomité en el retrete. Tiré de la cadena y abrí los grifos del lavabo y la ducha con la esperanza de que el ruido del agua camuflara mis arcadas.

Grant llamó la puerta, pero no le abrí. Se marchó y volvió al cabo de un rato, pero seguí sin contestar a los suaves golpecitos que daba en la puerta. En el cuarto de baño no había espacio para tumbarse en el suelo, de modo que me acurruqué sobre un costado, con las piernas contra la puerta y la espalda pegada a la bañera. Mis dedos seguían el trazado de las baldosas blancas hexagonales y dibujaban flores de seis pétalos. Cuando salí eran más de las once y los azulejos me habían dejado marcas en la mejilla y el hombro.

Confiaba en que Grant estuviera durmiendo, pero lo encontré sentado en el sofá, con todas las luces encendidas.

—¿Ha sido la comida? —preguntó.

Negué con la cabeza. No sabía qué había sido, pero desde luego no podía haber sido eso.

—Entonces, ¿qué? —insistió.

—Estoy enferma —contesté, evitando su mirada.

No creía que fuera verdad y él tampoco. De niña había vomitado porque alguien me había tocado o había amenazado con tocarme. Padres de acogida que se cernían sobre mí y me ponían una chaqueta por la fuerza, maestras que me quitaban el gorro de la cabeza y se entretenían demasiado en mi enredado cabello, esa clase de cosas hacían que mi estómago sufriera convulsiones incontrolables. Una vez, poco después de irme a vivir con Elizabeth, habíamos organizado un picnic en el jardín. Yo había comido demasiado, como de costumbre, e, incapaz de moverme, había dejado que ella me levantara y me llevara en brazos hasta la casa. Y en cuanto me dejó de pie en el porche, vomité por la barandilla.

Miré a Grant. Llevábamos meses teniendo intimidad. Aunque no fuera plenamente consciente, yo sabía que aquello podía pasar.

—Dormiré en el sofá —decidí—. No quiero contagiarte.

—No me contagiarás —repuso él; me cogió una mano y me levantó—. Sube conmigo.

Obedecí.

18

La mañana de la vista de mi adopción desperté al amanecer.

Me senté en la cama y me apoyé en la fría pared, tapada con el edredón hasta la barbilla. La luz atravesaba perezosamente la ventana y un rayo difuso iluminaba la cómoda y la puerta abierta del armario. En muchos aspectos, la habitación seguía tal como la había encontrado cuando entré por primera vez un año atrás: contenía los mismos muebles, el mismo edredón blanco y los mismos montones de prendas, muchas de las cuales todavía me iban demasiado grandes. Pero también había señales de la niña en que me había convertido: libros de la biblioteca amontonados en el escritorio con títulos como *Del jardín al plato* o *Tu primer libro de jardinería*; una fotografía que nos había tomado Carlos, en la que aparecíamos Elizabeth y yo en invierno, con las mejillas sonrosadas y pegadas la una a la otra; y una papelera llena de dibujos de flores para Elizabeth, ninguno de los cuales consideraba suficientemente bueno para regalarle. Era mi última mañana en aquella habitación como niña acogida y miré en derredor como hacía siempre: observando los objetos como si pertenecieran a otro. «Mañana —pensé—. Mañana será diferente. Me despertaré, miraré alrededor y veré una habitación, una vida, que será mía y que nunca me quitarán.»

Salí al pasillo y agucé el oído tratando de averiguar dónde estaba Elizabeth. Aunque era temprano, me sorprendió que la casa estuviera tan silenciosa y ver la puerta de su dormitorio cerrada. Había dado por hecho que Elizabeth estaría tan desvelada como yo. El día anterior había sido mi cumpleaños y, si bien Elizabeth había preparado magdalenas y las habíamos adornado con rosas moradas de azúcar glaseado, los nervios por la cita en el juzgado casi habían eclipsado aquella celebración. Después de cenar habíamos rebañado el glaseado de las magdalenas con frenesí; mirábamos de vez en cuando por la ventana esperando a que oscureciera y deseando que empezara el nuevo día. Tumbada en la cama, despierta, con el largo camisón de flores que Elizabeth me había regalado, estaba más nerviosa que todas las noches de Navidad de mi vida. Pensé que quizá Elizabeth tampoco hubiera podido dormir y lo hiciera ahora, después de pasar la noche en blanco.

En el cuarto de baño estaba el vestido que habíamos comprado juntas, colgado de un gancho detrás de la puerta y protegido por una funda de plástico. Me lavé la cara y me cepillé el pelo antes de descolgarlo.

Me costó ponérmelo sin la ayuda de Elizabeth, pero estaba decidida. Quería ver la cara que pondría al despertar y encontrarme vestida y sentada a la mesa de la cocina, esperando. Quería que entendiera que estaba preparada. Sentada en el borde de la bañera, me puse el vestido del revés, me subí la cremallera y luego le di la vuelta hasta que la cremallera quedó recta a mi espalda. Los lazos eran gruesos y difíciles de atar. Después de varios intentos, conseguí hacerme un nudo sencillo en la nuca. Hice lo mismo con el lazo de la cintura.

Bajé a la cocina. El reloj marcaba las ocho en punto. Abrí la nevera, miré en los estantes llenos y me decidí por un yogur de vainilla. Le quité la tapa y metí la cuchara rompiendo una capa de gruesa nata, aunque no tenía hambre. Estaba nerviosa. Elizabeth no se había quedado dormida ni una sola vez en el año que llevaba viviendo con ella. Esperé una hora sentada a la mesa de la cocina, con la mirada clavada en el reloj.

A las nueve en punto subí la escalera y llamé a la puerta de su dormitorio. El nudo que me había hecho en la nuca se había aflojado y la pechera del vestido colgaba demasiado suelta, dejando entrever mi pronunciado esternón. Sabía que no estaba tan espléndida como cuando me lo había probado en la tienda. Como

Elizabeth no contestó, giré el pomo. La puerta no estaba cerrada. Empujé y entré en la habitación.

Elizabeth tenía los ojos abiertos. Miraba el techo y no desvió la mirada cuando me acerqué a su cama.

—Son las nueve —anuncié.

No respondió.

—A las once tenemos audiencia con el juez. ¿No deberíamos irnos, para no llegar tarde?

Seguía sin acusar mi presencia. Me acerqué más y me incliné sobre ella, creyendo que quizá estuviera dormida, aunque tenía los ojos bien abiertos. Había tenido una compañera de habitación que dormía así y todas las noches yo esperaba a que se quedara dormida para cerrarle los párpados. No me gustaba sentirme observada.

La sacudí suavemente. Ella no parpadeó.

—¿Elizabeth? —susurré—. Soy Victoria.

Le puse los dedos en el hueco entre las clavículas. Tenía el pulso tranquilo y parecía marcar los segundos que faltaban para el momento de mi adopción. «Levántate», supliqué en silencio. La idea de faltar a nuestra cita en el juzgado, de que la aplazaran un mes, una semana, aunque sólo fuera un día, me resultaba inconcebible. Empecé a zarandearla por los hombros. Su cabeza se bamboleó.

—Para —dijo por fin en voz muy baja, apenas audible.

—¿No vas a levantarte? —pregunté con la voz rota—. ¿No vamos a ir al juzgado?

Las lágrimas se desbordaron de sus ojos, pero no levantó la mano para enjugárselas. Seguí su rastro con la mirada y vi que allí donde caían la almohada ya estaba húmeda.

—No puedo —contestó.

—¿Qué quieres decir? Puedo ayudarte.

—No, no puedo. —Y se quedó callada.

Me acerqué tanto a ella que, cuando por fin volvió a hablar, sus labios me rozaron la oreja.

—Esto no es una familia —declaró con un hilo de voz—. Tú y yo solas en esta casa. No es una familia. No puedo hacerte esto.

Me senté a los pies de la cama. Elizabeth no se movió ni dijo nada más, pero yo me quedé allí sentada el resto de la mañana, esperando.

19

Las náuseas persistieron, pero aprendí a disimular. Todas las mañanas vomitaba en la ducha hasta que el desagüe empezaba a atascarse. Después, sin ducharme, corría hasta mi coche antes de que Grant se levantara, culpando a Renata y a una agenda imposible de cumplir. Aquella sensación me acompañaba todo el día. En el trabajo, el aroma de las flores la empeoraba, aunque el frío de la cámara me proporcionaba alivio. Por las tardes me echaba la siesta rodeada de cubos fríos de flores.

No sé cuánto tiempo se habría prolongado esa situación si Renata no se hubiera encarado conmigo en la cámara. Me despertó dándome un golpecito con la punta del pie.

—¿Acaso crees que no sé que estás embarazada? —me preguntó Renata.

Mi corazón latió contra su dura cáscara. «Embarazada.» La indeseada palabra quedó flotando entre las dos. Me habría gustado que se hubiera deslizado por debajo de la puerta, hubiera salido a la calle y se hubiera metido en el cuerpo de alguien que la quisiera. Había riadas de mujeres que soñaban con la maternidad, pero ni Renata ni yo éramos de ellas.

—No es verdad —disimulé, aunque sin tanta convicción como me habría gustado.

—Puedes seguir negándotelo todo lo que quieras, pero yo voy a contratarte un seguro médico antes de que te pongas a parir delante de mi tienda.

No me moví. Renata fue a darme otra vez con el pie, pero sólo me hincó un poco la punta en la cintura. Entonces reparé en que había engordado.

—Levántate y siéntate a la mesa —ordenó—. Te llevará toda la tarde firmar el montón de papeles que se requieren.

Me levanté y salí de la cámara; pasé junto a la mesa, donde estaban los papeles, y salí a la acera. Tras dar unas arcadas en la alcantarilla, eché a correr. Renata me llamó repetidamente. No miré atrás.

Llegué sin aliento a la tienda de comestibles en el cruce de la Diecisiete y Potrero. Me senté en un bordillo dando arcadas. Una anciana que pasaba con la bolsa de la compra llena se paró, me puso una mano en el hombro y me preguntó si me encontraba bien. Se la aparté de un manotazo y ella se tambaleó y se le cayó la bolsa. Varios peatones se acercaron curiosos y yo aproveché para escurrirme en la tienda. Compré tres test de embarazo y volví a la habitación azul; el ligero envoltorio me pesaba como una piedra en la mochila.

Natalia todavía dormía, con la puerta de la habitación abierta. Había dejado de cerrarla meses atrás, desde que yo prácticamente no vivía allí, y daba un portazo cada vez que yo la sorprendía apareciendo inopinadamente. La entorné sin hacer ruido y me metí en el cuarto de baño.

Oriné sobre las tres barritas y las coloqué en el borde del lavabo. Se suponía que el resultado aparecía al cabo de tres minutos, pero tardó mucho menos.

Abrí la ventana del cuarto de baño y tiré las tres barritas, una tras otra. Rebotaron y se quedaron en el tejado plano recubierto de grava, a sólo un palmo de la ventana. El resultado se veía desde allí. Me senté en la tapa del inodoro y me cogí la cabeza con las manos. Lo último que quería era que Natalia se enterara; ya tenía suficiente con que lo supiera Renata. Si se enteraba Mami Ruby, vendría a vivir conmigo en la habitación azul, me haría comer huevos fritos día y noche y me palparía el vientre cada pocos minutos.

Fui a la cocina y me subí a la encimera. Natalia y los miembros de su grupo solían trepar al tejado por allí, aunque yo nunca lo había probado. La ventana sobre el fregadero era pequeña pero no imposible de pasar, ni siquiera con lo abultado de mi vientre.

En el tejado había colillas de cigarrillo y una botella de vodka vacía. Pasé por encima a gatas, recogí los test de embarazo y me los metí en el bolsillo. Me levanté despacio, mareada por el esfuerzo y la altura, y miré alrededor.

La vista era asombrosa, tanto más cuanto que yo nunca la había contemplado desde allí. El tejado era alargado —tenía la longitud correspondiente a toda una manzana— y lo rodeaba un murete de cemento. Más allá se veía la ciudad, desde el centro hasta Bay Bridge y Berkeley, una ilustración perfecta de sí misma, donde las luces traseras de los coches que circulaban por las carreteras semejaban trazos borrosos de pigmento rojo. Fui hasta el borde del tejado y me senté, imbuyéndome de aquella belleza y olvidando por un momento que mi vida estaba a punto de cambiar drásticamente, una vez más.

Me pasé los dedos desde el cuello hasta el ombligo. Mi cuerpo ya no me pertenecía. Lo habían habitado, invadido. No era lo que yo quería, pero no tenía alternativa; el bebé crecería en mi seno. No podía abortar. No podía ir a una clínica, desvestirme y quedarme desnuda delante de un desconocido. La idea de la anestesia, de perder el conocimiento mientras un médico hacía lo que tuviera que hacer con mi cuerpo, me resultaba una agresión inconcebible. Tendría el bebé y luego ya decidiría qué hacer con él.

Un bebé. Me repetí esa palabra una y otra vez, creyendo que sentiría ternura o emoción, pero no sentí nada. En mi estado de embotamiento sólo tenía una certeza: Grant no podía saberlo. La emoción de su mirada, la visión instantánea que tendría de la familia que formaríamos era más de lo que podría soportar. Me imaginaba perfectamente la situación: sentada a la mesa de picnic, esperaría a que Grant tomara asiento y luego le revelaría con voz entrecortada aquella noticia que iba a cambiarnos la vida. Rompería a llorar antes de haber terminado de hablar, pero aun así él lo sabría. Y querría tener ese bebé. Su mirada luminosa sería la prueba de su amor por nuestro hijo; mis lágrimas, la prueba de mi incapacidad de ser madre. La convicción de que acabaría decepcionándolo (y el hecho de ignorar cómo y cuándo) me mantendría alejada de su emoción, inmune a sus palabras de amor.

Tenía que marcharme, deprisa y en silencio, antes de que Grant lo descubriera todo. Le dolería, pero no tanto como ver, impotente, cómo recogía las cosas y me llevaba a su hijo para siempre. La vida que él deseaba a mi lado era imposible.

Era mejor para él no saber lo cerca que habíamos estado.

20

Eran las cuatro de la tarde y Elizabeth seguía acostada. Yo estaba sentada a la mesa de la cocina, comiendo mantequilla de cacahuete directamente del envase con el pulgar. Se me había ocurrido cocinarle la cena, sopa de pollo o chiles, algo que tuviera un aroma apetitoso. Pero de momento sólo había aprendido a preparar postres: tarta de moras, tarta de melocotón y mousse de chocolate. No parecía correcto comer postre sin haber cenado, sobre todo ese día, cuando no había nada que celebrar.

Guardé la mantequilla y empecé a hurgar en la despensa hasta que oí que llamaban a la puerta. No hizo falta que mirara por la ventana para saber quién era. Había oído aquellos golpes suficientes veces en mi vida y lo sabía: era Meredith. Llamó más fuerte. A continuación giraría el picaporte, y la puerta no estaba cerrada con llave. Me escondí en la despensa. El sonido de la puerta al cerrarse se coló en la oscuridad. Los botes de judías y arroz vibraron en los estantes.

—¿Elizabeth? —llamó Meredith—. ¿Victoria?

Cruzó el salón y entró en la cocina. Sus pasos rodearon la mesa y se detuvieron ante la ventana del fregadero. Contuve la respiración y la imaginé paseando la mirada por las viñas, buscando señales de movimiento. No las encontraría. Carlos se había llevado a Perla de acampada; todos los años iban de excursión. Al final la oí darse la vuelta y subir la escalera.

—¿Elizabeth? —volvió a llamar. Y luego, en voz baja—: ¿Elizabeth? ¿Estás bien?

Subí la escalera con sigilo, me detuve en el último escalón y me apoyé en la pared, fuera de la vista de Meredith.

—Estoy descansando —musitó Elizabeth—. Sólo necesito descansar un poco.

—¿Descansando? —repitió Meredith. Por lo visto, el tono de Elizabeth la había molestado y el suyo había pasado de preocupado a acusador—. ¡Son las cuatro de la tarde! No te has presentado a tu audiencia en el juzgado. Nos has dejado plantadas a la jueza y a mí, mirándonos como idiotas y preguntándonos dónde estaríais Victoria y... —se interrumpió—. ¿Dónde está Victoria?

—Estaba aquí hace un momento —contestó Elizabeth con voz débil. «Horas», me habría gustado gritar. Había estado allí hacía horas; me había ido de su lado a mediodía, cuando comprendí que no iríamos al juzgado—. ¿Has mirado en la cocina?

Cuando Meredith volvió a hablar, su voz sonó más cerca de mí.

—Ya he mirado, pero lo haré otra vez.

Me levanté y empecé a bajar la escalera de puntillas, demasiado tarde.

—Victoria —me llamó Meredith—, ven aquí.

Me di la vuelta y la seguí hasta mi dormitorio. Me había quitado el vestido y me había puesto unos pantalones cortos y una camiseta, y el vestido estaba encima de mi escritorio. Meredith se sentó y pasó la mano por las flores de terciopelo. Le arrebaté el vestido de las manos, lo hice una bola y lo tiré debajo de la cama.

—¿Qué ha pasado? —preguntó Meredith, con el mismo tono acusador que había empleado con Elizabeth. Me encogí de hombros—. No te quedes ahí plantada sin decir nada. Todo va estupendamente, Elizabeth te quiere, tú estás contenta, ¿y de repente no os presentáis a la vista de tu adopción? ¿Qué has hecho?

—¡Yo no he hecho nada! —grité. Por primera vez en la vida, era verdad, aunque no había ninguna razón para que Meredith me creyera—. Elizabeth está cansada, ya la has oído. Déjanos en paz.

Me metí en la cama, me tapé con el edredón y me di la vuelta hacia la pared.

Meredith soltó un resoplido de impaciencia y se levantó.

—Ha pasado algo —afirmó—. O has hecho alguna barbaridad o Elizabeth no está mentalmente capacitada para ser madre. Sea como sea, no estoy segura de que te convenga vivir aquí.

—Tú no eres nadie para decidir lo que le conviene o no le conviene —terció Elizabeth de repente.

Me incorporé y me volví. Elizabeth estaba apoyada en el marco de la puerta, como si no se sostuviera en pie sin ayuda. Llevaba puesto un albornoz rosa claro. El pelo, suelto y enredado, le caía sobre los hombros.

—Te equivocas. Soy precisamente la persona a la que le corresponde decidirlo —la contradijo Meredith, avanzando hacia Elizabeth. No era ni más alta ni más fuerte, pero descollaba sobre la empequeñecida figura de Elizabeth. Me pregunté si ésta tendría miedo—. Habría dejado de serlo si os hubierais presentado en el juzgado a las once de la mañana. Créeme, estaba deseando ceder el control de esta criatura. Pero, por lo visto, no va a ser así. ¿Qué ha hecho?

—Ella no ha hecho nada —respondió Elizabeth.

No le veía la cara a Meredith, así que no supe si se lo creía o no.

—Si Victoria no ha hecho nada, tendré que redactar un informe sobre ti. Deberé presentarte una advertencia por escrito por haber faltado a una cita con la jueza, por sospecha de negligencia. ¿Ha comido algo la niña?

Me separé del cuerpo la camiseta manchada de mantequilla, pero ni Meredith ni Elizabeth estaban mirándome.

—No lo sé —contestó Elizabeth.

Meredith asintió con la cabeza.

—Ya lo suponía. —Y salió por la puerta, pasando junto a Elizabeth—. Seguiremos hablando en el salón. Victoria no tiene por qué participar en esta conversación de adultas.

No las seguí abajo porque no quería oírlas. Quería que todo fuera como el día anterior, cuando creía que Elizabeth iba a adoptarme. Me acerqué al borde del colchón, estiré un brazo y busqué mi arrugado vestido. Lo subí a la cama, lo apreté contra mi pecho y hundí la cara en el terciopelo. El vestido todavía olía a tienda, a madera nueva y limpiacristales, y recordé el tacto de los brazos de Elizabeth rodeándome por detrás, cruzados sobre mi pecho, y su expresión cuando nuestras miradas se encontraron en el espejo.

Oía fragmentos de la conversación que sostenían en el piso de abajo, sobre todo a Meredith, que hablaba más alto. «Si no te tiene a ti, no tiene nada», afirmó en una ocasión. «No me vengas con que quieres algo mejor para ella. Eso es una excusa.» ¿Acaso Elizabeth no sabía que ella era lo único que yo necesitaba? ¿Lo único que yo necesitaría nunca? Acurrucada bajo el edredón, el sofocante calor del verano empezaba a asfixiarme.

Me habían dado una oportunidad, una última oportunidad, y sin saber cómo, sin pretenderlo, la había estropeado. Esperé a que Meredith subiera la escalera y pronunciara las palabras que jamás creí que oiría: «Elizabeth ha renunciado. Recoge tus cosas.»

21

El domingo por la mañana comí unas galletas saladas y esperé a que se me pasaran las náuseas. No fue así. Subí al coche de todas formas y atravesé la ciudad, deteniéndome en tres ocasiones para vomitar en las alcantarillas. El crecimiento de la población mundial me parecía un fenómeno incomprensible cada vez que paraba junto a una de aquellas rejillas.

Grant no estaba en su casa, tal como había imaginado. Debía de estar en su camión, vendiendo flores por el barrio. Yo sólo había pasado tres noches fuera de casa; no era mucho tiempo tratándose de mí y de nuestra relación, y me lo imaginé ocupándose de su trabajo, pensando en la deliciosa cena que tenía planeada para esa noche. Jamás se le ocurriría que yo pudiera saltarme una cena de domingo. «Al menos se lo advertí», pensé mientras entraba en el depósito de agua con mi oxidada llave de repuesto. Si se le había olvidado, yo no tenía la culpa.

Atenta por si oía el ruido de su camión, recogí rápidamente mis cosas. Me llevé todo lo que me pertenecía y también algunas cosas que no, entre ellas el petate de Grant, de tela verde militar, que se camuflaría bien bajo el brezo. Metí dentro ropa, libros, una linterna, tres mantas y toda la comida que encontré en el armario de la cocina. Antes de cerrar el petate, metí también un cuchillo, un abrelatas y el dinero en metálico que Grant guardaba en el congelador.

Coloqué todo en el asiento trasero del coche y volví a buscar mi fichero de fotos azul, el diccionario de Elizabeth y la guía de campo. De nuevo en el coche, los dejé en el asiento delantero y los sujeté con el cinturón de seguridad, y luego volví a subir la escalera de caracol hasta el segundo piso. Cogí el fichero naranja del estante. Lo abrí y pasé las fotografías, tratando de decidir si llevármelo o no. Lo había hecho yo; todo su contenido me pertenecía. Pero la idea de contar con una copia en lugar seguro me reconfortaba, sobre todo teniendo en cuenta que los próximos meses de mi vida iban a ser de todo menos seguros. Si le pasaba algo a mi fichero azul, siempre podría volver por el naranja.

Dejé el fichero en el suelo y saqué un papel de mi mochila. Estaba doblado por la mitad, de modo que se sostuvo encima de la tapa del fichero, como un indicador de asiento en una cena formal. En el centro había pegado una diminuta fotografía de una rosa blanca, a la que recorté con precisión para que sólo se viera la flor. Debajo de la imagen, donde debería aparecer el nombre, había escrito una frase con tinta indeleble:

«Una rosa es una rosa es una rosa.»

Aunque no lo aceptara, Grant entendería que todo había terminado.

TERCERA PARTE

Musgo

1

Volvería a la habitación azul; tendría el bebé entre sus paredes húmedas. Eso lo sabía con tanta certeza como que Grant me estaba buscando. Él no sabía dónde estaba la habitación azul, pero seguro que tenía suficientes datos para encontrarla. No podía volver allí hasta que él hubiera desistido. Quizá pasaran meses, quizá gran parte del año. Estaba preparada para esperar.

Sin que me importara la presencia de adolescentes borrachos, volví a mi jardín de McKinley Square. Tenía un cuchillo y experiencia sexual. No podían intentar hacerme nada que no me hubieran hecho ya y, al mirarme en el espejo de una gasolinera, dudé que alguien lo intentara. No me cambiaba de ropa, ni buscaba duchas ni barrios acomodados; era como si la transformación de mi cuerpo y mi falta de vivienda no fueran lo más apremiante. Empezó a notarse que llevaba semanas viviendo en la calle.

Echaba de menos a Renata y mi empleo, pero no podía volver a Bloom. Ése era el primer sitio donde Grant me buscaría. Me escondí bajo las matas de brezo, que durante mi ausencia habían crecido y se habían multiplicado. Las semillas de brezo pueden pasar meses o años, incluso décadas, en el suelo antes de germinar, y aquella planta que yo conocía bien me reconfortaba. Me acurruqué bajo sus ramas junto al petate de Grant. El resto de mis cosas las dejé en el coche, que todos los días aparcaba en una calle diferente. Si Grant lo veía, lo reconocería, a pesar de que había quitado la matrícula y escondido el fichero azul bajo mis objetos personales, así que lo aparcaba lejos de Potrero Hill, en Bernal Heights o Glen Park, y a veces aún más lejos, en Hunters Point. Ya llevaba semanas durmiendo en el parque cuando se me ocurrió que podía dormir en el coche. Pero no quería. El olor de la tierra del parque, saturada por el exceso de riego, se filtraba en mis sueños y calmaba mis pesadillas.

A mediados de agosto, encaramada en lo alto de la estructura de juegos de McKinley Square, divisé a Grant. Subía por la empinada Vermont Street, oteando los modernos lofts y los viejos edificios victorianos. Se paró y habló un momento con un pintor que estaba subido a un andamio. Grant se encontraba un par de manzanas colina abajo y no pude oír lo que decía, pero parecía que no le faltaba el aliento después de subir la cuesta.

Me metí entre los matorrales, cerré el petate, salí y lo arrastré por la calle hasta la tienda de la esquina. Al principio, cuando volví a instalarme en McKinley Square, le había dicho al dueño de la tienda que estaba huyendo de una familia maltratadora, y le pedí que me escondiera si mi hermano aparecía algún día por allí preguntando por mí. Él se había negado, pero pasaba el tiempo y yo compraba todas mis comidas en aquella tienda de barrio, casi siempre vacía, y sabía que, llegado el momento, no me negaría su ayuda.

Cuando entré corriendo con el petate, el hombre levantó la cabeza y rápidamente abrió una puerta que tenía detrás. Pasé detrás del mostrador, crucé la puerta y subí una escalera. Me arrodillé y fui a gatas hasta la ventana del pequeño apartamento, de escasos muebles. El suelo de madera, resbaladizo, olía a aceite de limón. Las paredes estaban pintadas de amarillo brillante. A Grant jamás se le ocurriría que yo pudiera estar allí.

Agazapada bajo la ventana en saliente, asomé la cabeza por el antepecho. Grant ya había subido la escalinata que llevaba al parque y había dejado atrás los columpios, cuyos asientos vacíos oscilaban, agitados por la brisa. Giró sobre sí mismo y escondí la cabeza. Cuando volví a asomarme, estaba al borde de la extensión de espeso césped, donde éste dejaba paso a la maleza del bosque. Metió la bota en el tronco de una secuoya, pisó la blanda capa de hojarasca y se arrodilló delante de una verbena blanca. Contuve la respiración mientras Grant paseaba la mirada por la ladera de la colina, temiendo que se fijara en la mata de brezo deformada y descubriera, debajo, la huella de mi cuerpo.

Sin embargo, no reparó en el brezo. Se volvió hacia la verbena y agachó la cabeza. Yo estaba demasiado lejos para ver las corolas de delicados pétalos a las que acercó la nariz, demasiado lejos para oír las palabras que susurró, pero supe que estaba rezando. Apoyé la frente en el cristal y noté que mi cuerpo se inclinaba hacia él, impulsado por mi propio deseo. Echaba de menos su olor dulzón a tierra, los platos que cocinaba y sus caricias, cómo me cogía la cara con las palmas de las manos y me miraba a los ojos, y el olor a tierra de sus manos, incluso después de lavárselas. Pero no podía ceder. Si me iba con él, me haría promesas. Y yo repetiría sus palabras porque quería creer en su visión de nuestra vida futura. No obstante, con el tiempo ambos comprobaríamos que las mías eran palabras vacías. Yo fracasaría: era el único resultado posible.

Cerré los ojos y me obligué a apartarme de la ventana. Con los hombros caídos, apreté el vientre contra mis muslos, separados. El sol me calentaba la espalda. Si hubiera sabido cómo hacerlo, me habría unido a los rezos de Grant. Habría rezado por él, por su bondad, su lealtad y su amor imposible. Habría rezado para que desistiera, para que me soltara, para que volviera a empezar. Hasta habría rezado para pedir perdón.

Pero no sabía rezar.

Me quedé donde estaba, acurrucada en el suelo del apartamento de un desconocido, esperando a que Grant abandonara, se olvidara de mí y se marchara a su casa.

2

—Seis meses —dijo Elizabeth.

Vi a Meredith alejarse en su coche. Después de visitarnos todas las semanas durante dos meses, por fin había decidido concertar otra cita en el juzgado. Al cabo de seis meses.

Elizabeth metió una tira de beicon más en un bocadillo y me lo colocó delante. Lo cogí, le di un mordisco y asentí con la cabeza. Elizabeth no había renunciado, como yo creía, pero estaba cambiada, nerviosa y arrepentida.

—Pasarán deprisa —aseguró—, con la vendimia, las vacaciones y demás.

Volví a asentir y tragué saliva. Me froté los ojos, negándome a llorar. Desde el día en que no habíamos acudido a la vista en el juzgado, yo no había parado de revivir mentalmente escenas del año anterior, buscando pistas que me revelaran qué había hecho mal. La lista era larga: cortar las ramas del cactus, atizar al conductor del autobús en la cabeza y más de una declaración de odio. Pero Elizabeth parecía haber perdonado mis arranques de ira. Parecía entenderlos. Yo había supuesto que su repentina ambivalencia se debía a mi creciente dependencia o a mis lágrimas. Noté que volvían a empañárseme los ojos; los cerré y me incliné para apoyar la frente en la mesa.

—Lo siento muchísimo —se disculpó Elizabeth en voz baja.

Lo había repetido infinidad de veces las últimas semanas y yo la creía. Parecía arrepentida. Sin embargo, no me creía que todavía quisiera ser mi madre. Sabía que la lástima no era lo mismo que el amor. A juzgar por lo que había oído de su conversación en el salón, Meredith le había dejado claras mis opciones. Si no la tenía a ella, no tenía a nadie. Deduje que si Elizabeth no había renunciado, era sólo por su sentido del deber. Me terminé el bocadillo y me limpié las manos en los vaqueros.

—Si has terminado —dijo Elizabeth—, espérame en el tractor. Recojo esto y salgo.

Fuera, me apoyé en la alta rueda del vehículo y me quedé contemplando las cepas. Al parecer iba a ser un buen año. Elizabeth y yo las habíamos podado y abonado sólo lo necesario; las uvas que quedaban estaban llenas y empezaban a endulzarse. Había pasado el otoño trabajando con Elizabeth en el viñedo, escribiendo redacciones de tres párrafos sobre temporadas, clases de suelo y crecimiento de las uvas; memorizando guías de campo y familias de plantas. Por las noches, como había hecho el otoño anterior, acompañaba a Elizabeth a tomar muestras de las uvas.

Miré la hora. Teníamos una larga noche por delante y yo estaba impaciente. No obstante, Elizabeth no salía, ni siquiera pasadas las diez. Decidí volver a entrar. Bebería un poco de leche y esperaría a que terminara de limpiar la cocina.

Cuando llegué al porche oí su voz, entre enojada y suplicante. Estaba hablando por teléfono. De pronto comprendí por qué me había hecho esperar junto al tractor, y también que mi adopción no había fracasado por culpa mía. La responsable era Catherine. Si ella hubiera aparecido, si hubiera respondido con palabras o con flores, si no hubiera dejado tan sola a Elizabeth, todo habría sido diferente. Elizabeth se habría levantado de la cama, me habría atado los lazos del vestido y habríamos ido al juzgado, y Grant y Catherine nos habrían acompañado. Irrumpí llena de rabia en la cocina.

—¡Odio a esa zorra! —grité.

Elizabeth me miró sorprendida y tapó el auricular con una mano. Fui hacia ella y se lo arrebaté de un tirón.

—¡Me has destrozado la vida, zorra! —chillé, y colgué bruscamente.

El auricular rebotó en la base, cayó al suelo y quedó colgando a un centímetro de las baldosas. Elizabeth se sujetó la cabeza con las manos y se apoyó en la encimera. No parecía ofendida por mi inesperado arrebato. Esperé a que hablara, pero guardó silencio.

—Ya sé que estás enfadada —dijo por fin—. Tienes todo el derecho a estarlo. Pero no te enfades con Catherine. Soy yo la que lo ha estropeado todo. Cúlpame a mí. Soy tu madre. ¿Es que no sabes para qué sirven las madres?

Curvó ligeramente las comisuras de los labios, componiendo una sonrisa cansada mientras me miraba.

Apreté los puños y me incliné hacia atrás, tratando de dominar mi ira. Pese a todo, era consciente de que, por encima de todas las cosas, quería quedarme con ella.

—No —negué cuando me hube calmado lo suficiente—, tú no eres mi madre. Lo habrías sido si Catherine no me hubiera destrozado la vida.

Furiosa, me encaminé hacia la escalera, y en ese momento percibí un movimiento al otro lado de la ventana. Un camión venía por el camino. Vi a Grant de perfil, inclinado sobre el volante. Los frenos chirriaron y las ruedas levantaron gravilla cuando aparcó delante de la casa.

Corrí escaleras arriba al mismo tiempo que Grant subía los escalones del porche. Llegué a lo alto y me apoyé en la pared, fuera del alcance de su vista. Grant no llamó a la puerta ni esperó a que Elizabeth fuera a abrirle.

—¡No sigas insistiendo! —exigió casi sin resuello.

Elizabeth se acercó a él. Me los imaginé a los dos frente a frente, separados sólo por la puerta mosquitera.

—No pienso cejar —contestó ella—. Al final aceptará mi perdón. Sé que lo hará.

—No lo aceptará. Tú ya no la conoces.

—¿Qué dices? ¿Qué insinúas?

—Sólo eso. Que ya no la conoces.

—No te entiendo —susurró Elizabeth con voz apenas audible.

Se oían unos golpecitos insistentes. Debía de ser Grant golpeando el suelo del porche con el pie o el marco de la puerta con los nudillos. Era un ruido nervioso, impaciente.

—Sólo he venido a pedirte que no insistas. No llames más, por favor.

Se produjo un silencio.

—No puedes pedirme que la olvide. Es mi hermana.

—Tal vez —repuso Grant.

—¿Cómo que «tal vez»?

De pronto, Elizabeth subió el tono de voz. Imaginé su cara enrojecida. ¿Acaso había estado acusando a la mujer equivocada? ¿Era verdad que Grant era su sobrino?

—Lo único que digo es que ella ya no es la hermana que tú conocías. Créeme, por favor.

—Las personas cambian —replicó Elizabeth—; el amor, no. Y tampoco la familia.

Otro silencio. Lamenté no poder verles las caras para saber si estaban enfadados o al borde del llanto.

—Sí —afirmó Grant por fin—, el amor también cambia.

Oí pasos y supe que se había marchado. Cuando volví a escuchar su voz, sonó a lo lejos:

—¿Sabes qué hace ahora? Llena frascos con líquido para encendedores y los coloca en el alféizar de la ventana de la cocina. Dice que te va a quemar el viñedo.

—No —Elizabeth no parecía conmocionada ni asustada, sólo incrédula—, no sería capaz de algo así. No me importa lo que haya podido cambiar en estos quince años. Ella jamás haría eso. Ama estas viñas tanto como yo. Siempre las ha amado.

Grant cerró la puerta del camión.

—Sólo quería que lo supieras —añadió.

Encendió el motor y se quedó un momento parado en el camino. Los imaginé mirándose, escudriñando sus rostros, tratando de descubrir la verdad.

—No te vayas, Grant —pidió por fin Elizabeth—. Ha sobrado mucha cena, puedes quedarte.

Los neumáticos chirriaron sobre la grava.

—No, gracias —alcanzó a decir—. No debí venir y no volveré. No quiero que ella se entere.

3

Para asegurarme esperé otro mes, y luego un tercero. Deslizaba el alquiler por debajo de la puerta de Natalia el día que tocaba. A finales de octubre, las náuseas habían remitido. Sólo volvían cuando no comía suficiente, lo que no pasaba a menudo. Tenía dinero para comprar comida. El dinero de Grant y mis ahorros habrían bastado para mantenerme bien alimentada todo el embarazo, aunque sabía que no tendría que esperar tanto.

Cuando los árboles empezaron a perder las hojas, me convencí de que Grant había desistido. Lo imaginaba mirando por las ventanas del depósito de agua, metiendo en cajas a los poetas románticos, cubriendo el fichero naranja con una tela opaca, todo con los calculados movimientos de un hombre que tiene un pasado que olvidar. Me dije que no tardaría en olvidarlo. Conocería mujeres en el mercado de flores, mujeres más hermosas, exóticas y sensuales de lo que yo jamás sería. Si todavía no había encontrado a ninguna, tarde o temprano lo haría. Pero mientras intentaba convencerme a mí misma, la imagen de Grant con la capucha de la sudadera bien calada no se iba de mi mente. Nunca lo había visto mirar a ninguna mujer que pasara por su puesto.

El día que noté la primera patadita del bebé decidí volver a la habitación azul. Arrastré mi petate por media ciudad hasta mi coche y fui al apartamento. Entré por la puerta principal y lo subí todo en tres viajes. La habitación de Natalia estaba abierta y me quedé un momento observándola dormir. Había vuelto a teñirse el pelo y el tinte rosa había manchado la almohada blanca. Olía a vino dulce y clavos de olor y estaba completamente inmóvil. La toqué para despertarla.

—¿Ha venido? —pregunté.

Natalia se tapó los ojos con un brazo y suspiró.

—Sí, estuvo aquí hace un par de semanas.

—¿Qué le dijiste?

—Que te habías marchado.

—Es la verdad.

—Ya. ¿Dónde estabas?

No le contesté.

—¿Le dijiste que seguía pagando el alquiler?

Natalia se incorporó y negó con la cabeza.

—No estaba del todo segura de que el dinero fuera tuyo. —Me puso una mano en el vientre. Aquellas últimas semanas había pasado de parecer gorda a parecer inequívocamente embarazada—. Renata me lo contó.

El bebé me dio otra patada, presionando contra mis órganos: el hígado, el corazón, el bazo. Me entraron arcadas y corrí hasta la cocina. Vomité en el fregadero. Me senté en el suelo y noté cómo las náuseas iban y venían al compás de los movimientos del bebé. Creía que ya había superado los mareos de las primeras semanas y también el impulso de vomitar cada vez que me tocaban. Una de esas dos suposiciones era errónea.

Renata se lo había contado a Natalia. Así pues, no había ningún motivo para pensar que no iba a contárselo también a Grant. Me levanté sujetándome de los tiradores de los armarios y volví a vomitar en el fregadero.

En el escaparate de Bloom había un letrero nuevo. La tienda abría menos horas y cerraba los domingos. Cuando llegué, a primera hora de la tarde, estaba cerrada y a oscuras, aunque según el letrero debía estar abierta. Llamé. Renata no acudió y llamé otra vez. Tenía la llave en el bolsillo, aunque no la utilicé. Me senté en el bordillo a esperar.

Un cuarto de hora más tarde llegó Renata. Traía un burrito envuelto en papel de aluminio. La luz se reflejaba en el envoltorio y rebotaba en los edificios por los que pasaba. Me levanté sin mirarla, ni siquiera lo hice cuando se paró ante mí. Me miré los pies, todavía visibles bajo la curva del vientre.

—¿Se lo has contado? —pregunté.

—¿No lo sabe?

Me cohibió su tono de sorpresa y acusación. Tropecé con el bordillo y casi me caí a la calzada; Renata me sujetó rodeándome los hombros. Sus ojos expresaban más dulzura que sus palabras.

Me señaló al vientre con la barbilla.

—¿Cuándo será?

Me encogí de hombros. No lo sabía ni me importaba. El bebé nacería cuando tuviera que nacer. No pensaba ir al médico ni dar a luz en un hospital. Renata pareció comprender todo eso sin necesidad de que se lo explicara.

—Mi madre te ayudará y no te cobrará nada. Considera que ésa es su misión en este mundo. —Me pareció que las palabras de Renata salían por la boca de Mami Ruby, aunque con un acento más marcado y sus manos tocándome. Negué con la cabeza—. Entonces, ¿qué quieres de mí? —me preguntó, sin duda sintiéndose frustrada.

—Quiero trabajar. Y quiero que no se lo cuentes a Grant. Ni que he vuelto ni que voy a tener un hijo.

Renata suspiró.

—Merece saberlo.

Asentí con la cabeza.

—Ya lo sé. —Grant se merecía muchas cosas, todas mucho mejores que yo—. ¿Me prometes que no se lo contarás?

Renata negó con la cabeza.

—No, aunque no mentiré para encubrirte. No podrás trabajar para mí; todos los sábados Grant me pregunta si has vuelto a la tienda. Nunca se me ha dado bien mentir y no quiero aprender ahora.

Me senté en el bordillo y Renata me imitó. Me tomé el pulso debajo de la correa del reloj y comprobé que era casi imperceptible. No podía buscar otro empleo. Ya antes de quedarme embarazada tenía pocas posibilidades de que me contrataran; en mi estado actual, cada vez más visible, sería prácticamente imposible. Tarde o temprano se me acabaría el dinero ahorrado. No podría comprar comida ni todo aquello que encarecía tanto tener hijos, fuera lo que fuese.

—Entonces ¿qué hago? —Mi desesperación se transformó en rabia, pero Renata no se inmutó.

—Pregúntaselo a Grant —sugirió.

Me levanté para irme.

—Espera —pidió.

Abrió la puerta de Bloom y fue a la caja registradora. Volvió con un sobre rojo cerrado, con mi nombre pulcramente escrito, y un fajo de billetes de veinte dólares. Me entregó el dinero.

—Tu último sueldo —dijo.

No lo conté, pero sabía que había mucho más de lo que me correspondía. Me lo guardé en la mochila y entonces Renata me entregó el sobre y su burrito, que no había probado.

—Proteínas —explicó—. Es lo que aconseja mi madre. Hace que se desarrolle el cerebro del bebé. O los huesos, no me acuerdo.

Le di las gracias y me di la vuelta para descender por la colina.

—Si alguna vez necesitas algo —me dijo Renata—, ya sabes dónde encontrarme.

Pasé el resto del día en la habitación azul soportando las náuseas, que iban y venían según el bebé se agitaba. El sobre rojo sobre la moqueta de pelo blanco parecía una mancha de sangre. Me senté con los tobillos cruzados a su lado. No sabía si abrirlo o meterlo bajo la moqueta y olvidarme de él.

Al final opté por lo primero. Sería duro leer las palabras de Grant, pero aún más duro sería llevar adelante todo el embarazo sin saber si él había adivinado la razón de mi brusca partida.

Sin embargo, cuando abrí el sobre me llevé una sorpresa. Era una invitación de boda: la de Bethany y Ray, que iba a celebrarse el primer fin de semana de noviembre en Ocean Beach. Faltaban menos de dos semanas para la ceremonia. Bethany me había escrito una nota en el dorso: estaba invitada, pero quería que me ocupara también de las flores. Decía que lo que más le importaba era la permanencia, y en segundo término la pasión. «Lo contrario de la flor de cerezo», pensé, y sentí un estremecimiento al recordar la tarde que había pasado con Grant en el taller de Catherine y todo lo que había desencadenado aquel momento. Decidí que le propondría madreselva, *devoción*. La fuerza de esa enredadera sugería una permanencia que yo nunca había experimentado, pero ojalá sí lo consiguiera Bethany.

Incluía su número de teléfono y me pedía que la llamara a finales de agosto. Ya estábamos en septiembre y seguramente habría encontrado a otra florista, pero tenía que intentarlo. Era la única fuente de ingresos que podía prever para aquel invierno, que prometía ser largo y ocioso.

Bethany contestó al segundo tono y dio un grito de asombro al oír mi voz.

—¡Victoria! ¡Oh, Victoria, ya te había descartado! Encontré otra florista. Pero esa mujer está a punto de perder un trabajo, con depósito o sin él.

Me dijo que podíamos quedar al día siguiente. También vendría Ray. Le di la dirección de mi casa.

—Supongo que te quedarás a la boda —me dijo antes de colgar—. Ya sabes que le atribuyo a tu ramo el principio de todo.

—Sí, me quedaré —respondí.

Además, llevaría tarjetas de presentación.

Le pregunté a Natalia si podía recibir a Bethany y Ray en la planta baja y me contestó que sí. Al día siguiente compré una mesita y tres sillas plegables en un mercado de segunda mano del sur de San Francisco. Cupieron en el maletero del coche, la puerta atada con una cuerda. Además de los muebles, compré un jarrón de cristal tallado color rosa con una discreta muesca (un dólar) y un mantel de encaje con forro de plástico rosa (tres dólares). Envolví el jarrón con el mantel y volví a casa por calles secundarias.

Dispuse la mesita en la vacía oficina. La cubrí con el mantel de encaje y coloqué el jarrón de cristal en el centro, con flores de mi jardín de McKinley Square. Junto al jarrón coloqué mi fichero de fotos azul, con la tapa cerrada. Revisé varias veces el orden alfabético mientras esperaba a mis visitantes.

Por fin llegaron. Bethany, plantada en el umbral, estaba más guapa de lo que yo recordaba y Ray era más atractivo de lo que había imaginado. Pensé que formarían una pareja espectacular arrastrando madreselva por la arena blanca.

Bethany abrió los brazos y me dejé abrazar. Mi abultado vientre era como una pelota entre ambas. Ella miró hacia abajo, dio un gritito de asombro y me puso las manos en el vientre. Me pregunté cuántas veces tendría que soportar aquello en los meses siguientes, por parte de conocidos y desconocidos que me encontrara por la calle. Por lo visto, el embarazo anulaba las tácitas reglas sociales relativas al respeto del espacio personal. Era algo que me resultaba casi tan desagradable como la sensación de tener un ser humano creciendo en mi seno.

—¡Felicidades! —exclamó Bethany y volvió a abrazarme—. ¿Para cuándo es?

Era la segunda vez que me lo preguntaban en dos días y la frecuencia aumentaría a medida que aumentara mi tamaño. Conté los meses mentalmente.

—Para febrero —calculé—. O marzo. Los médicos no están seguros.

Bethany me presentó a Ray y nos dimos la mano. Señalé la mesa y las sillas y los invité a sentarse. Me situé enfrente de ellos y les ofrecí disculpas por haber tardado tanto en llamar.

—Estamos muy contentos de que al final llamaras —dijo Bethany apretando uno de los musculosos brazos de su prometido—. Le he hablado mucho de ti a Ray.

Deslicé hacia ellos el fichero azul, que brillaba bajo los fluorescentes de oficina.

—Puedo preparar lo que queráis. En el mercado de flores se puede encontrar casi de todo, incluso fuera de temporada.

Bethany abrió la tapa y sentí un estremecimiento, como si me hubiera tocado otra vez.

Ray sacó la primera tarjeta. En los años siguientes vería a muchos hombres nerviosos e intimidados ante mi diccionario de flores, con los fluorescentes proyectando marcadas sombras en sus rostros, pero Ray no era uno de ellos. Su corpulencia era engañosa; exteriorizaba sus emociones como las amigas de Annemarie, sin tapujos, con entusiasmo y sin disimular su indecisión. Se quedaron atascados en la primera tarjeta, acacia, como nos había pasado a Grant y a mí, pero por motivos muy diferentes.

—*Amor secreto* —leyó Ray—. Me gusta.

—¿Secreto? —preguntó Bethany—. ¿Por qué secreto? —Lo dijo fingiéndose ofendida, como si su novio estuviera proponiéndole que ocultaran su amor al resto del mundo.

—Porque lo que nosotros tenemos es secreto. Cuando mis amigos hablan de sus novias o esposas, tanto para quejarse como para jactarse, yo permanezco callado. Lo nuestro es diferente. Y quiero que siga así. Intacto y secreto.

—Hum —reflexionó Bethany—. Vale.

Volvió la tarjeta y observó la fotografía de la acacia, cuya flor es esférica, dorada y liviana y cuelga de un fino tallo. En McKinley Street había más de una. Confiaba en que estuvieran en flor.

—¿Qué puedes hacer con esto? —me preguntó.

—Depende de qué más queráis. No es una flor de centro. Seguramente la utilizaría para bordear un ramillete que te cubra un poco las manos.

—Me gusta —opinó Bethany y miró a Ray—. ¿Qué más?

Al final se decidieron por las verdolagas fucsia, con lilas rosa claro, dalias color crema, madreselvas y flores de acacia doradas. Iban a tener que cambiar los vestidos de las damas de honor porque la seda granate habría desentonado. Bethany se alegró de haberlos comprado en unos grandes almacenes, no encargados a medida. Las flores eran lo más importante, afirmó muy convencida, y Ray le dio la razón.

Cuando se levantaron para marcharse, prometí que les llevaría las flores a mediodía y volvería a las dos para asistir a la boda.

—Así, si es necesario, podré darle los últimos retoques a tu ramo —añadí.

Bethany me abrazó otra vez.

—Eso sería genial —dijo—. Lo que más temo es que las rosas se pongan mustias de repente, cuando empiece a sonar la música, y que mi boda y mi buena suerte se vayan al traste.

—No te preocupes —la tranquilicé—. Las flores no se marchitan espontáneamente —expliqué mirando a su prometido.

Ella sonrió. Yo no me refería a las flores sino a Ray, y ella me entendió.

—Ya lo sé —dijo.

—¿Os importa que lleve unas tarjetas de presentación? —pregunté—. Es que estoy empezando aquí —comenté, mirando las paredes blancas.

—¡Claro que no! —exclamó Bethany—. ¡Trae tarjetas! Y ven con tu pareja, por supuesto.

Bethany apuntó a mi vientre y me guiñó un ojo. El bebé me dio una patada y volví a sentir náuseas.

—Llevaré las tarjetas —dije—, pero iré sola. Gracias de todos modos.

Bethany se quedó cohibida y Ray la empujó hacia la puerta.

—Gracias, Victoria —se despidió Bethany—. En serio. No sabes cómo te lo agradezco.

De pie junto a la puerta de cristal, los vi ir por la calle hasta su coche. Ray rodeaba a Bethany con un brazo por la cintura. Debía de estar consolándola, asegurándole que aquella joven extraña y solitaria con un don mágico para las flores estaba feliz siendo una madre soltera.

Pero se equivocaba.

4

Compré un holgado vestido negro en Union Square y cuatro docenas de lirios morados en un puesto de Market Street. El vestido disimulaba mi abultado vientre y evitaría que las mujeres me tocaran; los lirios serían mis tarjetas de presentación. Corté unas hojas de papel azul lavanda en rectángulos e hice un agujero en cada uno. En una cara escribí «Mensaje» imitando la caligrafía elegante de Elizabeth; en la otra, «Victoria Jones, florista» con mi propia letra. Añadí el número de teléfono de Natalia.

Sólo había un impedimento, y resultó más complicado de lo que creía. Conservaba el carnet de comprador al por mayor de Renata, pero no podía comprar las flores en el mercado porque Grant iba allí todos los días excepto el domingo. Y no podía adquirir las flores un domingo para la boda del sábado siguiente. Había pensado ir a San José o Santa Rosa, pero comprobé que no había ningún otro mercado de flores en todo el norte de California. Por lo visto, los floristas recorrían cientos de kilómetros por la noche para abastecerse en San Francisco.

Me planteé comprar las flores en una tienda al por menor, pero después de calcular lo que me costarían, me di cuenta de que así no obtendría ningún beneficio; hasta era posible que me costara dinero. De modo que el viernes antes de la boda fui a la Casa de la Alianza, subí los escalones de cemento y llamé a la puerta.

Me abrió una chica delgada y rubia.

—¿Alguien necesita trabajo? —pregunté.

La rubia se marchó por el pasillo y no volvió. Un grupito de chicas que estaban reunidas en el sofá me miraron con recelo.

—Yo vivía aquí —les dije—. Ahora soy florista. Mañana tengo una boda y necesito ayuda para comprar las flores.

Tres se levantaron y se reunieron conmigo alrededor de la mesa del comedor.

A modo de entrevista les hice tres preguntas y escuché sus respuestas una a una. La primera, «¿tienes despertador?», suscitó una solemne serie de cabezadas afirmativas. La segunda, «¿sabes llegar a la esquina de la calle Seis con Brannan en autobús?», eliminó a la pelirroja bajita y regordeta que se había sentado en el extremo de la mesa. Dijo que por nada del mundo se subiría a un autobús y yo la despaché chascando los dedos.

A las otras dos les pregunté para qué necesitaban el dinero. La primera en contestar, una hispana llamada Lilia, recitó una larga lista de deseos, algunos esenciales pero la mayoría meros caprichos. Le estaban creciendo las mechas, enumeró, se estaba quedando sin crema hidratante y no tenía zapatos que hicieran juego con la ropa que le había regalado su novio. Por último mencionó el alquiler. Me gustó su nombre, pero no sus respuestas.

La otra chica llevaba un largo flequillo que le cubría los ojos, y cuando se apartaba el pelo de la frente dejaba allí la mano. Pero su respuesta a mi pregunta fue sencilla, exactamente la que yo buscaba. Si no pagaba el alquiler, dijo con voz quebrada, la echarían de la casa. Y se tapó la parte inferior de la cara con el cuello del jersey. Yo buscaba a alguien que estuviera tan desesperado que no sólo oyera el despertador a las tres y media de la madrugada, sino que también se levantara de la cama; aquella chica no me fallaría. Le pedí que me esperara en la parada del autobús de Brannan, a una manzana del mercado de flores, a las cinco de la mañana del día siguiente.

La chica llegó tarde. No lo bastante para que yo no pudiera terminar los arreglos a tiempo, pero sí lo suficiente para preocuparme. No tenía un plan de emergencia y prefería dejar a Bethany en el altar sin ramo de flores que arriesgarme a ver a Grant. Cada vez que pensaba en él me dolía todo y el bebé se retorcía. La chica apareció quince minutos más tarde de la hora acordada, corriendo y resollando. Me dijo que se había quedado dormida en el autobús y se había pasado la parada, pero que recuperaría el tiempo perdido. Le di mi carnet de comprador al por mayor, un fajo de billetes y una lista de flores.

Mientras ella estaba dentro, yo patrullé por el exterior del edificio en previsión de que intentara largarse con mi dinero. Había muchas salidas de emergencia, pero confiaba en que tuvieran conectada la alarma. Media hora más tarde, la chica apareció cargada de flores. Me las entregó junto con el cambio y volvió a buscar la otra mitad. Cuando llegó, metimos las flores en mi coche y regresamos a Potrero Hill sin hablar.

Había cubierto el suelo de la planta baja con un plástico protector. Natalia me había dicho que podía hacer lo que quisiera en la planta baja, siempre que no interfiriera con los ensayos nocturnos de su grupo. Los jarrones que había comprado en las rebajas de una tienda todo-a-uno estaban en fila en el centro de la sala, llenos de agua, y junto a ellos había un rollo de cinta y unos alfileres.

Nos sentamos en el suelo y pusimos manos a la obra. Le enseñé a cortar las espinas de las rosas, recortar las hojas y cortar los tallos al sesgo. Ella se puso a preparar las flores y yo empecé a componer los arreglos. Seguí hasta que noté calambres en las piernas, pues incluso sentada en el suelo acusaba el peso de mi cuerpo. Subí al piso de arriba para estirar las extremidades y cogí las flores de acacia y las madreselvas que había reunido. Estaban en el estante del medio de la nevera, junto a un paquete de bollos de canela y un cartón de leche. Agarré todo y lo bajé, y le ofrecí los bollos a mi ayudante.

—Gracias —me dijo, y cogió dos—. Me llamo Marlena, por si no te acuerdas.

Lo había olvidado. Marlena no tenía nada de memorable. Era muy normal y hasta su normalidad quedaba oculta por el largo cabello y la ropa holgada de la chica. Sacudió la cabeza y sopló con fuerza hacia arriba de modo que se le abrió el flequillo, revelando unos ojos castaños. Por fin pude ver su cara: redonda, con una piel lisa e impoluta. Llevaba una sudadera enorme que le llegaba casi por las rodillas y la hacía parecer una niña abandonada. Cuando terminó de comer, el flequillo volvió a taparle la cara, pero no se lo apartó.

—Yo me llamo Victoria —me presenté.

Le di un lirio largo de uno de los jarrones que había junto a la mesa. Ella leyó la tarjeta.

—Tienes suerte —comentó—. Una empresaria con un bebé en camino. Dudo que muchas de nosotras lleguemos hasta donde has llegado tú.

No le hablé de los meses que había pasado en McKinley Square, ni del miedo que sentía cada vez que me acordaba de que aquella masa que se agitaba y crecía dentro de mí se convertiría en un niño: un ser vivo hambriento y chillón.

—Unas llegarán y otras no —comenté—, como ocurre en todas partes.

Me terminé el bollo de canela y reanudé la tarea.

Las horas fueron transcurriendo y de vez en cuando Marlena me hacía una pregunta o me felicitaba por los arreglos, pero yo trabajaba a su lado en silencio. Pensaba en Renata, la primera mañana que pasé con ella en el mercado de flores, aprendiendo a comprar; y ese mismo día, más tarde, cuando, sentada a la larga mesa, ella asentía con la cabeza tras ver acabado cada uno de mis ramos.

Cuando terminamos, Marlena me ayudó a cargar las flores en el coche y saqué el dinero.

—¿Cuánto necesitas? —le pregunté.

Ella estaba preparada para esa pregunta.

—Sesenta —contestó—. Para pagar el alquiler el primero de mes. Así podré quedarme un mes más.

Conté tres billetes de veinte, hice una pausa y añadí un cuarto.

—Toma ochenta —dije—. Llámame al número de la tarjeta todos los lunes. Te diré cuándo tengo más trabajo.

—Gracias —contestó.

Habría podido acompañarla a su casa —la boda se celebraba a sólo unas manzanas de la Casa de la Alianza—, pero me apetecía estar sola. Esperé a que doblara la esquina, subí al coche y conduje hasta la playa.

La boda salió a la perfección. Las rosas no se pusieron mustias; la madreselva colgaba sin enredarse. Después me situé en la entrada del aparcamiento y entregué un lirio a cada invitado. Nadie me tocó el vientre. No asistí a la recepción.

Como no le había hablado a Natalia de mi negocio, casi nunca salía de casa y siempre contestaba al teléfono. «Mensaje», decía por el auricular, a medio camino entre la interrogación y la afirmación. Los amigos de Natalia dejaban su mensaje y yo le pegaba notas en la puerta del dormitorio. Los clientes se presentaban y explicaban de qué tipo de celebración se trataba, y yo precisaba sus deseos mediante una serie de preguntas o los invitaba a venir a verme para charlar. Los amigos de Bethany tenían dinero y nadie, ni una sola vez, me preguntó cuánto le costarían las flores. Les cobraba más cuando necesitaba el dinero, y menos a medida que el negocio empezaba a crecer.

Mientras esperaba a que sonara el teléfono y a que se llenara mi agenda, completé dos ficheros de fotografías más. No me gustaba que unos desconocidos se sentaran a la mesa y manosearan mi fichero azul, y necesitaba uno organizado por flores, como el de Grant. Con los negativos que conservaba imprimí más fotografías, las monté sobre unas sencillas tarjetas blancas y las archivé en cajas de zapatos que encontré en la calle. Puse un juego en la mesita de abajo y el otro se lo entregué a Marlena, pidiéndole que memorizara todas las tarjetas. Mi fichero azul volvió a mi habitación, a salvo detrás de los cerrojos.

Me llamaron para la celebración de un nacimiento en Los Altos Hills, para la fiesta de cumpleaños de un niño pequeño en un piso de lujo de California Avenue y para una fiesta de matrimonio en Marina, enfrente de mi tienda de *delicatessen* favorita. Adorné tres comidas familiares y una fiesta de Año Nuevo en casa de Bethany y Ray. Allá donde iba llevaba un cubo plateado lleno de lirios, cada uno con su tarjeta de presentación. En enero Marlena ya había ganado suficiente dinero para pagar el alquiler de su propio apartamento y yo tenía programadas dieciséis bodas para el verano.

No acepté ningún pedido para marzo y los compromisos de febrero me producían mucha inquietud. En los rincones de la habitación azul había cuatro recipientes de plástico en los que había plantado díctamo. Sin luz, la planta nunca florecería. Yo mantenía la luz apagada e intentaba retrasar lo inevitable.

Pero, pese a mi miedo, el bebé que llevaba dentro seguía creciendo. Tenía la barriga tan enorme que, a finales de enero, tuve que echar el asiento de mi pequeño coche hacia atrás al máximo. Aun así, sólo quedaban un par de centímetros entre mi barriga y el volante. Cuando el bebé movía un codo o un pie, parecía que fuera a asumir el control del coche. Me vestía con ropa de hombre: camisetas y sudaderas grandes y anchas y pantalones con goma en la cintura que me cubrían la barriga. De vez en cuando pasaba por obesa, pero en general seguía sintiéndome vulnerable a las manos curiosas.

En el último mes de embarazo evité al máximo ver a mis clientes; entregaba las flores mucho antes de que llegaran los invitados y ya no llevaba el cubo de lirios. Mi aspecto, aún más desaliñado, resultaba incongruente entre tantas mujeres bien vestidas, y me daba cuenta, aunque ellas trataran de disimular, de que las hacía sentir incómodas.

Mami Ruby empezó a aparecer con frecuencia, justificando sus visitas con excusas flojas. «Natalia está muy delgada», me dijo la primera vez; le había preparado un guiso de tofu. Ni Natalia, que no había adelgazado, ni yo nos lo comimos. El tofu era de los pocos alimentos que mi estómago no toleraba. Cuando Natalia se marchó para su primera gira de un mes —su grupo de admiradores se había ido ampliando—, tiré el guiso a la basura, incluida la pesada fuente. Sola en el apartamento, empecé a mirar por la ventana antes de salir, y si veía a Mami Ruby sentada en la acera de enfrente, volvía a la habitación azul y echaba todos los cerrojos.

Sabía que Renata le había a contado a su madre que yo estaba embarazada. Natalia nunca habría propiciado aquellas visitas tan frecuentes y Renata, pese a haberme despedido, se preocupaba por mi bienestar, como había hecho, inexplicablemente, desde el momento de conocernos. Por la mañana, mientras preparaba arreglos florales en la planta baja, la veía pasar en su furgoneta cargada de flores camino de la tienda. Nos mirábamos y ella me saludaba con la mano, y a veces yo le devolvía el saludo, pero ella nunca se detenía y yo nunca me levantaba.

En previsión del nacimiento del bebé, reuní algunos artículos indispensables: mantas, un biberón, leche en polvo, pijamas y un gorro. No se me ocurrió nada más. Lo compré todo sin entusiasmo ni ansiedad, presa de un embotamiento paralizante. No me daba miedo el parto. Las mujeres habían dado a luz desde el principio de los tiempos. Había madres que morían y bebés que morían, madres que vivían y bebés que vivían. Las madres criaban a los bebés o los abandonaban, niños y niñas, sanos o defectuosos. Pensaba en todos los desenlaces posibles y ninguno parecía mejor que los otros.

El 25 de febrero me desperté empapada e inmediatamente comenzaron los dolores.

Natalia todavía estaba de gira, lo cual agradecí. Había imaginado que tendría que morder la almohada para no hacer ruido durante el parto, pero no hubo necesidad. Era sábado, los edificios de oficinas adyacentes estaban cerrados y nuestro apartamento se encontraba vacío. Al notar la primera contracción, de algún lugar de mi interior salió un débil gruñido. No reconocí mi propia voz ni el intenso dolor de mi cuerpo. Cuando pasó la contracción, cerré los ojos y me imaginé flotando en un mar profundo y azul.

Floté durante un minuto, quizá dos, y entonces regresó el dolor, más intenso que antes. Me tumbé sobre el costado; notaba las paredes del abdomen, duras como el acero, cerrándose alrededor del bebé y empujándolo hacia abajo. El pelo de la moqueta se desprendía en mechones empapados bajo la presa de mis dedos; cuando pasó el dolor, golpeé con rabia las calvas que había dejado.

El olor a díctamo y tierra húmeda parecía atraer al bebé, aunque lo único que yo quería era marcharme de allí. Pensé que todo sería diferente sobre el frío cemento de la acera, en medio del tráfico y el ruido. El bebé entendería que en el mundo no había lugar para una llegada apacible, nada suave y acogedor. Iría a pie hasta Mission y me compraría un donut, y el bebé se embriagaría con el glaseado de chocolate y decidiría seguir sin nacer. Me sentaría a una mesa de plástico duro y el dolor cesaría, tenía que cesar.

Salí arrastrándome de la habitación azul e intenté levantarme, pero no pude. Las contracciones eran una resaca que me tiraba hacia abajo. Caminé a gatas hasta el taburete de la barra de la cocina y me quedé con la cabeza colgando sobre el travesaño de metal.

«Quizá se me parta el cuello», pensé con algo de optimismo. Quizá la cabeza se me separaría del cuerpo y todo habría terminado. Cuando me sobrevino la siguiente contracción mordí la barra de metal.

Al disminuir el dolor sentí mucha sed. Fui al cuarto de baño, me incliné sobre el lavamanos, abrí el grifo y bebí agua recogiéndola con las manos ahuecadas. No fue suficiente. Abrí el grifo de la ducha y me metí en la bañera; el chorro de agua me llenaba la boca y descendía por mi garganta. Me di la vuelta y dejé que el agua me empapara la ropa y resbalara por mi cuerpo. Me quedé así, con la coronilla apoyada contra la pared y con aquella presión machacándome la zona lumbar, hasta que se terminó el agua caliente y me quedé de pie, temblorosa y con la ropa chorreando.

Salí de la ducha, me incliné sobre el lavamanos y empecé a maldecir con voz grave y rabiosa. Iba a odiar a mi hijo por aquello. Todas las madres debían de odiar en secreto a sus retoños por el inevitable dolor del parto. En aquel momento entendí perfectamente a mi madre. Me la imaginé escabulléndose del hospital, sola, con el cuerpo partido en dos, abandonando a su bebé bien envuelto, el bebé que ella había cambiado por su cuerpo antaño perfecto, por su existencia antaño exenta de dolor. El dolor y el sacrificio no podían perdonarse. Yo no merecía que me perdonaran. Me miré en el espejo y traté de imaginar la cara de mi madre.

La virulencia de la siguiente contracción me dobló por la cintura, la frente apoyada en el grifo. Cuando levanté la cabeza y volví a mirarme en el espejo, no vi la cara imaginada de mi madre, sino la de Elizabeth. Tenía los ojos vidriosos, como se le ponían durante la vendimia, frenéticos y llenos de entusiasmo.

Lo que más deseaba en ese momento era estar con ella.

5

—¡Elizabeth! —llamé.

Mi voz sonó frenética, desesperada. La luna se alzaba sobre la caravana de Perla y la estructura achaparrada y rectangular proyectaba una sombra oscura por la ladera de la colina, hasta donde yo estaba. Elizabeth respondió de inmediato, volviéndose para correr por el borde de la sombra. Entró y salió varias veces de la oscuridad hasta llegar ante mí. La luna iluminaba unos mechones plateados que se rizaban sobre sus sienes. Su cara, envuelta en sombras, era una suma de líneas y ángulos acentuados por dos ojos redondos y suaves.

—Aquí tienes —le dije.

Me parecía oír los latidos de mi corazón. Le tendí una uva, la limpié frotándola contra mi camiseta húmeda y volví a ofrecérsela.

Elizabeth la cogió y me miró. Abrió y cerró la boca. Masticó una vez, escupió las semillas, masticó, tragó y volvió a masticar. Su expresión cambió. La tensión desapareció y el azúcar de la uva pareció endulzar su piel; un rubor juvenil cubrió sus mejillas; sonrió y me abrazó con sus fuertes brazos. Mi logro se expandió y nos envolvió por completo en una protectora burbuja de júbilo. Me apreté contra ella, orgullosa y jubilosa; después le rodeé la cintura con los brazos, sin mover los pies del sitio y con el corazón acelerado.

Ella se separó para mirarme a los ojos.

—Sí —confirmó—. Por fin.

Llevábamos casi una semana buscando la primera uva madura. Un repentino aumento de las temperaturas había provocado un pico de dulzura tan inesperado que era imposible evaluar con precisión tantos miles de cepas. Elizabeth, frenética, me indicaba por dónde tenía que ir, como si yo fuera una extensión suya. Las hectáreas de cepas permanecían intactas mientras nosotras, por separado, recorríamos una línea tras otra probando uvas: chupábamos la pulpa, masticábamos la piel y escupíamos las semillas. Elizabeth me había dado un palo para que delante de cada vid que probaba dibujara una O o una X, sus símbolos de sol y sombra, seguidos de mi valoración de azúcar y taninos. Empecé junto al camino: «O 71:5»; seguí detrás de los remolques: «X 68:3»; y por último subí por la colina hasta más allá de la bodega: «O 72:6.» Elizabeth hacía su recorrido lejos de mí, pero al final vino a seguir mis pasos, probando uvas cada dos o tres líneas y revisando mis valoraciones.

No tenía por qué dudar de mi capacidad y ahora ya lo sabía. Me hizo inclinar hacia delante y me besó en la frente. Por primera vez desde hacía meses, me sentía querida. Nos sentamos en el suelo y ella me abrazó. Permanecimos en silencio, viendo ascender la luna.

Era inevitable que nos concentráramos en la inminente vendimia, lo que nos había hecho olvidar la advertencia de Grant. No habíamos tenido tiempo para pensar en Catherine ni en su amenaza. Ahora, rodeadas de uvas maduras, con el cariño que nos profesábamos y con el viñedo latiendo en nuestras venas, recordamos sus palabras. Me asaltó la inquietud.

—¿Estás preocupada? —pregunté.

Elizabeth estaba pensativa. Antes de hablar, me apartó el flequillo de los ojos, acariciándome la mejilla. Asintió con la cabeza.

—Estoy preocupada por Catherine —contestó—. Por el viñedo, no.

—¿Por qué?

—Mi hermana no está bien. Grant no contó gran cosa, pero no hizo falta. Estaba muy asustado. Lo entenderías si le hubieras visto la cara y también si hubieras conocido a mi madre.

—¿Qué quieres decir? —No entendía qué podía tener que ver la madre de Elizabeth, que llevaba años muerta, con el estado actual de Catherine ni con el miedo de Grant.

—Mi madre no estaba bien de la cabeza. Yo ni siquiera la vi en los últimos años de su vida. Me daba demasiado miedo. No se acordaba de mí, o recordaba algo terrible que yo había hecho y me culpaba de su enfermedad. Era espantoso, pero no debí dejarla sola, no debí dejarle toda la carga a Catherine.

—¿Qué podías hacer?

—Habría podido ocuparme de ella. Ahora ya es demasiado tarde, claro: murió hace casi diez años. Pero todavía puedo cuidar de mi hermana, aunque ella no quiera. Ya he hablado con Grant y está de acuerdo.

—¿Que has...? —Me quedé anonadada. Llevábamos una semana tomando muestras de uvas doce horas al día. No entendía cuándo había tenido tiempo para hablar con Grant.

—Él nos necesita, Victoria, y Catherine también. Su casa es casi tan grande como la nuestra, habrá sitio suficiente para todos.

Moví lentamente la cabeza de un lado a otro y luego más rápido a medida que asimilaba sus palabras. El pelo me azotaba las orejas y la nariz. Elizabeth quería que fuéramos a vivir con Catherine. Quería que me fuera a vivir con la mujer que me había destrozado la vida y que la ayudara a cuidarla.

—No —dije, levantándome y apartándome—. Ve tú si quieres, pero yo no.

Cuando la miré, ella desvió los ojos, y mis palabras quedaron suspendidas entre las dos.

6

Necesitaba a Elizabeth.

Necesitaba que me abrazara como había hecho en el viñedo, que me enjugara la frente y los hombros empapados de sudor con las mismas caricias concienzudas y suaves con que me había limpiado de espinas las palmas de las manos. Quería que me vendara y me llevara a desayunar y me prohibiera trepar a los árboles.

Pero Elizabeth era inalcanzable.

Aunque yo hiciera algo para alcanzarla, ella no vendría.

Vomité en el lavamanos y jadeé, pero no había tiempo para ello. Las contracciones me golpeaban como un muro líquido que acabaría ahogándome. Descolgué el teléfono y marqué el número de Bloom. Se puso Renata. Entre mis propios y desesperados jadeos, alcancé a oír que me entendía. Colgó el auricular abruptamente.

Minutos más tarde, Renata estaba en el salón. Yo había vuelto a la habitación azul a cuatro patas y me asomaban los pies por la pequeña puerta.

—Suerte que me has llamado —dijo.

Metí los pies en la habitación y me quedé ovillada sobre un costado, en el suelo. Cuando Renata intentó asomarse, le cerré la puerta en las narices.

—Llama a tu madre —pedí—. Que venga a sacarme esto de dentro.

—Ya la he llamado, y estaba cerca de aquí. Seguramente lo intuyó. Tiene premoniciones sobre estas cosas. Llegará en cualquier momento.

Di un chillido y me puse a gatas.

No la oí entrar, aunque de pronto Mami Ruby estaba a mi lado, desvistiéndome. Sus manos recorrieron mi cuerpo, por dentro y por fuera, pero no me importó. Ella me sacaría el bebé. Estaba dispuesta a soportar lo que hiciera falta. Si hubiese cogido un cuchillo para abrirme en canal allí mismo, yo no habría protestado.

Mami Ruby me acercó a los labios un vaso de plástico con una pajita. Sorbí un líquido frío y dulce. Luego me secó las comisuras con un paño.

—Por favor —supliqué—, por favor. Haz lo que tengas que hacer, pero sácalo.

—Ya lo estás haciendo tú —me consoló—. Tú eres la única que puede sacar a este bebé.

La habitación azul estaba en llamas. Se supone que el agua no es inflamable, pero allí estaba yo, ahogándome y quemándome al mismo tiempo. No podía respirar ni ver. No había aire, no había salida.

—Por favor —supliqué con voz rota.

Mami Ruby estaba agachada a mi lado. Sus ojos quedaban a la misma altura que los míos y nuestras frentes se tocaban. Colocó mis brazos alrededor de sus hombros y me puse en cuclillas, como si ella fuera a sacarme de aquella agua en llamas, pero Mami Ruby no se movió. Estábamos pegadas al suelo y ella escuchaba.

—Ya viene —confirmó—. Lo estás trayendo. Sólo tú puedes hacerlo.

Fue entonces cuando comprendí lo que me estaba diciendo. Prorrumpí en gemidos de arrepentimiento. Esta vez no había escapatoria. No podía darme la vuelta, no podía marcharme sin aceptar las consecuencias de mi comportamiento. Sólo había una forma de llegar al otro lado y era a través del dolor.

Por fin, mi cuerpo se rindió. Dejé de resistirme y el bebé empezó a escurrirse con una lentitud espantosa por el canal del parto y finalmente llegó a las manos de Mami Ruby.

7

Era una niña. Nació a mediodía, seis horas después de que rompiera aguas. Me parecieron seis días; y si Mami Ruby me hubiera dicho que habían pasado seis años, me lo habría creído. Salí del parto con una sensación de sereno júbilo y la sonrisa que me recibió en el espejo del cuarto de baño horas más tarde no pertenecía a la niña rabiosa y aborrecible que sacaba cubos llenos de espinos de las cunetas. Era una mujer, una madre.

Mami Ruby dijo que había sido un parto perfecto y que la niña estaba perfecta, y me aseguró que yo iba a ser una madre perfecta. Bañó a la pequeña mientras Renata iba a la tienda a comprar pañales y a continuación me puso en los brazos aquel cálido bulto por primera vez. Creía que la niña estaría dormida, pero no era así. Tenía los ojos abiertos y me miraba el rostro cansado, el pelo corto y el semblante pálido. Movió la cara y esbozó una especie de sonrisa minúscula, y en su muda expresión vi gratitud, alivio y confianza. Lo que más deseaba yo era no decepcionarla.

Mami Ruby me separó la camisa, me cogió un pecho y acercó la carita del bebé a mi pezón. La niña abrió la boca y empezó a mamar.

—Perfecto —volvió a decir Mami Ruby.

En efecto, era perfecta. Lo supe en cuanto salió berreando al mundo, blanca y mojada. Además de tener diez dedos en las manos y los pies, un corazón que latía y unos pulmones que inhalaban y exhalaban, mi hija sabía gritar. Sabía hacerse oír. Sabía engancharse y mamar. Sabía qué hacer para sobrevivir. Yo no entendía cómo semejante perfección podía haberse desarrollado dentro de un cuerpo tan imperfecto como el mío, pero, cuando la miré, vi claramente que sí era posible.

—¿Ya tiene nombre? —me preguntó Renata cuando volvió a mi lado.

—No lo sé —contesté, y le acaricié una orejita a la niña mientras seguía mamando. Nunca me lo había planteado—. Todavía no la conozco.

Pero la conocería. Me la quedaría y la criaría y la amaría, aunque tuviera que enseñarme ella a hacerlo. Con mi hija recién nacida en brazos, sentí que todo aquello que hasta entonces había estado tan fuera de mi alcance era posible.

Esa sensación duró exactamente una semana.

Mami Ruby se quedó conmigo casi hasta medianoche y volvió por la mañana temprano. En las ocho horas que pasé a solas con el bebé, lo escuché respirar, conté los latidos de su corazón y miré cómo abría y cerraba los puñitos. Le olí la piel, la saliva y la grasa blanca que se había resistido a la esponja de Mami Ruby escondida en los pliegues de sus bracitos y piernitas. Le froté cada centímetro del cuerpo y aquel residuo oleaginoso me impregnó los dedos.

Según Mami Ruby, la niña dormiría seis horas o más la primera noche, agotada tras el parto. «Es el primer regalo que todos los hijos hacen a sus madres —me había dicho antes de marcharse—. Y no es el último. Acéptalo y duerme tú también.» Intenté hacerlo, pero estaba emocionada por la existencia de aquella niñita que no existía sólo un día antes, una criatura cuya vida había salido de mi propio cuerpo. Viéndola dormir, comprendí que ella sabía que estaba a salvo. Sentí una oleada de júbilo ante aquel sencillo logro.

A la mañana siguiente, cuando oí la llave de Mami Ruby en la puerta de la calle, no había dormido ni un minuto.

Mami Ruby subió una gran bolsa por la escalera y la abrió junto a la puerta de la habitación azul. La niña estaba despierta, mamando. Cuando me soltó el pezón, Mami Ruby la auscultó y la puso en un canguro que servía de báscula. Prorrumpió en excla-

242

maciones al comprobar los gramos que la niña había engordado y dijo que era muy inusual en las primeras veinticuatro horas. La niña gimoteó y empezó a chupetear el aire. Mami Ruby volvió a ponérmela al pecho y, con el dedo índice, comprobó que estuviera bien cogida.

—Sigue comiendo, grandullona —la animó.

Nos quedamos contemplándola mamar con los ojos cerrados y un latido en la sien. Amamantar a un bebé siempre había sido algo inimaginable para mí. Mami Ruby insistía en que aquello era lo mejor para las dos; el bebé engordaría, se afianzaría nuestro vínculo y mi cuerpo recuperaría su forma. Mami Ruby estaba orgullosa y me lo recordó dos o tres veces en una hora. Dijo que no todas las madres tenían la paciencia ni la generosidad necesarias, pero sabía que yo sí. No la había decepcionado.

Yo también me sentía orgullosa. Orgullosa de que mi cuerpo estuviera produciendo todo cuanto mi hija necesitaba, y también de poder tolerar su continua succión y la sensación de que un líquido se trasladaba de lo más hondo de mi cuerpo a lo más hondo del suyo. Estuvo más de una hora mamando, pero no me importó. Mientras ella lo hacía, yo podía examinar su carita, memorizar sus pestañas cortas y rectas, su frente despejada, los puntitos blancos que tenía esparcidos por la nariz y las mejillas. Cuando abría los ojos, yo estudiaba sus iris gris oscuro y buscaba en ellos algún amago del castaño o el azul que adquirirían más adelante. Me preguntaba si se parecería a mí o a Grant, o si guardaría algún parecido con algún pariente materno o paterno, a los que yo no conocía.

Mami Ruby me preparó unos huevos revueltos mientras me leía en voz alta un libro de puericultura. Luego me dio los huevos a bocados pequeños, con una cuchara, mientras me interrogaba sobre el texto. Yo la escuchaba atentamente y repetía todas las respuestas al pie de la letra. Paró de leer cuando el bebé se durmió y no quiso continuar, pese a que se lo supliqué.

—Ahora duerme, Victoria —me instó, cerrando el libro—. Es lo más importante. Las hormonas del puerperio pueden deformar la realidad si no se las aplaca con abundantes horas de sueño.

Estiró los brazos para que le diera el bebé. El sueño ya me estaba venciendo, pero aun así me resistí a entregárselo. Temía que la separación pudiera ser irreversible. El placer que me proporcionaba el contacto con mi hija era algo nuevo; temía que, si me separaba de ella, después no pudiera soportar su contacto físico.

Pero Mami Ruby no entendió mi vacilación y me cogió el bebé de los brazos. Antes de que pudiera protestar, ya me había dormido.

Mami Ruby no fue la única que vino a visitarme la primera semana. El día después del parto, Renata compró un colchón de plumas para la habitación azul y un moisés para el bebé y los subió en dos viajes. Todas las tardes me traía la comida y se quedaba a comer conmigo. Tumbada en mi cama nueva con la puerta abierta, con el bebé dormido contra mi pecho desnudo, me comía los fideos o los bocadillos utilizando las manos. Renata se sentaba en un taburete. Hablábamos poco; ni ella ni yo nos sentíamos cómodas estando yo medio desnuda, pero, a medida que pasaban los días, la situación fue aligerándose. La niña comía, dormía y volvía a comer. Mientras estuviera tumbada sobre mi cuerpo, piel contra piel, estaba feliz.

El martes, cuando Renata y yo estábamos comiendo en silencio, apareció Marlena. Yo no contestaba al teléfono y al día siguiente teníamos una fiesta de cumpleaños. Renata le abrió la puerta y Marlena se emocionó al ver al bebé. La cogió en brazos, la acunó y le hizo carantoñas con una naturalidad que hizo que Renata arqueara las cejas y sacudiera la cabeza. Pedí a Renata que cogiera dinero de mi mochila y se lo diera a la chica; tendría que ocuparse ella sola de las flores para la fiesta.

—No —decidió Renata—, que se quede aquí. Yo me encargaré de las flores.

Cogió el dinero y también mi agenda, en la que yo había anotado la lista de la compra y la dirección del restaurante donde se celebraba la fiesta. Renata la hojeó y comprobó que no tenía ningún otro compromiso hasta treinta días más tarde.

—Mañana te traeré la comida —dijo— y te enseñaré los centros de mesa para que les des el visto bueno.

Se volvió hacia Marlena, que tenía a la niña dormida en brazos, y le estrechó la mano como pudo.

—Me llamo Renata —se presentó—. Quédate hoy aquí hasta que puedas y vuelve mañana. Te pagaré lo que cobres normalmente.

—¿Sólo por tener al bebé en brazos? —preguntó Marlena.

Renata asintió con la cabeza.

—De acuerdo. Gracias.

Giró sobre sí misma lentamente y la niña suspiró, profundamente dormida.

—Gracias —le dije a Renata—. Me vendrá bien dormir un poco.

Llevaba días sin descansar bien, pendiente siempre, incluso dormida, de la niña y sus necesidades. Recordé lo que me había dicho Renata en la furgoneta el primer día que fuimos a cenar juntas y pensé que, al fin y al cabo, sí parecía tener algo de instinto materno.

Estaba acostada en el colchón de plumas, con una mano saliendo por la puerta hacia la sala de estar, y Renata se me acercó. Se quedó de pie junto a mí, como si tratara de encontrar la forma de abrazarme, pero desistió y se limitó a empujarme suavemente la mano con la punta de la bota. Le agarré el pie y ella sonrió.

—Hasta mañana —me despedí.

—Vale.

Renata bajó la escalera. El marco de aluminio de la puerta vibró cuando salió a la calle.

—¿Cómo se llama? —me preguntó Marlena, besando a la niña en la frente. Se sentó en uno de los taburetes, pero la niña se removió. Volvió a levantarse y caminó por la habitación, haciendo oscilar suavemente el torso.

—No lo sé —respondí—. Me lo estoy pensando.

En realidad no lo había pensado, pero sabía que tenía que empezar. Aunque no hacía nada más que amamantar a la niña, cambiarle los pañales y abrigarla, no me quedaba espacio, ni mental ni de ningún otro tipo, para nada más. Marlena fue a la cocina con la niña en brazos. Empezó a cocinar con una sola mano, como si nada. Yo no sabía cocinar, mucho menos con una sola mano y con una recién nacida pegada al hombro.

—¿Dónde has aprendido? —pregunté.

—¿A cocinar?

—Y a cuidar bebés.

—En mi última casa de acogida había un servicio de guardería. La mujer que la llevaba se quedó conmigo porque yo estudiaba en casa y la ayudaba con los críos. A mí no me importaba. Me gustaba más que el instituto.

—¿Estudiabas en casa? —De pronto, recordé la lista de tareas colgada en la puerta de la nevera de Elizabeth; comprobé la hora en mi reloj en un acto reflejo.

—Sí, los últimos años. Iba tan retrasada que las autoridades creyeron que así quizá podría avanzar, pero sólo conseguí retrasarme aún más. Cuando cumplí dieciocho años, dejé los estudios y entré en la Casa de la Alianza.

—Yo también estudiaba en casa —dije.

La una en punto. A esa hora, Elizabeth habría estado secando y guardando el último plato y preguntándome la tabla del ocho, o quizá la del nueve.

Algo empezó a hervir en el fogón y Marlena añadió sal. Me sorprendió que hubiera encontrado algo que cocinar en aquellos armarios medio vacíos. La niña se despertó y Marlena se la pasó al otro hombro. La sujetaba de manera que pudiera ver lo que estaba cocinando y murmuraba algo en voz baja, una oración o un poema. El bebé cerró los ojos.

—Se te dan mejor los niños que las flores —observé.

—Estoy aprendiendo —repuso.

—Claro —dije mientras la veía trabajar—. Yo también.

Mientras Marlena cortaba algo con un cuchillo, la cabeza de la niña oscilaba suavemente.

—Deberías dormir un poco mientras el bebé está tranquilo —me aconsejó—. No tardará en volver a tener hambre.

—Vale —concedí, asintiendo con la cabeza—. Despiértame si necesita algo.

—No te preocupes. —Y se volvió de nuevo hacia los fogones.

Cerré la pequeña puerta y esperé a que me sobreviniera el sueño. La dulce nana de Marlena se filtraba por la rendija; la melodía me era familiar. Mientras me movía por los límites de la conciencia, me pregunté si alguien me la habría cantado cuando

246

yo era un bebé, alguien que no me quería, alguien que acabaría abandonándome.

El sábado por la mañana, una semana después del parto, llegó Mami Ruby e inició su rutina diaria. Me hizo un montón de preguntas sobre la hemorragia, los dolores puerperales y el apetito. Buscó pruebas de que hubiera cenado la noche pasada y auscultó al bebé, antes de envolverlo con el canguro de la báscula.

—Doscientos gramos —anunció—. Lo estás haciendo muy bien.

Sacó a la niña de la balanza y le cambió el pañal. Mientras tanto, el cordón umbilical, que yo nunca tocaba y que procuraba no mirar siquiera, se desprendió.

—Felicidades, angelito —le susurró Mami Ruby a mi hija.

La niña arqueó la espalda y estiró un brazo sin abrir los ojos.

Mami Ruby le limpió el ombligo con el líquido de una botella sin etiqueta. Volvió a abrigarla y me la puso en los brazos.

—Come, duerme, engorda y no tiene infecciones —aprobó—. ¿Te ayuda alguien?

—Renata me ha traído comida —respondí—. Y Marlena ha venido varios días.

—Estupendo.

Recorrió el pequeño apartamento y recogió sus libros, mantas, toallas, botellas y tubos.

—¿Te marchas? —pregunté, sorprendida.

Estaba acostumbrada a que pasara casi toda la mañana conmigo.

—Ya no me necesitas, Victoria —contestó sentándose a mi lado en el sofá y pasándome un brazo por los hombros. Me hizo apoyar la cara contra su pecho—. Fíjate. Eres una madre. Créeme cuando te digo que hay muchas mujeres por ahí que me necesitan más que tú.

Asentí y no protesté.

Mami Ruby se levantó e inició una última vuelta por el pequeño apartamento. Reparó en las latas de leche de fórmula que yo había comprado antes del parto.

—Esto se lo regalaré a alguien —comentó, guardando las latas en la bolsa, que ya estaba llena—. Tú no lo necesitas. Volveré el sábado que viene y luego cada quince días, sólo para comprobar que la niña sigue engordando. Si necesitas algo, llámame.

Volví a asentir con la cabeza y la vi bajar la escalera. No me había dejado su número de teléfono.

«Eres una madre», me repetí. Esperaba que esas palabras me tranquilizaran, pero en cambio sentí una inquietud familiar temblando dentro de mí. Se originó en mi estómago y cogió impulso para revolverse en el espacio cavernoso que había contenido a mi hija.

Era pánico.

Intenté respirar para ahuyentarlo.

8

Me arrepentí de haberle dado un ultimátum.

«Elige: o tu hermana o yo», era el mensaje de mis palabras. Elizabeth, al no correr detrás de mí, había dejado clara su elección.

Pasé toda la noche y parte de la mañana urdiendo mi plan. Sabía muy bien lo que quería: quedarme con Elizabeth y sólo con Elizabeth. Pero no se me ocurría ninguna manera de convencerla. No podía gimotear ni suplicar. «¿Acaso no me conoces?», me decía, divertida, cuando yo le pedía que me dejara comer la masa cruda de los molletes. No podía esconderme; Elizabeth me encontraría, como siempre. No podía atarme a los barrotes de la cama y negarme a moverme; ella cortaría las cuerdas y me llevaría en brazos.

Sólo había una posibilidad: poner a Elizabeth contra su hermana. Tenía que darse cuenta de lo que era Catherine: una mujer egoísta y despreciable que no se merecía sus atenciones.

Entonces, de repente, vi la solución. Me puse a darle vueltas a aquella idea, buscándole algún fallo; el corazón me latía con fuerza en el pecho. No tenía ningún fallo. Catherine le había tendido una emboscada a mi adopción y me había proporcionado la munición que necesitaba para quedarme con Elizabeth, sólo con Elizabeth. Yo iba a ganar la batalla que ella había empezado inconscientemente, sin siquiera enterarse de que la había iniciado.

Me levanté despacio. Me quité el camisón y me puse unos vaqueros y una camiseta. En el cuarto de baño, me lavé la cara con agua fría y jabón con más ímpetu del habitual y mis uñas trazaron líneas sobre los residuos de jabón blanco. Me miré en el espejo y busqué alguna señal de miedo, ansiedad o aprensión por lo que se avecinaba. Pero mi expresión permanecía impasible y mi barbilla, alta y decidida. Sólo había una forma de conseguir lo que quería. No podía desaprovecharla.

Elizabeth estaba lavando los platos en la cocina. Encima de la mesa había un cuenco de gachas de avena frías.

—Ya han llegado los jornaleros —anunció, señalando con la cabeza la colina donde nos habíamos abrazado la noche pasada—. Desayuna y cálzate si no quieres que me vaya sin ti. —Se volvió hacia el fregadero.

—Yo no voy —dije, y en la caída de los omóplatos de Elizabeth vi decepción pero no sorpresa.

Abrí la puerta de la despensa y cogí una bolsa de lona vacía colgada de un gancho.

En el porche hacía calor, pese a que todavía era temprano. Caminé despacio por el largo camino de la casa hacia la carretera. Una vez más, Elizabeth no me siguió. Ojalá no hubiera hecho tanto calor y hubiese cogido comida. Iba a pasar calor y hambre sentada en la cuneta enfrente del vivero. Pero esperaría. Esperaría hasta que Grant se marchara, aunque tuviera que pasar toda la noche sentada en la carretera. Al final su camión saldría rugiendo por la verja, dejando la casa desprotegida.

Entonces me colaría dentro y cogería lo que necesitaba.

9

Renata no vino el domingo. Ni Marlena. Me quedé en la habitación azul dando de mamar al bebé y durmiendo; creía que había transcurrido todo un día, pero cuando salí, con la vejiga llena y el estómago vacío, sólo eran las diez de la mañana.

Me apoyé en el taburete de la barra, tratando de decidir si ducharme o prepararme algo de comer. La niña dormía en la habitación azul y yo tenía hambre, pero el olor de mi propio cuerpo, a leche materna rancia mezclada con aceite infantil con perfume de albaricoque, me estaba haciendo perder el apetito. Opté por la ducha.

Cerré la puerta del cuarto de baño por la fuerza de la costumbre, me desnudé y me metí bajo el chorro caliente. Cerré los ojos y disfruté con sentimiento de culpabilidad de aquel breve momento de soledad. Cogí una pastilla de jabón y entonces oí un agudo berrido. La puerta lo amortiguaba un tanto, pero aun así era desgarrador. Inspiré hondo y seguí enjabonándome el cuerpo. «Sólo un minuto —pensé—. Sólo una ducha rápida y vuelvo. Ten un poco de paciencia.»

Pero la niña no podía contenerse. Su llanto aumentaba de tono y volumen y se reavivaba tras pausas de desesperadas boqueadas. Me enjaboné el pelo a toda prisa y dejé que me entrara agua en los oídos para no escuchar aquel berrido. No funcionó. Tuve la extraña intuición de que si salía fuera y cruzaba toda la ciudad, seguiría oyéndolo; de que aquel grito estaba conectado a mi cuerpo a través de algo más que las ondas sonoras. La niña me necesitaba; su hambre me reclamaba y se extendía desde su cuerpo hasta el mío.

Sucumbí y salí de la ducha; la espuma que todavía tenía en el pelo resbalaba hasta mis piernas formando riachuelos blancos. Atravesé la sala de estar, llegué a la habitación azul y cogí a la niña, que, rígida, no paraba de llorar. Me la puse contra el pecho perlado de espuma. La niña abrió la boca y aspiró, se atragantó y chupó; lo hizo dos o tres veces hasta calmarse lo suficiente para empezar a mamar. En la ducha, el agua caía en la bañera de cerámica y se iba por el desagüe.

Resbalé por la pared y me senté en medio del charco que se había formado alrededor de mis pies. Si hubiera tenido una toalla limpia, quizá habría recogido el agua. Pero no había ninguna, ni la habría durante mucho tiempo. Yo no era Marlena. No podía cargar con el bebé y una bolsa de ropa sucia calle arriba para meter monedas en una lavadora vibrante mientras una boca hambrienta permanecía enganchada a mi pecho descubierto. Lamenté no haber pensado en la ropa sucia antes de que naciera el bebé.

Lamenté no haber pensado en muchas cosas, pero ya era demasiado tarde. Debería haber comprado pañales, comida y ropa de bebé. Debería haber reunido los menús de comida para llevar de todos los restaurantes del barrio y memorizado el número de teléfono de algún servicio de reparto a domicilio. Debería haber buscado una guardería o una niñera, o ambas cosas. Debería haber comprado un montón de libros de puericultura y haberlos leído todos. Debería haber pensado cómo iba a llamar a la niña.

Ya no podía hacer nada de todo eso.

La niña y yo tendríamos que usar toallas sucias, dormir en sábanas sucias y llevar ropa sucia. La idea de hacer algo que no fuera amamantarla e intentar alimentarme era tan abrumadora que no podía ni planteármela.

Sobrevivimos solas el lunes, el martes y el miércoles; Renata únicamente pasó un momento a dejarme comida. Estábamos en primavera; el negocio se animaba y Renata no me había buscado sustituta. Marlena me llamó para anunciarme que iba a aprovechar aquel mes para visitar a unos parientes suyos del sur de California. Dijo que volvería a tiempo para los compromisos de abril. El teléfono no volvió a sonar.

El jueves la niña pasó todo el día comiendo. Despertó para la primera toma a las seis de la mañana y mamó sin parar; cada media hora se quedaba dormida con mi pezón en la boca. Si intentaba separarla del pecho, despertaba y emitía un chillido ensordecedor. Sólo dormía con la cara pegada a mi piel, y si intentaba moverla de sitio, por muy dormida que pareciera estar, lloraba reclamando más leche.

Me resigné a soportar el hambre y pasé la mañana oyendo los sonidos primaverales que entraban en el apartamento por la ventana de la cocina. Pájaros, frenazos, un avión, el timbre de una escuela. Le acariciaba el blando hombro a la pequeña mientras ella dormía y me decía que el hambre era un sacrificio razonable a cambio de una niña tan hermosa. Pero, a medida que avanzaba el día, el hambre se trasladó de mi estómago a mi cerebro. Empecé a tener alucinaciones, no visuales sino aromáticas: albóndigas, una salsa hirviendo a fuego lento, algo de chocolate cociéndose en el horno.

A media tarde ya estaba convencida de que en mi cocina se estaba preparando un banquete. Salí de la habitación azul con la niña enganchada al pecho y, al ver los fogones apagados y el horno vacío, casi me eché a llorar. Puse a la niña en la encimera y le di unas palmaditas mientras buscaba algo para comer. En el fondo del armario encontré una lata de sopa. La niña gimoteó y empezó a llorar. Aquel llanto apremiante me afectaba hasta tal punto que no lograba hacer girar la rueda del abrelatas. Me rendí cuando tenía la lata a medio abrir, doblé la tapa hacia atrás con una cuchara y me bebí la sopa fría, sin parar para respirar. Cuando la terminé, tiré la lata al fregadero. El bebé se sobresaltó con el ruido y paró de llorar lo suficiente para que volviera a ponérmela al pecho. Regresamos a la habitación azul; no había saciado mi hambre.

El viernes empezó igual que el jueves, sólo que yo estaba veinticuatro horas más cansada y tan hambrienta como la niña, que nunca quedaba satisfecha. Comí cacahuetes en la cama mientras ella mamaba. Mami Ruby me había prevenido que la niña tendría momentos de crecimiento repentino en los que mamaría con mayor avidez y me consolé con esa idea. El final debía de estar cerca. «Ya no me queda gran cosa que darle», pensé mientras deslizaba un dedo bajo el pecho fláccido, que no hacía mucho estaba turgente.

A mediodía, me quité a la niña del pecho y vi que tenía los labios rojos. Se me habían secado los pezones y la succión constante los había agrietado. La niña se estaba bebiendo mi sangre, además de mi leche; no era extraño que me sintiera tan agotada. Pronto ya no quedaría nada de mí. La deposité con cuidado sobre la cama, rogando que esa vez permaneciera dormida. En el congelador quedaba una bandeja de la comida que había preparado Marlena.

Sin embargo, la niña se despertó tan pronto como la solté y levantó la barbilla hacia mi dolorido pezón. Suspiré. Era imposible que siguiera hambrienta, pero la cogí en brazos y dejé que mamara un poco más de leche de mi exprimido seno.

Sólo dio dos o tres chupadas y volvió a quedarse dormida, con la boca abierta, aunque volvió a despertarse en cuanto la dejé en la cama. Gorjeó e hizo un ruido de succión frunciendo los labios.

Me la puse de nuevo al pecho, con más energía de la necesaria.

—Si tienes hambre, come —ordené, exasperada—, no te duermas.

Hizo una mueca y se cogió al pezón. Suspiré y lamenté mi brusquedad.

—Así me gusta, grandullona —traté de imitar a Mami Ruby, pero en mi boca esas palabras sonaban forzadas.

Le acaricié el pelo, unos finos mechones negros que no llegaban a taparle las orejas.

Cuando volvió a dormirse, me levanté con cuidado y la llevé al moisés. Quizá se sintiera más cómoda en aquel espacio reducido y acolchado. Conseguí dejarla allí, aunque todavía no había retirado los brazos cuando arrancó a llorar de nuevo.

De pie junto a ella, la dejé llorar. Necesitaba comer algo. Cada hora que pasaba con el estómago vacío perdía un poco la percepción de la realidad, pero no soportaba oírla llorar. Una buena madre no deja llorar a su hijo. Una buena madre antepone las necesidades de su hijo. Y, por encima de todo, yo quería ser una buena madre.

Si conseguía hacer algo bien por otra persona, aunque sólo fuera esta vez, repararía todo el daño causado en el pasado.

La cogí en brazos y la paseé por la habitación. Mis pezones necesitaban un descanso. Tararareé y la mecí como había visto hacer a Marlena, pero la niña no se calmaba. Movía la cara de un lado a otro y empezó a succionar el aire, buscando el pezón. Me senté en el sofá y le puse un cojín blando y redondo junto a la mejilla, pero no se dejó engañar. Berreó más fuerte, succionando aire y estirando los bracitos por encima de la cabeza. «Es imposible que todavía tenga hambre», me repetí otra vez; no era ella la que necesitaba comer.

La cara se le puso tan roja como la sangre que todavía goteaba de mi pezón. La devolví al moisés.

En la cocina, golpeé la encimera con los puños. Era yo la que tenía hambre y no la niña. Tenía que cuidarme. Necesitaba que mi hija esperara al menos una hora, mientras yo me llenaba el estómago y daba un respiro a mis pezones. Desde donde estaba le veía la carita, morada de desesperación. Me quería a mí; no entendía que mi cuerpo no le pertenecía.

Salí de la cocina y me acerqué a la ventana de la habitación de Natalia. No podía ponérmela otra vez al pecho; llevaba casi treinta y seis horas seguidas amamantándola. Ya había consumido toda mi leche, estaba segura, y me estaba succionando algo más profundo, más valioso, algo conectado a mi corazón o mi sistema nervioso. No quedaría satisfecha hasta que me hubiera devorado por completo, hasta que me hubiera extraído todos los fluidos, pensamientos y emociones. Yo quedaría reducida a una cáscara vacía e incoherente y ella seguiría teniendo hambre.

No, decidí que no podía darle nada más. Mami Ruby no volvería hasta el día siguiente y no tenía noticias de Renata. Iría a la tienda a comprar leche de fórmula y la alimentaría con el biberón hasta que se me curaran los pezones. La dejaría en el moisés e iría corriendo a la tienda. Llevarla a la tienda era demasiado arriesgado. Alguien podía oír sus hambrientos y desgarradores lamentos y comprender que yo era una incompetente. Alguien podía arrebatármela.

Cogí mi cartera y bajé la escalera antes de cambiar de idea. Corrí por la calle sin detenerme ante coches ni peatones. Los adelanté a todos. Mi cuerpo, dolorido todavía por el parto, parecía partirse por la mitad. Notaba arder un fuego en la entrepierna y extenderse por la médula hasta la nuca, pero seguí corriendo. Estaría de vuelta en el apartamento antes de que la niña se percatara siquiera de mi ausencia. Le daría un biberón lleno y, tras varios días mamando, ella quedaría por fin satisfecha.

El semáforo de la calle Diecisiete y Potrero estaba en rojo. Me detuve y esperé. Respiré hondo y vi pasar coches y peatones en todas direcciones. Oí a un conductor tocar la bocina y gritar un improperio; a un adolescente en una bicicleta Schwinn naranja cantar algo a voz en cuello, feliz; y a un perro con una correa corta gruñirle a una paloma atrevida. Pero no oí a mi hija. Pese a que me encontraba a varias manzanas del apartamento, eso me sorprendió. Nuestra separación era asombrosamente completa.

Mi corazón recuperó un ritmo normal. Vi cómo el semáforo se ponía en verde, luego en rojo, y después, de nuevo en verde. El mundo seguía girando, bullicioso y ajeno a los berridos de un bebé seis manzanas más allá, el bebé que yo había parido, pero cuyos gritos ya no oía. El barrio existía tal como había existido una semana antes, y dos semanas antes, como si nada hubiera cambiado. El hecho de que mi vida estuviera patas arriba no le importaba a nadie y allí fuera, en la acera, lejos de la fuente del trastorno, mi pánico parecía injustificado. La niña estaba bien. Estaba bien alimentada y podía esperar.

Crucé la calle cuando el semáforo volvió a ponerse en verde y fui lentamente hasta la tienda. Compré seis latas de leche de fórmula, una mezcla de frutos secos, un cartón de zumo de naranja y un bocadillo de pavo. Por el largo camino de regreso a casa, devoré puñados de almendras y pasas. Se me llenaron los pechos y empezó a escaparse la leche. Pensé que dejaría mamar a la niña por última vez: la ternura se había filtrado en el espacio que yo había creado entre las dos.

Entré en la casa y subí la escalera. El apartamento estaba en silencio y parecía vacío; por un instante, imaginé que volvía a casa tras entregar unas flores y que me daría una ducha y echaría una cabezada. Mis pasos no hacían ruido sobre la moqueta, pero de todas formas la niña se despertó, como si percibiera mi presencia. Y rompió a llorar.

La saqué del moisés y me senté con ella en el sofá; intentaba mamar a través de la fina tela mojada de mi camiseta de algodón. Me levanté la ropa y dejé que empezara a succionar. Sus arrugadas manitas me apretaron un dedo cuando se enganchó al pezón, como si eso no bastara para demostrar mi regreso. Mientras ella se alimentaba, me comí el bocadillo de pavo. Un delgado trocito de pavo se me escapó de la boca y aterrizó en la sien del bebé; ascendía y descendía al ritmo de sus frenéticas chupadas. Me incliné y me comí el pavo directamente de su cara y, al mismo tiempo, la besé. Abrió los ojos y me miró. Donde yo esperaba encontrar rabia o miedo sólo vi alivio.

Decidí que no volvería a dejarla sola.

10

Cuando volví a la casa de Elizabeth ya había oscurecido.

Había un débil resplandor en las ventanas del piso de arriba y me la imaginé sentada a mi escritorio, ante unos gruesos libros de texto, esperando. Yo nunca había faltado a la cena; Elizabeth debía de estar preocupada. Escondí la pesada bolsa de lona bajo los escalones del porche y entré en la casa. La puerta mosquitera chirrió.

—¿Victoria? —llamó Elizabeth desde arriba.

—Sí —contesté—, estoy aquí.

11

Mami Ruby volvió el sábado, como había prometido. Se sentó en el suelo, fuera de la habitación azul. Volví la cabeza, escondiendo la cara. Lo que había hecho me atormentaba y estaba segura de que Mami Ruby lo sabría. Una mujer que se trasladaba a un barrio para asistir en un parto antes de que la llamaran debía de saber cuándo un bebé estaba en peligro. Esperé a que lanzara la acusación.

—Dame la niña, Victoria —pidió, confirmando mis temores—. Vamos, dámela.

Deslicé el dedo meñique entre mi pezón y las encías del bebé como Mami Ruby me había enseñado y dejó de succionar. Le froté la boca con el pulgar para limpiarle la sangre seca del labio superior, pero no pude. Se la pasé a Mami Ruby por encima del hombro sin darme la vuelta.

Mami Ruby la olfateó.

—Hola, grandullona —saludó—. Te he echado de menos.

Esperé a que Mami Ruby se levantara y saliera por la puerta llevándose a mi hija, pero sólo oí el sonido de la báscula.

—¡Trescientos gramos! —exclamó Mami Ruby, emocionada—. ¿Qué has hecho, comerte viva a tu madre?

—Más o menos —murmuré.

Las paredes absorbieron mis palabras.

—Sal de ahí, Victoria —me ordenó Mami Ruby—. Deja que te dé un masaje en los pies o te prepare un bocadillo caliente de queso. Debes de estar agotada después de ocuparte de esta glotona como lo has hecho.

No me moví. No merecía sus elogios.

Mami Ruby estiró un brazo y empezó a acariciarme la frente.

—No me obligues a entrar —amenazó—, porque sabes que lo haré.

Sí, sabía que entraría. La bolsa con la leche de fórmula que había comprado estaba a mis pies: era la prueba de mi delito. La aparté de un puntapié hacia el rincón, me di la vuelta y salí arrastrándome de la habitación azul, con los pies por delante. Me senté en el sofá y esperé a que Mami Ruby viera la verdad, pero no me miró a la cara. Me levantó la camiseta y me untó los agrietados pezones con una pomada de un tubo azul. Era refrescante y me alivió el dolor.

—Quédatelo —me dijo, cerrando mis dedos alrededor del tubo. Me levantó la barbilla y me miró a los ojos, llenos de arrepentimiento—. ¿Ya duermes?

Recordé la noche pasada. Después de terminarme el bocadillo, me había metido con la niña en la habitación azul, donde ella había vuelto a engancharse a mi seno, cerrando los ojos. Succionaba, tragaba y dormía a un ritmo insoportable y yo la dejaba hacer, aceptando el dolor como castigo. No dormí nada.

—Sí —mentí—, bastante.

—Estupendo. Tu hija está engordando. Estoy orgullosa de ti.

Miré por la ventana y no contesté nada.

—¿Tienes hambre? ¿Tienes a alguien que te ayude? ¿Quieres que te prepare algo antes de irme?

Estaba muerta de hambre, pero no podía soportar ni un cumplido más. Negué con la cabeza.

Mami Ruby me devolvió la niña y guardó la báscula.

—Está bien —dijo. Escudriñaba mi cara en busca de pistas, así que volví la cabeza, forzando el cuello. No quería que me viera.

Se levantó para irse y yo salté y la seguí. De repente, ya no temía que me mirara a los ojos y descubriera mi pecado; me aterraba más pensar que se marchara sin saber nada, sin saber lo que había hecho, sin hacer nada para impedir que volviera a hacerlo.

Pero Mami Ruby se limitó a sonreír y se inclinó para besarme en la mejilla antes de marcharse.

Quería contárselo, confesarme y pedir perdón, pero no sabía qué decir.

—Es duro —fue lo único que logré articular, dirigiendo mi susurro a su espalda mientras ella descendía la escalera. No fue suficiente.

—Ya lo sé, cielo —replicó Mami Ruby—. Pero lo estás consiguiendo. Tienes lo que se necesita para ser una madre, una buena madre.

Llegó a la planta baja.

«No, no lo tengo», pensé con amargura. Quise gritarle que nunca había querido a nadie y pedirle que me explicara cómo podía esperarse que una mujer incapaz de amar fuera una buena madre. Pero sabía que eso no era verdad. Había amado, y más de una vez, sólo que no había identificado esa emoción hasta haber hecho todo lo que estaba en mi mano para destruirla.

Mami Ruby se paró al llegar al pie de la escalera y se dio la vuelta. La vi pequeña e ignorante y no entendí cómo podía haber depositado mi confianza en ella. Pensé que no era más que una anciana entrometida. Algo se activó dentro de mí y noté que volvía la niña rabiosa que había sido. Sólo quería que Mami Ruby se marchara.

—¿Y el nombre? —me preguntó—. ¿Ya tiene nombre esa grandullona?

—Aún no.

—Ya te vendrá —dijo.

—No —repliqué con aspereza—, no me vendrá.

Pero Mami Ruby ya había salido por la puerta.

Deposité a la niña en el moisés y, como por milagro, durmió apaciblemente casi toda la tarde. Me di una ducha larga y caliente. Sentía una desesperación palpable —una sensación de entumecimiento y cosquilleo— y me froté brazos y piernas como si la irritación fuera externa y pudiera eliminarla con agua. Cuando salí de la ducha, tenía la piel irritada y con raspaduras rojas. Mi desesperación se había trasladado a un rincón más profundo y más tranquilo. Hice como si me sintiera limpia y renovada, sin prestar atención a su grave y persistente zumbido. Me puse unos pantalones holgados y una sudadera y me unté con la crema del tubo azul las manchas rojas de brazos y piernas.

Llené un vaso de zumo y me quedé sentada en el suelo contemplando al bebé. Cuando despertara le daría el pecho y después saldríamos a dar un paseo. Bajaría el cesto por la escalera y saldría por la puerta, y el aire fresco nos sentaría bien a las dos. Quizá me la llevara hasta McKinley Square y le diera una clase de lenguaje de las flores. Ella no respondería, pero me entendería. Su mirada, cuando abría los ojos, me demostraba que entendía todo lo que yo decía y gran parte de lo que me callaba. Tenía unos ojos profundos y misteriosos, como si siguiera conectada a ese sitio del que había venido.

Cuanto más dormía la niña, más remitía mi desesperación, y llegué a pensar que ya la había superado. Quizá mi breve escapada a la tienda de comestibles no hubiera causado ningún daño permanente y quizá yo sí fuera, como insistía Mami Ruby, capaz de asumir la tarea que tenía ante mí. Era poco realista pensar que podría romper con la forma de vida que había llevado durante diecinueve años. Habría contratiempos. Siempre había sido odiosa y solitaria y no podía convertirme de la noche a la mañana en una persona adorable y comprometida.

Me tumbé en el suelo junto al bebé y aspiré el olor a paja húmeda del cesto del moisés. Decidí dormir un poco. Pero antes de cerrar los ojos, la acompasada respiración de la niña fue sustituida por aquel sonido que hacía al abrir la boca buscando mis pezones.

Me asomé al cesto y ella me miró con los ojos muy abiertos, moviendo la boca. Me había brindado una oportunidad para dormir y yo la había desperdiciado. No volvería a tener otra hasta pasadas horas o días. La cogí en brazos. Se me empañaron los ojos, y cuando cerró las encías alrededor del pezón, las lágrimas me resbalaron. Me las enjugué con el dorso de la mano. La constante succión de mi seno hizo ascender la desesperación de dondequiera que se hubiera escondido, silbando como el suave rumor de una caracola, un reflejo de algo mayor.

La niña estuvo una eternidad mamando. Me la pasé de un pecho al otro y miré el reloj. Había transcurrido una hora y ella sólo iba por la mitad. Mi suspiro se convirtió en un débil gemido al volver a engancharse en el otro pezón.

Cuando por fin se quedó dormida, intenté retirar mi pezón con el dedo meñique, pero ella entornó los ojos cansados y empezó a protestar.

—Bueno, basta —le exigí—. Necesito un descanso.

La dejé en el sofá y me desperecé. Sus gruñidos se convirtieron en débiles gritos. Suspiré. Sabía qué quería y sabía cómo dárselo. Parecía que tuviera que ser muy sencillo. Quizá fuera sencillo para otras madres, pero para mí no lo era. Llevaba días, semanas, pendiente de ella, y sólo necesitaba unos momentos para mí. Fui a la cocina y la niña empezó a llorar más fuerte. Aquel sonido me venció.

Me senté y la cogí en brazos.

—Cinco minutos más —concedí— y luego me voy. No necesitas más.

Pero cuando la dejé en el moisés cinco minutos más tarde, rompió a llorar como si la hubiera lanzado al río, como si no fuera a volver con ella nunca más.

—¿Qué quieres? —le pregunté; la desesperación de mi voz rayaba en la cólera. Traté de mecer el cesto como le había visto hacer a Marlena, pero cuando lo hice, ella se zarandeó y lloró aún más fuerte—. Es imposible que todavía tengas hambre —añadí—, acercándome a su orejita para que pudiera oírme por encima del berreo.

Volvió la cara hacia mí e intentó agarrarse a mi nariz. De mi cuerpo salió un sonido histérico; un bufido que alguien sin conciencia de mi inminente implosión habría podido confundir con una carcajada.

—Está bien —desistí—. Toma.

Me levanté la camiseta y apreté la niña contra mi pecho. Ella intentó abrir la boca pese a la presión de mi mano. Cuando por fin lo logró, paró de llorar y empezó a chupar.

—Ya está —le dije—. Más vale que aproveches.

Mis palabras eran amenazadoras y las escuché como si las hubiera pronunciado otra persona.

La sujeté con una mano mientras seguía mamando y fui a gatas hasta la habitación azul; cogí la bolsa de la leche de fórmula y la saqué. Las seis latas rodaron por el suelo. Fui a coger una y la niña se soltó del pezón. Volvió a llorar desconsoladamente.

—Estoy aquí —la tranquilicé mientras cruzaba la habitación para dejarla en la encimera de la cocina, pero mis palabras no nos reconfortaron ni a ella ni a mí.

Se retorcía en la encimera mientras yo le preparaba un biberón de leche en polvo. Le puse la tetina en los labios y esperé a que abriera la boca. Al ver que no lo hacía, le separé los labios con los dedos y se la metí en la boca. Se atragantó.

Respiré hondo y procuré tranquilizarme. Me senté en el sofá y coloqué a la niña con la cabeza recogida en el ángulo de mi codo. La besé en la frente. Ella intentó volver a agarrarme la nariz con la boca y le deslicé la tetina. Chupó una vez y apartó la cara; un hilillo de leche se derramó por su comisura. Se puso a llorar.

—Entonces es que no tienes hambre —le dije y dejé el biberón a mi lado con un movimiento brusco. Salió un chorrito de leche de la tetina—. Si no quieres tomarte esto, es que no tienes hambre.

La deposité con cuidado en el moisés, decidida a dejarla llorar dos o tres minutos para demostrarle que hablaba en serio. Cuando volviera a cogerla, aceptaría el biberón. Tenía que aceptarlo.

Pero no lo hizo. La dejé llorar otros cinco minutos y luego diez más. Probé a cogerla en brazos. Probé a darle el biberón en el moisés. Probé a tumbarla en el colchón y acercarle el biberón, pero seguía negándose a chupar. Al final me rendí y cerré la pequeña puerta. La niña rompió a llorar en la oscura habitación azul, sola.

Me tumbé en el suelo del salón y cerré los ojos. El llanto se convirtió en algo lejano y desagradable, aunque ya no insoportable. A ratos olvidaba el origen de aquel sonido y por qué intentaba acallarlo. Pasaba por encima de mi cuerpo sin tocarme. La niebla de mi agotamiento era impenetrable.

No me desperté hasta que cesaron los llantos. Sentí un súbito miedo: temí haber matado a la niña. Fuera estaba oscuro. No tenía ni idea de cuánto tiempo había pasado. Quizá unas horas sin comida y una habitación sin luz bastaran para matar a un recién nacido. Sabía tan poco sobre recién nacidos, sobre niños, sobre seres humanos... Era inconcebible que me hubieran dejado a solas con un bebé, responsable de otra vida; parecía un chiste cruel. Abrí la puerta de la habitación azul y, antes de acercarme para tomarle el pulso, la niña empezó a llorar.

La emoción me embargó: sentí alivio, aunque también una decepción innegable, seguida de vergüenza. La abracé y le besé la cabecita para enmascarar una desesperación que ya no podía ocultar. Le metí el biberón en la boca; tenía que aprender a beber leche de fórmula como fuera. La lactancia materna era demasiado para mí, no podía seguir así, de modo que si quería conservar al bebé tenía que encontrar una manera viable de ser madre. Esta vez intentó succionar, pero el hambre la había debilitado y la tetina de plástico estaba rígida e indiferente.

La tetina debía de ser defectuosa, por eso mi hija la rechazaba. De los centenares que había en el estante, había comprado la más barata. Lancé el biberón hacia la cocina y rebotó en la pared, cayendo al suelo. La niña rompió a llorar.

La dejé en el moisés y me aparté. Tenía los pechos llenos y derramaban gotas de leche que caían sobre la alfombra, pero estaba decidida a no darle el pecho. No podía más. Le compraría otro biberón y ella lo aceptaría. Mi pánico desaparecería.

Bajé los peldaños de dos en dos; los gritos del bebé aumentaban de volumen a medida que se ampliaba la distancia entre nosotras. Salí volando a la acera y recorrí la manzana más rápido que nunca. Crucé las calles imprudentemente, en la misma dirección que el día anterior, cuando había ido a comprar la leche de fórmula. Pero cuando llegué a Vermont Street, torcí a la izquierda en lugar de a la derecha. No pensaba adónde iba y no paré de correr hasta la escalinata de McKinley Square. Pisando el césped recién cortado, me metí en la mata blanca de verbena y entré en mi cueva bajo el brezo. Cerré los ojos. Me daría cinco minutos. Sólo cinco minutos en el parque y después podría ocuparme de mi hija. Me cubrí la cabeza con un brazo y busqué en la oscuridad la manta de lana marrón, pero no estaba allí. El sueño me venció y me sentí protegida, mecida, reconfortada. Allí sólo había oscuridad, soledad y los pétalos blancos de la verbena rezando por mí y por la niña a la que no me permitía recordar.

12

—Te he echado de menos —declaró Elizabeth cuando entré en la habitación.

No me preguntó dónde había estado ni yo le di explicaciones. Me metí en la cama, me tapé hasta la coronilla y me tumbé de lado, de espaldas a ella, que estaba sentada al escritorio.

—Te quiero, Victoria —me dijo en voz baja—. Supongo que lo sabes.

La primera vez que me había declarado su afecto yo la había creído. Ahora sus palabras resbalaron por mi corazón como el agua por una piedra. Elizabeth apartó la silla y se levantó; noté que el colchón se hundía cuando se sentó en el borde de mi cama. Me puso una mano en el hombro.

—¿Qué te hizo? —inquirí.

La pregunta fue tan espontánea e imprevista que Elizabeth dio un respingo. Guardó silencio. Al final se tumbó boca arriba a mi lado.

—Una vez me enamoré de un hombre —me contó pausadamente—. Hace mucho tiempo. Él era inglés, había venido a hacer unas prácticas en una bodega de las más grandes, a pocos kilómetros de aquí. Yo jamás había sido tan feliz. Entonces Catherine, mi hermana, mi mejor amiga, me lo robó.

Elizabeth se tumbó de costado y me abrazó. Me puse en tensión, pero no protesté y la dejé continuar.

—Doce meses más tarde nació Grant. Durante años yo no pude mirarlo sin recordar a su padre, sin recordar todo lo que había perdido. Pero su padre se había marchado; no sé si sabía que Catherine estaba embarazada. Mi hermana crió a Grant completamente sola.

Se acercó más a mí, hasta encajar las rodillas en mis corvas. Cuando volvió a hablar, tenía la cara pegada a la manta que me cubría la cabeza y tuve que aguzar el oído para distinguir sus palabras.

—Tuve la oportunidad de perdonarla —susurró—. Una vez, cuando Grant todavía era un bebé, Catherine se acercó a mí en la feria agrícola. Me pidió perdón, llorando, y me dijo cuánto me echaba de menos. Aquélla fue mi oportunidad de recuperarla, pero la rechacé. No debí hacerlo. Dije cosas terribles, cosas que no me dejan dormir por las noches.

«Se lo merecía», pensé. Catherine se merecía todo lo que Elizabeth le hubiera dicho y más. Pensar que Elizabeth estaba a punto de irse a vivir a la casa de una mujer que la había traicionado me enfurecía. Inspiré hondo e hice acopio de paciencia.

Esperé a que Elizabeth continuara, tensa bajo su suave abrazo. Pero se quedó callada; ya me lo había contado todo. Cuando empezaba a temer que se hubiera quedado dormida, se levantó y salió de puntillas de mi habitación. El grifo del lavabo se abrió y se cerró, se oyó la cadena del inodoro, se cerró la puerta del dormitorio de Elizabeth y después se hizo el silencio. Me levanté de la cama.

Bajé, fui a la cocina y salí por la puerta trasera. La bolsa de lona estaba bajo los escalones, donde la había escondido, llena y pesada. La cogí y la abracé contra el pecho. Los frascos de vidrio se movieron dentro y tintinearon.

Ya había decidido, agazapada en la zanja, adónde iría exactamente y me dirigí hacia la carretera a buen paso. No había luna, pero las estrellas iluminaban la finca mientras me dirigía hacia el extremo noreste. Allí, apretujadas entre el cemento de la feria agrícola y la autopista, las cepas estaban cubiertas de polvo y siempre secas. En otoño las uvas de allí seguían amargas, mucho después de que las demás hubieran madurado.

Destapé el primer frasco de vidrio. El líquido para encendedores se derramó un poco por los bordes. Lo vacié despacio sobre el tronco de una vid, manteniéndolo alejado de mi cuerpo para que el líquido no me salpicara los pies descalzos. Luego abrí el segundo frasco y continué por la fila de vides. La bolsa parecía no tener fondo y yo avanzaba a paso ligero, rociando las cepas con líquido inflamable. Cuando llegué al final de la línea, volví sobre mis pasos y recogí los frascos vacíos que había ido tirando al suelo.

En el último escalón del porche, el mismo sitio donde una vez Elizabeth y yo nos habíamos sentado para ensartar las flores de camomila, coloqué los frascos en fila, uno tras otro, y entré en la cocina por cerillas.

Volví a la carretera y busqué el rastro húmedo, que terminaba en el camino de la casa. Me aparté. Cogí un puñado de cerillas, las junté y las encendí contra la banda rugosa de la caja. Una prendió, y las otras la siguieron con un zumbido; de pronto tenía una hoguera parpadeante y fulgurante en la mano. La llama descendía hacia mis dedos y aguanté todo lo que pude antes de lanzar las cerillas al suelo.

Hubo una pausa, y a continuación un rugido parecido al de un río impetuoso, seguido de una serie de fuertes estallidos. Después, el calor. Me di la vuelta y corrí hacia la casa, como había planeado, a buscar un cubo de agua. Pero el fuego corría más que yo. Volví la cabeza y vi las llamas alejándose de mí, siguiendo un rastro invisible por la maleza y las viñas. Había creído que el fuego se limitaría a prender en los troncos de las vides regados con el líquido inflamable, que arderían mientras yo corría a coger cubos de agua, pero el fuego no esperó.

Subí los escalones del porche a grandes zancadas y entré corriendo en la cocina. Dejé las cerillas en su sitio y llamé a Elizabeth a gritos. Ella se levantó inmediatamente. La oí entrar en mi dormitorio, buscándome.

—¡Aquí abajo! —grité.

Estaba junto al fregadero, llenando una olla de agua. Las cañerías de la vieja casa chirriaban quejumbrosas y el agua salía despacio, a chorros irregulares.

Agarré la olla llena y crucé la cocina en el mismo momento que Elizabeth bajaba la escalera. Nos volvimos a la vez, atraídas por la repentina luminosidad.

El cielo estaba morado. No se veían las estrellas. Mientras lo contemplábamos, el fuego alcanzó la cuneta de la carretera y medio kilómetro de cardos secos ardieron casi instantáneamente. El muro de fuego que se alzó parecía tocar el cielo. Más allá, las fincas circundantes desaparecieron, dejándonos completamente solas.

Las llamas se extendían trazando líneas por el viñedo, como la electricidad por los cables.

13

Desperté al alba. Me dolía todo y tenía el suelo del bosque grabado en la mejilla. Había dormido seis horas, quizá siete. Me senté y me aparté de los dos charcos circulares que había dejado bajo el brezo.

La ciudad amanecía. Los motores se encendían y petardeaban, los frenos chirriaban, los pájaros piaban. En la calle, una niña en edad escolar bajó de un autobús. Echó a andar por la calle, sola, con un ramo de flores en las manos. No distinguí qué flores eran.

Resoplé. Me habría gustado ser aquella niña, volver a ser pequeña y llevar azafrán de primavera, majuelo o espuela de caballero en lugar de cubos llenos de cardos. Quería recorrer todo el norte de la Bahía hasta encontrar a Elizabeth, disculparme y suplicar perdón. Quería volver a empezar por un camino que no me condujera hasta este momento, a despertar sola en un parque de la ciudad, mientras mi hija estaba sola en un edificio de apartamentos vacío. Todas las decisiones que había tomado hasta entonces me habían llevado hasta allí y quería cambiarlo todo: el odio, la culpa y la violencia. Quería comer con mi rabioso yo de diez años, advertirle respecto al porvenir y ofrecerle las flores que lo dirigirían en otra dirección.

Pero no podía retroceder. Sólo existía el ahora: ese bosque en una ciudad y mi propia hija esperándome. Pensarlo me llenó de terror. No sabía qué me encontraría cuando volviera al apartamento. No sabía si la niña seguiría chillando, o si el tiempo, la soledad y el hambre le habrían colapsado los pulmones con la fuerza de una marea.

Le había fallado. Menos de tres semanas después de dar a luz y hacernos promesas a las dos, había fallado y vuelto a fallar. El ciclo continuaría. Promesas y fracasos, madres e hijas, indefinidamente.

14

Empezaron a temblarme los brazos y el agua de la olla salpicó a Elizabeth. La fría rociada la hizo reaccionar. Corrió hacia el teléfono de la cocina mientras yo salía precipitadamente por la puerta y tropezaba con los frascos antes de llegar a los escalones del porche.

El agua de la olla no bastaría para salvar ni siquiera una vid; lo comprendí al ver el fuego. Pero tenía que intentarlo. Había hectáreas ardiendo y el calor era sofocante. Aquel viñedo que Elizabeth se había pasado una vida cultivando desaparecería si yo no actuaba. Se quedaría sola y sin casa en una tierra arrasada.

Me dirigí hacia la carretera y a mitad de camino lancé agua sobre una hilera de cepas en llamas. Si hubo un leve chisporroteo, si una sola llama se apagó, yo no lo vi. Desde allí, el rugido del fuego era ensordecedor y el humo tenía un olor dulzón. Aquel aroma me recordó a cuando Elizabeth caramelizaba manzanas y comprendí que era dulce porque provenía de las uvas, aquellas uvas perfectamente maduras que ahora se calcinaban.

Elizabeth me llamó desde el porche. Me di la vuelta. El fuego se reflejaba en sus ojos, vidriosos y desesperados. Se tapó la boca con una mano y se llevó la otra al corazón. Me volví; la magnitud de mi error era tan densa como el humo que anegaba mis pulmones. No importaba que no me hubiera propuesto causar tanto daño. No importaba que sólo lo hubiera hecho para quedarme con ella porque la quería. Tenía que apagar el incendio. Si no lo hacía, lo perdería todo.

Desesperada, me rasgué el camisón y empecé a azotar las llamas, tratando de sofocarlas. La delgada tela de algodón, salpicada de líquido para encendedores, me estalló en las manos. Elizabeth corrió hacia mí, frenética. Me gritó que me apartara del fuego, pero yo seguí agitando mi camisón en llamas a lo loco, alrededor de la cabeza. De la tela quemada se desprendían chispas y Elizabeth tuvo que agacharse para no quemarse al correr hacia mí.

—¡¿Te has vuelto loca?! —me gritó—. ¡Vuelve a la casa!

Me acerqué más al fuego; el calor era intenso y amenazador. Me cayó una chispa en el pelo; ascendió por un mechón y alcanzó el cuero cabelludo. Elizabeth me dio un manotazo para apagarlo y el dolor que sentí me pareció justo y merecido.

—¡Voy a apagarlo! —grité—. ¡Déjame en paz!

—¿Con qué? ¿Con las manos? Ya vienen los bomberos. Si te quedas aquí agitando los brazos como una idiota te vas a abrasar.

Pero no me moví. Las llamas cada vez estaban más cerca.

—Victoria —llamó Elizabeth. Ya no gritaba y tenía los ojos anegados en lágrimas. Agucé el oído para escuchar lo que decía por encima del fragor del fuego—. No pienso perder mi viñedo y a mi hija la misma noche. No estoy dispuesta. —Como no me moví, se abalanzó sobre mí, me agarró por los hombros y me zarandeó—. ¡¿Me oyes?! —gritó—. ¡No estoy dispuesta!

Forcejeé para soltarme, pero ella tiró de mí hacia la casa. Como yo me resistía, tiró más fuerte y noté que se me dislocaba el hombro. Elizabeth dio un grito y me soltó. Caí al suelo y recogí las rodillas contra el pecho. El fuego me rodeaba como una manta y a lo lejos oí cómo se cerraba la puerta de la caravana. Elizabeth me gritó que me levantara, me tiró de los pies y me dio patadas en las costillas. Cuando intentó cogerme en brazos, me puse a chillar y la mordí como un animal salvaje.

Al final, Elizabeth me dejó.

15

Cuando volví, encontré al bebé despierto en el moisés. Tenía los ojos muy abiertos y miraba el techo, y no lloró al verme. Fui a buscar el biberón a la cocina, vacié la leche en el fregadero y preparé un biberón nuevo. Volví junto a la niña y le acerqué la tetina a los labios. Ella abrió la boca, pero no succionó. Apreté un poco la tetina y vertí un poco de líquido en su lengua. Tragó dos veces y se quedó dormida.

Me duché y comí un cuenco de cereales en el tejado. Cada vez que pasaba junto al moisés, me paraba y miraba a la niña, y si ella abría los ojos, le acercaba el biberón a los labios. Aprendió a succionar, despacio y plácidamente, sin la ferocidad con que antes devoraba mi pecho. Tardó todo el día en terminarse un biberón. No lloró. Ni siquiera gimoteó.

Antes de acostarme le cambié el pañal empapado, pero no la saqué del moisés. Allí parecía cómoda y yo temía romper aquella frágil paz que habíamos alcanzado, y que volviera mi pánico al oír su primer grito. Acerqué el moisés al sofá y me quedé con ella allí, en un rectángulo de luz de luna. Le ofrecí otro biberón y sus labios formaron un círculo perfecto alrededor de la tetina de plástico ámbar. Una columna de burbujas diminutas ascendía a medida que la niña hacía pasar el agua, el hierro, el calcio y las proteínas por unos agujeros diminutos. Tenía los ojos más abiertos que nunca, unos círculos concéntricos y unos pequeños triángulos blancos que escrutaban mi semblante. Cuando terminó de comer, la tetina resbaló de su boca y la niña alargó los deditos hacia mi cara. Agaché la cabeza hasta que mi nariz quedó a sólo unos centímetros de sus manos y la miré a los ojos. Ella abría y cerraba los dedos en el espacio entre ambas, apretando fuerte.

Antes de que me diera cuenta de que estaba llorando, una lágrima se desprendió de mi barbilla y cayó sobre su mejilla. Trazó una fina línea hasta una comisura de su boca y sus labios se fruncieron, sorprendidos. Me reí y las lágrimas empezaron a resbalar más deprisa. Me asustaba la franca indulgencia de su mirada, el amor incondicional. Mi hija se merecía mucho más de lo que yo podía darle, igual que Grant. Yo quería que llevara una rama de majuelo en la mano, que riera a menudo, que amara sin miedo. Pero no podía darle nada de eso, no podía enseñarle lo que yo no sabía. Tarde o temprano mi toxicidad contaminaría su perfección. Se filtraría de mi cuerpo y ella se la tragaría con el ansia de un crío hambriento. Yo había perjudicado a todas las personas que había conocido; lo que más deseaba era salvar a aquella niña de los peligros de ser mi hija.

Por la mañana se la llevaría a Grant.

Él protegería su bondad y le enseñaría todo cuanto necesitaba saber. Renata tenía razón: Grant merecía conocer a su hija. Merecía su dulzura, su belleza y su inquebrantable lealtad.

Cuando aparté la cara, la pequeña tenía los ojos cerrados. Dejé el cesto sobre el sofá y me encerré en la habitación azul.

Esa noche percibí olor a musgo, hojas secas y tierra húmeda en el apartamento, a varias manzanas de la zona verde más cercana.

A la mañana siguiente no me entretuve y salí temprano del apartamento. Le di a la niña lo que quedaba del biberón de la noche pasada y la llevé en el cesto hasta mi coche. Fue despierta mientras cruzábamos la ciudad. Había dormido toda la noche, o al menos no había llorado. Yo había dormido profundamente y no había soñado, pero desperté con el nerviosismo propio del exceso de cansancio. Me dolía todo el cuerpo, tenía los senos hinchados y, pese a ser una mañana fresca, sentía calor. Bajé las ventanillas y la niña hizo una mueca al notar la corriente de aire.

Me dirigí hacia el norte por la autopista, crucé el puente y tomé la primera salida, más allá de las afueras de la ciudad. No tenía tiempo para ir hasta uno de los exuberantes parques estatales, pero no importaba. Había sido una primavera lluviosa. Encontraría lo que necesitaba en cualquier bosque espeso y umbrío. Me detuve en un mirador con vistas a la Bahía y al Golden Gate, de color herrumbre y reluciente al sol de la mañana. En el aparcamiento ya había varios senderistas calzándose las botas y llenando de agua sus cantimploras de colores llamativos.

Cogí el cesto por las asas y tomé un sendero que se bifurcaba una y otra vez. Escogí el camino menos soleado y me estremecí mientras avanzaba entre la fresca maleza. Algunos senderistas hicieron carantoñas a la niña al cruzarnos, hasta que me desvíe del sendero principal y tomé uno marcado con un letrero que rezaba «Reforestación. Prohibido el paso». Levanté el cesto por encima de la cadena y me perdí de vista entre las secuoyas.

La niña no se quejó cuando la saqué del moisés y la dejé en el suelo, sobre una blanda capa de hojarasca. Miraba hacia arriba a través de las ramas de las secuoyas, escudriñando los altos árboles, los parches de cielo gris y quizá lo que había más allá. Por qué no.

Saqué la espátula, grande y plana, que llevaba en el bolsillo trasero de los vaqueros y empecé a arrancar el musgo verde y esponjoso de los troncos de las secuoyas. El musgo caía al suelo en pedazos largos y vellosos que fui poniendo con cuidado en el fondo y alrededor del cesto, asegurándome de que los trozos más blandos y aromáticos quedaran a la altura de la niña.

Cuando el cesto quedó cubierto, me guardé la espátula en el bolsillo, cogí al bebé, que se había quedado dormido, y lo acosté sobre la manta de musgo.

Amor materno.

Era lo único que podía darle. Confiaba en que ella lo entendiera algún día.

La llave de repuesto de Grant estaba donde siempre, en la regadera oxidada junto a la entrada. Abrí la puerta, llevé el cesto forrado de musgo a la cocina y lo deposité en el suelo, al lado de la escalera de caracol del rincón. Desde allí, la niña podía ver los tres pisos, lo cual parecía distraerla. Se quedó tranquila, mirándolo todo con los ojos entornados, mientras yo me movía por la cocina, encendiendo un fogón con una cerilla y llenando un hervidor de agua para preparar una infusión. Hacía casi un año que no preparaba nada en aquella cocina, pero todo estaba exactamente en el mismo sitio.

Me senté a la mesa mientras esperaba a que hirviera el agua. La niña estaba tan callada que era fácil olvidarse de ella, fácil imaginar que sólo había vuelto allí para sorprender a Grant con una taza de té en aquella mesa vieja y astillada. Lo echaba de menos. Sentada en su depósito de agua, contemplando su vivero por la ventana, era imposible hacer caso omiso de aquel sentimiento. Pronto echaría de menos también al bebé. Ahuyenté esa idea y me concentré en las flores que cubrían los campos.

Justo cuando el agua empezó a hervir, la niña hizo un ruidito, entre un suspiro y un chillido. El vapor de agua empañaba la ventana de la cocina. No sabía si sería bueno darle infusión de menta, pero pensé que quizá le calmaría el estómago. Me había traído el biberón, casi vacío, pero había olvidado coger una lata de leche de fórmula. Tiré la leche vieja por el desagüe, lavé el biberón y lo llené con una mitad de agua hirviendo y otra mitad de agua del grifo. Introduje una bolsita de infusión de menta y enrosqué la tetina. La niña arrugó la nariz, sorprendida, pero se puso a succionar la tetina con avidez y sin protestar. El vapor de agua nos envolvía. La humedad de la atmósfera hizo reverdecer el musgo.

Dejé el biberón inclinado, apoyado en el borde del cesto, para que la pequeña pudiera beber mientras yo llenaba una olla con agua y encendía otro fogón. Quería que el musgo conservara la humedad. Mientras la niña succionaba, el depósito de agua se fue llenando de un vapor caliente y denso. Subí el cesto hasta el dormitorio de Grant. Cuando llegué arriba, la niña se había sumido en un sueño tan profundo que me hizo dudar de mi decisión de darle infusión de menta. Dejé el cesto en medio del colchón de espuma, me tumbé a su lado y acerqué la cara a la suya hasta que noté su aliento en mi nariz.

Me quedé allí —nuestras narices casi se tocaban y respirábamos acompasadamente— hasta que el sol estuvo peligrosamente alto en el cielo: Grant no tardaría en llegar. Cerré los ojos y aparté la cara. La niña emitió aquel gemido que hacía cuando le quitaba el pezón de la boca y, al recordarlo, me dolieron los pechos. Arranqué un poco de musgo del borde del cesto y le froté la mejilla y la barbilla, y lo dejé en el pliegue donde algún día tendría el cuello, cuando reuniera fuerzas suficientes para levantar la cabeza. Los tenues latidos de su corazón hacían temblar ligeramente el musgo.

Me aparté y bajé la escalera. La olla que había puesto al fuego estaba casi vacía. La llené hasta el borde, la coloqué otra vez sobre el fogón y me fui con sigilo.

Salí derrapando por el largo camino de tierra de la casa y seguí hacia la autopista sin mirar atrás. Lo que había comenzado como un dolor sordo y no localizado acabó concentrado en mi pecho izquierdo. Cuando me toqué el pezón, una aguda punzada me recorrió la espalda. Empecé a sudar. Todavía llevaba las ventanillas bajadas y encendí el aire acondicionado, pero seguía teniendo calor. Miré por el retrovisor y vi el asiento vacío. Sólo había un poco de tierra y una fina hebra de musgo verde.

Encendí la radio y giré el dial hasta que encontré una emisora de música estridente y vibrante con letras indistinguibles. Me recordó al grupo de Natalia. Aceleré, atravesé el puente y pasé por los cruces a toda velocidad, sin detenerme cuando los semáforos se ponían en rojo o en ámbar. Necesitaba llegar a la habitación azul. Necesitaba tumbarme y cerrar los ojos y dormir. No saldría de allí hasta pasada una semana, si es que salía.

Frené en seco delante del apartamento, a punto de chocar contra el coche de Natalia. El maletero estaba abierto. En la acera había cajas y maletas amontonadas. Era difícil discernir si Natalia llegaba o se marchaba. Bajé del coche sin decir nada, con la esperanza de meterme en la habitación azul y echar todos los cerrojos sin que ella me viera.

Crucé de puntillas la sala de la planta baja, pero me di de bruces con Natalia al pie de la escalera. Ella no se apartó. Al verle la cara, comprendí que la mía debía de estar tan roja como yo la notaba.

—¿Te encuentras bien? —me preguntó.

Hice un gesto afirmativo con la cabeza e intenté seguir mi camino, pero ella insistió:

—Pues tienes la cara más colorada que mi pelo.

Me tocó la frente y retiró la mano como si se hubiera quemado. La empujé para pasar, pero me caí en el primer escalón. Ni siquiera intenté levantarme, empecé a subir a gatas. Natalia me siguió. Me derrumbé en la habitación azul y cerré la puerta a mi espalda.

Natalia dio unos golpecitos con los nudillos.

—Tengo que irme —dijo con un susurro temeroso—. Han ampliado nuestra gira. Estaré fuera como mínimo seis meses. Sólo he venido a buscar algunas cosas y a decirte que, si quieres, puedes utilizar mi habitación.

No respondí.

—En serio, tengo que irme —repitió ella.

—Vale, vete —conseguí articular.

Algo golpeó con fuerza la puerta, seguramente el pie de Natalia.

—No quiero volver dentro de seis meses y encontrarme tu cadáver podrido —espetó, y dio otra patada a la puerta.

A continuación, oí sus pasos bajando la escalera y la puerta de su coche al cerrarse. Encendió el motor y se marchó.

Me pregunté si Natalia llamaría a su madre. ¿Se habría dado cuenta de que la niña no estaba e informaría a las autoridades? Si pensaba avisar a alguien, confiaba en que fuera a la policía; prefería ir a la cárcel antes que enfrentarme a Mami Ruby y su decepción.

Me tumbé sobre el costado izquierdo en el colchón de plumas, protegiendo mi pecho, dolorido y endurecido. Mi cuerpo, que ya no parecía mío, temblaba espasmódicamente. Estaba muerta de frío. Me puse todas las sudaderas que tenía y me tapé con la manta marrón. Como no conseguía entrar en calor, me metí debajo del colchón de plumas. Me quedé allí, casi sin poder respirar; mi cuerpo y mi mente eran una tormenta de hielo bajo un cielo nublado. El frío se convirtió en una cosa negra que se arremolinaba y me asaltó la breve y reconfortante idea de que el sueño en que estaba entrando era eterno, un estado del que no regresaría nunca.

Oí sirenas a lo lejos, cada vez más intensas, más cerca, hasta que parecían provenir del dormitorio de Natalia. Se filtraron unas luces por debajo de mi puerta y entonces, de repente, se apagaron.

Por un instante, la habitación quedó negra y silenciosa como la muerte; entonces se abrió la puerta y oí pasos en la escalera.

16

Iba en una ambulancia, sujeta a una camilla. No recordaba cómo había llegado hasta allí. Sólo llevaba puestas las bragas y alguien me había echado una bata de hospital sobre el pecho.

Elizabeth sollozaba a mi lado.

—¿Es usted su madre? —preguntó una voz.

Abrí un ojo y vi a un joven de uniforme azul sentado junto a mi cabeza. Las luces giratorias brillaban al otro lado de la ventana e iluminaban mi cara sudorosa.

—Sí —respondió Elizabeth sin parar de llorar—. Bueno, no. Todavía no.

—¿Está la niña bajo tutela judicial? —inquirió él.

Elizabeth asintió con la cabeza.

—Entonces tendrá que informar enseguida. Si no, deberé hacerlo yo —dijo el joven, contrito, y Elizabeth intensificó sus sollozos.

El joven le acercó un teléfono negro, conectado a la pared de la ambulancia por un cordón espiral, como el que Elizabeth tenía en la cocina. Volví a cerrar los ojos. Me pareció que el trayecto duraba toda la noche y Elizabeth no paraba de llorar.

Cuando la ambulancia se detuvo, unas manos me arroparon con la bata de hospital. Se abrieron las puertas. Entró una ráfaga de aire frío y, cuando abrí los ojos, vi a Meredith esperando. Iba en pijama con una gabardina encima.

Al pasar por su lado, Meredith se inclinó y estiró un brazo para apartar a Elizabeth de mí.

—Ya me encargo yo —dijo.

—No me toques —repuso Elizabeth—. No te atrevas a tocarme.

—Espera en el vestíbulo.

—No voy a dejarla sola —replicó Elizabeth.

—Esperarás en el vestíbulo o avisaré a seguridad para que te echen —zanjó Meredith.

Por encima de los dedos de mis pies, que se alejaban en la camilla, vi cómo Meredith dejaba a Elizabeth plantada en el vestíbulo. Entró conmigo en una habitación.

Una enfermera me examinó y fue anotando mis lesiones. Tenía quemaduras en el cuero cabelludo y otra alrededor de la cintura, donde la goma de las bragas se había derretido. Un brazo dislocado descansaba, inerte, pegado a mi costado, y las patadas de Elizabeth me habían dejado cardenales en el pecho y la espalda. Meredith anotó la información de la enfermera en una libreta.

Elizabeth me había hecho daño. No de la forma que creía Meredith, pero aun así, me había hecho daño. Aquellas marcas eran una prueba indiscutible. Las fotografiarían y las añadirían a mi historial. Nadie se creería la historia de Elizabeth: que había intentado salvarme evitando que corriera derecha hacia un incendio. Nadie se la creería, aunque era la verdad.

De pronto, vi en las marcas de mi cuerpo una ruta de huida innegable, un camino para alejarme de los ojos llenos de dolor de Elizabeth; un camino para alejarme del sentimiento de culpa, del arrepentimiento y del viñedo abrasado. No podía enfrentarme al dolor que le había causado a Elizabeth, nunca podría. No se trataba sólo del fuego; se trataba de un año entero de transgresiones, muchas, algunas pequeñas y otras imperdonables. Hacerme de madre la había cambiado. Un año después de mi llegada a su casa, Elizabeth era otra mujer, ablandada de una forma que permitía el sufrimiento. Si yo continuaba en su vida, ella seguiría sufriendo. Y no se lo merecía. No se merecía nada de aquello.

La enfermera salió al pasillo. Meredith cerró la puerta de la habitación y nos quedamos a solas.

—¿Te ha pegado? —me preguntó.

Me mordí tan fuerte el labio inferior que me lo corté. Cuando tragué saliva, tragué también sangre. Meredith me miraba fijamente. Inspiré hondo. Paseé la mirada por los agujeritos de las baldosas insonorizantes antes de bajar los párpados y contestar su pregunta de la única forma que podía, de la forma que esperaba Meredith:

—Sí.

Salió de la habitación.

Una palabra y todo había terminado. Quizá Elizabeth intentara visitarme, pero me negaría a verla. Meredith y las enfermeras, creyéndola peligrosa, me protegerían.

Esa noche soñé con el incendio por primera vez. Elizabeth se cernía sobre mí, gimiendo. Era un sonido casi inhumano. Intentaba ir hacia ella, pero tenía los dedos de los pies pegados al suelo, como si mi carne se hubiera derretido y adherido a la tierra. Entonces Elizabeth empezaba a gritar, pero el dolor me impedía entender lo que decía. Mi cuerpo quedaba calcinado antes de haber entendido que Elizabeth estaba declarándome su afecto y cariño una y otra vez. Era peor que los gemidos.

Me desperté ardiendo, empapada en sudor.

17

Pasé tres días en el hospital recuperándome de una mastitis. Los enfermeros de la ambulancia me encontraron con una fiebre de cuarenta grados que no remitió hasta transcurridas cuarenta y ocho horas, con antibióticos suministrados por vía intravenosa; mientras entraba y salía del sueño, oí comentar a los médicos que jamás habían visto nada igual. La mastitis, una infección frecuente en madres que amamantan, era dolorosa pero localizada y fácil de tratar. En mi caso, la mastitis se había convertido en una inflamación de casi todo el cuerpo. Me ardían los pechos, pero también los brazos, el cuello y la cara interna de los muslos. Los médicos afirmaron que mi caso no tenía precedentes.

Cuando la fiebre remitió, el dolor por la ausencia de mi hija sustituyó a aquel ardor. La cara, el pecho y las extremidades me quemaban, pero de añoranza. Como me preocupaba que los médicos empezaran a indagar sobre una parturienta que había llegado al hospital sin su hijo y que no había recibido ninguna visita, me marché antes de que me dieran el alta. Me arranqué la vía intravenosa y me escabullí por una escalera de emergencia.

Cogí un taxi hasta el apartamento y llamé a un cerrajero para que cambiara los cerrojos. Si volvía Natalia, le haría una copia de la llave. Hasta entonces, no quería que Mami Ruby ni Renata, que últimamente entraban sin llamar, pasaran a ver a la niña. No tenía valor para confesar lo que había hecho.

Esa misma tarde vino Mami Ruby. Llamó con tanta insistencia que temí que rompiera el cristal de la puerta. Me asomé a la ventana de la habitación de Natalia; luego regresé a la cocina, descolgué el teléfono, me metí en la habitación azul y cerré la puerta. Por la noche vino Renata; golpeó la puerta aún más fuerte que su madre y lanzó un guijarro contra la ventana de arriba. No di señales de haber vuelto.

A la mañana siguiente me despertaron unos golpes diferentes, más débiles: Marlena. Ya era hora de volver al trabajo. Le contaría la verdad.

Bajé la escalera tambaleándome, deslumbrada por una luz intensa. Marlena irrumpió en la sala.

—¡Debe de estar enorme! —exclamó—. ¿Qué nombre le has puesto?

Corrió escaleras arriba y yo la seguí despacio. Cuando llegué al piso superior, Marlena giraba sobre sí misma en el salón, tratando de interpretar el vacío del apartamento. Me miró con gesto interrogante.

—No lo sé —contesté a su pregunta, aunque no la que todavía no había formulado—. Su nombre. No le he puesto nombre.

Marlena no dejaba de mirarme y sus ojos seguían encerrando la misma pregunta: «¿Dónde está?»

Rompí a llorar. Marlena se acercó y me puso una blanda mano en el hombro. Quería contárselo. Quería que supiera que la niña estaba bien y que la querrían, y que quizá fuera incluso feliz.

Tardé unos minutos en serenarme; entonces le conté la historia con sencillez, sin adornarla. La había dejado con su padre, él la criaría. Yo no podía ser la madre que quería ser. Aquella pérdida me había destrozado, pero había hecho lo mejor para mi hija.

—Por favor —le pedí cuando hube terminado—, no hablemos más de esto.

Fui a buscar una caja de pañuelos de papel y mi agenda. Hice una breve lista en una hoja de papel pautado, la doblé y se la entregué, junto con dinero suficiente para comprarlo todo.

—Nos vemos mañana —me despedí.

No esperé a que se marchara; me metí en la habitación azul y cerré la puerta.

La verdad, por fin pronunciada, me trajo el sueño.

Lo que me despertó por la mañana siguiente no fueron los golpecitos flojos de Marlena, sino los fuertes golpes de Renata. Me tapé la cabeza con una almohada, pero su voz me llegó a través de las plumas del relleno.

—¡No pienso moverme de aquí, Victoria! —me gritó desde abajo—. Acabo de ver a Marlena en el mercado de flores y sé que estás ahí. Si no me abres, me quedaré aquí sentada hasta que llegue Marlena y me abra.

Tenía que afrontarlo. Ya no podía evitarlo más tiempo. Bajé y abrí sólo una rendija de la puerta.

—¿Qué pasa? —pregunté.

—La he visto —anunció Renata—. Esta mañana, en el mercado. Creía que te habías marchado con la niña sin decirnos a nadie adónde ibas, pero esta mañana la he visto. Él la llevaba en brazos.

Se me llenaron los ojos de lágrimas; me encogí de hombros, como preguntando a Renata qué quería de mí.

—¿Se lo contaste? —me preguntó—. ¿Le llevaste a la niña?

—No le conté nada. Y a ti tampoco quiero contarte nada. Nunca más. —Tragué saliva.

Renata suavizó el tono.

—Parecía contenta —dijo—. Y Grant parecía cansado. Pero...

—Por favor —le pedí, y cerré un poco la puerta—, no quiero saberlo. No puedo soportarlo.

Cerré la puerta y eché la llave. Nos quedamos a cada lado del cristal sin decir nada. La puerta no era lo bastante gruesa para impedir la conversación, pero no hablamos nada más. Renata me miró a los ojos y yo se lo permití. Confiaba en que viera mi añoranza, mi soledad y mi desesperación. Separarme de mi hija ya era bastante duro, y lo sería mucho más si Renata me lo recordaba continuamente. Tenía que entender que mi única posibilidad de sobrevivir a mi decisión era intentar olvidarlo todo.

Marlena llegó en mi coche, con el maletero abierto y lleno de flores. Empezó a descargarlas, pero de pronto se detuvo y nos miró.

—¿Va todo bien? —preguntó.

Renata me miró y yo desvié la mirada.

Renata no contestó. Echó a andar por la calle hacia Bloom, con los brazos a los costados, derrotada.

CUARTA PARTE

Volver a empezar

1

Mensaje creció de manera exponencial en los meses siguientes. Sólo aceptaba dinero en efectivo y por anticipado, y el carácter un poco clandestino de mi negocio atraía a muchos seguidores. No puse ningún anuncio. Después de repartir los primeros cubos de lirios ensartados en una tarjeta, mi número de teléfono corrió más de lo que habría corrido si hubiera comprado un anuncio luminoso en la entrada de Bay Bridge. Natalia no volvió de su gira y yo ocupé su apartamento. El 1 de junio envié al propietario un sobre con billetes de cien dólares. Marlena seguía trabajando para mí; organizaba el calendario, contestaba a las llamadas, anotaba los pedidos y hacía las entregas. Yo supervisaba los arreglos florales y recibía a mis clientes en las sillas plegables de mercadillo en la oficina vacía, con las cajas de zapatos abiertas a la cruda luz de los fluorescentes.

Mis consultas prematrimoniales estaban tan solicitadas como mis ramos. Las parejas encaraban mis citas como si fueran visitas a una adivina o un sacerdote; me explicaban, a veces durante horas, las grandes esperanzas que habían depositado en su relación, así como los retos a que se enfrentaban. Yo anotaba lo que me decían en una hoja de papel de arroz transparente y, cuando terminaban de hablar, les entregaba la hoja, enrollada y atada con una cinta. Si bien las parejas utilizaban aquella hoja para escoger las flores y hacer sus votos matrimoniales, me atribuían a mí el mérito de haber pronosticado la vida que llevarían juntos. Bethany y Ray estaban felizmente casados. Muchas parejas me enviaban postales desde su luna de miel y describían su relación con palabras como «paz», «pasión», «realización» y diversas virtudes inspiradas en las flores.

El rápido crecimiento de Mensaje, combinado con la proliferación de floristas que ofrecían consultas sobre el lenguaje de las flores al torrente de novias cuyos pedidos Marlena y yo no podíamos atender, produjo un cambio sutil, pero perceptible, en la industria de las flores del Área de la Bahía. Marlena me informó que en el mercado de flores las peonías, las caléndulas y la lavanda permanecían en sus cubos de plástico mientras los tulipanes, lilas y pasionarias se agotaban antes de que hubiera salido el sol. Por primera vez en la historia del mercado, podías comprar junquillo mucho después de que hubiera terminado su temporada de floración natural. A finales de julio, las novias más atrevidas llevaban cuencos de cerámica llenos de fresas o aromáticos racimos de hinojo y nadie lo consideraba un disparate, sino que, más bien, las admiraban por su sencillez.

Comprendí que si seguía aquella trayectoria, Mensaje alteraría las dosis de ira, pena y desconfianza que amenazaban con dominar el mundo. Los granjeros arrancarían la dedalera de sus campos para plantar milenrama, cuyos racimos de flores rosas, amarillas y crema eran la cura para el corazón desconsolado. El precio de la salvia, la pasionaria y el alhelí no pararía de aumentar. Se plantarían ciruelos con el único objetivo de cosechar sus flores delicadas y arracimadas, y los girasoles pasarían definitivamente de moda y desaparecerían de los puestos de flores, de las tiendas de artesanía y de las cocinas de las casas de campo. Los cardos serían eliminados compulsivamente de los solares y los jardines silvestres.

En verano, por las tardes, mientras trabajaba en el vivero que había construido en el tejado con cañerías de PVC y hojas de plástico, cuidando cientos de pequeños tiestos de cerámica en unos estantes de alambre, intentaba hallar consuelo en aquella pequeña e intangible contribución a la humanidad. Me decía que alguien, en algún lugar, estaría menos enfadado o menos apenado gracias al éxito galopante de Mensaje. Las amistades serían más sólidas; los matrimonios, más duraderos. Pero no me lo creía. No podía enorgullecerme de una contribución abstracta al mundo cuando, en todas las relaciones humanas tangibles que había tenido, sólo había causado dolor: con Elizabeth, provocando un incendio y haciendo una acusación falsa; con Grant, abandonándolo, y abandonando a mi hija sin nombre y sin apoyo.

Nunca se me olvidaba que la había abandonado, ni por un momento. Habría podido instalarme en el dormitorio de Natalia, pero seguía durmiendo en la habitación azul, acurrucada, sola, en el sitio que habíamos ocupado las dos. Todas las mañanas, al despertar, calculaba su edad, en meses y días. Sentada frente a las parlanchinas novias, intentaba recordar cómo arqueaba las cejas, casi sin pelo, como si me formulara una pregunta, y cómo abría y cerraba la boca. Poco a poco, su ausencia en el apartamento se volvió casi física y perceptible, sacudía los plásticos del invernadero o se filtraba como la luz por la rendija de la puerta de la habitación azul. En el repiqueteo de la lluvia en el tejado plano me parecía oír las voraces succiones de mi hija. Cada veintinueve días, un rectángulo de luz de luna se desplazaba lentamente por el sofá donde habíamos pasado la última noche juntas y todos los meses yo esperaba que la luna me la devolviera. Pero la luna iluminaba mi soledad y yo, sentada a su débil resplandor, la recordaba como había sido e imaginaba cómo se habría vuelto. A kilómetros de distancia, notaba cómo mi hija cambiaba, cómo crecía y se desarrollaba sin mí, día a día. Me habría gustado estar con ella y ser testigo de esa transformación.

Sin embargo, por mucho que ansiara recuperarla, no podía volver con ella. El deseo de reunirme con mi hija me parecía egoísta. Dejarla con Grant había sido el mayor acto de amor que jamás había realizado y no me arrepentía. Sin mí, mi hija estaría a salvo. Grant la amaría como me había amado a mí, con una devoción incondicional, y le prodigaría tiernos cuidados. Eso era lo único que yo deseaba para ella.

Sólo me arrepentía de una cosa y no tenía nada que ver con mi hija. De toda una vida de pecados, crueles y casi siempre injustos, sólo me arrepentía del incendio. Una serie de frascos de vidrio, un puñado de cerillas y la falta de juicio habían creado un infierno que ardía mucho después de la extinción de la última llama. Estalló en la mentira que me había separado de Elizabeth, provocó peleas durante ocho años de ubicaciones en instituciones y ardió lentamente en mi desconfianza hacia Grant. Me había negado a creer que él me amaba o que continuaría amándome si se enteraba de la verdad.

Grant creía que su madre había provocado el incendio que nos había arruinado la vida a ambos y, aunque nunca hablara de ello, yo sabía que no la había perdonado. No obstante, ella era inocente. Yo era la culpable de que hubieran ardido las viñas, la culpable de que Elizabeth no se hubiera hecho cargo de Catherine, la culpable de que Grant se hubiera pasado un año solo, cuidando a su madre enferma. Yo no conocía los detalles del final de Catherine, pero se adivinaban en la delicadeza con que Grant me amaba y en su soledad. Él había necesitado a Elizabeth tanto como yo.

Ya era demasiado tarde. El viñedo había ardido. Grant se había pasado toda la vida solo, con excepción de los seis meses que había estado conmigo. Yo había perdido a la única mujer que había intentado hacerme de madre y ya era demasiado tarde para volver, demasiado tarde para rescatar mi infancia. Pero, aunque fuera demasiado tarde, aún me obsesionaba volver con Elizabeth. Quería, más que nada en el mundo, ser la hija de Elizabeth.

A mediados de agosto, agotada tras una temporada de trabajo de continuos compromisos y sin dejar de pensar en mi hija, en Elizabeth y en Grant, me refugié en la habitación azul. Por primera vez desde que dirigía mi propio negocio, eché los seis cerrojos y me puse a dormir, saltándome todos los compromisos anotados en la agenda. Marlena me cubría. El silbido del hervidor de agua se filtraba en mis sueños mientras ella preparaba el té para nuestros clientes, pero yo no salía de mi refugio. Los cerrojos me impedían coger el coche e ir al depósito de agua, subir al segundo piso y recuperar a mi niña. En mis fantasías, ella estaba tal como yo la había dejado, indefensa en su cesto, contemplando el techo. En la realidad, ya tendría seis meses y podría sentarse y coger cosas, y quizá hasta gatear por el suelo.

Pasé casi una semana encerrada en la habitación azul. Marlena no me molestaba, aunque todas las mañanas deslizaba una fotocopia por debajo de mi puerta. Era nuestro calendario de septiembre; las casillas iban llenándose a medida que pasaban los días. Yo creía que el negocio mermaría cuando empezara a refrescar, pero cada vez teníamos más compromisos y la ansiedad ante la acumulación del trabajo acabó por superar mi depresión. Cogí un plátano de un frutero que Marlena había llenado y bajé.

La muchacha estaba sentada a la mesa, mordisqueando el capuchón de un bolígrafo. Al verme, sonrió.

—Pensaba llamar a la Casa de la Alianza —declaró— para contratar una ayudante.

Negué con la cabeza.

—Ya estoy aquí. ¿Qué tenemos?

Marlena revisó el calendario.

—Nada importante hasta el viernes. Pero, a partir de entonces, deberemos trabajar dieciséis días sin parar.

Emití un gruñido, pero en realidad sentí alivio. Las flores eran mi válvula de escape. Con flores en las manos, quizá pudiera sobrevivir a la caída. Y quizá, cuando pasaran los meses, todo resultaría más fácil. Ésa era la esperanza que abrigaba, aunque de momento no se había cumplido. De hecho, parecía estar sucediendo todo lo contrario: cada día me sentía más deprimida y las consecuencias de las decisiones que había tomado parecían menos soportables. Me giré hacia la escalera.

—¿Vuelves a tu cueva? —Marlena parecía desanimada.

—¿Qué otra cosa puedo hacer?

Ella soltó un bufido.

—No lo sé. —Hizo una pausa y se dio la vuelta. Daba la impresión de que sí lo sabía, pero le costaba expresarlo—. Han puesto una sandwichería nueva al lado de Bloom —dijo por fin—. He pensado que podríamos ir a comprar algo de comida y dar un paseo en coche.

—¿Un paseo en coche?

—Sí, ya sabes. —Miró por la ventana hacia la calle—. A verla.

Marlena se refería a mi hija. Pero por un instante, antes de comprenderlo, creí que se refería a Elizabeth y me pareció que aquello era exactamente lo que necesitaba hacer. Sabía dónde vivía y sabía cómo llegar hasta allí. Quizá fuera demasiado tarde para ser su hija y vivir en su casa, pero no era demasiado tarde para disculparme por lo que había hecho.

Tardé en contestar; Marlena me miraba con optimismo.

Sacudí la cabeza. Le había pedido que no me hablara nunca de mi hija y hasta ese momento había cumplido su promesa.

—No, por favor —le pedí.

Agachó la cabeza y pegó la barbilla al pecho, y por un instante pareció que no tuviera cuello, como un recién nacido.

—Nos vemos el viernes —me despedí, y empecé a subir la escalera.

Pasé toda la noche imaginando que cogía el coche e iba a ver a Elizabeth. Visualizaba el camino largo y polvoriento hacia la casa, las gruesas uvas de finales de verano en las vides. La casa, blanca y desconchada, proyectaba una sombra rectangular al sol de la tarde y los escalones del porche crujían bajo mis pies. Elizabeth estaba sentada a la mesa de la cocina, con los brazos cruzados y los ojos fijos en la puerta, como esperándome.

Esa imagen se hizo añicos cuando caí en la cuenta de que todo aquello podía haber desaparecido. No sólo las hectáreas de viñas, sino también la mesa de la cocina, la puerta mosquitera, la casa entera. En todo el tiempo que había pasado con Grant, ni una sola vez le había preguntado qué daños había causado el incendio y nunca había seguido por la carretera más allá de la verja del vivero. No quería saberlo.

No podía ir. No soportaría verlo, ni siquiera para pedirle perdón a Elizabeth.

Pese a todo, ya no podía librarme de aquella idea. Si me disculpaba, quizá pudiera olvidar, por fin. Quizá dejara de tener pesadillas y pudiera llevar una vida tranquila, aunque solitaria, sabiendo que Elizabeth entendía mis remordimientos. Acurrucada en la habitación azul, pensé cómo podría hacerlo. Escribir una carta no sería muy difícil. Desde que por fin me aprendí la dirección, nunca la había olvidado. Sin embargo, no podía escribir mi remite en el sobre sin temor a que Elizabeth se presentara ante mi puerta, y sin remite Elizabeth no podría contestar mi carta. Aunque no creía que pudiera vivir mirando constantemente por la ventana, esperando ver su vieja ranchera gris aparcada en el bordillo, necesitaba conocer su respuesta. Me sentía capaz de enfrentarme a su ira y su desilusión plasmadas en un papel. Quizá hasta me procurara cierto alivio después de tantos años de culpabilidad.

Cuando salió el sol, supe qué tenía que hacer: escribiría esa carta y pondría la dirección de Bloom en el remite. Si Elizabeth me contestaba, Renata me traería su carta. Abrí un poco la puerta de la habitación azul y agucé el oído para saber si estaba Marlena. El apartamento se hallaba en silencio. Bajé y me senté a la mesita donde atendía a mis clientes y cogí una hoja de papel de arroz y un rotulador azul. Me temblaba la mano, suspendida sobre el papel en blanco.

Primero escribí la fecha en la esquina superior derecha, como me había enseñado Elizabeth. Sin parar de temblar, escribí su nombre. No recordaba si después debía poner una coma o un guión; tras una pausa, puse ambas cosas. Miré lo que había escrito. Los nervios me estropeaban la letra, que estaba muy lejos de la perfección que siempre me había exigido Elizabeth. Arrugué la hoja y la arrojé al suelo. Volví a empezar.

Una hora más tarde cogí la última hoja de papel. A mi alrededor, el suelo estaba lleno de bolas de papel arrugado. Aquélla tendría que ser la definitiva, pasara lo que pasara. Esa presión hizo que me temblara aún más la mano y que mi caligrafía pareciera la de una niña pequeña, insegura respecto a la forma de cada letra. Elizabeth se disgustaría. Sin embargo, continué, despacio, con esmero. Al final conseguí escribir una sola línea:

«Yo provoqué el incendio. Lo siento. Siempre lo he sentido.»

Firmé con mi nombre. La carta era corta y me preocupaba que Elizabeth la encontrara grosera o falsa, pero no había nada más que decir. Doblé la hoja y la metí en un sobre, lo cerré, escribí la dirección y pegué el sello. En los sellos que había comprado la primavera pasada había un dibujo de un narciso —*volver a empezar*— amarillo y blanco sobre un fondo rojo, con letras doradas celebrando el Año Nuevo chino. Elizabeth se fijaría en ese detalle.

Fui con paso ligero hasta el final de la manzana, levanté la pesada solapa metálica del buzón e introduje la carta por la ranura antes de pensármelo mejor.

2

Sentada en la cavernosa oficina una tarde de septiembre, revisaba rutinariamente el orden alfabético de mis tarjetas mientras esperaba a que llegara una pareja. No se casarían hasta abril, pero se habían empeñado en reunirse conmigo ya. La novia quería organizarlo todo, desde el color de los letreritos de las mesas hasta la letra de la canción de su primer baile, dependiendo de las flores que escogieran. Aquel verano había trabajado con infinidad de novias, pero coordinar la música y las flores era una novedad incluso para mí. Aquella reunión me daba un poco de pereza.

Miré la hora: cinco menos cuarto. Faltaba un cuarto de hora para que llegaran mis clientes. Ya podía comenzar a preparar el té. Sólo bebía un té de crisantemo muy fuerte que compraba en Chinatown; las flores se inflaban y quedaban flotando en el líquido oscuro. Era un toque bonito para mis sesiones, y un detalle que mis clientes esperaban y apreciaban.

En la cocina, preparé una tetera y me bebí una taza antes de bajar la escalera. La novia había llegado y estaba en la entrada, junto a la puerta de cristal. Estaba sola y miraba a ambos lados de la calle. Vi su impaciencia reflejada en su postura envarada. Su novio llegaba tarde o no iba a venir; era una mala señal para una boda y las novias lo sabían. Meses atrás había decidido que el éxito a largo plazo de mi negocio dependía de que sólo hiciera arreglos florales para parejas cuyos matrimonios fueran a durar; había rechazado a más de una pareja por haber llegado tarde o

298

por mantener conversaciones desagradables mientras estudiábamos las tarjetas.

Dejé la bandeja en la mesita y fui hacia la puerta. Apoyé las manos en el cristal y de pronto me detuve. Fuera chirriaron unos frenos y delante de la puerta pasó una vieja ranchera gris dando bandazos. Elizabeth iba al volante. Al llegar al *stop* de la esquina, en pendiente, la camioneta retrocedió un poco antes de arrancar y entrar en el cruce para desaparecer calle arriba. Me di la vuelta, subí la escalera a toda prisa y fui al antiguo dormitorio de Natalia; me puse en cuclillas debajo de la ventana y esperé a que volviera a pasar la ranchera.

No tardó ni cinco minutos en aparecer. Elizabeth bajó por la calle más cómodamente de como la había subido y, al cabo de un momento, había doblado la esquina y se había perdido de vista. Bajé dando saltos y salí a la calle. La novia que esperaba junto a la puerta dio un respingo al verme.

—Lo siento —se apresuró a decir—. Mi novio llegará enseguida.

Lo dudé. Había algo ensayado en la disculpa de aquella mujer, como si llevara meses, incluso años, utilizándola para excusar a su prometido.

—No —repuse—, no llegará.

Quizá la culpa la tuviera el té de crisantemo; de pronto, quise que aquella mujer supiera la verdad. Abrió la boca para protestar, pero la expresión de mi cara la detuvo.

—No nos prepararás las flores, ¿verdad?

Desvió la mirada; conocía la respuesta a su propia pregunta. Probaría con Renata; siempre hacían lo mismo. Renata era la única que tenía un diccionario de flores idéntico al mío. Unos meses atrás le había pedido a Marlena que le hiciera una copia, cuando empezamos a recibir más encargos de los que podíamos aceptar. Todos los días desviábamos clientes a Bloom.

Eché a andar calle arriba y al poco vi bajar a Renata. Nos encontramos en el medio, como habíamos hecho un día Grant y yo, la tarde que él me entregó el junquillo. Llevaba un sobre rosa claro en la mano. Lo cogí con dedos temblorosos. Me senté en el bordillo y me puse el sobre en el regazo. Renata se sentó a mi lado.

—¿Quién es? —me preguntó.

El sobre me quemaba y lo deposité en la acera, entre ambas. Me miré las líneas de la mano como si buscara la respuesta a aquella pregunta.

—Elizabeth —contesté en voz baja.

Nos quedamos calladas. Renata no me hizo más preguntas, pero cuando levanté la cabeza, su rostro seguía manteniendo aquel interrogante, como esperando una aclaración. Volví a mirarme las manos.

—Una vez quiso ser mi madre, cuando yo tenía diez años.

Renata chascó la lengua. Rascó con una uña corta un destello de metal atrapado en el cemento, pero no lo desprendió.

—¿Qué pasó? —preguntó—. ¿Qué hiciste?

Era la pregunta que me habría hecho Meredith, pero en boca de Renata no sonaba acusadora.

—Provocar un incendio.

Era la primera vez que pronunciaba aquellas palabras en voz alta y se me hizo un nudo en la garganta ante la imagen que evocaron. Cerré los ojos con fuerza.

—Mi pequeña pirómana —dijo Renata. Me pasó un brazo por los hombros, con ternura, y me apretó contra sí—. ¿Por qué será que no me sorprende?

Me volví y la miré. No sonreía, pero había ternura en sus ojos.

—¿No te sorprende? ¿Por qué? —pregunté.

Me apartó un mechón de pelo de los ojos y sus dedos me rozaron la frente. Tenía la piel suave. Me apoyé en ella apretando la oreja contra su hombro y, cuando habló, sus palabras me llegaron amortiguadas.

—¿Te acuerdas de la mañana en que nos conocimos? Cuando te plantaste ante mi puerta buscando trabajo, y luego volviste horas más tarde con una prueba de lo que sabías hacer. Me diste aquellas flores como quien ofrece una disculpa, aunque no hubieras hecho nada malo, aunque tu ramo fuera lo más cercano a la perfección que yo había visto jamás. Entonces comprendí que te sentías indigna y que te considerabas imperdonablemente defectuosa.

Recordaba aquella mañana a la perfección. Recordaba que me preocupaba que Renata se hubiera dado cuenta de que era una vagabunda, de que hubiera intuido mi pasado.

—Entonces ¿por qué me contrataste? —pregunté.

Me pasó una mano por el pómulo. Cuando llegó a mi barbilla, me levantó la cara. La miré a los ojos.

—¿De verdad crees que eres el único ser humano imperdonablemente defectuoso? ¿El único ser humano que ha sufrido casi hasta el punto de derrumbarse?

Me observó fijamente. Cuando desvió la mirada, supe que había entendido que sí, que yo me creía la única.

—Habría podido contratar a otra persona. Alguien menos imperfecto, quizá, o que al menos lo disimulara mejor. Pero no habría encontrado a nadie con tu talento para las flores, Victoria. Lo que tienes es un don. Cuando estás trabajando, te transformas completamente. Aflojas la mandíbula y te brillan los ojos. Tus dedos manipulan las flores con un respeto y una suavidad que hace imposible pensar que seas capaz de cualquier violencia. Nunca olvidaré la primera vez que lo presencié. Cuando te vi arreglando los girasoles en la mesa, tuve la impresión de que contemplaba a una chica totalmente diferente.

Yo sabía de qué chica me hablaba. Era la misma a la que yo había visto en el espejo del tocador con Elizabeth, cuando ya llevaba casi un año en su casa. Quizá aquella niña hubiera sobrevivido en algún rincón de mi interior, conservada como una flor seca, frágil y tierna.

Renata cogió el sobre y lo agitó entre las dos.

—¿Lo abro? —me preguntó.

3

Al oír el golpe del mazo, soplé sobre los capullos blancos y algo-
donosos que había puesto en fila sobre la mesa. Cayeron al suelo
de la sala del tribunal. Elizabeth se levantó.

Me había encontrado las flores en el asiento al llegar, y la maraña de paniculata —*amor eterno*— se reflejaba en el brillante tablero de la mesa y parecía atravesarlo. Las toqué: estaban secas y
rígidas, como si Elizabeth las hubiera comprado con motivo de
nuestra primera cita en el juzgado, antes de que la vista se aplaza-
ra. La paniculata no se marchitaba ni se enmohecía. Con el tiempo se secaba y se volvía más quebradiza, pero su aspecto no cambiaba mucho. Elizabeth no habría necesitado comprar un ramo
nuevo.

Mientras ella, de pie ante la jueza, negaba sistemáticamente
una larga lista de acusaciones, yo iba partiendo los tallos marrones y sin capullos en trozos de dos centímetros de largo, ponién-
dolos encima de la mesa para formar un nido de pájaro. Hubo
una pausa y la sala quedó en silencio. La petición de Elizabeth
resonaba en mis oídos: «Solicito que me devuelvan la custodia de
Victoria, inmediatamente.» No me atreví a mirar por temor a que
mis ojos delataran mi deseo. Pero cuando la jueza volvió a hablar,
fue sólo para pedir a Elizabeth que regresara a su asiento. Por lo
visto, su petición no merecía una respuesta. Elizabeth se sentó.

Meredith estaba sentada entre Elizabeth y yo a la larga mesa,
flanqueada por los abogados. Mi abogado era un individuo bajito

y regordete. Parecía incómodo con su traje y, mientras la jueza hablaba, se inclinaba hacia delante y se separaba el cuello de la camisa. Su cuaderno estaba en blanco; ni siquiera había sacado un bolígrafo. Comprobó la hora en su reloj por debajo de la mesa. Estaba deseando marcharse.

Yo también estaba deseando marcharme. Mientras escuchaba sin interés cómo Meredith debatía con la jueza mi grado de necesidad, manipulé los trocitos de tallo sobre la mesa, formando con ellos un pez de tres aletas, una corona puntiaguda y, por último, un corazón asimétrico. Aquel montoncito quebradizo me distraía de la proximidad de Elizabeth, a menos de tres metros de mí. Un hogar tutelado de nivel diez, ordenó la jueza, en cuanto quedara una plaza libre. Meredith anotó la decisión en mi ficha y cruzó la sala hasta el estrado con un grueso fajo de papeles en la mano. La jueza hizo una pausa, pidió a Meredith que me apuntara en todas las listas de espera de alojamientos provisionales y firmó la primera hoja del montón. Cuando me emancipara, al cabo de ocho años, seguiría estando sola. Sin expresarlo en términos precisos, las palabras de la jueza definían mi futuro.

La jueza carraspeó. Meredith regresó a su asiento. Se produjo un silencio y comprendí que la jueza estaba esperando a que yo levantara la cabeza, pero no lo hice. Hice un agujero con el dedo en el corazón de palitos que había formado con los tallos y fui abriéndolo hasta ver mi cara reflejada en el tablero de la mesa. Me sorprendió lo mayor que parecía, y también lo enfadada. Aun así, no miré a la jueza.

—Victoria —acabó llamando la jueza—, ¿tienes algo que decir?

No contesté. Al otro lado de mi abogado, la fiscal tamborileó en la mesa con sus largas y esmaltadas uñas, unos óvalos rojos en unas manos arrugadas. Ella quería que testificara contra Elizabeth en un juzgado en lo penal, pero yo me había negado.

Me levanté despacio. Me saqué de los bolsillos unos puñados de claveles rojos que había arrancado de un ramo en la tienda de regalos del hospital. Más de dos meses después de la noche del incendio, todavía estaba en el hospital; me habían trasladado de la unidad de quemados a la planta de psiquiatría hasta que Meredith me encontrara un alojamiento.

Pasé por debajo de la mesa y crucé la sala.

—Quiero que pienses en las consecuencias de tu negativa a testificar —dijo la jueza cuando me planté ante ella—. No se trata sólo de que defiendas tus derechos y hagas valer la justicia, se trata también de proteger a otros niños.

Los adultos presentes en aquella sala creían que Elizabeth era una amenaza. Esa idea era tan absurda que me daban ganas de reír. Pero sabía que, si me reía, rompería a llorar, y si empezaba a llorar, quizá no pudiera parar jamás.

Amontoné los claveles rojos sobre el estrado. *Se me parte el corazón*. Era la primera vez que le daba una flor a alguien que no entendía su significado. Ese regalo se convertía en algo subversivo y extrañamente poderoso. Al darme la vuelta, Elizabeth se levantó: ella sí había entendido qué significaban aquellas flores. Nos quedamos frente a frente y, por un breve momento, sentí circular entre las dos una energía tan abrasadora como el fuego que nos había separado.

Eché a correr. La jueza golpeó con el mazo; Meredith me llamó. Abrí de par en par las puertas de la sala y bajé corriendo seis tramos de escaleras; empujé la puerta de una salida de emergencia y aparecí en la calle. Me paré bajo la intensa luz de la tarde. No importaba hacia dónde corriera: Meredith me atraparía. Me devolvería al hospital, me metería en un hogar tutelado o me encerraría en un reformatorio. Me pasaría ocho años yendo de un alojamiento a otro, cada vez que ella viniera a buscarme. Y el día que cumpliera dieciocho años me emanciparía y me encontraría sola.

Me estremecí. Era un día frío de diciembre; el cielo, de un azul intenso, era engañoso. Me tumbé en el suelo y apoyé la mejilla contra el cemento caliente.

Quería irme a casa.

4

Habían pasado diez años y Elizabeth todavía quería saber de mí.

Esa noche, mientras trabajaba al lado de Marlena, tuve su carta, doblada hasta formar un pequeño cuadrado de papel, metida en el sujetador. «Te fallé», había escrito. «Yo también lo he sentido, siempre.» Entonces, al final, justo encima de su nombre: «Vuelve a casa, por favor.» Cada hora cogía la carta dos o tres veces y releía aquellas frases cortas, hasta memorizar no sólo las palabras, sino también la forma exacta de cada una de las letras. Marlena no me hacía preguntas y trabajaba aún más para compensar mi distracción.

Iría a ver a Elizabeth. Lo había decidido nada más leer su carta, sentada en el bordillo junto a Renata. Me había levantado con intención de ir derecha hasta mi coche, atravesar el puente y conducir hasta el viñedo. Pero, a través de la ventana, había visto a Marlena trabajando, había entrado para darle unos retoques a un ramo y luego, tras una pausa, me había puesto a arreglar otro. Pasaban las horas. Al día siguiente teníamos una fiesta de cumpleaños y después dos bodas, una detrás de otra. El otoño estaba resultando tan movido como lo habían sido los meses de verano, pues las novias exigentes y supersticiosas preferían casarse un domingo de finales de otoño que acudir a otra florista. Ésas eran las que menos me gustaban. No eran suficientemente ricas para pagar más que otras novias y así conseguirse una fecha de verano y organizar una boda de lujo con elegancia y gratitud, pero sí para moverse en los mismos círculos y rabiar con las constantes comparaciones. Las novias de otoño eran inseguras y los hombres con quienes se casaban se lo consentían todo. El mes anterior, tres novias nos habían llamado para hacernos consultas en el último minuto, echando por tierra todo lo que habíamos planeado, y habíamos tenido que empezar de cero el día antes de la boda.

Pero lo que me mantenía entretenida junto a Marlena no eran sólo las exigencias del trabajo. La emoción de saber que Elizabeth todavía quería saber de mí había amortiguado el dolor de diez años, e incluso ese otro dolor, constante, que sentía por pensar en mi hija. Mientras no fuera a verla, la promesa de la carta de Elizabeth permanecería intacta. En cambio, si llamaba a su puerta me arriesgaría a enfrentarme cara a cara con una mujer distinta de la que yo recordaba —más vieja, sin duda, pero quizá también más triste o más enfadada—, y eso parecía un riesgo demasiado grande.

Acababa de ducharme y vestirme cuando sonó el teléfono. Era Caroline. Estaba esperando su llamada. En la entrevista no había sabido explicarme qué esperaba de una florista ni de una relación y le daban ganas de llorar si yo le hacía una pregunta que no podía contestar, lo que sucedía cada vez que le preguntaba algo más complicado que su nombre o la fecha de la boda. Debí rechazarla, pero me había caído bien su prometido, Mark, y supongo que por eso acepté el trabajo. Mark se burlaba de ella, pero no para menospreciarla, sino para animarla.

Contesté al primer timbrazo. Mientras decidía si le pedía que viniera o si mentía y le decía que estaba ocupada, crucé el dormitorio y la vi sentada en el bordillo de la acera de enfrente. Levantó la cabeza y me miró; Mark estaba a su lado. Caroline tenía los puños apretados, pero entonces abrió una mano y me saludó. Abrí la ventana y colgué el teléfono.

—Bajo enseguida —grité, como había hecho Natalia la primera vez que llamé a su puerta, y, como Natalia, me tomé mi tiempo.

Fui a la cocina y me preparé una taza de té, huevos escalfados y tostadas. Si íbamos a tener que volver a empezar con los ramos, como yo sospechaba, quizá tuviera que trabajar las próximas veinticuatro horas sin parar. Me entretuve con la comida y me bebí dos vasos de leche antes de bajar la escalera.

Caroline me abrazó cuando abrí la puerta. Debía de rondar los treinta, pero llevaba el pelo recogido en dos largas trenzas y ese peinado la hacía parecer mucho más joven. Cuando se sentó a la mesa, enfrente de mí, vi que tenía empañados los ojos azules.

—La boda es mañana —dijo, como si a mí se me hubiera olvidado— y me parece que me he equivocado.

Soltó un grito ahogado y se golpeó el pecho con la palma de la mano.

Mark, sentado a su lado, le dio unos golpecitos en la espalda con el puño. Caroline rió y dio unos hipidos.

—Intenta no llorar —me explicó él—. Si llora el día antes de la boda, seguro que se aprecia en las fotos.

Caroline volvió a reír y se le escapó una lágrima. Se la enjugó con un dedo, con la uña pintada, y le dio un beso a Mark.

—Él no entiende lo importante que es esto —repuso—. No conoce a Alejandra ni a Luis y no sabe lo que pasó en su luna de miel.

Asentí con la cabeza como si recordara a aquella pareja y las flores que había elegido para ellos.

—Bueno, ¿qué quieres que haga? —pregunté con toda la paciencia de que fui capaz.

—¿Nunca te han preguntado qué comidas elegirías si sólo pudieras comer cinco cosas el resto de tu vida? —Moví la cabeza afirmativamente, aunque nunca me lo habían preguntado—. Bueno, pues no paro de pensarlo. Elegir las flores para tu boda viene a ser como escoger las cinco cualidades que deseas para una relación, para el resto de tu vida. ¿Cómo vas a escogerlas?

—Dice «para el resto de tu vida» como si el matrimonio fuera una enfermedad terminal —comentó Mark.

—Ya sabes a qué me refiero —replicó ella, mirándose las manos.

Yo sólo los escuchaba a medias, mientras pensaba en las cinco comidas que elegiría yo. Donuts, sin duda. ¿Tenía que especificar un tipo o podía decir «variados»? Variados, decidí, con preferencia por los de jarabe de arce.

Caroline y Mark discutían sobre rosas rojas y tulipanes blancos, *amor* contra *declaración de amor*.

—Pero, si me quieres y no me lo dices, ¿cómo voy a saberlo? —razonó ella.

—Lo sabrás, te lo aseguro —le garantizó Mark arqueando las cejas y deslizando una mano de la rodilla de Caroline hasta la parte más alta de su muslo.

Miré por la ventana. Donuts, pollo asado, pastel de queso y sopa de calabaza muy caliente. Faltaba una. Debería ser una fruta o una verdura, si pretendía sobrevivir más de un año con esa dieta imaginaria, pero no se me ocurrió ninguna que me gustara lo suficiente para comerla todos los días. Tamborileé con los dedos en la mesita mientras contemplaba un cielo inusualmente azul.

De pronto supe qué anunciaba y supe que tenía que marcharme inmediatamente a ver a Elizabeth. Las uvas estaban maduras. Había contado los días templados, doce seguidos, y en ese preciso momento, con el sol entrando en la oscura habitación en haces en los que se arremolinaba el polvo, supe que las uvas estaban a punto para la vendimia. También supe que Elizabeth todavía no lo había descubierto. No sé cómo lo supe, pero lo supe; quizá mediante esa misteriosa conexión que presuntamente existía entre madres e hijas, una especie de prolongación del cordón umbilical que les permitía saber cuándo la otra estaba enferma o en peligro. Me levanté. Caroline y Mark estaban comparando los heliotropos y los geranios silvestres, pero yo me había perdido y no sabía quién había ganado el debate entre tulipanes y rosas.

—Oye, ¿por qué te limitas? —pregunté con innecesaria brusquedad—. Nunca te he dicho que tengas que limitarte a cierto número de flores para componer tu ramo.

—Pero ¿dónde se ha visto que una novia lleve un ramo con cincuenta flores diferentes? —repuso ella.

—Pues ponlo de moda —contesté. Caroline era el tipo de mujer a la que le encantaría poner algo de moda. Cogí mi libreta de espiral y un bolígrafo—. Repasa todas las tarjetas de la caja y anota todas las cualidades que te gustarían para tu relación. Juntaremos todas las que podamos en el último momento —propuse—. Pero olvídate de que el ramo haga juego con el traje de las damas de honor.

—Los trajes son *chartreuse* —comentó Caroline tímidamente, como si los hubiera comprado anticipándose a ese momento—. Harán juego con cualquier cosa.

Me había levantado y ya estaba a mitad de la escalera. Necesitaba llamar a Marlena. Ella podía cumplimentar el pedido sin mí y lo haría de manera profesional. Sus arreglos no eran muy bonitos —había mejorado poco con el tiempo—, pero sabía de memoria las definiciones de cada flor y no confundía los geranios de hoja de roble con los de hoja afilada. La reputación de Mensaje dependía del contenido del ramo, no del mérito artístico de los arreglos, y Marlena era impecable con el contenido.

Contestó al primer tono y supe que ella también estaba esperando esa llamada.

—Tienes que venir —le pedí.

Marlena emitió un gruñido. Colgué sin haberle dicho que no estaría allí cuando ella llegara, ni que Caroline y Mark estaban componiendo lo que, seguramente, sería el ramo más complejo de la historia de las bodas de San Francisco. No había motivo para asustarla.

Cogí las llaves y bajé la escalera a toda prisa.

—Ahora viene Marlena —les dije a Caroline y Mark al pasar por su lado, camino de la puerta.

Recorrí las mismas carreteras que había recorrido tantas veces con Grant, sola y, la última vez, con la niña. Al pasar junto al vivero, me llevé una mano a la sien para limitar mi visión periférica. No vi la casa, el depósito de agua ni las flores. Había reunido el valor necesario para ver a Elizabeth, pero no soportaba la idea de ver a Grant o a mi hija el mismo día.

Me paré en el arcén, junto al camino de entrada a la casa de Elizabeth. Pasó un autobús escolar y luego una ranchera marrón cargada hasta los topes. Cuando la carretera quedó vacía, salí del coche y miré hacia el camino.

A simple vista, el viñedo estaba exactamente como lo recordaba. El largo camino, la casa en el centro, las vides trazando líneas paralelas a la carretera. Me apoyé en el coche y busqué señales del daño que había causado. Habían replantado las viñas y removido la tierra quemada y las cenizas habían desaparecido; hasta los cardos volvían a llenar la zanja, altos y secos como la noche que provoqué el incendio. Sólo el grosor de las cepas revelaba la historia de lo ocurrido: en el cuadrante sureste de la finca, los troncos eran más delgados que los del lado opuesto al camino. Las hojas de las plantas más jóvenes eran de un verde más brillante y en sus ramas había mucha más uva. Me pregunté si la calidad de la fruta de las vides nuevas habría alcanzado ya el estándar de Elizabeth.

Crucé la carretera. La casa no había cambiado, pese a que los cobertizos habían desaparecido; deduje que se habían quemado. La caravana de Carlos tampoco estaba, aunque dudaba que el metal se hubiera fundido; lo más probable era que el capataz hubiera encontrado otro empleo o se hubiera ido a vivir a otro sitio y que Elizabeth se hubiera deshecho de la caravana. Sin aquellos edificios destartalados, la casa parecía más un hotelito rural que un viñedo. La pintura blanca estaba limpia y brillante y en el porche había dos merecedoras. Al otro lado de la ventana con cortina de encaje, la luz de la cocina estaba encendida.

Me paré en el primer escalón y oí un débil ruido semejante a una corriente de aire, seguido de un chapoteo. Elizabeth estaba en el jardín. Con la espalda pegada a los listones de madera blanca de la pared, fui rodeando la casa poco a poco. Elizabeth estaba de espaldas a sólo unos pasos de mí, agachada en el suelo y descalza. Tenía barro en los talones y, cuando se inclinó hacia delante, vi que tenía los arcos de los pies limpios y rosados.

—¿Otra vez? —preguntó sosteniendo en alto un aro metálico con un gastado mango de madera.

Me separé de la pared para examinar mejor el jardín. En un sendero, enfrente de los rosales, había un barreño de zinc con agua jabonosa que formaba remolinos irisados. Sujetándose con una mano al borde del barreño, una niña con los ojos muy redondos estiraba un brazo hacia el aro metálico. Estaba sentada en el suelo, en pañales, y su cuerpo desnudo oscilaba; la barriga, redonda, no se sostenía sobre el inestable trasero. Con la mano que tenía libre, Elizabeth sujetó a la niña por la espalda y, en ese momento de distracción, la pequeña consiguió agarrar el aro y arrastrarlo, todavía cubierto de espuma, hacia su boca. Lo mordió con fuerza.

—Perdón, señorita —dijo Elizabeth tirando sin éxito del mango de madera—. Esto es una varita para hacer pompas de jabón, no un mordedor.

La niña no se dio por aludida. Tras una pausa, Elizabeth le hizo cosquillas en la barriga hasta que rió y soltó el aro. Elizabeth le limpió la espuma de la boca con un pulgar.

—Ahora, mira —indicó Elizabeth.

Sumergió la varita en el agua y sopló a través del aro. Una lluvia de pompas descendió sobre la niña, dejando círculos húmedos al estallar sobre sus hombros y su frente.

Le había crecido el pelo; unos tirabuzones oscuros le tapaban parcialmente las orejas y se ensortijaban en su nuca. Tenía la piel bronceada, supuse que de pasar muchas horas en el jardín, y le habían salido dos dientes en las encías inferiores, por donde tantas veces había pasado yo el dedo. Quizá no la habría reconocido de no ser por sus ojos —redondos, profundos, azul grisáceo— que, de pronto, se fijaron en mi cara, inquisitivos, como habían hecho la mañana que la dejé en el cesto forrado de musgo.

Me retiré sin hacer ruido, me di la vuelta y corrí hacia la carretera.

5

Sentada entre aquellas plantas de varias décadas de edad, observaba las escasas flores. Grant había podado los rosales. Medio centímetro por debajo de cada extremo cortado, una gruesa yema roja brotaba del tallo, donde saldría una nueva flor. Como todos los años, Grant iba a tener rosas por Acción de Gracias.

Grant volvía a relacionarse con Elizabeth tras veinticinco años de soledad. Había ido inmediatamente hasta el vivero, atónita; había dejado mi coche en la cuneta y, como hacía mucho que había tirado la llave, había saltado la verja de Grant. Pero en lugar de llamar a la puerta del depósito de agua, me había dirigido a la rosaleda. Tenía la sonrisa tímida de mi hija grabada en las retinas; su alegría me había inundado y formaba remolinos dentro de mí como el agua jabonosa de aquel barreño. Estaba con Elizabeth y estaba feliz. La naturalidad que compartían me hizo pensar que la niña vivía en el viñedo y sentí la soledad de Grant con la misma intensidad con que había experimentado la alegría de mi hija.

Pasó una hora. Todavía estaba aturdida por la inesperada visión de mi hija, cuando oí los pasos de Grant, que se acercaba por detrás. Se me aceleró el corazón, como años atrás me había ocurrido en el mercado de flores, y acerqué las rodillas al pecho, como tratando de amortiguar aquel sonido. Grant llegó hasta mí y se sentó a mi lado, rozándome un hombro. Me puso algo detrás de la oreja y yo lo cogí. Una rosa blanca. La levanté hacia el sol y su sombra se proyectó sobre nosotros. Nos quedamos un buen rato allí sentados, en silencio.

Al final me volví hacia él. Hacía más de un año que no veía a Grant y me pareció que había envejecido más de la cuenta. Tenía unas finas arrugas en la frente, aunque todavía olía a tierra, como yo recordaba. Me acerqué más y nuestros hombros volvieron a tocarse.

—¿Cómo es? —pregunté.

—Preciosa —contestó con voz pausada, pensativo—. Un poco tímida al principio. Pero, cuando se suelta, cuando te agarra las dos orejas con sus manitas, eso no puede compararse con nada. —Hizo una pausa, arrancó un pétalo de la rosa que yo tenía en las manos y se la acercó a los labios—. Le encantan las flores. Las coge, las huele y, si no la vigilas, se las come.

—¿En serio? ¿Le gustan tanto como a nosotros?

Grant asintió.

—Tendrías que ver cómo sonríe cuando recito los nombres de las orquídeas en el invernadero: *oncidium, dendrobium, bulbophyllum, epidendrum...* Y le hago cosquillas en la cara con las flores. No me extrañaría nada que la primera palabra que dijera fuera *Orchidaceae*.

Me imaginé su carita redonda, sus mejillas coloradas por el calor del invernadero, escondiendo el rostro en el pecho de Grant para protegerse de aquellas flores que le hacían cosquillas.

—También intento enseñarle la parte científica de las plantas —continuó Grant, y esbozó una sonrisa en la que danzaban los recuerdos—. Pero de momento no nos va muy bien. Se queda dormida cuando empiezo a hablar de la historia de la familia de las *Betulaceae* o a explicarle que el musgo crece sin raíces.

«El musgo crece sin raíces.» Sus palabras me cortaron el aliento. Pese a llevar toda una vida estudiando la biología de las plantas, ese sencillo hecho se me había escapado, y ahora parecía el único dato que yo había necesitado saber.

—¿Cómo se llama? —pregunté.

—Hazel. —«Avellano.» *Reconciliación*. Grant esquivó mi mirada y tiró de una garranchuela—. Pensé que algún día ella te traería junto a mí.

Y lo había hecho. La raíz de la garranchuela se soltó. Grant pasó el dedo por el tallo, hasta el punto por donde había estado unido a la tierra.

—¿Te has vuelto loco? —exclamé.

Él tardó en contestar. Arrancó otra planta, la levantó y enroscó la larga brizna de hierba alrededor de su dedo índice.

—Tal vez. —Volvió a quedarse callado, contemplando su finca—. Estaba furioso. He ensayado mi discurso cien veces desde que encontré a Hazel. Mereces oírme.

—Ya lo sé —admití—. Adelante.

Lo observé, pero él seguía sin mirarme. No iba a recitar las palabras que había ensayado. No estaba enfadado, aunque tenía todo el derecho a estarlo, y no quería hacerme sufrir. No sabía hacerme sufrir.

Al cabo de un rato sacudió la cabeza y resopló.

—Hiciste lo que tenías que hacer —declaró—. Y yo también.

Sus palabras significaban que no me había equivocado al deducir que mi hija vivía en el viñedo; Grant se la había entregado a Elizabeth.

—¿Cenamos? —me preguntó de pronto, volviendo la cabeza.

—¿Vas a cocinar?

Asintió con un gesto y yo me levanté.

Me encaminé hacia el depósito de agua, pero Grant me cogió de la mano y me llevó hasta el porche de la casa. Dejé que me guiara y me fijé en que la casa estaba recién pintada y las ventanas, arregladas.

La mesa del comedor estaba puesta. No había mantel, sino sólo dos individuales en cada extremo de la mesa de madera pulida, junto con unas servilletas de tela dobladas, cubiertos relucientes y platos de porcelana blancos con filetes de diminutas flores azules alrededor del borde. Me senté y Grant me sirvió agua en una copa de cristal antes de desaparecer por la puerta batiente que comunicaba con la cocina. Volvió con un pollo asado entero en una bandeja de plata.

—¿Siempre cocinas tanto para ti solo? —pregunté, sorprendida.

—A veces, cuando no puedo parar de pensar en ti. Pero hoy he cocinado especialmente para ti. Cuando te vi saltar la verja, encendí el horno.

Cortó los dos muslos con un cuchillo y me los sirvió en el plato antes de empezar a cortar una pechuga. Fue a la cocina a buscar una salsera con jugo de carne y una bandeja de verduras asadas: remolachas, patatas y pimientos de colores llamativos. Mientras me servía la verdura, yo terminé de apurar el primer muslo. Dejé el hueso pelado en medio de un charco de salsa y Grant se sentó enfrente de mí.

Tenía muchísimas preguntas que hacerle. Quería que me describiera cada uno de los días que habían pasado desde que encontró a la niña en el cesto forrado de musgo. Quería saber qué había sentido cuando miró a su hija a los ojos por primera vez, si amor o terror, y cómo la niña había acabado viviendo con Elizabeth.

Quería preguntárselo, pero en lugar de eso me comí el pollo con voracidad, como si no hubiera vuelto a comer desde la última vez que Grant había cocinado para mí. Me acabé los dos muslos y las dos alas y empecé a atacar la pechuga. El sabor de la carne se enredaba en mi memoria con el sabor de Grant, sus besos después de cocinar, cómo me acariciaba, sólo cuando yo se lo pedía, en el taller y las tres plantas del depósito de agua. Lo había abandonado, había abandonado sus caricias y sus platos, y nada había podido sustituirlo. Cuando levanté la cabeza, vi que Grant me observaba comer, como había hecho tantas veces, y supe por su expresión que a mí tampoco me había sustituido nada.

Cuando terminé de cenar, en la bandeja de plata sólo quedaba del pollo una escultura de huesos. Examiné el plato de Grant y no supe discernir si había comido algo. Esperaba que sí. Esperaba no haberme comido el pollo entero yo sola. Pero cuando me preguntó si quería ver la habitación de Hazel e intenté levantarme, noté el estómago repleto. Dejé que Grant me ayudara a subir la escalera. Abrió la última puerta del largo pasillo y me acompañó hasta el borde de una cama individual. Me tumbé. Grant me levantó la cabeza y me puso una almohada debajo. Pasó al lado de una mecedora y cogió un álbum forrado de piel rosa de un estante.

—Esto lo hizo Elizabeth para la niña —me explicó, abriendo el álbum.

En la primera página había un dibujo de una flor de avellano que había hecho Catherine. Lo habían rescatado de su archivo, lo habían plastificado y montado en el álbum con unas esquinas doradas. Debajo del dibujo estaba escrito el nombre de mi hija, Hazel Jones-Hastings, con la elegante caligrafía de Elizabeth, y su fecha de nacimiento, 1 de marzo, que no era su verdadera fecha de nacimiento. Pasó la página.

En una fotografía aparecía Hazel acostada en el cesto de musgo, exactamente como yo la había dejado. Al verla se me retorció el estómago y me afloraron las lágrimas al recordar el amor aplastante que había sentido por ella en aquel momento. En la página siguiente, Hazel aparecía en una mochila, pegada al pecho de Grant, con un gorrito flexible blanco atado bajo la barbilla con una cinta. Dormida. Había dos o tres fotografías correspondientes a cada mes de vida: su primera sonrisa, su primer diente y su primera comida habían sido inmortalizados con cariño.

Cerré el álbum y se lo devolví a Grant. Aquello era todo lo que yo quería saber.

—¿Ésta es su habitación? —pregunté.

—Sí, cuando viene. Los sábados por la tarde o los domingos después de la feria agrícola.

Devolvió el álbum al estante y pasó la mano por la barandilla de una cuna vacía. Cuando se tumbó a mi lado, noté el calor de su cuerpo en mi brazo.

Miré alrededor. Los dibujos de flores de Catherine estaban enmarcados sobre un paspartú blanco con marco de madera rosa. Los marcos hacían juego con los muebles, también rosas: la cuna, una mecedora, una mesilla de noche y una librería, todo decorado con margaritas.

—La casa está muy arreglada —comenté—. Has trabajado mucho en un año.

Grant negó con la cabeza.

—Un año y medio —me corrigió—. Empecé el día después de llevarte al taller de mi madre. Las tardes que tú volvías tarde del trabajo, yo venía aquí a arrancar el papel pintado y pulir los suelos.

Quería darte una sorpresa. Confiaba en que algún día viviríamos juntos en esta casa.

Me había marchado sin despedirme, sin contarle a Grant que estaba embarazada. Y mientras tanto, él me había construido un hogar, sin saber si algún día yo regresaría.

—Lo siento —musité.

Se produjo un silencio y recordé los primeros meses de mi embarazo, cuando volví a dormir en McKinley Square, asqueada, sucia y desaliñada. Esa imagen me produjo desasosiego. La crisis me había llevado hasta los límites de la irreflexión; estaba tan trastornada que casi llegué a perder el instinto de supervivencia.

—Yo también lo siento —convino Grant.

Me aparté y lo miré a los ojos. Se refería a nuestra hija; su habitación, vacía, nos rodeaba.

—¿Renunciaste a ella? —pregunté. No era una acusación y, por una vez, mi voz transmitía lo que quería decir: que me corroía una curiosidad inocente.

Grant asintió con la cabeza.

—Yo no quería. La adoré desde el momento en que la vi. La quería tanto que me olvidé de comer, dormir y cuidar las flores todo el mes de marzo.

De modo que a Grant le había pasado lo mismo que a mí: aquella responsabilidad había sido superior a él.

Se volvió hacia mí, con el cuerpo encajado entre la pared y mi costado. Siguió hablando, muy cerca de mi oreja:

—Quería que estuviera contenta, pero cometía un error tras otro. Le daba demasiada comida, o se me olvidaba cambiarle el pañal, o la dejaba demasiado tiempo al sol mientras trabajaba. Ella nunca lloraba, pero el sentimiento de culpa no me dejaba dormir por las noches. Creía que le estaba fallando, y a ti también. No podía ser el padre que me habría gustado ser; no podía serlo solo, sin ti. Y temía, incluso cuando le puse ese nombre, que no volvieras nunca.

Levantó una mano y me acarició el cabello. Apoyó la mejilla contra mi cabeza y me hizo cosquillas con la barba.

—Se la llevé a Elizabeth —prosiguió—. Fue lo único que se me ocurrió. Cuando me presenté en su porche con la niña en el cesto, ella se echó a llorar y me hizo pasar a la cocina. Estuve dos semanas sin salir de su casa, y al marcharme no me llevé a la niña. Hazel sonrió por primera vez en brazos de Elizabeth; no soportaba la idea de separarlas.

Grant me abrazó y acercó la cara a mi oreja.

—Quizá sólo fuera una excusa para abandonarla —susurró—, pero no me sentí capaz de seguir adelante solo.

Lo abracé. Nos estrechamos.

—Ya lo sé —dije.

Yo tampoco había sido capaz y él lo supo sin necesidad de que yo se lo explicara. Permanecimos abrazados largo rato, como náufragos pero sin buscar la costa con la mirada, sin hablar, sólo respirando.

—¿Le hablaste de mí a Elizabeth? —pregunté al cabo.

—Sí. Quería saberlo todo. Creía que yo podría relatarle cada momento de cada día de tu vida desde la última vez que te había visto en el juzgado. Se sintió muy frustrada de que yo no pudiera satisfacer su curiosidad.

Me contó que se había sentado a la mesa de Elizabeth con un estofado de carne en el fuego y Hazel en sus brazos. «¿Por qué no se lo preguntaste?», le recriminaba ella cuando Grant no sabía qué había hecho yo el día que cumplí dieciséis años, si había estudiado en el instituto o qué me gustaba desayunar.

—Se rió cuando le conté que no te gustan las azucenas y me dijo que tampoco te gustaban mucho los cactus.

Separé la cara de su pecho para mirarlo. Sonrió y entonces comprendí que había oído la historia completa.

—¿Te lo contó todo? —pregunté.

Él asintió. Apoyé de nuevo la cabeza y pronuncié mis siguientes palabras con la cara hundida en su pecho:

—¿Lo del incendio también?

Grant volvió a asentir, apretándome la frente con la barbilla. Nos quedamos callados. Al final, le formulé la pregunta que tanto tiempo me había callado:

—¿Cómo es posible que no supieras la verdad?

Tardó un momento en responder. Cuando lo hizo, sus palabras adoptaron la forma de un largo suspiro:

—Mi madre murió.

Deduje que eso ponía fin a mi interrogatorio y no quise insistir. Pero tras una pausa, añadió:

—Ya es demasiado tarde para preguntárselo. Sin embargo, creo que ella creía que había provocado el incendio. Por esa época, la mayoría de los días no me reconocía. Se le olvidaba comer y no quería tomarse los medicamentos. La noche del incendio la encontré en su taller, mirando por la ventana. Las lágrimas resbalaban por sus mejillas. Empezó a toser espasmódicamente y luego a ahogarse, como si tuviera humo en los pulmones. Fui junto a ella y la abracé. Parecía tan frágil... Seguramente yo había crecido más de un palmo desde la última vez que nos habíamos abrazado. Entre sollozos, murmuraba una y otra vez la misma frase: «Yo no quería hacerlo.»

Me imaginé el cielo morado, la silueta de Catherine y Grant en la ventana; volví a sentir la desesperación que había experimentado en medio de las llamas. Catherine también la había sentido. En aquel momento ambas habíamos coincidido, destruidas por nuestro limitado conocimiento de la realidad.

—¿Y después? —pregunté.

—Se pasó un año dibujando jacintos; a lápiz, carboncillo, tinta, pasteles. Al final empezó a pintar, en lienzos enormes y en sellos de correos diminutos, unos tallos largos y morados con centenares de pequeñas flores. Pero ninguno lo encontraba bastante bonito para regalárselo a Elizabeth. Todos los días volvía a intentarlo.

Jacintos. *Por favor, perdóname.* Recordé los tarros de pintura morada del estante superior del taller de Catherine.

—Pasamos un buen año —continuó Grant—, tal vez uno de los mejores. Tomaba los medicamentos, intentaba comer. Cada vez que yo cruzaba el jardín bajo su ventana rota, ella me gritaba que me quería. A veces todavía miro hacia arriba cuando paso por delante de la casa, como si fuera a verla allí.

Catherine nunca había abandonado a Grant, ni siquiera durante su enfermedad. Sola y sin ayuda, había conseguido eso de lo que ni Grant ni yo habíamos sido capaces: criar a un hijo. Sentí un respeto profundo e inesperado. Miré a Grant para ver si él también lo sentía. Sus ojos, empañados, estaban fijos en los dibujos de su madre.

—Ella te quería —constaté.

—Ya lo sé —respondió.

Había un amago de sorpresa en su voz y no supe si a Grant le sorprendía que su madre lo hubiera querido tanto o haber entendido, finalmente, la intensidad del sentimiento materno. No había sido una madre perfecta, ni mucho menos, pero Grant se había convertido en un adulto fuerte y emocionalmente sano, y en un profesional competente. A veces, hasta era feliz. Nadie podía afirmar que Catherine lo hubiera criado bien, o al menos, no lo bastante bien. Sentí gratitud hacia una mujer a la que ya no conocería, la mujer que había dado la vida al hombre que yo amaba.

—¿Cómo murió? —inquirí.

—Un día no se levantó de la cama. Cuando fui a verla, no respiraba. Los médicos dijeron que había sido una mezcla de alcohol y medicamentos. Ella sabía que no podía beber, pero a veces escondía una botella entre las sábanas. Al final ya no pudo más.

—Lo siento.

Lo sentía por Grant y también porque ya no conocería a su madre. Y sentía que Hazel no pudiera conocer a su abuela.

Abracé a Grant una vez más. Me separé poco a poco de él, lo besé en la frente y me levanté.

—Te has portado muy bien con Hazel —dije con la voz rota—. Gracias.

—No te vayas —me pidió—. Quédate conmigo. Por favor. Te prometo que te prepararé la cena todas las noches.

Escudriñé los dibujos de la pared: crocus, prímulas y margaritas, todas flores idóneas para una niña. No podía mirar a Grant, no podía pensar en sus platos. Si lo miraba a los ojos una sola vez más, o si me llegaba el aroma de algo que estuviera cocinándose en el horno, me sería imposible marcharme.

—Tengo que irme —repuse—. No me pidas que me quede, por favor. Quiero demasiado a mi hija para interferir en su vida ahora que es feliz y tiene a alguien que la quiere y la cuida.

Grant se levantó. Me abrazó por la cintura y me acercó a él.

—Pero no tiene a su madre —me recordó—. Y eso nada puede compensarlo.

Suspiré. No lo dijo en tono acusador ni para persuadirme, pero era la verdad.

Fui hacia la escalera y Grant me siguió. En el comedor me adelantó y abrió la puerta de la calle. Crucé rápidamente el pasillo.

—Ven el día de Acción de Gracias —me pidió—. Habrá rosas.

Me dirigí hacia la carretera con andar lento y pesado. Aunque había rechazado la invitación de Grant, en realidad no quería marcharme. Tras haber oído reír a mi hija, tras haber visto a Elizabeth ejerciendo de madre otra vez, con voz firme y al mismo tiempo dulce, como yo la recordaba, me costaba alejarme de allí. No quería cruzar el puente y recluirme en mi habitación azul. Y sobre todo no quería estar sola, lo que me sorprendió.

Esperé a que la puerta de la casa se cerrara, entonces me di la vuelta y me metí en el primer invernadero.

Necesitaba flores.

6

Recorrí la corta distancia hasta la casa de Elizabeth con el ramo de flores que había formado en el invernadero entre mis rodillas.

Aparqué el coche en la entrada de la finca y recorrí el camino que conducía hasta la casa. Una luz anaranjada iluminaba la ventana de la cocina. Creía que, a esas alturas de octubre, encontraría a Elizabeth dando su paseo nocturno para tomar muestras de las uvas, con Hazel a la zaga pero, por lo visto, todavía no habían terminado de cenar. Me pregunté cómo se las habría apañado para dirigir el viñedo con un bebé y si la calidad de la cosecha se resentiría. Me costaba imaginar que Elizabeth lo permitiera.

Me detuve en el porche y miré por la ventana. Hazel estaba sentada a la mesa de la cocina, en una trona. La habían bañado y vestido desde que yo la viera en el jardín. Tenía el pelo húmedo, más oscuro y más rizado, peinado con raya en medio y sujeto con un pasador. Llevaba puesto un babero verde, salpicado de algo blanco y cremoso, y se chupaba los dedos, en los que tenía restos de comida. Elizabeth estaba de espaldas a mí, lavando los platos. Cuando la oí cerrar el grifo, me aparté y me situé detrás de la puerta.

Agaché la cabeza y hundí la nariz en el ramo. Había lino, nomeolvides y flor de avellano. Había rosas blancas y rosas, helenios y vincapervincas, prímulas y muchísimas campanillas. Entre los tallos había musgo aterciopelado, apenas visible, y había salpicado el ramo con pétalos morados y blancos de la salvia mexicana de

Grant. Era un ramo enorme, pero a mí me parecía pequeño. Inspiré hondo y llamé a la puerta.

Al cabo de un momento, Elizabeth pasó por delante de la ventana y abrió la puerta. Llevaba a Hazel a horcajadas en la cadera, con la mejilla apoyada en su hombro. Le tendí las flores.

Ella esbozó una sonrisa. Su cara reflejaba reconocimiento y alegría, aunque no la sorpresa que yo esperaba. Me miró de arriba abajo y me sentí como una hija que regresa del campamento de verano junto a una madre que se ha preocupado innecesariamente, sólo que, en lugar de un campamento de verano, se trataba de toda mi adolescencia, mi emancipación, mi etapa de vagabunda y mi etapa de madre soltera; además, no podía afirmar que la preocupación de Elizabeth no estuviera justificada. Pero los años transcurridos desde que me marchara de su casa parecían cortos y lejanos.

Abrió la puerta mosquitera, apartó un poco el ramo y me rodeó el cuello con su brazo libre. Me apoyé en su hombro y nos quedamos allí de pie, en un abrazo un tanto incómodo, hasta que Hazel empezó a resbalarse de su cadera. Elizabeth se la colocó bien y yo me aparté un poco para contemplarlas. Hazel escondía la cara; Elizabeth se enjugaba las lágrimas.

—Victoria —dijo con voz emocionada. Cerró una mano alrededor de mis dedos y sujetamos juntas el ramo. Al final lo cogió—. Te he echado de menos. Pasa. ¿Has cenado? Ha sobrado sopa de lentejas y esta tarde he hecho helado de vainilla.

—Ya he comido, pero probaré el helado.

Hazel levantó la cabeza del hombro de Elizabeth y batió palmas.

—Tú ya te has comido el tuyo, señoritinga —dijo Elizabeth; la besó en la coronilla y entró en la cocina.

Depositó a la niña en el suelo y ésta se agarró de sus pantorrillas. Sin dar un paso, Elizabeth se inclinó hacia el congelador y luego hacia el armario y consiguió sacar un molde metálico de helado, un cuenco y una cuchara.

—Aquí tienes —me ofreció el cuenco una vez lo hubo llenado. Hazel estiró los brazos y Elizabeth se agachó para levantarla con uno solo—. Vamos a sentarnos con tu madre.

Me emocionó la naturalidad con que hizo referencia a mi maternidad, pero Hazel, como es lógico, no se inmutó.

Me lavé las manos en el fregadero y me senté. Elizabeth colocó la trona frente a mí, pero cuando se inclinó para sentar a la niña Hazel soltó un chillido y se agarró a su cuello con todas sus fuerzas.

—No, gracias, tía Elizabeth —recitó ella con calma, y Hazel dejó de chillar.

Apartó la trona y puso en su sitio una silla; se sentó con Hazel en brazos.

—Ya se acostumbrará a ti —me dijo Elizabeth—. Tarda un poco en animarse.

—Ya me lo ha comentado Grant.

—¿Has visto a Grant?

—Sí, hace un rato. Primero he venido aquí pero, al verte en el jardín con Hazel, me he llevado tal sorpresa que me he marchado.

—Pues me alegro de que hayas vuelto.

—Yo también.

Deslizó el cuenco de helado hacia mí y nuestras miradas se encontraron. Había regresado. Quizá no fuera demasiado tarde, al fin y al cabo.

Probé el helado, frío y cremoso. Hazel se había dado la vuelta y me observaba con timidez, con los finos labios separados. Volví a llenar la cuchara, la llevé a cámara lenta hacia mis labios y, justo antes de metérmela en la boca, la hice girar hacia la boca de Hazel. La niña tragó, sonrió y escondió de nuevo la cara en el pecho de Elizabeth. Entonces me miró y volvió a abrir la boca. Cogí más helado y se lo di.

Elizabeth nos observaba.

—¿Cómo te han ido las cosas? —me preguntó.

—Bien —respondí esquivando su mirada.

—No, no —repuso ella, y sacudió la cabeza—. Quiero saber qué has hecho, con pelos y señales, desde la última vez que te vi en el juzgado. Quiero saberlo todo, empezando por dónde fuiste cuando saliste de allí corriendo.

—No llegué muy lejos. Meredith me atrapó y me metió en un hogar tutelado, como me había prometido.

—¿Fue muy horrible?

Había preocupación en sus ojos y comprendí que estaba esperando que yo confirmara sus peores temores sobre lo espantosos que habían sido aquellos diez años.

—Sí, para las otras chicas que vivían en la casa —contesté con ironía, recordando cómo era de adolescente y todas las maldades que había cometido—. Para mí sólo era horrible porque no estaba aquí, contigo.

Los ojos de Elizabeth se anegaron en lágrimas. Hazel, sentada en su regazo, golpeaba la mesa con los puños, impaciente. Le di más helado y ella estiró los brazos, como si quisiera que la cogiera. Miré a Elizabeth.

Ella me animó con un gesto.

—Adelante —dijo.

Con manos temblorosas, la cogí por las axilas, la levanté y me la senté en las rodillas. Pesaba más de lo que parecía. Una vez en mi regazo, agitó el trasero hasta recostarse contra mi estómago y metió la cabeza bajo mi barbilla. Acerqué la cara a su cabeza. Olía como Elizabeth: a aceite de cocina, canela y jabón de cítricos. Inspiré y le rodeé la cintura.

Hazel metió los dedos en el cuenco para coger helado, que ya se estaba derritiendo y goteó en su vestido de lino. Elizabeth y yo la miramos comer. Estaba muy concentrada y su ceño era tan serio como el de su padre.

—¿Dónde vives? —me preguntó Elizabeth.

—Tengo un apartamento. Y un negocio. Arreglo flores para bodas, aniversarios y esas cosas.

—Dice Grant que tienes mucho éxito. Que las mujeres hacen colas que rodean la manzana y que esperan meses para comprarte las flores.

Me encogí de hombros.

—Todo lo que sé lo aprendí aquí —declaré.

Miré alrededor y recordé la tarde en que Elizabeth había abierto una azucena sobre una tabla de trinchar en aquella mesa. Todo estaba tal como lo recordaba: la mesa y las sillas, la encimera y el fregadero de porcelana, blanco y hondo. La única novedad era un cuadro: una pintura de un jacinto morado, del tamaño de una caja de cerillas, flotando en un marco de cristal azul colocado en el alféizar, junto a la hilera de botellines azules.

—¿Te lo regaló Catherine? —pregunté señalándolo.

Elizabeth negó con la cabeza.

—Me lo regaló Grant. Catherine murió sin haber pintado un solo jacinto lo bastante perfecto para regalármelo. Pero ése era el favorito de Grant y quiso que me lo quedara.

—Es muy bonito.

—Sí. Me encanta.

Se levantó y lo trajo a la mesa, colocándolo entre las dos. Me fijé en cómo cada una de las flores se apiñaba alrededor del tallo, con las afiladas puntas encajando como piezas de un rompecabezas. La configuración de los pétalos me hizo pensar que el perdón podía llegar de forma natural, pero que en aquella familia no había sido así. Pensé en las décadas de malentendidos, desde la rosa amarilla hasta el incendio, y en los intentos frustrados de perdonar y ser perdonado.

—Ahora todo es muy diferente —comentó Elizabeth, como si me hubiera leído el pensamiento—. Grant y yo, después de tantos años, volvemos a ser una familia. Espero que hayas regresado para formar parte de ella. Todos te hemos echado mucho de menos, ¿verdad, Hazel?

La niña estaba concentrada en el cuenco, ya vacío. Le dio la vuelta, volvió a levantarlo y examinó el cerco cremoso que había dejado en la mesa. Lo esparció con los dedos formando círculos, creando una dulce abstracción sobre la madera.

Elizabeth deslizó lentamente una mano hacia la mía sobre la mesa. Me la ofreció y fue como si me ofreciera un camino para volver a la familia, la familia donde me querían como hija, como compañera, como madre. Cogí su mano. Hazel plantó encima la suya, pegajosa y cálida.

Ya tenía el perdón de Elizabeth, pero todavía me quedaba una pregunta por hacer.

—¿Qué fue del viñedo?

El miedo que me sobrevino fue el mismo que Elizabeth sintió al preguntarme acerca de mi adolescencia en los hogares tutelados. Ambas nos habíamos imaginado lo peor.

—Lo replantamos. Los daños fueron considerables, pero quedaron eclipsados por el hecho de haberte perdido. Los primeros años, las vides nuevas eran delgadas, y las malas hierbas, gruesas. Sólo salía de la casa en otoño para tomar muestras, y sólo porque Carlos casi echaba la puerta abajo todas las noches.

La caravana ya no estaba. Y Carlos tampoco.

—Se fue a vivir a México hace un año, cuando Perla empezó a asistir a la universidad —me explicó Elizabeth—. Sus padres eran mayores y estaban enfermos. Yo ya había aprendido a controlar mi dolor y también mi viñedo. Ya no lo necesitaba.

En consecuencia, la pérdida de mi hija habría sido más llevadera si yo hubiera tenido paciencia. Pero una década es mucho tiempo; no habría podido esperar tanto. Hundí la nariz en los rizos de Hazel e inhalé su olor dulzón.

—Las uvas ya deben de estar a punto —observé.

—Seguramente. Hace tres días que no tomo muestras. Ahora todo es un poco más difícil —comentó señalando a Hazel—, pero vale la pena.

—¿Quieres que te ayude? —pregunté.

—Sí —respondió con una sonrisa—. Vamos.

Cogió un paño húmedo del escurreplatos y le limpió las manos y la cara a Hazel, que intentaba zafarse.

Montamos en el tractor rojo. Elizabeth subió primero y luego, tras pasarle a Hazel, subí yo. La niña se sentó en el regazo de Elizabeth y estiró los brazos para tocar el volante pero, cuando se encendió el motor, se dio la vuelta y hundió la cara en el pecho de Elizabeth, apretando una oreja para amortiguar el ruido. Recorrimos la carretera hasta más allá de donde antes estaba la caravana y subimos a la colina donde yo había encontrado la primera uva madura el año que provoqué el incendio. Elizabeth paró y apagó el motor.

El viñedo estaba en silencio. Hazel se separó de Elizabeth y miró hacia la casa por encima de las vides. Con ojos soñolientos, siguió el contorno del tejado hasta las ventanas del piso de arriba. Se dio la vuelta y, al verme, dio un respingo, como si hubiera olvidado que yo estaba allí; entonces sonrió: una sonrisa lenta, tímida y radiante. Me tendió los brazos y dio un chillido de alegría, y aquel sonido agudo abrió una grieta en mi corazón, duro como una cáscara, como si hubiera roto una copa del cristal más delicado.

La cogí en brazos. Bajamos del tractor y nos agazapamos entre las cepas. Hazel acercó la cara a un racimo de uvas y yo la imité. Cogí una, la abrí con los dientes y le ofrecí un trocito. Elizabeth ya le había enseñado. Juntas masticamos la piel y nos pasamos la pulpa de un carrillo al otro.

Sonreí. 75/7. La uva estaba madura.

7

Coloqué mi fichero azul en la librería, junto al de Grant. Ambas cajas encajaban perfectamente entre un libro sobre botánica y una antología poética, en el mismo espacio que habían ocupado cuando Grant y yo vivíamos en el depósito de agua, el año anterior.

Era el día de Acción de Gracias. Había pasado toda la mañana ayudando a Grant, cortando verduras, triturando patatas y arreglando rosas para adornar la mesa. Elizabeth llegaría en cualquier momento con Hazel. Grant quería que todo estuviera perfecto. Lo dejé en la cocina preparando la salsa y comprobando la temperatura del horno una y otra vez. El pavo tardaría en estar listo, pero no me importaba. No tenía que ir a ningún sitio.

Sólo había salido del viñedo dos veces desde la noche que había probado las uvas con mi hija: una, para ayudar a Marlena con una boda de quinientos invitados, la más grande hasta ese momento, y la segunda, el día anterior, para recoger mis cosas. Después de vaciar el apartamento, había ido a la Casa de la Alianza y había ofrecido alojamiento gratuito a cambio de un trabajo de ayudante de floristería. Se ofrecieron dos chicas y las contraté allí mismo; a continuación, las llevé al apartamento. Marlena estaba esperándonos, nerviosa, y se encargó de enseñarles el piso a las chicas y repasar con ellas el calendario. Luego escucharon en silencio mientras Marlena les describía las diversas tareas de que serían responsables. Cuando me disponía a irme, convencida de que por el momento no me necesitarían, Marlena me llevó a un aparte; la inquietud se reflejaba en su mirada.

—Pero si no saben nada de flores —me susurró.

—Tú tampoco sabías nada —le recordé, pero eso no la tranquilizó.

Le prometí que volvería pronto. Sólo necesitaba un poco más de tiempo.

Mientras subía el pesado petate verde de Grant al segundo piso, pensé en la promesa que le había hecho a Marlena. Me gustaba Mensaje, me encantaba la cara que ponían las novias cuando les entregaba las hojas con sus deseos para el matrimonio, me encantaban las tarjetas de agradecimiento que encontraba todos los días en el buzón. Marlena y yo estábamos construyendo algo. Bethany y Ray ya nos habían contratado para celebrar su primer, quinto y décimo aniversario de boda. Bethany me atribuía a mí el éxito de su relación, y yo le atribuía a ella el creciente éxito de mi negocio. No quería fallarle, como tampoco quería fallarle a Marlena.

Algún día podría tener las dos cosas: un negocio y una familia. Iría todas las mañanas a San Francisco y volvería a la hora de la cena, como tantas madres trabajadoras. Recogería a Hazel en casa de Elizabeth y la aseguraría bien en su asiento, la llevaría al vivero y me sentaría con ella a la larga mesa del comedor. Grant tendría la cena preparada y cortaríamos la comida de Hazel en trozos pequeños y hablaríamos de cómo nos había ido la jornada, maravillándonos de cómo crecían nuestros respectivos negocios, nuestra hija y nuestro amor. Los días de fiesta iríamos con Hazel a la playa y Grant la llevaría sobre los hombros hasta que ella fuera lo bastante mayor para jugar sin peligro entre las olas, y las huellas de sus pies en la arena aumentarían un poco cada mes.

Sabía que algún día podría hacer todo eso.

Pero todavía no.

De momento, reintegrarme a mi familia requeriría toda mi energía y atención. Marlena estaba preocupada, pero lo entendía. La tarea que tenía ante mí era enorme. Necesitaba aceptar el amor de Grant y el de Elizabeth y ganarme el de mi hija. Necesitaba no volver a dejarlos nunca, bajo ningún concepto.

Esa idea me producía miedo y júbilo a partes iguales.

Ya había convivido con Grant y había fracasado. Ya había convivido con Elizabeth y con Hazel. Y siempre había fracasado.

Mientras paseaba la mirada por el antiguo dormitorio de Grant, me dije que esta vez todo sería diferente. Esta vez daría pasos más pequeños y me integraría en nuestra poco convencional familia de una manera que pudiese controlar. La lactancia materna me había enseñado los peligros de entregarse de lleno a algo y exponerse a un colapso total. Por eso había decidido, de momento, vivir sola en el depósito de agua. Hazel se quedaría con Elizabeth y vendría a verme cada vez más a menudo, y cada vez se quedaría más tiempo conmigo. Cuando mi temor se transformara por fin en confianza —en mi familia, pero sobre todo en mí misma—, me instalaría en la casa principal con Grant, y Hazel vendría a vivir con nosotros. Elizabeth, a un kilómetro de distancia, nos ayudaría. Y Grant me prometió que siempre tendría el depósito de agua a mi disposición por si necesitaba una breve escapada, un momento de soledad. Tenía todo cuanto necesitaba para quedarme.

Abrí la bolsa y empecé a sacar mis cosas. Amontoné los vaqueros, las camisetas y los zapatos en los rincones, colgué blusas y cinturones en unos clavos oxidados de la pared. Fuera, la verja chirrió en los goznes. Me asomé a la ventana y vi a Elizabeth empujando una sillita de paseo y volviendo a cerrar la verja. Los zapatos de charol de Hazel asomaban por debajo de una capota de lona que la protegía del sol.

Encontré mi único vestido en el petate y lo sacudí. Me cambié deprisa pasándomelo por la cabeza. Era un vestido camisero de algodón negro, con un cinturón fino forrado de la misma tela. Me puse unos mocasines granate y un collar de cristal que me había regalado Elizabeth y del que a Hazel le encantaba tirar.

Me peiné el pelo corto con los dedos y me asomé otra vez a la ventana. Elizabeth había llegado a los escalones del porche; frenó la sillita y levantó la capota. Hazel entornó los ojos, deslumbrada. Miró hacia el depósito de agua y le hice señas con la mano desde la ventana del segundo piso. Ella sonrió y estiró los brazos, pidiendo que la sacara de la sillita.

Elizabeth la desató y se agachó para cogerla en brazos. Con la niña en la cadera, metió una mano bajo el asiento de la sillita y sacó algo que sostuvo en alto para enseñármelo.

Era una mochila con forma de luciérnaga. Yo sabía qué contenía: el pijama de Hazel, unos pañales y una muda de ropa. El rostro de Elizabeth reflejaba alegría y coraje; el mío, también. Mirar a mi hija me llenaba de un amor que antes me creía incapaz de sentir. Entonces pensé en lo que me había dicho Grant la tarde que aparecí en su rosaleda: si era cierto que el musgo no tenía raíces y el amor materno podía crecer espontáneamente, como de la nada, quizá me había equivocado al creerme incapacitada para criar a mi hija. Tal vez los desapegados, los no deseados, los no amados, podían dar tanto amor como cualquiera.

Esa noche mi hija iba a quedarse a dormir conmigo por primera vez. Leeríamos cuentos y nos meceríamos en la mecedora. Después intentaríamos dormir. Quizá tuviéramos miedo y quizá yo me sintiera desbordada, pero volveríamos a intentarlo la semana siguiente, y la siguiente. Con el tiempo, acabaríamos conociéndonos y yo aprendería a amar a Hazel como aman las madres a sus hijas: con fallos y sin raíces.

El diccionario de flores de Victoria

Abutilón (*Abutilon*): *Meditación*
Acacia (*Acacia*): *Amor secreto*
Acanto (*Acanthus*): *Artificio*
Acebo (*Ilex*): *Previsión*
Acedera (*Rumex acetosa*): *Afecto paterno*
Achicoria (*Cichorium intybus*): *Frugalidad*
Acónito (*Aconitum*): *Caballerosidad*
Adelfa (*Nerium oleander*): *Ten cuidado*
Agapanto (*Agapanthus*): *Carta de amor*
Aguileña (*Aquilegia*): *Deserción*
Ajo ornamental (*Allium*): *Prosperidad*
Álamo blanco (*Populus alba*): *Tiempo*
Álamo negro (*Populus nigra*): *Valor*
Albahaca (*Ocimum basilicum*): *Odio*
Alegría de la casa (*Impatiens*): *Impaciencia*
Alerce europeo (*Larix decidua*): *Audacia*
Alhelí amarillo (*Cheiranthus*): *Fidelidad en la adversidad*
Alhelí de Mahón (*Malcolmia maritima*): *Siempre me parecerás hermosa*
Aliso marítimo (*Lobularia maritima*): *Valor más allá de la belleza*
Almendro, flor de (*Amygdalus communis*): *Indiscreción*
Aloe (*Aloe vera*): *Pena*
Altramuz (*Lupinus*): *Imaginación*
Amapola (*Papaver*): *Extravagancia fantástica*
Amaranto (*Amaranthus*): *Inmortalidad*
Amarilis (*Hippeastrum*): *Orgullo*

Ameo (*Ammi majus*): *Fantasía*
Anagálide (*Anagalis arvensis*): *Cambio*
Anémona (*Anemone*): *Abandonado*
Angélica (*Angelica pachycarpa*): *Inspiración*
Arándano (*Vaccinium*): *Cura para la pena*
Arañuela (*Nigella damascena*): *Perplejidad*
Árbol de Judas (*Cercis*): *Traición*
Armeria (*Armeria*): *Simpatía*
Áster (*Áster*): *Paciencia*
Ave del paraíso (*Strelitzia reginae*): *Esplendor*
Avellano (*Corylus*): *Reconciliación*
Avellano mágico (*Hamamelis*): *Hechizo*
Avena (*Avena sativa*): *El alma hechizante de la música*
Azafrán (*Crocus sativus*): *Cuidado con los excesos*
Azalea (*Rhododendron*): *Pasión frágil y efímera*
Azucena (*Lilum*): *Majestuosidad*
Azulejo (*Centaurea cyanus*): *Bendición*

Begonia (*Begonia*): *Sé prudente*
Boca de dragón (*Antirrhinum majus*): *Presunción*
Botón de oro (*Ranunculus acris*): *Ingratitud*
Brecina (*Calluna vulgaris*): *Protección*
Brezo (*Erica*): *Soledad*
Buganvilla (*Bougainvillea spectabilis*): *Pasión*
Buvardia (*Bouvardia*): *Entusiasmo*

Cala (*Zantedeschia aetiopica*): *Modestia*
Caléndula (*Calendula*): *Dolor*
Camelia (*Camellia*): *Mi destino está en tus manos*
Camomila (*Matricaria recutita*): *Energía en la adversidad*
Campana de Irlanda (*Moluccella laevis*): *Buena suerte*
Campanilla (*Campanula*): *Gratitud*
Campanilla de Canterbury (*Campanula medium*): *Constancia*
Campanilla de invierno (*Galanthus*): *Consuelo y esperanza*
Campanita china (*Forsythia*): *Anticipación*
Candelabro (*Euphorbia*): *Persistencia*
Capuchina (*Tropaeolum majus*): *Patriotismo*
Cardo común (*Cirsium*): *Misantropía*

Carraspique (*Iberis*): *Indiferencia*
Castaña (*Castanea sativa*): *Hazme justicia*
Celidonia (*Chelidonium majus*): *Futuras alegrías*
Cerezo, flor de (*Prunus cerasus*): *Impermanencia*
Chumbera (*Opuntia*): *Amor apasionado*
Ciclamen (*Cyclamen*): *Tímida esperanza*
Cilantro (*Coriandrum sativum*): *Valor oculto*
Cincoenrama (*Potentilla*): *Hija querida*
Ciprés (*Cupressus*): *Luto*
Ciruela (*Prunus domestica*): *Cumple tus promesas*
Clavel amarillo (*Dianthus caryophyllus*): *Desdén*
Clavel blanco (*Dianthus caryophyllus*): *Dulce y encantador*
Clavel del poeta (*Dianthus barbartus*): *Galantería*
Clavel rayado (*Dianthus caryophyllus*): *No puedo estar sin ti*
Clavel rojo (*Dianthus caryophyllus*): *Se me parte el corazón*
Clavel rosa (*Dianthus caryophyllus*): *Nunca te olvidaré*
Clavelina (*Dianthus*): *Date prisa*
Clavellina (*Dianthus*): *Amor puro*
Clavo de olor (*Syzygium aromaticum*): *Te he amado sin que lo supieras*
Clemátide (*Clematis*): *Pobreza*
Col común (*Brassica oleracea*): *Provecho*
Cola de zorro (*Amaranthus caudatus*): *Abatido pero no impotente*
Cólchico (*Colchicum autumnale*): *Mis mejores días ya pasaron*
Conejitos (*Delphinium*): *Levedad*
Coreopsis (*Coreopsis*): *Siempre alegre*
Cornejo (*Cornus*): *Amor que supera la adversidad*
Corona de novia (*Spiraea*): *Victoria*
Cosmos (*Cosmos bipinnatus*): *Gozo del amor y la vida*
Cresta de gallo (*Celosia*): *Afectación*
Crisantemo (*Chrysanthemum*): *Verdad*
Crocus (*Crocus*): *Alegría juvenil*
Culantrillo de pozo (*Adintum capillus-veneris*): *Secreto*

Dafne (*Daphne*): *De otra manera no te tendría*
Dalia (*Dahlia*): *Dignidad*
Dedalera (*Digitalis purpurea*): *Insinceridad*
Díctamo (*Dictamnus albus*): *Parto*
Diente de león (*Taraxacum*): *Oráculo rústico*

Don Diego de día (*Ipomoea*): *Coquetería*
Drácena (*Dracaena*): *Te acercas a una trampa*

Edelweiss (*Leontopodium alpinum*): *Noble coraje*
Epilobio (*Epilobium*): *Pretensión*
Equinácea (*Echinacea purpurea*): *Fuerza y salud*
Escabiosa (*Scabiosa*): *Amor desafortunado*
Escalera de Jacob (*Polemonium*): *Baja*
Escobón (*Cytisus*): *Humildad*
Espuela de caballero (*Consolida*): *Ligereza*
Estrella de Belén (*Ornithogalum umbellatum*): *Pureza*
Estrellada (*Aster amellus*): *Despedida*
Eucalipto (*Eucalyptus*): *Protección*

Farolillo chino (*Physalis alkekengi*): *Engaño*
Flor de cera (*Hoya*): *Susceptibilidad*
Flor de la viuda (*Trachelium*): *Belleza descuidada*
Flor de Pascua (*Euphorbia pulcherrima*): *Levanta el ánimo*
Flox (*Phlox*): *Nuestras almas son inseparables*
Frambuesa (*Rubus*): *Remordimiento*
Fresa (*Fragaria*): *Perfección*
Fresia (*Freesia*): *Amistad duradera*
Fucsia (*Fuchsia*): *Amor humilde*

Gallinicas (*Lathyrus latifolius*): *Placer duradero*
Gardenia (*Gardenia*): *Refinamiento*
Genciana (*Gentiana*): *Valor intrínseco*
Geranio de hoja afilada (*Pelargonium*): *Ingenuidad*
Geranio de hoja de roble (*Pelargonium*): *Amistad verdadera*
Geranio escarlata (*Pelargonium*): *Estupidez*
Geranio silvestre (*Pelargonium*): *Devoción inquebrantable*
Girasol (*Helianthus annuus*): *Falsas riquezas*
Gladiolo (*Gladiolus*): *Me rompes el corazón*
Glicina (*Wisteria*): *Bienvenida*
Gordolobo (*Verbascum*): *Sé valiente*
Gramínea (*Poaceae*): *Sumisión*
Granada (*Punica granatum*): *Insensatez*
Granado, flor de (*Punica granatum*): *Elegancia madura*

Grosellero (*Ribes*): *Tu ceño me matará*
Guisante de olor (*Lathyrus odoratus*): *Placeres delicados*

Helecho (*Polypodiophyta*): *Sinceridad*
Helenio (*Helenium*): *Lágrimas*
Heliotropo (*Heliotropium*): *Cariño ferviente*
Hibisco (*Hibiscus*): *Belleza delicada*
Hiedra (*Hedera helix*): *Fidelidad*
Hierba centella (*Caltha palustris*): *Deseo de riquezas*
Hierba de Santa María (*Tanacetum parthenium*): *Afecto*
Higuera (*Ficus carica*): *Discusión*
Hinojo (*Foeniculum vulgare*): *Fuerza*
Hipérico (*Hypericum perforatum*): *Superstición*
Hortensia (*Hydrangea*): *Apatía*

Jacinto azul (*Hyacinthus orientalis*): *Constancia*
Jacinto blanco (*Hyacinthus orientalis*): *Belleza*
Jacinto de los bosques (*Hyacinthoides non-scripta*): *Constancia*
Jacinto morado (*Hyacinthus orientalis*): *Por favor, perdóname*
Jazmín blanco (*Jasminum officinale*): *Gentileza*
Jazmín de Carolina (*Gelsemium sempervirens*): *Separación*
Jazmín de Madagascar (*Stephanotis floribunda*): *Matrimonio feliz*
Jazmín indio (*Jasminum multiflorum*): *Apego*
Jazmín solano (*Solanum jasminoides*): *Eres delicioso*
Jengibre (*Zingiber*): *Fuerza*
Junquillo (*Narcissus jonquilla*): *Deseo*

Lantana (*Lantana*): *Rigor*
Laurel (*Laurus nobilis*): *Gloria y éxito*
Lauro (*Laurus nobilis*): *Cambio pero al morir*
Lavanda (*Lavandula*): *Desconfianza*
Lechuga (*Lactuca sativa*): *Corazón frío*
Liátride (*Liatris*): *Volveré a intentarlo*
Lilo (*Syringa*): *Primeras emociones del amor*
Limón (*Citrus limon*): *Entusiasmo*
Limonero, flor de (*Citrus limon*): *Discreción*
Lino (*Linum usitatissimum*): *Percibo tu bondad*
Liquen (*Parmelia*): *Desánimo*

Lirio (*Iris*): *Mensaje*
Lirio de los incas (*Alstroemeria*): *Devoción*
Lirio de los valles (*Convallaria majalis*): *Regreso de la felicidad*
Lirio de San Juan (*Hemerocallis*): *Coquetería*
Lisianto (*Eustoma*): *Aprecio*
Lluvia de oro (*Laburnum anagyroides*): *Belleza pensativa*
Lobelia (*Lobelia*): *Malevolencia*
Loto (*Nelumbo mucifera*): *Pureza*
Lunaria (*Lunaria annua*): *Honradez*

Madreselva (*Lonicera*): *Devoción*
Magnolia (*Magnolia*): *Dignidad*
Maíz (*Zea mays*): *Riquezas*
Majuelo (*Crataegus monogyna*): *Esperanza*
Malva real (*Alcea*): *Ambición*
Manzana (*Malus domestica*): *Tentación*
Manzano, flor de (*Malus domestica*): *Preferencia*
Manzano silvestre, flor de (*Malus hupehensis*): *Malhumorado*
Margarita africana (*Gerbera*): *Alegría*
Margarita de los prados (*Bellis*): *Inocencia*
Mejorana (*Origanum*): *Sonrojo*
Melocotón (*Prunus persica*): *Tus encantos no tienen rival*
Melocotonero, flor de (*Prunus persica*): *Me tienes cautivo*
Membrillero (*Cydonia oblonga*): *Tentación*
Menta (*Mentha*): *Calidez de sentimiento*
Milenrama (*Achillea millefolium*): *Cura para un corazón roto*
Mimosa (*Mimosa*): *Sensibilidad*
Mirto (*Myrtus*): *Amor*
Mostaza (*Brassica*): *Estoy dolido*
Muérdago (*Viscum*): *Supero todos los obstáculos*
Musgo (*Bryopsida*): *Amor materno*

Nabo (*Brassica rapa*): *Caridad*
Naranja (*Citrus sinensis*): *Generosidad*
Naranjo, flor de (*Citrus sinensis*): *Tu pureza iguala tu encanto*
Narciso (*Narcissus*): *Amor a uno mismo*
Narciso (*Narcissus*): *Volver a empezar*
Nardo (*Polianthes tuberosa*): *Placeres peligrosos*

Nenúfar (*Nymphaea*): *Corazón puro*
Nomeolvides (*Myosotis*): *No me olvides*

Olivo (*Olea europaea*): *Paz*
Onagra (*Oenothera biennis*): *Inconstancia*
Orégano (*Origanum vulgare*): *Gozo*
Orquídea (*Orchidaceae*): *Belleza refinada*
Ortiga (*Urtica*): *Crueldad*

Palosanto (*Diospyros kaki*): *Enterradme en medio de la naturaleza*
Pamplina (*Stellaria*): *Bienvenida*
Paniculata (*Gypsophila paniculata*): *Amor eterno*
Pasionaria (*Passiflora*): *Fe*
Patata (*Solanum tuberosum*): *Benevolencia*
Pensamiento (*Viola*): *Piensa en mí*
Peonía (*Paeonia*): *Ira*
Pera (*Pyrus*): *Afecto*
Peral, flor de (*Pyrus*): *Consuelo*
Perejil (*Petroselinum crispum*): *Festividad*
Perifollo (*Anthriscus*): *Sinceridad*
Petunia (*Petunia*): *Tu presencia me tranquiliza*
Piña (*Ananas comosus*): *Eres perfecto*
Pitosporo (*Pittosporum undulatum*): *Fingimiento*
Primavera (*Primula*): *Seguridad*
Prímula (*Primula*): *Infancia*
Prímula veris (*Primula veris*): *Pensativo*
Protea (*Protea*): *Coraje*
Pulmonaria (*Pulmonaria*): *Eres mi vida*

Ramo de novia (*Saxifraga*): *Afecto*
Ranúnculo (*Ranunculus asiaticus*): *Rebosas encanto*
Reina de los prados (*Filipendula ulmaria*): *Inutilidad*
Reseda de olor (*Reseda odorata*): *Tus virtudes superan tus encantos*
Rododendro (*Rhododendron*): *Advertencia*
Romero (*Rosmarinus officinalis*): *Recuerdo*
Rosa amarilla (*Rosa*): *Infidelidad*
Rosa blanca (*Rosa*): *Un corazón que no conoce el amor*
Rosa burdeos (*Rosa*): *Belleza inconsciente*

Rosa melocotón claro (*Rosa*): *Modestia*
Rosa mosqueta (*Rosa rubiginosa*): *Sencillez*
Rosa naranja (*Rosa*): *Fascinación*
Rosa roja (*Rosa*): *Amor*
Rudbekia (*Rudbeckia*): *Justicia*
Ruibarbo (*Rheum*): *Consejo*

Salvia (*Salvia officinalis*): *Buena salud y larga vida*
Saúco (*Sambucus*): *Compasión*
Sedum (*Sedum*): *Tranquilidad*
Solidago (*Solidago*): *Ánimo cauteloso*

Tanaceto (*Tanacetum*): *Te declaro la guerra*
Tilo (*Tilia*): *Amor conyugal*
Tomillo (*Thymus*): *Actividad*
Trébol blanco (*Trifolium*): *Piensa en mí*
Trigo (*Triticum*): *Prosperidad*
Trilio blanco (*Trillium*): *Belleza modesta*
Trompeta trepadora (*Campsis radicans*): *Fama*
Tulipán (*Tulipa*): *Declaración de amor*

Uña de gato (*Carpobrotus chilensis*): *Tu mirada me paraliza*

Verbena (*Verbena*): *Reza por mí*
Verónica (*Veronica*): *Fidelidad*
Veza (*Vicia*): *Me aferro a ti*
Vid (*Vitis vinifera*): *Abundancia*
Vincapervinca (*Vinca minor*): *Recuerdos tiernos*

Zarzamora (*Rubus*): *Envidia*
Zinia (*Zinnia*): *Lloro tu ausencia*
Zueco de Venus (*Cypripedium*): *Belleza caprichosa*

Nota de la autora

Cuando empecé a escribir *El lenguaje de las flores* sólo contaba con un diccionario de flores: *The Floral Offering: A Token of Affection and Esteem; Comprising the Language and Poetry of Flowers*, escrito en 1851 por Henrietta Dumont. Era un libro de tapa dura, muy viejo, y tenía flores secas prensadas entre sus páginas. Mientras lo hojeaba buscando significados, caían de él pedazos de papel con poemas escritos, recogidos por anteriores propietarios y guardados entre las amarillentas hojas.

Iba por el tercer capítulo de la historia de Victoria cuando descubrí la rosa amarilla. En el índice del precioso libro de Henrietta Dumont, la rosa amarilla significa *celos*. Centenares de páginas más adelante, en el mismo volumen, vuelve a aparecer la rosa amarilla, pero esa vez significa *infidelidad*.

Releí las entradas con más atención, pero no encontré nada que explicara esa discrepancia, así que busqué otros diccionarios con la esperanza de determinar la definición «correcta» de la rosa amarilla. Sin embargo, lo que comprobé fue que el problema no era específico de la rosa amarilla; casi todas las flores tenían varios significados, recogidos en centenares de libros, en numerosos idiomas y en diferentes sitios web.

Creé el diccionario que he incluido en esta novela de la misma manera que Victoria recopilaba las tarjetas de sus ficheros. Ponía varios diccionarios en la mesa de mi comedor —*The Flower Vase*, de S. C. Edgarton; *Language of Flowers*, de Kate Greenaway; *The*

Language and Sentiment of Flowers, de James D. McCabe, y *Flora's Lexicon*, de Catharine H. Waterman—, leía los significados y escogía la definición que mejor se adecuaba a las características de cada flor, tal como habría hecho Victoria. Otras veces, cuando no encontraba ninguna razón científica para determinada definición, escogía el significado que aparecía más veces o, en ocasiones, sencillamente el que más me gustaba.

Mi objetivo era crear un diccionario válido y útil para los lectores modernos. Omití las plantas de los diccionarios victorianos que ya no son comunes y añadí flores que apenas se utilizaban en el siglo XIX, pero que hoy en día son muy conocidas. Conservé casi todas las plantas relacionadas con la comida, como habría hecho Victoria, y eliminé casi todos los árboles y arbustos sin flores porque, como afirma Victoria, no queda muy romántico regalarse palos o largas tiras de corteza.

Quiero dar las gracias a Stephen Zedros, de la floristería Brattle Square, de Cambridge, y a Lachezar Nikolov, de la Universidad de Harvard. Sin sus amplios conocimientos y su generosa ayuda, este diccionario no existiría.

Agradecimientos

Este libro habla de las relaciones entre madre e hija y me gustaría dar las gracias, en primer lugar, a mi madre, Harriet Elizabeth George, una mujer enérgica y valiente que aprendió a ser madre gracias al estudio, un amor intenso y una comunidad de apoyo. Sin ella, yo no tendría este optimismo incesante ni esta fe en la posibilidad de provocar cambios positivos, tanto interna como externamente.

También quiero dar las gracias a la comunidad formada por todas las mujeres que me han mimado: mi madrastra, Melinda Vasquez; mi suegra, Sarada Diffenbaugh; mis abuelas, Virginia Helen Fleming, Victoria Vasquez, Irene Botill, Adelle Tomash, Carolyn Diffenbaugh y Pearl Bolton; y a los padres de mi vida, por hacernos a todas mejores madres: mi padre, Ken Fleming; mi padrastro, Jim Botill; mi suegro, Dayanand Diffenbaugh; mi cuñado, Noah Diffenbaugh; y mi marido, PK Diffenbaugh. Sin vuestro amor y vuestro apoyo, no habría tenido los conocimientos, la seguridad ni el tiempo necesarios para escribir este libro.

Asimismo, estoy muy agradecida a mis primeras lectoras y queridas amigas: Maureen Wanket creyó en esta historia y en mi capacidad desde la primera página, y su fe resultó contagiosa; Tasha Blaine leyó el primer borrador y fue honesta, y por eso la querré siempre. Angela Booker se sentó a mi lado y me animó mientras reescribía el final una y otra vez; Jennifer Jacoby y Lindsey Serrao me ayudaron a superar mis propias tormentas maternas

343

y me estimularon con su alegre forma de enfocar la maternidad; Polly Diffenbaugh me enseñó a diseccionar una flor y a utilizar una guía de campo, y en más de una ocasión me instruyó sobre las complejidades de la clasificación científica; Jennifer Olden compartió conmigo su pericia en el campo de los trastornos del apego; Priscillia de Muizon me contó historias maravillosas de su infancia en un viñedo; Janay Swain no se cansó de contestar a mis preguntas sobre la acogida; Barbara Tomash se sentó a mi lado a orillas del lago Papa's y me ayudó a buscar los títulos de las partes; Rachel McIntire pintó la habitación azul y compartió conmigo los misterios del mundo de los arreglos florales; Mark Botill me estimuló con su inteligencia y buen humor; Amanda Garcia, Carrie Marks, Isis Keigwin, Emily Olavarri y Tricia Stirling leyeron mi primer borrador y me animaron a seguir escribiendo; Wendi Everett, Wendi Imagire, Tami Trostel, Josie Bickinella, Sara Galvan, Sue Malan y Kassandra Grossman, que adoraban a mis bebés, me proporcionaron tiempo para escribir; y Christie Spencer lloró cuando leyó mi resumen del argumento y me recordó la fuerza que tiene una buena historia.

Mi agente, Sally Wofford-Girand, vio el potencial que había en mis primeros borradores y me animó a mejorar. Jamás me cansaré de darle las gracias por su lucidez, sus consejos y su implicación con este libro. Jenni Ferrari-Adler me hizo pensar en el ritmo, los personajes y el argumento precisamente cuando ya creía haber terminado (claro, no había terminado, ni mucho menos), y Melissa Sarver nos mantuvo a todos concentrados y motivados. Jennifer Smith, mi editora de Ballantine, ha mejorado muchísimo mi libro con sus cuidadosas lecturas y atinadas sugerencias. Ha sido un placer trabajar con ella, desde el principio.

Quiero dar las gracias a las personas que me han enseñado a escribir, por orden de aparición en mi vida: Charlotte Goldsmith, por enseñarme a dibujar las letras en una bandeja de arena; Linda Holm, por regalarme un diario y exigirme que escribiera en él; Chris Persson, por leer mi primer relato breve, decirme que podía ser escritora y ayudarme a hacer realidad ese sueño; y Keith Scribner y Jennifer Richter, que, además de enseñarme gran parte de lo que sé sobre la escritura, me ayudaron a sobrevivir a la universidad, dejándome asomarme a sus vidas como jóvenes escritores, profesores y padres.

Por último, quiero dar las gracias a mis hijos por enseñarme a ser madre y amarme a pesar de mis errores: Tre'von, Chela, Miles, Donavan, Sharon, Krystal, Wayneshia, Infinity y Hope. Y Megan, dondequiera que estés.

En el lenguaje de las flores, la camelia significa *mi destino está en tus manos*. Vanessa Diffenbaugh ha creado Camellia Network, una organización de Estados Unidos para ayudar a los jóvenes en su transición de la acogida a la independencia.

www.camellianetwork.org

Contenido